魅丽文化

一梦星河

扶桑知我 著

下

百花洲文艺出版社
BAIHUAZHOU LITERATURE AND ART PRESS

图书在版编目（CIP）数据

一梦星河．下 / 扶桑知我著．-- 南昌 ： 百花洲文艺出版社，2022.12
ISBN 978-7-5500-4836-2

Ⅰ．①一… Ⅱ．①扶… Ⅲ．①幻想小说－中国－当代 Ⅳ．①I247.5

中国版本图书馆 CIP 数据核字（2022）第 227756 号

一梦星河．下
Yi Meng Xinghe .Xia
扶桑知我 著

出 版 人　陈　波
出版统筹　曾英姿
责任编辑　蔡央扬
特约编辑　吴小波　艾　晨
封面绘制　与　荷
封面设计　白砚川
出版发行　百花洲文艺出版社
社　　址　南昌市红谷滩区世贸路 898 号博能中心 A 座 20 楼
邮　　编　330038
经　　销　全国新华书店
印　　刷　湖南天闻新华印务有限公司
开　　本　880mm×1230mm　1/32　印张 11
版　　次　2023 年 4 月第 1 版
印　　次　2023 年 4 月第 1 次印刷
字　　数　384 千字
书　　号　ISBN 978-7-5500-4836-2
定　　价　46.80 元

赣版权登字　05-2022-252

目录

第一章 小江在吗

在现代科技打造的沉浸式梦境中，江影和宋栀栀虽然暂时失去了本体的记忆，但一些源自潜意识的东西却并没有真正消失。

江影看着宋栀栀半扬起的下颌，在暖黄的灯光照射中，她的脖颈修长，带着一丝若有似无的诱惑意味。

于他而言，唤“栀栀”或是“宋栀栀”，都没有区别。

于是，江影定睛望着她，眸中闪烁着的依旧是无情的光芒，口中吐出的却是如情人般缱绻亲昵的呼唤。

“栀栀。”他的发音标准，咬字清晰，声音低沉，宛如冰川融化时倾泻而下的冰凉雪水顺着悬崖峭壁泠泠流淌过宋栀栀的耳边。

宋栀栀听了他的这一声呼唤，微微惊讶。

以往江影连名带姓唤她的时候，她觉得他就是这么一个喊别人喊得非常生硬的人。

他说出“宋栀栀”这三个字的时候，她总感觉非常别扭。

特别是那个“宋”字，在他口中说出，显得极度生疏、僵硬，“宋栀栀”这三个字被他连起来读之后，很容易让她误以为这个人根本就不想说叠字。

比如江影叫球球的时候，他就从不叫“球球”，而是叫它“那个球”。

但江影唤出“栀栀”二字的时候，却是如此熨帖、合适，仿佛这两个字已经在他的唇舌与喉间流转了千万遍一般。

原来从他口中说出后，令人觉得生硬的不是“栀栀”，而是她的姓。

宋栀栀一愣，又对着他轻声说道：“再叫一声。”

“不。”江影抬手，温热的手掌盖上她的眼睛，她的长睫扫过他的掌心，很痒。

“再叫一声嘛。”宋栀栀抬手握住他的手腕，撒娇道。

在江影苍白的手腕下，那黑压压、密密麻麻的封魔咒文又隐隐闪现。

其实江影已经不受这封魔咒文的困扰了，只是曾经入骨刻下的印记没办法再消除。

“你再喊一声，我就乖乖睡觉。”宋栀栀对他说。

江影沉默片刻，又扭过头去，宋栀栀借着房间里亮起的一盏孤灯，看清楚了他耳尖上泛起的微微粉色。

“栀栀。”他又如此唤了宋栀栀一声，然后道，“睡觉。”

宋栀栀果真闭上眼睡觉了，球球趴在她的脸颊边，画面安谧和谐。

江影见她沉沉地睡去，便也闭上眼，开始修炼，轻盈的法力流转于他的周身。

如此过了一夜，江影自入定状态清醒过来的时候，发觉自己的小腹已经不再痛了。

若是因为月事感到小腹疼痛，也不过是初来时那一两日比较严重。

宋栀栀醒得比江影晚些，是球球在她耳边“吱吱吱”叫唤了好几声，把她叫醒的。

她将球球抱起来，从床上翻身坐起，打着哈欠穿过竹制的长廊，回自己的房间洗漱。

刚走到门外的回廊上，宋栀栀就看到江影站在院中的池塘旁，静静地看着水面上盛放的睡莲。

“醒了？”他抬眸望向宋栀栀，视线在她的头顶上还有些打蔫的婆娑花上流连片刻。

“醒了呀！”宋栀栀回答他，然后问道，“你怎么没在修炼？”

江影望着她，没有说话。他不会说出他在清晨的时候被在床上乱滚的她赶了下来。

“嗯。”他随意应了一声，走进厨房里，端了一碗东西出来。

宋栀栀觉得不妙，不会还是……还是那个吧？

就是那个她昨天足足喝了两份的红糖姜茶。

事实证明还真的是这玩意儿，宋栀栀看着他手里那碗热腾腾的红糖姜茶，差点没晕过去。

“喝。”江影言简意赅，把红糖姜茶放到宋栀栀面前的桌上，发出碰撞的声响。

连着两天喝这玩意儿，就算江影煮得再好喝，也是会腻的。

她觉得不能委屈自己，于是将桌上的红糖姜茶推开了些许，小心翼翼地说道：“我想喝粥。”

甚至都不需要搭配什么小菜，她只需要喝最简单的白粥，都比喝第三份红糖姜茶来得快乐。

“来月事的时候，不需要每日喝这个？”江影垂眸问她，“我以为日日都需要喝这个疗伤。”

“如果不喝，能够痊愈吗？”江影将她的下巴抬起，直视着她的眼睛问道。

“这个……嗯……就是……”宋栀栀支支吾吾，给他科普生理卫生常识，“不喝也能好。”

“嗯。”江影点了点头，表示他又知道了一个新的知识点。

宋栀栀对他说清楚之后，又将桌上的红糖姜茶捧了过来，准备硬着头皮把这碗姜茶给喝下去。

江影对她说：“不想喝的话，就不必喝了。”

“不喝的话不就浪费了？”宋栀栀没有浪费东西的习惯。

江影想了想，对她冷声说道：“我再去煮一碗粥，这碗我喝。”

说完，还没等宋栀栀反应过来，他已经将这碗红糖姜茶拿起来放到一边，又去了厨房。

宋栀栀坐在原地想，如果是江影喝了，那也行。

反正他昨天疼了一整天，喝点这玩意儿有些心理安慰也说不定。

江影做饭的速度很快，动作称得上熟练。

很快，一碗新的白粥与水煮青菜，加上一个荷包蛋便被他端到了宋栀栀的面前。

他虽然会下厨，但煮的东西都是这些最简单的。

宋栀栀是不嫌弃的，有人愿意煮给她吃就不错了。

她与江影面对面坐在餐桌上，两个人大眼瞪小眼，气氛有些尴尬。

宋栀栀率先舀了一口白粥送入口中，很快吃了起来。江影坐在她的对面，对付面前那一碗红糖姜茶。他慢悠悠喝着，其实尝不出多么特别的味道。

他的动作机械，很快就将一整碗红糖姜茶给解决了。

这几日无相宗一直在研究讨论为什么只有江影才能够杀死黑血妖魔，暂时还没有什么大事。

宋栀栀却忧心上了。她一方面不想要江影身怀神血的秘密暴露，一方面又担心此事拖着，黑血妖魔又肆虐开，波及更多的门派修士与普通人。

她想了想，还是等到江影给她浇完花、梳完头，去修炼之后，在书桌前摸出手机查看剧情。

球球照例趴在书桌上找东西玩，阳光顺着宽阔的阳台洒入室内，倒是一派岁月静好的模样。

宋栀栀将视角先转移到潜渊谷中——

此时的韩潜、袁一溪、宁玺与青君等人，正在商讨、研究为何只有江影能杀死黑血妖魔。本来这日沈昼要带着门中弟子去极衍门救人，也因为此事耽搁，无相宗准备让他得出结果后再出发，正好将那些黑血妖魔一网打尽。

韩潜将白玉案几上的黑血妖魔残骸拿起来，翻来覆去地查看，然后说道："此妖魔甚是奇怪，看起来是已死之物，却能够活动自如，它们的使命似乎就是寻找活物，然后占据他们的身体，吞噬之后壮大自己的力量。"

青君点了点头，道："它是由于世界受创之后产生的'腐血烂肉'而生的妖魔，目前这点已经明了。"

"是啊，即便是这个点，也是江道友提醒的。"韩潜长叹一声，语气无奈地道，"他确实天资卓绝，能够轻易看透事物的本质。"

"嗯。"青君亦是感慨，"未见此物，我也很难有这个猜想。"

他坐在主位上，将手中的桃花折剑放在身侧，鲜活的桃花枝缀在他的衣袖旁。青君的嘴角噙着一抹安定人心的微笑，让人不由自主地信任他。

"黑血妖魔确实和数千年前我们与灵祇神教那一战有关，只有那般惊天动地的大战，才能令大地崩毁，灵气消耗一空，使世界濒临崩溃的边缘。说来也是我们自己的罪业。"

青君的声音清澈，宛如一阵微风，吹拂过每一个人耳朵。

"灵祇神教以神明灵祇之名，行不端之事，势力几乎遍布此界。数千年前，以我掌管的无相宗为首，联合七宗十二派，对灵祇神教宣战，战争发生在灵祇圣城中，此界大半修士都被扯入这个战局之中。"青君的声音平缓，似乎在叙述一件寻常的往事，"那时灵气充沛，无穷无尽、丰盈的灵气随意修士采撷，就算是随便一呼吸，也能够修炼，所以元婴修士遍地，接近化神之阶的修士更是不少。灵祇神教当时的教首与我，还有三四位其他宗门的掌门长老，都是无限趋近于化神之阶的修士，只差临门一脚，便能跨越化神，羽化登仙。”

“那一战的惨烈程度，你们到现在应当还能够感受到吧？我是唯一活下来的临近化神之阶的修士，但修为也一落千丈，闭关修炼了几千年也没能恢复。”青君托腮，语气淡淡的，似乎并不在意自己的修为倒退了许多。他继续道，“那一战过后，只有我一人生还，此界灵气被消耗殆尽，山河崩毁，是一派末日惨状，我那时候以为世界都要死去了。”

“但当我从伤重昏迷中重新醒过来，从藏身的山洞中走出后，我看见那些碎裂的山河碎片已经开始慢慢拼合上。这个世界真的顽强，它在愈合、重组，重新恢复生机，那宛如神迹一般的画面，我至今无法忘记。”青君如是说道，“但我那时已经力竭，若不疗伤便会死去，所以只能先行回到无相宗疗伤，直至数百年前，才有了联系外界的能力，与你们开始交流。”

青君语毕，在座的无相宗众人皆是一呆，似乎因为他的话感到震惊。

然后，青君忽然开口问宁玺道：“小宁，你还记得无相宗的上一任掌门是谁吗？”

身为无相宗掌门的宁玺挠了挠头，似乎有些疑惑，不知青君为何会突然问他这个问题。

“是于庄。”宁玺沉声说道，“是我的师父，因灵气匮乏，他的修为卡在元婴高阶，始终上不去，最后耗尽寿命而去世，在无相宗的文字典籍上都有记载。”

“你还记得你与于庄的相处细节吗？”青君微笑着问宁玺，“无相宗的文字典籍记载了历代掌门，你除却文字的记录，是否对他这个活生生的人有印象？”

宁玺一愣，脑海中闪过一两个场景，于庄为他传功护法、赐他掌门印鉴，于庄去世……

但他的记忆非常模糊，仿佛是浮光掠影，还是断了片的那种。

不像是忘记了什么，而像是在他的脑海里被强行加进了一些记忆。

“有趣……有趣啊……”青君苦笑一声。出关之后，他时常觉得，自己仿佛是数千年前遗留下的一抹孤独游魂，再也连接不上现时现地的这个世界。

“此事以后再提。”他将话题拉回来，继续道，“黑血妖魔定然是那一战的产物，对于战争，我很愧疚，但现在我们应该想的是如何解决眼下的灾难。”

“江道友……是一个很特别的存在。”青君摇头轻叹，“天通十二脉啊，他那般天赋的人若是在我们那个时代出世，恐怕早已羽化登仙了。”

“昼儿亦是。”宁玺提了一嘴。

“在合适的时代，没有绝品的天赋，灵气匮乏的时代倒是涌现人才，时也、命也。”青君赞赏的目光放到沈昼身上。

“你确定没有心，不是能够战胜黑血妖魔的特殊之处？”青君说道。

他唤了沈昼前来，将桃花折剑塞到他的手上，道：“昼儿，你亦有天通十二脉，你来试试。”

沈昼握紧那剑柄上缀着鲜活桃花的宝剑，一剑刺向韩潜放出的黑血妖魔，动作没有一丝犹疑。

桃花折剑划过黑血妖魔恶心的身躯，轻松将它一分为二，但它马上变成两只一模一样的黑血妖魔，一起发出令人惊惧的“咕噜”声。

青君连忙将袖子一甩，把放出来的黑血妖魔重新封入玉瓶之中。

“也不是天通十二脉。”青君下了断言，而后疑惑道，“那他哪里还有……异于常人的地方呢？”

沈昼双手捧着桃花折剑，将它奉还给青君，然后低着头，暗自思考。

其实……他一直觉得那件事不太对劲。在沈家山庄中，他因为家中遭逢巨变，一时难以接受，心神崩溃混乱，即将走火入魔。

是江影连同宋栀栀一起使用那只离魂心魔，将他混乱的心绪给理顺，将他从鬼门关上拉回来的。

但是……

沈昼那双平静柔和的眼中闪过一丝疑惑，即便他那时候昏迷着，可在江影治疗他的那段时间中，某一个时刻他确确实实感觉到自己快要死去。

似乎是混乱的心绪因为一个概率极低的意外而相互纠缠吸引，即将形成令人闻风丧胆的心魔。

那股令他的心绪马上就要完全崩溃的趋势瞬间被扭转，似乎有一道金光在他的神识空间里闪过，将大厦将倾的必死之势挽救回来。

这是什么？这已经近乎于神迹了，就算是全天下医术最高的医修，也不能够将一个必死之人拉回来。但江影可以。

沈昼心中如是想着，面上已经出现了焦灼之色。

这件事到底要不要告诉宁玺与青君？

这或许是江影最大的秘密，若是说出，是否会对他本人有所影响？

但若不说，在这犹豫的时间里，此界又有多少人会葬身在黑血妖魔的吞噬之下？

于是，沈昼心中闪过的这个念头，促使着他往前走了两步，并道："师父、师祖，我有一事想说。"

宋栀栀一直在追踪剧情，在这句话出现之后，她马上抬手开始写剧情。

"何事？"宁玺沉声问道。

眼见沈昼就要开口说话了，宋栀栀还没想到他此时应该说什么才能让剧情合情合理。

但她已经来不及思考，再慢点沈昼就要说出来了。

"我有些内急，想要解手。"沈昼不知从何处涌起一种想要马上去解手的欲望，于是马上答道。

至于他方才脑海中一闪而过的关于江影的念头，早就被他抛到脑后了。

"去吧。"宁玺朝他点了点头。

宋栀栀松了一口气。

她相信，方才沈昼忽然想起江影用神血救过他一事，肯定不是他自己突然想到的。

因为那时沈昼处于完全昏迷状态，这个关于江影的发现，可能就是神明灵祇在刚刚塞进他脑海里的。

就如同她让沈昼突然内急，是同一个操作原理。

只是她找的理由未免太低级了些，没办法，她本来就是个没什么天赋的十八线写手，这种局面她写不来。

宋栀栀有惊无险地解决了眼下的事情之后，潜渊谷中无相宗众人的研究又陷入了死胡同，一时没能找出头绪来。

她将手机在桌面上磕了磕，自顾自地思考起来。

方才青君说的话，令她大为震撼。

她写的这本书的起始线，是从几百年前开始的，更多的关于数千年前的什么战争之类的，只是近乎背景设定一类的存在，并没有详细写。

所以青君那一席话说出来之后，宋栀栀困惑了。

她开始思考一个问题——这个世界究竟是原本就存在的，还是她写下的文字世界形成的？

如果这个世界是她写出来的……但是，以她的笨脑瓜，应该写不出如此丰富多彩又鲜活的世界。

如果不是，她书中写下的故事，又为什么会和一个真实存在的世界重合？并且她还能通过写书控制剧情的发展。

这个问题不论如何想，都令宋栀栀觉得头大。

她决定不想了，并且准备去骚扰江影。

宋栀栀从球球怀里把传音球给抢了回来。

她打开传音球的开关，对着那头唤了一句："江江，在吗？"

正在潜心修炼的江影在房间里睁开眼。他听到了宋栀栀的声音，但没有回答她，只是漠然地望着前方。

宋栀栀等了许久没有等到他的回答，只能继续喊："你怎么不理我呀？"

江影冷冰冰的声音在她的脑海里响起："江江是谁？"

"是你呀。"宋栀栀说。不能只准江影喊她栀栀，她也要喊他江江，这样才算公平。

一时没有适应自己新称呼的江影："……"

他愣了很久，才木然地应了一声："嗯。"

这声"嗯"明显就是在回应宋栀栀最开始的那声呼唤。

江影觉得这个称呼不太适合他，但宋栀栀几乎没有可能在人前对他喊出这个称呼来，于是他默许了。

"我想去看看无相宗里的典籍。"宋栀栀将桌上的球球拽过来，塞到储物锦囊里，道，"我房间里存着的话本也差不多看完了，正好换一批新的。"

宁玺那句"无相宗典籍中都有记载"提醒了她，她主要是想去看看无相宗里关于过去事情记载的藏书。她深知记录历史发展的书籍有多重要，从文字中便可以窥探到许多尘封的秘密。

无相宗传承数千年，远不是沈家这个受段天月扶持才发展起来的暴发户可以比的，宗里藏书所能够发掘的信息一定比沈家山庄藏书楼里的要多得多。

“我要去无相宗的东殿藏书楼,你要不要跟我一起去？”宋栀栀问江影。

“去。”江影起身，整理衣服。

“我们不能一起去，要一前一后去。”宋栀栀非常细心地对他说，“藏书楼还在无相宗里，如果被人看到，会引人怀疑的。”

江影：“……”说得似乎有几分道理。

他沉声对宋栀栀说：“把那个球放下。”

宋栀栀乖乖地把球球从储物锦囊里掏出来，丢到一旁，这小玩意儿被主人抛弃，发出委屈的“吱吱”声。

她发现江影很少说叠词，只有在叫她的时候，他才愿意将两个字叠在一起说。

宋栀栀明白江影要做什么了，反正变球的不是她，所以她从容地走出了门。

江影站在房间里，周身气韵流动，幽蓝色的光芒将他全身上下笼罩。

转瞬间，他已经变成了球球的模样，只是眼睛带着一丝不太明显的暗红色。

这只江影球球在地上蹦蹦跳跳地走着，正准备去开门。

没想到宋栀栀已经先行一步。

宋栀栀其实挺喜欢江影变成球球的，因为她可以随便摸他，他还不能反抗。

于是她来到房间门口，象征性地敲了敲门，便说:“球球，我进门了哦。”

宋栀栀雀跃地推门，由于太过兴奋，推门的动作大了些。

刚走到门口的江影球球正打算伸出爪子打开门，便马上被宋栀栀朝里开的门给扇飞。

红眼睛的江影球球被击飞，一屁股撞到墙上。

江影发誓，他从来没受过这委屈。

而宋栀栀在房间里没看到他，已经开始叫唤起来：“球球，江江，江球球……你人呢？不是……你球呢？”

江影听她在喊，只能开口唤了她一声，声音还是他原来的声音，冰冷如冬日霜雪。

他尽力从门后的缝隙里挤出来，一边说道:“栀栀，我在这里，门后面。”

宋栀栀听到他冰冷低沉的声音在房间里响起，猛然一惊，连忙回过头去找他。

她看到江影变成的心魔毛球被挤在门后，正挣扎着准备挤出来。

宋栀栀蹲下来，把江影球球从门后面抱了出来。

她走到青崖峰外侧，正愁怎么下山的时候，江影球球已经飞到了她的身后。两对纯黑色的羽翼展开，将明亮的日光遮住些许，投下一大片影子。

江影球球两只用黑色雾气幻化而成的爪子提着宋栀栀的肩膀，带她飞上了天。

宋栀栀虽然自己不会飞，但已经乘坐过各种飞行工具了，所以身处高空的她并不感觉害怕，反而非常享受这种在空中飞翔俯瞰众生的感觉。

巨大的黑色双翼缓缓扇动，借着风力与法力的流转，朝无相宗的东殿藏书楼飞去。

宋栀栀不由自主地张开了上臂，“呜呼”唤了一声。

微风迎面吹来，将她额前细碎的刘海吹开，露出眉心那一抹殷红的朱砂痣。

她垂首看向自己脚下的大地，宛如倒圆锥体的青崖峰已经小得仿佛儿童玩具一般，顶部毛茸茸的一片绿色是上面栽种的灵植，云雾缭绕在青崖峰的周围，看起来宛如仙境，如梦似幻。在远处，无相宗的各个山头也各有特色，仿佛是童话里的一个个梦幻国度。

而无相宗东殿的藏书楼，就在东侧不远处，宋栀栀在这个高度下已经能够看到它的大体轮廓，斗拱飞檐，如塔楼状的建筑，古意盎然，书香气十足。

江影球球带着她往那里飞去，在藏书楼前的广场上停了下来。

宋栀栀稳稳地落地，低头整理了一下自己被风吹皱的衣裙，还有散乱的发丝。

江影球球从她的脑袋上飞下来，漂亮的黑色羽翼收拢，法术的光芒逐渐消失。

他蹲坐在宋栀栀的头顶上，黑色雾气幻化而成的小爪子将她歪了的发钗扶正，垂下的银质流苏闪着俏皮的光芒。

宋栀栀的周围没什么人，这个点是无相宗弟子固定的修炼时刻，所以藏书楼里来往的人甚少。

她迈步走了进去，看到藏书楼正中有一个天井，璀璨明亮的光线从穹顶落下，在藏书楼里隐隐的灰尘映照下，形成了一个巨大的光柱，看起来恢宏美丽。

即便这个藏书楼只是无相宗四座里的一座，它规模也不小，毕竟无相宗传承数千年的功法典籍与历史记载全部藏于其中。

宋栀栀只是想要知道有关于此界历史部分的史料记载，并不涉及无相宗什么私密典籍，所以大大方方地开始搜索。

她一边走一边看，发现周围书架上陈列着的都是些功法典籍，很多栏位都是空的，想必已经被无相宗里的弟子借走。越往里走，书架上沉积着的灰尘就越多，陈列的书籍也几乎没有人动过。

宋栀栀一路走到最深处，里面的书架已经陈旧，但并未被蛀虫啃噬，上面的历史书籍也保存完好。

她叹了口气，心想无相宗的弟子们果然只关心修炼，整日思考着如何修炼得更加强大，却很少想过回头，去看看在陈旧的历史中，都发生过怎样精彩的故事。

宋栀栀随意抽出一本记载历史的书籍，它记载了三千年前七宗十二派讨伐灵祇神教一战之后的事情。

由于后世之人发明了可以记录时间的月轮，所以他们将那一战记录为起始年份，往前便是月轮历前某某年，往后便是月轮历某某年。

宋栀栀查看史书中的内容。

月轮历三百七十年，乾坤谷谷主嗜食坚果，抢走谷外松树林中一只松鼠怀抱之松子，食之，丝毫未留。被抢松果之松鼠属妖族中实力颇为强横一脉，因此事与乾坤谷宣战。是年，无数松鼠妖闯入乾坤谷谷内，不杀人、不放火，只将谷中松树所结松果分食殆尽，乾坤谷谷主不得食，悲矣。史称“松乾之战”。

宋栀栀：“……”

她不信邪，往后面翻了几页，正巧写到无相宗。

月轮历四百六十五年，无相宗第三任宗主上任不过三百余年，修为已至元婴，年轻力壮，意气风发，钟爱凡人吃食名曰“高粱饴”者，此物甚黏，往往需要大力拉伸至柔软，方可食用。无相宗宗主每日必食之，日复一日，使其牙齿松动，再不能食高粱饴，郁郁而终，享年不过四百载。此后于庄接任无相宗宗主之位，下令门中绝不可采购高粱饴等物，在门中推行清淡饮食，宣传辟谷妙处，此是后话。

宋栀栀：“……”笔给她，让她来写，这个剧情都能更好。

她翻出史书，将月轮元年至今三千年的所有书都堆在一起。

宋栀栀看着薄薄三四本书籍，忽然发现了一个令人感到恐慌的事实。

此界三千载的时间长河，竟然只发生了这么几件事，以至于三四本史书就能够全部记录下来，并且这几本书连人跟松鼠打架这种鸡毛蒜皮的小事都写了进去，内容并不简略。

就仿佛是随便敷衍，写了几件事，来填补历史的空缺。

宋栀栀抚摸这几本书页的手有些颤抖，江影球球蹲在她的肩膀上，也是若有所思。

奇怪，太奇怪了。

宋栀栀将这三四本史书匆匆翻了一下，全部是幼稚无用的内容，倒是跟她的脑回路很相近。

她决定去找七宗十二派讨伐灵祇神教一战之前的史书。

她顺带捎上了这几本“小学生历史读物”，穿过层层叠叠的书架，来到藏书楼二楼靠近中部天井的地方。

这里的光线明亮了几分，宋栀栀的步子迈得很小、很轻，因为周围的环境实在是太安静了。

她走过一处拐角，发现前方足足二十多个书架都是之前的史书。

宋栀栀有些惊讶，低头便看到了她绣鞋旁缀着一枝鲜艳的桃花，宛如枝上新采，娇艳欲滴。

藏书楼里怎么会有桃花？宋栀栀疑惑，再往前走，便看到走道里的地上坐着一个人。

是青君，他的青衫铺陈在地，桃花折剑放于身侧——方才宋栀栀看到的桃花便是这柄剑上的花。

青君的身旁已经叠放了比人还要高的一整摞书籍，因宋栀栀的到来，沉浸于书中的他抬眸望着她。

他看着宋栀栀，许多念头在他脑海里闪过。他眨了眨眼，长睫可爱地上下忽闪，这也揉碎了他眸中的惊讶，让她没有看出他表情的变化。

只惊讶了一瞬间，青君的脸上就已经泛起了柔和的笑容。

“你没有修为。”青君柔声对宋栀栀说道，“所以你是被昼儿带回来，

居住在青崖峰的那位凡人姑娘吗？”

宋栀栀只看了他一眼，便移开了目光，反而盯着他身侧那摞书看。

“是我。”宋栀栀随口答道。她肩膀上的江影球球拽她拽得死紧。

“这些都是月轮元年之前的历史记载吗？”宋栀栀看向他身侧那厚厚的书籍。

“是的。”青君微笑说道，“东殿这个藏书楼里的记载不过十分之二三，我只整理出来一部分，这整层楼都是月轮元年之前的历史资料。”

宋栀栀一惊，顿时觉得自己手里那三四本“小学生历史读物”变得更加单薄起来。

青君合上书，站起身来，看着宋栀栀的脸，而后又将目光放到她的头顶，视线最终停留在她肩膀上那个气鼓鼓的江影球球上。

“我打算将这里的整理完，就去看看月轮元年之后的。”青君缓声说道。

他无奈地摊手道：“似乎有些太多了。”

宋栀栀安慰道：“月轮元年之后的，只有三四本，还很薄。”

“什么？”青君一向淡然温和的脸上出现一丝惊讶，随后问道，“就是你手上这几本？”

“是。”宋栀栀将手里的“小学生历史读物”放到他的面前。

“怪哉……”青君喃喃自语，“三千余载，只留下了这么些文字。”

宋栀栀都不忍心告诉他，这些文字不仅短小，还非常敷衍。

青君原本也是因为宁玺说的话令他感到疑惑，才来到藏书楼中寻找线索，结果越看，越发觉得他的猜测可能是真的。

现在这个世界，真正有明确的记忆与传承、有所谓的文化与发展，都只起始于三百年前。

问宁玺三百年之前做了什么，他答不上来，但往后三百年，他的记忆非常清晰，韩潜与袁一溪等几位长老，也是如此。

青君长叹一声，只觉此事怪异，目前发现的种种历史记载，也佐证了他的猜测。七宗十二派与灵祇神教一战之后到现在，确实存在着三千年的历史断层，这个宛如鸿沟般的深渊被一些拙劣的史料与模糊的记忆强行连接上，就像随意打上的补丁。

似乎是在三百年前，这个世界才真正“活”了过来。

青君陷入思考，忽略了他身边的宋栀栀。

宋栀栀也并不在意青君理不理她，她抚摸了一下肩膀上江影球球的脑袋，走上前，随便拿了本最靠上的书籍查看。

结果一打开，映入眼帘的就是“灵祇”二字。

“为何无相宗也信奉灵祇？”宋栀栀有些惊讶，直接开口问道。

信奉灵祇，不是只有灵祇才做的事吗？

“神明灵祇本就存在，这是包括七宗十二派在内的所有修士都公认的事实。”青君思绪被宋栀栀的话拉回，马上答道，“灵祇神教所宣扬的神明灵祇形象，只是他们统治与传播的工具，神明又岂会有固定的姿态？”

“我们无相宗使用的法术所遵循的法则铁律，是神明灵祇的一部分。世界的法则无处不在，神明亦是如此。”青君解释道，“但灵祇神教所信奉的灵祇形象，确实最接近它的本真面目，因为灵祇神教的初代教首曾真正与神明有过一面之缘。正是那妄窥天机的一眼，让人类得以知晓最接近于真理的自然法则，此界的修炼功法因此上了一个台阶，利用灵气的效率越来越高，人类的修为也增长得更加快速。”

宋栀栀听完之后，点了点头，看向书里的内容——讲的正是青君说的这一段，灵祇神教初代教首来到此界禁地墟渊，那里的深处似乎是一片绝望的黑暗，永远没有尽头。初代教首的修为已是人族中的天花板，拥有强大力量的她想要更进一步，于是开始探寻世界法则的边界。

在墟渊的尽头，初代教首看到了一只眼，在那双深邃平静如海洋的眼睛里，她不仅看到了自己的模样，也看到无数蓬勃的思想火花在她的脑海里炸开，仿佛灵犀闪现，福至心灵。仅仅是直面神明的一瞬间，便让她接受到许多朴素的真理，自然法则的边界在那一眼中被无限开拓，延伸出无限的可能——原来充盈于此界的灵气还可以这样使用，人类之前研究出的方法多么愚蠢；原来突破人体承受修为的极限是如此简单……初代教首顿悟了，并且将她看到的知识与真理传播开，建立灵祇神教，尊奉灵祇为神明，开创了修真界的一个新纪元。

在此之前，光凭人类自己修炼，只能有金丹期的修为，但从灵祇那里看到的自然法则教会他们更具效率的修炼方法，元婴、出窍、接近化神的修士开始涌现，那是一个百花齐放、充满着勃勃生机的时代。

宋栀栀看着月轮元年之前史书里波澜壮阔的文字，又想到了月轮元年之后那敷衍了事的记载，越发觉得不对劲。

江影球球蹲在她的肩膀上，挨着她的脖颈，也低头查看书中的文字。

“可笑。”江影传音给宋栀栀，“书中将修真界描写得一派和谐，仿佛灵祇神教便是无偿传授知识的圣者。”江影的声音冷静且无情，“那又为何会有之后七宗十二派合力讨伐灵祇神教一事？”

什么意思？宋栀栀抬手捏了江影球球四下。

“有人的地方就会有矛盾，人与人之间的因果恩怨，会因死亡淡去，在漫长历史中，不值一提。但在所有人修为都提升了的修真界，人类的寿命因修为的提升而增加，长时间难以消除的因果恩怨也会变得更加混乱。”江影懂了宋栀栀捏他这四下的意思，继续传音说道，“那一战，就是因为积怨难消而爆发的，这些书里隐去了些关键的内容。”

宋栀栀听完，愣了一下，她想说她没太听懂。

但此时青君已经从思考中回过神，朝她走了过来。

“你是，姓宋名栀栀吗？”青君朝她歉然一笑，道，“方才思考事情有些入神，抱歉了。”

“无事。”宋栀栀放下书，看了青君一眼，道，“我第一次看三千多年前的历史记载，很瑰丽神奇。”

青君闻言，含着笑意说道：“所有传奇故事的开端，都是那一眼。”

“灵祇神教初代教首窥见神明灵祇的那一眼，是罪恶还是奇迹？”宋栀栀问。

“是罪恶的奇迹。”青君觉得宋栀栀这个问题很好玩，他看着她眉心那一点殷红的朱砂痣，又笑道，“如若我们没有拥有如此强大的力量，又怎会因为战争导致山河破碎，世界崩塌，让现在的修真界灵气依旧匮乏，还有邪恶的黑血妖魔出没？”

“她没有名字吗？”宋栀栀问，“那位初代教首，开创了修真界新纪元的女子。”

“她不需要名字，她已经强大神圣到成为一个符号了，如我们这般的凡俗之人，又怎敢妄言她的名讳？”青君继续道。

青君，这个三千年前存活至今、仿佛游魂一般的强大修士，依旧有着温和如水的不屈力量。

宋栀栀挑了挑眉，觉得埋藏于历史光阴里的一切都是如此奇妙。

这是她永远也写不出来的世界，迷离梦幻，带着宿命般的吸引力。

简而言之，她很“酸”，因为她写不出来。

“栀栀姑娘，你也好奇这些历史？”青君当然不知道宋栀栀早就看过他与宁玺的对话，于是好奇地问道。

“我是来找些话本看的。”宋栀栀赶紧解释，“结果发现这些历史书比话本还要好看。”

青君挑了挑眉，问道：“修真界近几年流行的话本我也有看一些，你是要看玄阴子写的，还是烈阳子写的？”

宋栀栀惊讶了，不过是些话本，居然还有作者？

她赶紧将储物锦囊里带着准备来藏书楼更换的话本拿了出来，仔细查看落款处的作者。

好家伙，这让她每天都看，追更追得欲罢不能的修真界话本居然真的有作者。

一半的话本是玄阴子写的，一半的话本是烈阳子写的，宋栀栀觉得都很好看。

“我都看。”宋栀栀说。

“我也准备离开了，不如陪你去将话本给换成新的，然后带你一道回无相宗可好？”青君略低头，柔声问宋栀栀。他的眉目间流淌着灵动清新的光芒，仿佛雨后青竹，让人倍感舒适。

“呃……”宋栀栀欲言又止。

坐在她头顶上的江影球球挠了挠她的脑袋。

“不好。”他传音给宋栀栀，声音冷冰冰的。

宋栀栀朝青君笑了笑，说道：“我自己过去看看吧，最近你们忙于消灭黑血妖魔一事，应当十分忙吧，就不打扰你们了。”

青君经她一提醒，这才想起来还有正事要做，现在亟待解决的事并不是去探寻之前的真相，而是将那些凶残的黑血妖魔消灭。

“多谢栀栀姑娘提醒。”青君将桃花折剑收起，向宋栀栀告辞，然后离开了藏书楼。

宋栀栀长舒了一口气，这才把窝在自己脑袋顶上的江影球球抱下来，放在手里捏了捏。

“不要捏。”江影球球对她说。

“捏捏怎么了？”宋栀栀一边继续捏他，一边往藏书楼里放话本的书架走去。

“他们找不到只有你能够杀死黑血妖魔的原因，过几日就会让你先去极衍门救人了。”宋栀栀把江影球球放到肩膀上，一边走一边说道。

“我已答应无相宗。”江影回答。

既然已经答应他们了，在不触及自身安危的情况下，他都会尽力去做，兑现承诺。

“这是件苦差事。”宋栀栀说，“换一颗心，值得吗？”

江影沉默了，因为他知道这并不是等价的买卖，心对他而言，本就是无用之物。

宋栀栀没有再追问原因，因为这个原因是堵在江影脑子里的，一天没有感情，他便一天没办法思考出这个问题的答案。

她从书架上将话本扫下来，随意挑了几本自己喜欢的，然后轻声说道：“你不在的话，我会想你的。”

江影球球的身子马上僵住了。他靠在宋栀栀的脖颈旁，轻轻地“嗯”了一声。

“想你给我做的饭、梳的头，这婆娑花也没人浇了。”宋栀栀自顾自地说道。

江影：“……”原来只是馋他做的饭。

“所以你要快去快回，路上要小心，不要受伤，不然我会痛的。”宋栀栀抬手摸了摸他的脑袋说道。

江影球球没有说话，只抬头轻轻蹭了蹭宋栀栀的掌心。

宋栀栀将书籍装入储物锦囊之中，将它们带出了藏书楼。

江影球球展开黑色双翼，带着她回了青崖峰。

青崖峰里一片安静，没有强大修士的气息，想来青君已经找宁玺等人商量对策去了。

宋栀栀刚落地，身后的江影球球已经变成了江影本人，他身形高大，在她身后投下一片阴影。她回头看着他，目光落在他的胸膛。

宋栀栀抬手，戳了一下他的胸口。他反手拢住她的手，将她的手重新放到身侧。

宋栀栀撇撇嘴，抬头看着江影，目光一寸一寸地描摹着他俊逸的眉眼。

“刚刚为什么不让我答应青君？”她提了一个令江影无比尴尬的话题。

“他很危险。”江影说。

“你难道不危险吗？”宋栀栀问。

“在锁灵咒未解之前，我于你而言，不危险。”江影将她的下巴抬起，定睛看着她的面庞说道。

其实他早已发现，宋栀栀看他的眼神是特别的，只有在他面前，这姑娘才会露出那如幼犬般可爱的眼神。

在与其他人相处的时候，不论是与袁一溪、韩潜、宁玺，或是与沈昼、岑长冬等人，即便她样子乖巧、言听计从，但她的目光一直是客气疏离的，甚至带着一些居高临下的淡淡倨傲，就算是面对青君，也不例外。

若江影将这个问题问出，宋栀栀一定会在心里想，她可是作者，自然很难与自己书中的人物在同一水平线上共情。

若不是有锁灵咒在身，宋栀栀或许对江影也是这样的。

这个咒法也不知是救了谁。

宋栀栀对江影乖乖地点了点头，催他快些去修炼，然后自己回了房中整理书籍。

第二章 你不怕疼

三日后，没有任何发现的青君果然来寻江影了。青君没有上门打扰他，而是让韩潜传音给他。

肉虫子一拱一拱地来到江影的门外，邀请他去无相宗主殿。

宋栀栀分析得没有错，他们没有找到让别人复制江影杀死黑血妖魔能力的办法，只能让他出马，先去将极衍门的那些人救出来，顺带将吞噬了许多极衍门弟子的黑血妖魔解决。

江影自然不会推辞，只是在临行之前交给宋栀栀一道传送符。

“无相宗外比无相宗内危险，我无法带着你一起前去。”江影对宋栀栀冷声说道。虽然是在叮嘱她，表情还是一片漠然。

宋栀栀接过传送符说道：“其实我也不想去。”

以江影的倒霉体质，准确点说，以灵祇针对他的一贯作风，这一路上绝对不太平。

若是跟着一起去了，一路上风餐露宿，宋栀栀找时间来码字控制剧情走向都不方便，倒不如留在无相宗里更加轻松些。

江影闻言，低头看着她，长睫垂落掩住红眸，视线冰冷。

他对宋栀栀说：“若有危险，打开传送符，启动阵法，我会在你身边。”

宋栀栀发现江影虽然声音冰冷，但面部表情还是有细微变化的。

方才她说不想要跟着他一起去之后，他的脸色莫名其妙冷了三分。

宋栀栀小声对他说：“我会想你的。”

“不要想。”江影答。

想念是一种无用的东西。

“我会用传音球跟你说话的。”宋栀栀说，“你要记得跟我说晚安，不然我会睡不着觉。”

江影想，没有谁比宋栀栀的睡眠更好了，目睹沈家山庄的惨状那天，当晚她还能睡得那么香，细细的鼾声还打扰到他修炼了。

但他只是淡淡地应了一声：“嗯。”

宋栀栀攥紧手里的传送符，看着江影消失在原地。

此次前往极衍门，是江影与沈昼一同前去，带上了无相宗门内几位年轻弟子，其实江影一人便可以解决，但还是需要有无相宗的人前去拯救极衍门的弟子，免得不知真相的极衍门弟子被他吓死。

宋栀栀回了房间，马上掏出手机来，密切关注他们路上的情况。

球球从她的储物锦囊里爬出来，趴在宋栀栀的手边蹭了蹭。

“如果要用神识力量，记得借给我哦。”宋栀栀拍了拍它的小脑袋说道。

球球乖巧地叫了一声，表示它会努力的。

宋栀栀将“摄像头”安在江影头顶上。

此时，江影与沈昼等人已经离开了无相宗，往极衍门的方向飞去。

由于前往极衍门的路上没有传送阵法，所以他们决定御风而行，预计两日后抵达极衍门。江影虽可以使用传送法术，但无法带上那么多人，所以也跟着他们一道飞。

刚出无相宗没有五百里，在几人飞行脚下的山林中，就已经出现了异动，几株参天大树的藤蔓宛如游蛇一般缓缓蠕动，似乎准备冲天而起，拦住他们的去路。

宋栀栀看到这一段描述，马上警觉。

她的手速飞快，在后续剧情还没有出现的时候，夺过主导权，写道：“但是，这些藤蔓只是动了动，并没有其余的危险动作，原来是因为今天下午阳光正好，它们舒展舒展筋骨好进行光合作用罢了，虚惊一场。”

宋栀栀写完，松了口气，赶在下一次异动还没有出现的时候，先将后面两天的路给打顺了。

一路上，江影与沈昼一行人并没有遇到任何危险，安全抵达了极衍门。

宋栀栀原本想一鼓作气，把极衍门的剧情也给安排好，但当她写下“江影顺利将极衍门关押的黑血妖魔杀死，沈昼他们也将所有幸存人员救出”这一句话的时候，久违的系统警告红字亮起：“注意，不可完全排除危险，已收回无效剧情。”

宋栀栀的美梦落空，知道两日后还有一场硬仗要打。她暂时将手机收了起来，开始思考消灭黑血妖魔一事。

现在江影身怀神血的秘密不可暴露，但那凶残的黑血妖魔必须铲除，她身为作者，也要出一份力才是。

目前黑血妖魔最令人感到的棘手的问题就是，它们从赤霞山传播出去，已经遍布此界，分布范围极广，在无相宗势力探测不到的角落一定还藏匿着许多，只要黑血妖魔有一脉尚存，它们就会吞噬凡人与修士，壮大力量，重新分裂出更多的个体。

宋栀栀的书中从来没有出现过如此复杂的局面，但近日来，她觉得自己脑子灵光了一些，所以现在有必要去提升自己写作的能力，来应付眼下棘手的情况。

正巧，她最近一直在追读着的话本也是有作者的，剧情写得比她好多了。她寻思着，如果能找到这个世界里话本的作者，向他们取取经，学习一下解决复杂剧情的能力，或许她能想出解决的办法。

宋栀栀如此想着，觉得自己真是聪明极了。

她先联系了最为相熟的袁一溪。

“袁长老，我最近闲暇时，不是一直在看这些话本嘛，”宋栀栀对袁一溪说道，“这些话本的作者不是玄阴子，便是烈阳子，我想去找这两位作者，与他们交流一下。”

袁一溪听闻，有些惊讶道：“栀栀，你只看书便是了，找那两位老先生做什么呀？”

“其实……其实我也是有些爱写作的。”宋栀栀不好意思地说道，“我觉得他们写得特别好，想要学学，等到学会了便可以也写一些话本给你们看！”

袁一溪听到宋栀栀如此说，来了兴致，道：“可以，玄阴子与烈阳子两位老先生的居所并不远，就在无相宗三十里外的一座双子峰中，你若是真要写，或许能写一本以我为主人公的。”

宋栀栀连连应下，觉得袁一溪真好，以后一定要给她写篇番外。

“玄阴子与烈阳子两位老先生，只有新书写成的时候，才会出关将新书送出，都是我无相宗的弟子负责收集，送到门中印制。”袁一溪对宋栀栀解释道，“老先生效率极高，三日后便是出关发新书的日子，你若是要去见，便在三日后与岑小子一起去，如何？顺带将他们二位的新书一道带回无相宗印制。”

宋栀栀点了点头，觉得这样甚好，因为两日后是江影救援无相宗弟子的关键一日，她没有空出门。

而三日后他们已经在回来的路上了，到时只要她安排好剧情，便能保证路上不出意外，她只管放心去找两位老先生便是。

“好的。”她乖巧地应道。

“玄阴子与烈阳子两位老先生师出一门，只是互相不太对付，住在遥遥相对的双子峰的两座峰顶上，就怕低头不见抬头见，你若是要见他们，一次只能去见其中一位。”袁一溪解释道。

“烈阳子的脾气好些，你可以先找他学学写话本的技巧，想必他也会倾囊相授。”袁一溪笑着说道，“修真界还没人喜欢写这玩意儿，他们正愁收不到弟子。”

宋栀栀想了想，抿了抿嘴唇，摇了摇头，对袁一溪抱歉地说了一句：“袁长老，我想先见玄阴子。”

似乎是怕袁一溪心存芥蒂，她补充了一句：“我正巧看到玄阴子的话本里的最新一话，最后的剧情卡着，令我抓心挠肝，我正好可以去问问他后面的剧情。”

袁一溪闻言，觉得宋栀栀说得有些道理，便应允了：“好，那三日后我唤岑小子去青崖峰带你前往，如何？”

“嗯，谢谢袁长老。”宋栀栀感谢道，雀跃起来。

“我见你也不太亲近无相宗里的其他年轻修士，只有岑小子与你相熟些。”袁一溪轻叹，道，“你还喜欢着江道友？”

宋栀栀没想到袁一溪哪壶不开提哪壶，急得在她看不到的地方慌忙摆手道：“我……我……我没有。”

她又骗了袁一溪，幸亏对方不在她面前，不然定能看见她满面通红、不知所措的模样。

“有件事，不知与你说妥当不妥当，但……”袁一溪无奈说道，“你是普通人，对你说应该也没有什么大问题。”

“是什么事？”宋栀栀好奇地问道。虽然袁一溪每次都会告诉她一些她已经知道了的消息，但她很喜欢听对方再告诉自己一遍。

“你可知江道友为何会去极衍门救人除魔？”袁一溪想了想，还是决定对宋栀栀说出这个消息，“因为无相宗答应他一个条件。”

宋栀栀轻轻吸了一口气，明知故问，语带好奇：“什么条件？”

“他要无相宗帮忙找他的心，你说奇怪不奇怪？”袁一溪直到现在还是有些难以置信，她根本就不相信江影竟然会想要找回他的心。

能够抛下自己心的人，在剖出那颗心的时候，一定是绝望且坚定的，不可能后来还会后悔。

袁一溪根本无法想象，究竟是怎样的人……竟然能够让江影那般冷漠无情的人，主动想要找回自己的心。

“你与江道友接触不多……”袁一溪絮絮叨叨，语气担忧。

宋栀栀抬眸看了一眼偏院里江影紧闭着的房门，“接触不多”四个大字在她的脑海里回旋。

她低头，嘴角含着不知从何而来的浅浅笑意，小声对袁一溪应道：“嗯，是的。”

“我看江道友或许是有什么难以割舍的人，所以才想要找回心，你说对不对？”袁一溪劝宋栀栀道，“你还是……早些脱身为妙。”

“难以割舍”这四个大字又在宋栀栀的脑海里旋转放大。

她继续害羞地低着头，不好意思地小声说道：“袁长老，我知道的。”

“好，我只是凑巧想起，便与你说了这事，感情还需顺其自然，也不可强迫自己。”袁一溪轻叹一声，心里想的却是江影在这方面当真不是个好人，有事没事还去撩拨人家小姑娘。

“嗯，多谢袁长老提醒。”宋栀栀真心诚意地道谢。

“以后若有事，只管来寻我便是。”袁一溪笑着说了最后一句，便切断了与宋栀栀的联系。

宋栀栀约好了三日后要做的事，顿觉浑身轻松。

人一旦闲下来，就会开始胡思乱想，做一些没有意义的事情。

宋栀栀坐在梳妆镜前，给自己挽了一个极其简单的发髻，将婆娑花包在里面。

经过日复一日的鲜血浇灌，这株婆娑花虽然表面上还是一副弱不禁风的样子，其实积蓄的能量已经十分丰厚了，只是不知要厚积到何时才能薄发，成长为婆娑木。

到时宋栀栀就不用受朔月蛊的疼痛困扰了。

说起来江影也替她受了月经疼，他们这么一来一去，似乎也算扯平了。

宋栀栀托腮，看着镜中的自己，抬手抚上自己眉心的朱砂痣。

这其实是一道伤疤，她在医院里醒过来的时候，随床的护士告诉她的。

她知道自己是某一场战争中的幸存者，家人、朋友全部死在那场战争中，所以她才孑然一身，独自居住。

为了避免创伤后应激障碍，医院给她注射了药剂，让她忘记战争的具体细节，她也就接受了。

正因为有着这样一段由医院中随床护士转述的经历，所以厌恶战争的宋栀栀才视书中灭了灵祇圣城的江影为反派，为他安排了一个被正义主人公杀死的结局。

但真正了解他之后，宋栀栀才发现，并不是这样的，他不是一个如此平面单一的人。

如此想着，她轻叹了一口气，想着不能只有她一个人伤春悲秋，必须骚扰一下江影才是。

她才……才不是因为想他了。

宋栀栀将传音球摸出，此时的她觉得修真界有实时的传音媒介这种东西，当真是太妙了，跟手机一样方便。

她坐在洒满午后阳光的桌前，胳膊肘搭在桌上，垫着下巴，将打开了开关的传音球放在眼前。

“江江，江球球……”宋栀栀拉长了音唤他。

江影一人飞在队伍的前方，高空的寒风飒飒吹着，却无法拂开他周身挡风的防御。

他的发丝束得极为严整，一点儿也未曾散乱。

无相宗其余人还跟在后面，江影飞在前面，也会顺手挥散路上的障碍——一些有威胁的飞行灵兽或是云团。

宋栀栀唤他的时候，他正巧将一团积了雷雨的云挥开。

“何事？”他低声问道，尾音散入飒飒风中，传入宋栀栀的脑海里。

“路上怎么样？”宋栀栀坐直了身子，兴致勃勃地问他。

“还好。”江影简略地回答。

“极衍门那边可能会有意外发生。”宋栀栀顿了顿，提醒道，“等到了那附近，你要注意一下。”

江影“嗯”了一声，算是应下宋栀栀的这句话。

宋栀栀抠着自己书桌的桌面，忽然想起了什么，小声说道：“如果……我是说如果，无相宗的弟子遇到了危险，你还是要以自己的安危为先。”

江影听闻，有些诧异，这句话不像是从宋栀栀口中说出来的。

“我自然不会做舍身救人这种蠢事。”江影冷硬的声音在宋栀栀的脑袋里响起。

“你不会，但我或许会，所以我提前与你说，到时若我一时心软，让你做什么，你千万别听我的。”宋栀栀知道灵祇不会放过这个能在极衍门搞事的机会，一定会想方设法摆江影一道。

她怕自己到时候面对突发情况，在情急之下，一不小心让江影做了些什么，中了灵祇的计谋。

宋栀栀深知自己的弱点，这才提前与江影如此约定。

“好，以你这句话为先。”江影答。

“嗯……”宋栀栀低低地应了一声，声音很低落。

“无事。”江影能够听出宋栀栀的声音低了好几分。

宋栀栀沉默着，但没有切断传音球的联系，她清浅的呼吸声与心跳声在江影的脑海里回旋着，这给了他一种，他似乎也有心跳的错觉。

“我不笑你蠢。”他补了一句，宋栀栀做过的所有蠢事只有他知道。

“你骗我，你或许会在心里偷偷笑我蠢。”宋栀栀扬起脖子反驳道。

“栀栀，我没有心。”江影对她说出这个事实。

他没有心，所以不可能在心里偷偷笑她。

“嗯。”宋栀栀纤密的长睫垂落，在面颊投下一片漂亮的阴影。

她又想起袁一溪曾经对她说过的事情。

袁一溪真是个好长老，就连猜测都正合宋栀栀的意。

“袁长老今天对我说。”宋栀栀转向了另一个话题。

她因为紧张加上羞涩，所以将球球放在手里紧紧攥着，这心魔毛球发出了挣扎的“吱吱”声。

江影听到这“吱吱”声，代入感极强，甚至想叫宋栀栀别捏了。

但宋栀栀很快说道：“袁长老说你要无相宗帮你找回你的心，一定是有一个难以割舍的人。”

她咬了咬唇，直白且真诚地轻声问道：“这个难以割舍的人，是谁呀？”

江影的声音很快在她的脑海里响起，毫无情绪起伏，仿佛在阐述一件事实。

“锁灵咒暂时没有解开的可能，目前的线索也断在赤霞山出现过一模一样的图腾上。

“我们两个人一时半会儿确实很难分开，无法完全切断联系。

“所以目前来说，那个难以割舍的人，是你。”

宋栀栀听到江影说了这三句话，自动过滤了前面两句，只听进去了“难以割舍的人，是你”这句话。

宋栀栀心满意足，对着传音球轻声说了句：“那……那就没事了，我先关了哦。”

江影“嗯”了一声之后，宋栀栀把传音球的开关关上，拽过一旁的球球，放在手里使劲捏了好几下，转移注意力。

“你说他到底知不知道难以割舍是什么意思呀？”宋栀栀问球球道。

球球根本不知道她的这句话是什么意思，只能“吱吱吱”叫了好几声，胡乱答应她。

夜里，灵石供应能量的灯盏悠悠闪烁着暖黄的光辉，宋栀栀决定偷窥一下江影这个时候在做什么。于是，她掏出了手机。

是夜，江影与无相宗众人，寻了一处密林里的空地，停下来休整，明日再出发。

她在手机里输入这些字，然后手机就开始自己码字了——

此时的江影正站在林畔，一只手抚上了自己的胸膛，将衣襟拉开……

——等等，这是什么画面，美男入浴图吗？

其实宋栀栀误会了，只是他们在停下来歇息的密林中发现了一处温泉，还是分了好几个池子的那种，可供男女分开泡。

无相宗的弟子都跑去泡了，沈昼自诩与江影相熟，所以也热情地邀请他一道去泡。

“江道友，我们中几位师弟、师妹在前面不远处发现了一处天然温泉。正好这一路飞来，我们的身体也有些疲惫了，便决定一道去泡温泉，不知江道友要不要一起去？”沈昼怕冷落了江影，所以过来提了一嘴。

江影顺着沈昼的目光望向温泉的方向，目光有些冰冷。

这温泉之下，栖息着一只赤蛟，这赤蛟通身炎热，一呼一吸间都能带出火焰，一般沉睡在地表的岩浆里。

他们发现的温泉，其实就是河水被赤蛟的气息影响，才有了温度。

这么多人在赤蛟的头顶上泡温泉，竟然还没激怒这暴躁的妖类，也算这群无相宗的人命大。

江影知道此番出无相宗，是有义务保护无相宗这些人安全的，为了防止赤蛟突然醒过来伤他们的性命，他选择答应沈昼的邀请。

“去。”江影对沈昼冷冷地抛下一字，大步往温泉的方向走过去。

远处氤氲着白蒙蒙的雾气，江影脱衣入水，但当他将衣襟拉开，露出胸膛之后，沈昼正巧瞥见了他胸膛上剖出心脏的伤疤。

在他光洁苍白的胸膛上，浅浅的疤痕尤为醒目，其上垂着一颗红得鲜艳欲滴的红琉璃，流转着迷离的光辉。

江影根本不在意别人的目光，只关心着他们脚下那只赤蛟的情况，打算一旦它有苏醒的迹象，便先行将它杀死。

沈昼跟在江影身后入水，以手捧起温泉，泼洒在身上，洗去身上风尘污秽。他仿佛在问一件微不足道的小事：“江道友剖开胸膛，取出自己心脏的时候，也留下了疤？”

“是。”江影的声音冰冷，这并不是什么秘密。

“这伤疤小且秀气，是冥昭的手笔？”沈昼问。

江影大半的身子没入水中，只在朦胧的白色水蒸气中，留下修长的脖颈与优雅的肩颈线。

“是冥昭。”江影答。

“不知江道友有没有发现，”沈昼念着他们无相宗还要帮江影找心一事，所以对相关的线索格外在意，他缓声说道，“你这伤口很规整，将伤口的长度降到了最短，下刀的时候非常小心……”

“江道友，你……似乎并不是一个怕疼的人。”沈昼的声音平静，将他最好奇的问题问了出去。

若真的不想要这颗心了，他那时内心的痛苦与绝望，必定比身体的痛苦来得更加剧烈刻骨，在那种情况下，又何须以冥昭割开一道如此小心翼翼的伤口？

江影沉默了许久，没有再回答沈昼的问话。

因为他自己也不知道答案。

在水中，他苍白的手指抚上自己的胸膛，疤痕处浅浅的触感，有些发痒。

宋栀栀在手机里看到了这一段剧情，觉得沈昼问得好，但江影又沉默了，没有回答他的问题。

在转换了很多视角，也没能把“摄像头”放到水下之后，宋栀栀放弃了看美男洗澡画面的念想。

她将手机关上，找了干净的衣物到屏风后，准备了一块新的皂角，在水中放了新鲜采摘的栀子花瓣，开始泡一个舒舒服服的睡前澡。

宋栀栀将身子沉入水中，闻着鼻间的馥郁花香，只觉生活又美好起来。

她泡澡很慢，所以磨蹭了许久。

在她泡澡的这段时间里，无相宗的弟子与江影已经泡完温泉，神清气爽地回到他们安营歇息的地方。

而江影担忧会突然苏醒的那只赤蛟，从头到尾都没有任何动静。

其实它本该醒过来，然后搅风搅雨闹出大动静。只是因为宋栀栀在一开始写下一路平安、顺利的剧情，这玩意儿才一直在沉睡。

江影不需要睡觉。他一直觉得睡觉的时候，是一个人最脆弱、最容易被攻击的时候，所以他主动请缨给无相宗的弟子们守夜。

只是因为不想睡觉，江影莫名其妙又收到了他是个好人的夸赞。

他一脸冷漠，一副马上就要杀人的臭表情，无相宗的小弟子们早就信了岑长冬的宣扬，认为他面冷心热，根本没有怕他，只钻进了帐篷里好好休息，等着次日出发。

江影一人坐在帐篷外的青石上，抬眸看了一眼天际悬着的一轮孤月，月亮半弯，皎洁清冷，月光洒下，将夜晚的森林照得朦胧。

他的红眸仿佛平静的湖，深不见底。

江影并没有选择修炼，姿态仿佛在等待，当然，他确实在等待。

他在等宋栀栀传音给他，她说了每日都要说晚安的。

然而，此时的宋栀栀还在沉迷泡澡，根本没有要起来的意思。

也不知道等了多久，或许根本没有等很长时间，江影的长眉轻皱。

宋栀栀这么晚都还没传音过来，莫非是遇见了什么危险？他暗自思忖。

又过了一会儿，江影没有再继续等待，主动给宋栀栀传音。

“栀栀。”他的声音压得极低。

冰冷又低沉的声音在宋栀栀的脑海里响起，把正在浴桶里闭目养神的她吓了一跳。

她马上睁开眼睛，朝球球挥了挥手，道:“球球，替我将传音球拿过来。”

球球贴心地把传音球打开，抱着它飞到了宋栀栀面前。

宋栀栀把传音球放到嘴边，小声应道:“我在洗澡，你找我做什么呀？”

江影：“……”原来是在洗澡。

他冷淡地应道：“没事。”

宋栀栀觉得他不对劲，忙问：“怎么没事了？”

“并不是什么大事。”江影勉强回答她的问题，“只是你说每日都要说晚安的。”

宋栀栀闻言，愣住了，她低低地应了一声：“好像是这样的，等我洗完澡准备睡了，我再跟你说。”

语毕，她沉默了，没有再说话，也没有将传音球关上。

江影在等她关。

浴桶里的水流声潺潺响起，合着她的呼吸声与心跳声，一同在江影的脑海里响起。

甚至于江影只要闭上眼，都能够想象到此时宋栀栀房间里的画面。

他也并不是没有见过那画面，可是听着听着，在月色下，他的脸颊竟然微微红了。

宋栀栀当然不知道江影红了脸。

她很快将自己收拾好，换了衣服，将湿了的头发擦干，爬到床上。

宋栀栀确实是准备睡了。她趴在被窝里，将传音球放在嘴边，轻声问江影：“这么晚了，你还没有开始修炼吗？”

“守夜，不修炼。”江影回的语气如常。

野外不比无相宗，这密林里处处是危机。

“不会有事的，你可以修炼一会儿。”宋栀栀劝他休息一下。她既然已经写下了既定的剧情，那就不可能出现意外。

“不用。”江影答。

他沉默片刻，见天际月色如水明亮，催宋栀栀睡觉：“早些睡。”

宋栀栀撇嘴，怨道：“你又嫌弃我烦了，所以催我睡觉是不是？”

“不早睡，等到下个月的月事，又该疼了。”江影冷着脸，用平静的语气说道。

他后来确实去看了些书籍，知道了月事究竟是个什么东西。

宋栀栀经他这么一提醒，脸一红，把头埋进枕头里。

她声音闷闷地说："你是怕自己痛。"

"是。"江影不否认有这么一层原因。

"坏东西。"宋栀栀说他，"说句假话都不会。"

"忘了。"江影答。他早就忘了可以对宋栀栀说假话这件事。

"我睡了。"宋栀栀对他说。

她确实很困了，但她很愿意跟江影聊这种没有任何意义的天。

跟一个没有心的人说话，每一秒钟都能挑战她的承受底线，即便江影的态度冷淡，每句话听起来都非常敷衍，她也很愿意听。

因为他就是这样一个人。

没有心，是他的错吗？

不，是她的错。

宋栀栀想到，都是她这个作者写的，他悲惨命运的罪魁祸首，就是她。

她甚至想要将这个秘密永远埋藏，让江影永远也发现不了，这样他就不会有恨她的机会。

宋栀栀想，自己有的时候真的非常自私又愚蠢，可这就是人类的天性。

"嗯。"江影应了一声。

"晚安。"宋栀栀把传音球放到唇边，用近乎于耳语的声音对他说道。

江影回答她的声音低沉："好，晚安。"

宋栀栀关了传音球的开关，将脑袋埋入柔软的枕头里，闭上眼，心满意足地睡去。

江影这么一守，就守到了第二天。

次日，他们正常出发，除了宋栀栀白天会一直开传音过来骚扰他，他觉得这一路非常顺利，甚至于顺利得令他难以置信。

因为江影倒霉惯了，如此平静的一次旅途，他还是第一次经历。

上次与宋栀栀同乘浮舟，浮舟阵法零件出了问题，还闯入了飞行灵兽聚居的地方，虽然有惊无险，但也有意外发生。

江影远远地看到极衍门的模糊轮廓时，蓦然间又想起在长澹时，宋栀栀捧着他的脸，对他说的话，虽然她的语调含混不清，但他也听懂了一部分。

“江影，你听我说……

“以后你往哪里走，哪里就是宽阔大道。

“我不许你走到哪里都是深渊，就算是穷途末路，我也给你写出一方天地来。

“我要你磊落光明，风风光光。

“你那么厉害，我要你万人景仰，而不是人人敌视。”

那时的江影以为宋栀栀不过是在开玩笑，或是在惊惧后的胡言乱语，但他没想到，在不知不觉中，她曾说过的不切实际的“豪言壮语”竟然真的在慢慢实现。

他果然……不论走到哪里，都始终是通天大道，不再受人仇视，所有人看他的目光都满是敬佩。

江影心中如是想着，人已经接近了极衍门。

宋栀栀此前已经提醒过他，在营救极衍门弟子，杀死他们拼死关押住的妖魔的时候，很可能会有意外发生。

极衍门附近已经出现过黑血妖魔，或许别的黑血妖魔会蛰伏在附近，伺机而动，所以江影必须要让无相宗这些人在他视线范围之内。而且，单凭他一个人，确实没办法将极衍门山洞最深处那些受伤程度不一的弟子一次性救出。

江影以前习惯了被操控去杀人，这如何救人，确实在他业务范围之外。

他思考来思考去，最优的解法都是把这群人全部丢去喂黑血妖魔，然后回无相宗对宁玺说他已经尽力了。

这时沈昼开口了，他提议道：“江道友，那黑血妖魔我们无法应付，不如就由你去将极衍门弟子拼死关押住的黑血妖魔杀死，我们从极衍门弟子藏身的山洞天井进入，将他们救出，我们一同行动，相距不过十余丈，仅有一堵石墙相隔，若遇到危险，也好相互照应。”

江影思忖着，宋栀栀已经传音给他：“我觉得这样是可以的。”

宋栀栀早就开着手机密切关注这里的剧情，沈昼的提议没有毛病，就连她身为旁观者，都没有看出任何不妥来。

江影想宋栀栀这能力越来越离谱了。

不过他也突然间明悟了，在沈家山庄时，那双暗中看着他的眼睛从何而来了。

此时的他觉得当时宋栀栀真是胆小，被他瞪了一眼就赶紧跑了，从此之后不敢再看。

“好。”江影回答道。

说罢，他们一行人已经朝着极衍门布下好几层阵法的山洞飞去。

除了这个山洞，极衍门已经破败不堪，满目疮痍，原本华丽的建筑尽数倒塌，残垣断壁之上还残余着腐烂的断肢。地上没有鲜血，却更显恐怖，因为他们的血液已经被黑血妖魔全部吸收，壮大了自己的实力。

江影看着这景象，倒是没有太大触动，平静漠然的目光在破败的建筑里淡淡地扫过，依旧向前飞着。

沈昼不忍，只是摇头轻叹。

而另外几位资历低些的无相宗弟子，有的刚看见人体的断肢，就已经干呕不已，差点吐出来。

但前方还有人等着他们去救，他们也只能忍下不适之感，朝山洞飞去。

山洞的入口处，已经被落石与十几层防御阵法封上，这些防御阵法都是极衍门祖上传下来的，只为了在危急时刻保护后代弟子。

但极衍门的人没有将这强大的防御阵法用在保护他们自己身上，在熟悉黑血妖魔特性之后，他们选择将黑血妖魔引至山洞里。极衍门的这处山洞是他们为了开采降魔石矿脉而开拓的空间，降魔石可以阻拦黑血妖魔的行进路线，黑血妖魔只要进入洞里，将入口用强大的防御阵法封住便能将这邪恶妖魔关在这里。

本来极衍门的门人都已经做好了以身为饵、慷慨赴死的准备，但宋栀栀写下剧情，让山石落下，形成密不透风的石墙，救了他们一命。

江影孤身走进防御阵法中，穿越这重重叠叠的阵法，就会直面吞噬了整个极衍门大半弟子而变得无比强大的黑血妖魔。

沈昼看着他从容地走进阵中，如入无人之境，眼中已带上些许惊讶，这十几重防御阵法可不分敌我，他竟然能如此轻松地走进去，实力当真深不可测。

幸好……不是敌人。沈昼如此想道。

他正在愣神间，几位师弟们已经开始呼唤他，把他的思绪拉回来：“沈师兄，我们现在去救人？”

“是，我们从山洞里山石坠落形成的天井进入。”沈昼带领着他们往另一个入口飞。

飞到一半，他想到了什么，沉声强调了一句：“黑血妖魔非我们能敌，江道友一人解决便可，你们千万不要靠近隔绝它们的石壁，只管救人便是。”

无相宗弟子齐齐应了声好，打破极衍门弟子们藏身的山洞顶端的一个缺口，飞了进去。

外来人强行破开山洞的防御阵法，容易让整个阵法崩溃，将黑血妖魔放走，但现在江影已经去对付那玩意儿了，所以他们也放心飞进了山洞中。

极衍门剩下的小半弟子与掌门都被困在山洞的最深处，极衍门门主梁真修为最高，已是元婴之阶，他将受伤的弟子护在身后，每日消耗法力为无法辟谷的低阶弟子供给能量。

这么些天过去了，他们已濒临绝境，只有一墙之隔的黑血妖魔每日都会试图冲撞石墙，发出“砰砰”巨响，给他们带来极大的心理压力。

这是生理与心理的双重折磨，就在极衍门中已经有许多弟子晕过去的时候，无相宗的人赶到。

听到动静，梁真警觉地站了起来。他的伤已经被几位弟子合力治好，但这些天来为低阶弟子供给法力维持生命，他亦是十分虚弱。

“何人？”梁真厉声问道。他站在最前方，身形摇摇欲坠。

“梁前辈，是我。”沈昼站在最前，身形潇洒，朝梁真遥遥行了一礼。

梁真认得沈昼，见是无相宗的人，他长舒了一口气，道：“沈道友，是你们。”

身后的几位一道前来的年轻弟子已经走上前去，将昏迷的极衍门弟子救起。

沈昼的语速很快，他道：“我们本该早些前来，但我们担心在救出你们的时候，一招不慎，将黑血妖魔放出，所以这次带了可以制伏黑血妖魔的人前来。”

梁真接过沈昼递给他的清水，喝了一口，润了润干燥的嗓子，说话的语调已经染上了些许难以置信，问道：“不知沈道友带来的这人，可是青君大人？”

沈昼无奈地摇了摇头道：“并不是师祖，就算是他，也对这古怪的黑血妖魔束手无策。”

梁真好奇地问："那是何人？比青君还要更加厉害。"

"是灭了灵祇神教那位。"沈昼对他说道。

梁真闻言，有些惊恐，道："是江影，这黑血妖魔与他无关？他倒在这里装起好人来了！"

沈昼闻言，说话的语调已经严肃了几分，虽然梁真比他年长，算是他的长辈，但他也不能让梁真如此泼人脏水。

"师祖青君已经调查清楚，这黑血妖魔是三千年前我们七宗十二派合力讨伐灵祇神教那一战的产物，山河崩毁，妖魔丛生，与江道友无关。更何况，当年江道友受制于人，身体无法自控，被灵祇神教操纵着，他也是灵祇神教的受害者。"沈昼沉声说道，"梁前辈切莫再说此事，现在仅有江道友一人可以完全杀死黑血妖魔，千万不要惹得他不高兴了。"

梁真听完沈昼的解释，沉吟片刻，这才觉得是他多疑了，只垂首，无奈地说道："是我误会了，还请沈道友将我的感谢代为转告江道友。"

"嗯。"沈昼点点头，站起身来，道，"江道友从前方防御阵法进入，灭杀黑血妖魔，我们只管将你们极衍门的人全部救出就好。"

"对了，忘记交代你们极衍门的弟子，千万不要靠近那石墙，黑血妖魔凶恶，无孔不入。"沈昼的语气非常严肃。

梁真应了一声，好奇道："山洞外的防御阵法是我极衍门先祖留下的，是三千年前的东西了，威力巨大，江道友是如何进去的？"

"江道友的修为已不输我们无相宗的师祖青君。"沈昼解释。

"他才修炼不到三百年。"对于江影的事迹，梁真自然有所耳闻，他道，"当真是英雄出少年！沈道友，你的经脉不输他，日后成就必定非凡。"

"那是后话了。"沈昼苦笑。

在看到江影的时候，他也诧异此人修为怎会如此高，他们的经脉都是举世罕见的天通十二脉，但江影修炼的时间没有比他多很多，怎么就能够拥有接近化神之阶的修为？

沈昼只能用无相宗功法注重基础，是厚积薄发之道，而江影剖去自己的心，心无旁骛，修炼一日千里是正常的来解释了。

但他面对江影的时候，却总是觉得自己的天通十二脉比不上人家万分之一。

沈昼长叹一声，连他也有些无奈。

他想起了什么，问梁真："梁前辈，您嘱咐门中弟子不要靠近那石墙了吗？"

梁真猛地拍了拍脑门，他不知为何，突然就将这事忘了："我这就吩咐下去。"

然而已经晚了。无相宗的弟子都谨遵沈昼吩咐，没有靠近隔绝黑血妖魔的石墙，他们一一将重伤昏迷的极衍门弟子扶起来，喂食清水与灵药，清新的治疗法术光芒渐次亮起。

由于困在这里的受伤极衍门弟子人数众多，所以他们每救治完一位之后，便将伤愈但还在昏迷的弟子放到一旁临时搭建的帐篷里。

这中间，也有极衍门的弟子苏醒过来，加入了无相宗救人的队伍，帮忙救助同门，一派和谐的景象。

但总有人按捺不住自己的好奇心，又或者是冥冥之中有一股力量将他的好奇心放大了。

梁真的亲传弟子黎峰，右腿被黑血妖魔啃噬，行动不便，失血过多，后来为了维持防御阵法又耗费全身法力，所以这些天一直处于昏迷状态。

无相宗的人先将他救起，治疗好腿上的伤后，将昏迷的他放入帐篷里修养。

不多时，伤愈的黎峰苏醒过来，他从帐篷中爬出，却听见一旁的石墙内发出黑血妖魔的尖啸，似乎极为痛苦。

他唤住一位无相宗的女弟子——她正忙着分发灵药。

"道友，可是有人来救我们了？"黎峰连忙问道。

"是。"无相宗弟子冷静地说道，"外面的黑血妖魔也有人会去解决，你不用担心。"

"什么？"黎峰大惊失色道，"竟然有人可以把那古怪玩意儿给杀了？"

"对。"无相宗弟子抬手把他按回帐篷里，说道，"道友就好好在这儿歇息便是。"

说罢，她已经端着灵药，急匆匆地离开，忙着救下一个伤者。

黎峰躲在帐篷里，若有所思，他在初见黑血妖魔的时候，也对此物不以为意，总以为可以凭借自己的力量斩妖除魔。但他的自大让他付出了代价，他的右腿受伤，梁真为了救他，也受了重伤。

但此时，黎峰的脑海中忽然涌起一股强烈的欲望——他想去看看，究竟是何人可以将黑血妖魔杀死。

既然他有杀死黑血妖魔的办法，为什么藏着掖着担心人看呢？

黎峰心中如此想着，人已经站了起来。

这一幕，被几千里之外的宋栀栀尽收眼底。

她盯着手机里的文字，马上将传音球打开，给江影传音。

“江江，我看到有人要接近石墙了，你那里的黑血妖魔解决了吗？”宋栀栀问道。

江影正忙着对付分裂成多只的黑血妖魔，猛地听到宋栀栀的这声“江江”，手中的冥昭顿了一下。

“尚未。”江影言简意赅。这黑血妖魔极为狡猾，见自己不敌江影，便将身体分裂为许多不同的个体。

本来江影要杀死它，只需要用冥昭戳一刀，但现在它分裂成如此多的个体，就算他再干脆利落，也需要一些时间。

“他从东面而来，你注意一下，我会尽量阻止他。”宋栀栀很快说道。

江影在激烈的搏斗中，对宋栀栀“嗯”了一声，将注意力放在东面，优先肃清那个方向的黑血妖魔个体。

宋栀栀说完，便在手机里输入剧情，阻止黎峰的愚蠢行为。

她写道——

黎峰走到一半，突然顿住了脚步，他忽然觉得自己有些鲁莽，本来因为他自己的自大，就害得他的师父受了伤，现在他还要因为自己的好奇心去窥探他人是如何制伏黑血妖魔的吗？

这几日，他们也不是没有见识过这黑血妖魔的邪恶之处，只要寻得一丝缝隙都能够钻过来，简直是无孔不入。

黎峰如此想着，自顾自地摇了摇头，又回到了休息的帐篷中。

第三章 命定之局

宋栀栀写完之后，确定黎峰已经放弃了他危险的想法。

但马上，她屏住了呼吸，一股巨大的恐慌涌上心头。

不对……根本不对！

黎峰根本不是这天的意外因素，这手机里的剧情在转移她的注意力。

她将桌上的传音球抓起，对江影说道：“江江，不对，应该不是那个人！”

江影的冥昭正在空中划出一道优美的弧线，又一只黑血妖魔的个体被杀死。

然而，宋栀栀的话音刚落——

一个人的身躯便从远处飞过来，背部重重地撞上了石墙。

宋栀栀让山石坠落形成的石墙，维持着微妙的平衡，其实摇摇欲坠，就这么轻轻一撞，便将石墙撞开了！

原来远处也突然有一块巨大的山石坠落，灵祇竟然对宋栀栀的做法如法炮制，逼得一位刚被救下的极衍门弟子躲避不及，被坠落形成的气浪烟尘吹得飞了出去。

石墙倒塌，许多只尚未被杀死的黑血妖魔朝极衍门弟子休憩的地方涌了过去。

宋栀栀瞪大眼，看着书中的剧情，深吸了一口气，神经紧绷至极致。

就在千钧一发之际，江影飞身而上，黑色的身影在山洞里干脆利落地划出一道弧线。

人未至，冥昭已经先到，这柄柳叶小刃朝前飞去，以极快的速度将迎在前方的黑血妖魔一一斩除。

这些肆虐的妖魔，凄厉可怖的尖啸声戛然而止，被冥昭击中，颓然倒地。

江影的速度比在山洞里铲除黑血妖魔的速度快上了好几倍，这才是他真正的实力，方才，他也在隐瞒着什么，让冥冥中的那双眼睛误以为他的实力就是如此，做出错误的判断。

逃逸而出的黑血妖魔一一坠落，冥昭在空中旋转半周，回到江影手上。

江影的衣袍发出簌簌的声音。他抬起下颌，目光冰冷，嘴角扯出一抹嘲讽的微笑。

然而，就在此时，在无人在意的角落，一块坠落的黑血妖魔碎片死而复生，忽然暴起，直接朝一位极衍门弟子飞了过去。

黑血妖魔从他的胳膊处蹿了进去，瞬间占据他的身体。

江影将这位无辜的弟子扯了过来，其实黑血妖魔尚未与他的身体完全融合，还能救。

只是……方才他确定所有的黑血妖魔已经失去了生命力，再也不能行动，为何又会突然暴起一只？

江影的眉头微皱，冥昭的光芒已经在掌心闪现，他打算直接将这位弟子连带着黑血妖魔一道杀了。

但是，沈昼马上赶了过来，探了探这位弟子的鼻息，道：“江道友，还可以救。”

江影把此人往沈昼怀里一塞，说道：“你来救。”

救死扶伤，他可不会。

“江道友……”沈昼无奈，治疗法术在这位弟子的周身亮起，却无济于事，无法将黑血妖魔逼出。

江影以白绢擦拭着手中冥昭，准备将身中黑血妖魔的这位无辜弟子杀死，永绝后患。

但就在沈昼贴近这弟子试图救他的时候，由于贴得太近，沈昼没有防备，藏匿于那位弟子身上的黑血妖魔竟然又转换了一个吞噬对象。

它直接朝着沈昼的天灵盖飞进去，占据了他的身体。

“废物。”江影冷冷地说了句。在众人的目光中，他抬脚，准备从沈昼的身体上跨过去，任其自生自灭。

但此时，一股无法抗拒的力量让他伸出手，将沈昼给扶了起来。

令人熟悉的、被迫做事的感觉，江影当然知道这是谁的手笔。

江影咬着牙，压低了音量，无奈的声音溢出齿缝：“宋栀栀，你说好的。”

然而，此时的宋栀栀却惊恐极了。

因为一切发生得太快，都在电光石火间，她都没有来得及写剧情控制事情的发展状态。

她确实没有写下剧情让江影救沈昼，因为要救他，就必须用他的神血。

宋栀栀的直觉告诉自己，江影的神血绝对不能暴露。

但江影又为何会被强迫着救沈昼？这当然也与宋栀栀脱不开干系。

沈昼的男主人公光环，是宋栀栀一开始就写在人物设定中的。

她说沈昼一生会平安顺遂，不论遇到什么事情都会化险为夷，即便身陷险境也有贵人相助。有人想要杀他，他也能次次死里逃生，变得更加强大。

现在，她写下的这个设定起作用了。

沈昼被黑血妖魔附身，生命垂危，在场唯一有能力救他，并且与他暂且处于同一阵营的江影，自然不得不出手。

“不……不是我……”宋栀栀手忙脚乱地打开传音球，对江影语无伦次地解释道，“或者，也应该说是我……”

她的声音很轻、很软，带着一丝祈求，甚至有些心虚，只希望江影能够理解她的意思。

然而江影在想，两日前，宋栀栀与他说好她不会“圣母心”发作，原来都是假的。

他最大的秘密是神血，这关系着他的安危——也关系着她的安危，她竟然因为沈昼随意丢弃。

江影第一次主动切断了与宋栀栀的传音，很果断。

他单手提着昏迷沈昼的身子，说话的声音宛如彻骨的寒冰：“我会救他。”

其余人一听，皆打了个哆嗦，倒觉得他说的是“我要杀他”，而不是“我会救他”。

但现在能救沈昼的只有江影，所以他们只能让江影提着沈昼，走进一旁的山洞中，为他逼出黑血妖魔。

江影走进无人的石墙后，把沈昼往墙根上无情地一丢，手中冥昭的暗芒微闪，已然贴上他的掌心。

既然宋栀栀要他救，他只能救。

他无可奈何。

冥昭对准他的指尖，即将刺破指尖，一滴神血将会落下，挽救沈昼的生命。

但这绝对会让神血的秘密暴露，因为沈昼已经被他如此救过两次，不可能不会发现端倪。

就算沈昼自己没有意识，但那冥冥中无形的力量，也会让他想起来。

江影的长睫垂落，嘴唇抿出一道极其冰冷的弧线。

然而，就在此时，他的脑海深处传来了熟悉的剧痛，是那种干涸的绝望感。

宋栀栀趴在自己的书桌上，抱着自己的手机，长发散开，被风吹乱。她的神识力量在疯狂消耗着，就连趴在她头顶为她供给能量的球球也扁了下去。

宋栀栀在手机上，艰难地敲击着屏幕。

江影没有用冥昭刺破自己的指尖，他不打算用神血救沈昼。

这句话已经出现过一次了，但马上就被系统红字警告："注意，不符合初始设定，已收回无效文字。"

宋栀栀又写了一遍，很坚定，神识的力量在这一瞬间被手机吸走，源源不断地输出。

在神识力量的支撑下，这句话……竟然真的停留在了手机上，再没有消失。

宋栀栀趴在桌上，长舒了一口气。

她想，她为了江影，连她一开始的设定都推翻了。

这一瞬间，她忽然觉得有些怅然。

宋栀栀全身无力，微微闭上了双眼，然而此时，手机上剧情还在继续。

江影在感觉到脑海中那股剧痛之后，那股不知从何而来一定要他救沈昼的力量消失。

冥昭被收了回去，他反应过来发生了什么，是宋栀栀……将这力量给消除了。

既然没有什么力量在不容抗拒地逼迫他救沈昼，他自然不会救。

江影正打算将马上就要被黑血妖魔完全吞噬的沈昼提出去，说一声他尽力了。

但这日之事，可以说是灵祇谋划已久的，每一步，它都计算好了。

江影的神血，必须暴露。

在江影走上前去的时候，在沈昼身体里蛰伏着的黑血妖魔竟然从他的身体里退出去，这种逆转生死的力量，在沈昼看来，与江影在沈家山庄用神血救他时的感觉如出一辙。

黑血妖魔主动从沈昼的身体离开，江影手中的冥昭下意识地出手，将残余的最后一只黑血妖魔杀死。

此时，沈昼猛地睁开双眼，一醒过来，便是响亮的一声道谢："多谢！多谢江道友。"

江影眯起眼，总算正眼看了他一次。

沈昼的嗓门很大，马上将其他人都引了过来。

"江道友，你究竟是用什么逼退黑血妖魔的？"沈昼朗声问道。

江影杀意酝酿中："……"它自己离开的。

"我只感觉脑海深处一道金光闪过，就好像是……近乎神明的力量，两次都是如此。"沈昼闭起眼回想道。

这段记忆他本该忘记的，因为那时的他处于完全昏迷的状态。

但灵祇总有办法让他想起来。

"江道友，听说，神明的血都是金色的，你莫非已经修炼到了化神之阶的门槛？"沈昼问，"如果是这样……能够驱散黑血妖魔的，其实与你的血有关……"

"闭嘴。"江影冷声说道。

江影出手救他，或者不救他，都不会影响这件事的结果。

沈昼被灌输了什么记忆，醒来后就会把什么当作真的。

即便江影没有救他，他也能将"江影用神血救了他"这件事变为现实。

江影如是想着。

他周身那迫人的气压已经激荡开来，将山洞里的所有人笼罩在内。

"江道友，你？！"沈昼大惊失色，疾速往后退。

江影释放出的强大气场震慑住了所有人，让其他修士不敢轻举妄动。

他俊美的脸在昏暗的光线中半明半暗，仿佛死神一般，始终平静如湖的眼眸深处，翻涌起了惊涛骇浪。

在如此强大力量的震慑之下，无相宗的人也要想一想是否能够管住自己的嘴。

被困在山洞中的所有人都感到紧张之时，将他们压得喘不过气来的气场骤然间消失。

他们大着胆子睁开眼睛，却发现江影已经消失了。

临行之前，江影担忧宋栀栀会在无相宗里遇险，毕竟黑血妖魔无孔不入，青君看起来也不似好人，所以他留给宋栀栀一道传送符，只要她打开，不论他在哪里，他都会回到她身边。

灵祇的谋划自然是万无一失的，就连这道传送符，也在它的计算之内。

之前与宋栀栀的交锋不过是小打小闹，堂堂神明，又岂会屡次被她压倒？

这传送符会启动，是宋栀栀最开始写下的设定的作用，沈昼惹恼了江影，传送符作为唯一能够将威胁他的江影带离的东西，自然发生了亿万分之一可能才会出现的意外，在她没有碰它的情况下，它自己启动了。

江影走上前去，看到宋栀栀趴在书桌上沉睡，胳膊垫在脑袋下。

她的青丝垂落在肩头，头顶那朵婆娑花盈盈盛放着，心魔毛球也摊成一块毛饼在书桌上休息。

宋栀栀为了写下他不用神血救沈昼的剧情，已经精疲力竭，动一根手指头都不能，更别提去启动传送符了。

江影的手触到宋栀栀的肩头，将她的身子放倒在他怀里，他手中冥昭早已收起。

他的命，果然如此，不论宋栀栀做了多少努力，都无法扭转。

江影留给宋栀栀的传送符被她小心翼翼地挂在了脖子上，此时传送符上幽蓝色的光芒如烟散去，象征着这强大无比的传送符失去了效用。

是它自己启动的。

江影只能将宋栀栀的身子小心翼翼地抱起来。他抬手，注意到自己的手上还染着鲜血，是解决黑血妖魔时，一不小心沾染到的他人的鲜血。

而他手上的血迹，印到宋栀栀穿着的白色衣裙上，格外显眼。

江影抱着宋栀栀，她整个人趴在他的身上，他的手放在她的腿弯处，她的身子软软的，下巴靠在他的肩头，还在睡觉。

他垂眸，纤密的长睫在俊美的面颊上投下一片阴影，他若有所思。

江影想，反正趁宋栀栀醒过来之前也是要帮她换的，免得她又闹。

所以他的手又在宋栀栀的白色衣裙上多抹了好几下，直到抹干净为止。

江影抱着她走至床榻边，垂眸看了一眼她肩头上的血痕，手上一用力，便轻松将她松垮披着的外袍给褪了下来。

他抬手，轻松将褪下的外袍挂到一旁的衣架上。

宋栀栀还在睡着，神识力量消耗一空，她需要睡眠补充。

不然若是被她看见江影居然拿她的衣服来做这种事，肯定要先咬他一口。

江影查探了一下婆娑花的状态，已经生长了这么久，也不知它什么时候才能脱胎换骨，变为婆娑木。

他见宋栀栀将半卷被子都抱在怀里，怕她受了凉，便倾身而上，准备将她怀里的被子扯出来。

没想到她抱得很紧，他使了些劲也没能抽出来。

江影正打算再用些力的时候，宋栀栀却猛然睁开了眼睛。

她瞪大了眼，盯着本不该出现在这里的江影看，有些懵懂的模样。

宋栀栀的脑子混乱。她想，自己应该是在写完那句剧情之后就睡着了。

但方才她感觉到有坏家伙在摸她的花，于是她勉强睁开眼睛，想看看到底是谁。

没想到竟然是江影。

他现在不是应该在极衍门吗？怎么突然出现在了这里？

宋栀栀觉得脑子很乱，后来怎么样了？江影的神血到底有没有暴露？

江影见她睁开了眼，动作顿了一下，俯下的身子停在她的面前，单手撑在她的侧边，墨色长发落下，垂在她白皙的脖颈上。

宋栀栀整理了一下思绪，想起前不久，江影因为生气，竟然主动将他的传音球给关了。

她伸出手去，两手搂住他的脖颈，温热的指尖交叠在他的后脑。

“我……”宋栀栀很疲惫，但还是小声说道，“你会突然想救沈昼，确实与我有关。”

“但是，就是……”宋栀栀也不知如此解释江影能不能听懂，只能将头埋在他的脖颈处蹭了蹭，道，“我没有让你去救他。”

“嗯。”江影的声音冰冷，他拍了拍她的后脑勺。

“你怎么回来了？”宋栀栀问。

“沈昼没有死，黑血妖魔自己离开了他的身体。”江影冰凉的大掌按在她的头顶，透着寒意，他道，“他醒来之后，道出我有神血的秘密。”

他的指尖摩挲了一下宋栀栀的脸颊，动作有些危险。

宋栀栀轻轻“呲”了一声，觉得脸颊有些冷。

她猜出后来发生了什么事，沈昼惹恼了江影，但他是永远可以逢凶化吉的运气，所以江影放在她这里的传送符应该起了作用，把江影给传送回来了。

他要做的事，却屡屡受挫，他怎么还没生气？

宋栀栀将脸颊从他的脖颈间抬了起来，露出一双澄澈的眼眸来。

她的眼中盈着水光，湿漉漉的，底色是纯净的黑，永远有着一种无害柔弱的气质。

“你没有生气吗？”宋栀栀轻声问道，“传送符把你送回来了。”

江影在感觉到脑海深处剧痛的时候，就已经知道宋栀栀到底做了些什么。

等他传送回来之后，看到宋栀栀又昏迷过去了，耗尽神识力量的她根本不可能启动传送符。

宋栀栀应该已经尽力了，只是那该死的命运，或者说是神明，太过狡猾。

他摇了摇头，抬手准备将宋栀栀揽在他脖子上的手摘下来。

宋栀栀躲开了，还是抱着他，她的手一使劲，将他抱得更近了些。

江影一动也不动，仿佛没有生命的玩偶一般，任凭她动。

宋栀栀想，自己也绝对不可能让江影做出失去理智的事。

他们带着这个消息回到无相宗是必然，江影身怀神血，可以对黑血妖魔起效果的消息会传开，是板上钉钉的事。

到时，与无相宗达成约定的江影必定要付出自己的神血，替他们铲除黑血妖魔。

除非……他不要那颗心。

宋栀栀搭在他脖颈上的手微微一顿。她安静地抱着江影，非常轻地叹了口气，轻柔的气息拂过他的耳侧。

灵祇为何千方百计要江影神血的秘密暴露？她甚至不需要打开手机，逼迫这本书写出原因，她都可以猜出来。

它想要江影为了剿灭黑血妖魔付出神血，它可趁此回收神血。它觊觎江影的神血。

只要江影把一部分神血交给无相宗，那么这玩意儿一定会通过某种方式被灵祇回收，成为它的东西。

就像那些被冥昭杀死的人，他们的尸体化为腐水，没入大地之中，又会重新滋养土地。

如灵祇那般的存在，难道没有自己的神血吗？

但是现在绝对不能让灵祇的计谋得逞，不论如何，江影的神血都不能给别人。

宋栀栀垂下眼，眼眸里蕴着莫名的光芒。

“无相宗会找你讨要神血，剿灭黑血妖魔。”宋栀栀轻声说，她说话的声音越来越低，似乎极不情愿继续说下去，但她还是道，“你的神血，不能交给别人。”

“但你已与无相宗达成约定。”宋栀栀的声音颤抖着，似乎都要哭了出来，她道，“你不要给他们，你可以不要……那颗心的。”

江影的下巴抵在她的脑袋上，表情漠然。

他知道宋栀栀的意思，无相宗无法逼迫他，只会以帮助他找心这个条件作为交换。

他可以不交出神血，那么无相宗自然也会撕毁约定，不再帮助他找心。

江影甚至都不需要思考，回答的话已经脱口而出。

“不用。”他拍了拍宋栀栀纤瘦的背，道，“我要我的心。”

宋栀栀的长睫沾上湿意，又冷又凉，它轻轻忽闪了一下，挠过江影的肩膀。

“好。”她说。又低头在他脖颈间蹭了蹭。

江影想，宋栀栀真的十分像小狗，可爱又麻烦的一只小狗。

宋栀栀本来还感动，但抬头的时候，眼睛余光瞥见江影搭在她衣架上的外袍。

她那条非常喜欢的白色外袍，肩上、背上有几道红痕极为明显，似乎是不久之前才抹上去的。

宋栀栀问：“我的衣服怎么了？”

江影把她从他肩膀处探出的头给按回去，语气冷冷地道：“脏了。”

宋栀栀直视着认真看着她的江影：“你弄脏的。”

是肯定句。

“是。”江影承认，有些后悔没有将它收起来。

“这么脏，那你还抱我？”宋栀栀挑眉，娇声说道。

江影：“……”

——不是你抱的我？

他没有说话，直起身子，站了起来。

宋栀栀催他：“快些去洗澡呀。”

她担心江影不洗，但其实他每次都有洗，只是她不知道而已。

“我房间里的浴桶可以用，你快些去。”宋栀栀又抬手推了推他。

江影就这么僵着身子，被宋栀栀推到屏风后，浴桶旁放着一篮新鲜的栀子花瓣，在从半透纱窗外洒进的阳光里，白莹莹、俏生生的。

他的目光放在那篮栀子花瓣上，直接冷冰冰地问道：“我用了，你用什么？”

宋栀栀惊讶道：“我肯借你浴桶用就很好了，你还想用我泡澡的东西？”

江影：“……”

——原来是不让我用的。

宋栀栀将桌台上放着的篮子拿过来，往浴桶里温暖的水中倒了一半。白色的栀子花瓣纷纷扬扬地落下，坠落在水面，荡起一圈圈涟漪与轻盈的芬芳。

她自顾自地说道：“算了，既然你想用，那就分给你一半。”

江影：“……”

——我不想用。

宋栀栀将花瓣撒下，便转过身走出了屏风，独留下江影站在原地。

江影其实想说，他可以回自己房间洗的。

“你快些洗哦。”宋栀栀的声音从屏风外传来。

江影的身形一顿，修长的手指已经将束腰的腰带抽开。

“嗯。”他冷冰冰地应了一声。

宋栀栀在安静的房间里，只听见极轻柔的衣物坠落声。

她打了个哈欠，感觉又困了。

她方才是被江影惊醒的，消耗一空的神识力量还没来得及恢复。

宋栀栀坐在床沿上，闷头倒了下去。

江影洗澡洗得不紧不慢，只将手上沾了血的地方细细擦拭。

待洗完之后，他看向搭在一旁的衣服，是刚换下来的，有除尘法术一直在清洁，其实不脏。

只是宋栀栀若是发现他又穿了原来的衣服，估计又有意见了。

无奈，江影只能大半个身子泡在浴桶里，唤了一声："栀栀。"

叫完宋栀栀之后，江影看着水面上漂浮着的白色花瓣，总觉得这个画面似曾相识。

宋栀栀念着他还在房里，所以只是闭目浅眠，听见江影唤她，连忙睁开双眼。

"怎么了？"宋栀栀提高了声音问道。

"衣服。"江影言简意赅。

宋栀栀一愣，明白了江影的意思，他要她帮忙去拿一套干净的衣服来。

不知为何，宋栀栀又想到在长澹客栈里的那次，她忘记带衣服去洗澡，在江影面前丢脸死了。

她想，报复的机会来了。

宋栀栀应了一声："我去给你拿。"

不久之后，她抱着一套衣服，对江影说道："我拿回来了。"

"嗯。"江影闷闷地应了一声，整个身子沉入水中。

宋栀栀抱着他的衣服走进屏风后，没等她先让江影尴尬，她的目光触及他那优雅的肩膀时，她就已经脸红了。在水面上，他那修长的脖颈与完美的肩颈线，每一处都在散发着难言的诱惑力。

她鼓起脸颊，移开目光，把他的衣服放到一旁，气鼓鼓地说道："你怎如此不知检点？我进来了，你也不遮着点。"

江影："……"

——我已经很检点了，你偏要看，我有什么办法？

他瞥了一眼宋栀栀，道："你先看的。"

"那么大个人在那里，我怎么忽略？"宋栀栀说。

她似乎是为了证明自己根本没有害羞，扭过头来，盯着江影的脖颈处看。

"你……你抬起来点。"宋栀栀忽然想起什么，小声说道。

江影听话地抬起身子，露出苍白的胸膛。

宋栀栀的目光触到他胸口处那淡淡的疤痕，还有其上坠着的红琉璃。

这处旧伤果真如沈昼所言一般，可以看出江影在剖出心脏的时候非常小心翼翼，似乎是怕疼，所以没有用冥昭拉出一条长长的伤口。

她盯着看了片刻，忽然启唇，轻声问了一个很奇怪的问题："疼吗？"

江影鬼使神差般地知晓了她问的是哪里疼。

他想了想，说道："不疼。"

剖出心脏，怎么可能不会疼呢？

宋栀栀想，江影一定是又在哄她了。

她盯着氤氲水汽中江影的脸看了许久，直到他提醒她："栀栀，水要凉了。"

宋栀栀盯着他看了那么久，他也脸不红心不……不，他没有心。

她有些挫败，转过身走出隔断的屏风。

江影大半个身子泡在浴桶里，见她走了出去，这才抬手揉了揉染上了些许绯色的耳尖。

宋栀栀本是有些失望的，但当她走到书桌旁，摸出手机开始看剧情，发现了些不一样的东西。

在极衍门那里，后续发生的事果然如同江影描述的一般。

紧接着写的便是江影传送回青崖峰之后的事了，她一直拉到最后，看到书中如是描述——

宋栀栀见江影被她如此盯着看，却没有任何害羞的意思，顿时感到有些挫败，转身直接离开了。

但在她走了之后，在她看不见的地方，江影的耳尖红了，只是那氤氲的水汽将视线变得模糊，他才没有暴露。

宋栀栀的嘴巴张成了"0"形，惊讶之余还有些说不清道不明的喜悦——好你个坏东西，原来是真的会害羞的。

她心中如是想着，身后已经投下一大片阴影。江影已经穿好衣服，走了出来，来到她身后。

江影低头，看到宋栀栀头顶那朵婆娑花盈盈立着，花瓣迎风招展，看起来极为精神，一看就知道她此时的心情非常好。

他没有说话，宋栀栀察觉到他的靠近，连忙抬起头来。

“你洗完啦？”宋栀栀问。

“洗完了。”江影觉得他现在的状态可能很难去做一些杀人越货的坏事，因为身上的栀子香气可以让使用了藏匿法术的他无所遁形。

他问了宋栀栀一个问题：“你不继续睡觉？”

“被你吵醒啦。”宋栀栀回答。经过刚才那些事，她怎么还有睡意。

她将桌子上趴着的心魔毛饼推到一边，将自己的手机拿了出来，道：“我要再看看极衍门那里的情况。”

“嗯。”江影点了点头，在宋栀栀书桌旁的另一张椅子上坐下，倚着身子，一只手托腮，默默地看着她。

宋栀栀在手机里输入：“而此时的极衍门中……”将“摄像头”转到千里之外的极衍门。

之前江影以威压震慑住山洞中所有人的行动，却又突然消失。

原本气势汹汹的江影……就这么离开了？

在大起大落之下，有些神经脆弱的极衍门弟子都瘫软了身子，晕了过去。

就算是沈昼与梁真，也站定在原地愣了好久。

“沈道友，这……”梁真长舒一口气，对沈昼沉声说道，“他为何突然消失了？”

沈昼运起法力，让自己冷静下来。他闭上双眼，无奈地说道：“是我的问题。”

“或许江道友并不想要他的秘密暴露。”沈昼忽然之间意识到了什么，道，“所以他方才在我说出他血液的秘密之后，才会忽然生气。”

“那么为何又走了？”梁真问道。

“他应当是不想与我们计较吧。”沈昼长叹一声。

“那我们……”梁真微微皱眉，不知如何是好。

如果可以，他宁愿永远也不知道这个秘密。

“回无相宗去吧。”沈昼吩咐一旁的同门，让他们不要惊慌，并道，“今天的事，我会对门中解释，也希望你们极衍门的人不过多介怀，毕竟这里的黑血妖魔是他杀死的，我也是他救的。”

“他那神血之事？”梁真眉头微皱，说到了最关键的问题上。

“此事无法隐瞒，即便你我不说，又怎能保证在场的所有弟子不说出去？”沈昼无奈地说道，“神血一事……或许是剿灭黑血妖魔的关键。”

他揉了揉自己的太阳穴，只觉得不久前他的思维方式非常奇怪，就仿佛是被冥冥中一股力量强迫着做了什么一般。

沈昼敏锐地察觉到了这点，但又找不出端倪来，只能将此事放在心里，等回到无相宗再询问宁玺或是青君。

“梁前辈，走吧，回无相宗。极衍门如此，修复起来也需要一些时间，这里离赤霞山近，或许会再有黑血妖魔来也说不定。”沈昼想了想，觉得还是先离开这里为妙。

“好。”梁真行了一礼，表示感谢。

因听了沈昼的话，他吩咐门中弟子不要把江影之事对外声张，守口如瓶便是。

宋栀栀在手机里看到“沈昼与梁真谈话完之后，便吩咐无相宗弟子将极衍门行动不便的受伤人士带上，往无相宗的方向出发”。

她轻轻舒了一口气，这个结果，至少不算差到极点。

“他们还是不准备帮你隐瞒神血之事。”宋栀栀小声说道。

江影轻笑一声：“意料之内。”

“沈昼决定帮你解释。”宋栀栀继续说。

不论沈昼愿不愿意帮江影解释，她都不会让他人因为此事对江影产生偏见。

“不用。”江影答。

他并不在意别人是怎样看他的，只需要达到自己的目的就好。

“不论无相宗开出怎样的条件，你绝对不可以把神血给他们。”宋栀栀叮嘱江影。

没想到江影坐直了身子，靠近她，抬手将她的肩膀扳了过来。

“做什么？”宋栀栀问道。

江影的指尖抚摸了一下她脑袋上的那朵婆娑花，冥昭的暗芒一闪而过。

很快宋栀栀感觉到自己的指尖一疼，三滴蕴着金色光芒的鲜血已经滴入了婆娑花的正中央，顺着花瓣的纹理，缓缓没入深处。

血液流淌得很慢，这对宋栀栀来说，无异于甜蜜的煎熬。

三滴血落下，宋栀栀的身子已经软了，她趴倒在江影的肩膀，感觉全身上下没有了力气。

江影抱着她站起身来，拍了拍她的背，在她的耳侧轻声问道：“想睡觉了吗？”

微暖的气息拂过耳畔，宋栀栀的长睫轻颤，点了点头，应道：“嗯。”

江影抱着她走到床榻边，将她轻轻放下。

宋栀栀主动将被子盖好，在被窝外露出一双如幼犬般的眼眸盯着他看。

江影的指尖扫了一下她的长睫，说话的音调依旧平静，没有任何情绪起伏。

他说：“神血不可以给他们，但是可以给你。”

宋栀栀对着他眨了眨眼。她想，神血是被长在她头顶的婆娑花给吸收了，又不是她吃了。

但江影这句话很合她心，在他这里，甚至能称得上甜言蜜语。

所以宋栀栀的心情甚好，见江影快要离开，便抬手扯住了他的袖子说道：“我明天要出门。”

江影平静地回答：“我陪你。”

“有人带我去了。”宋栀栀小声说道，有些不好意思。

谁又知道他会突然回来呢？没有意外的话，江影这时候应该还在极衍门。

江影：“……”又要跟人跑了。

他问：“是何事？”

“我要去拜访我这段时间都在看的话本的作者，袁长老说一位叫玄阴子，一位叫烈阳子。”宋栀栀老老实实地回答，“袁长老认识他们，明日岑长冬会带我一起去。”

江影觉得变成一个心魔毛球实在是有些怪异，但他还是说道：“让那颗球待在青崖峰。”

宋栀栀点了点头，乖巧应道：“好，那你陪我一起去。”

江影点了点头，走出房门外，替宋栀栀将门给轻轻关上了。

他去修炼了。

神血的秘密已经暴露，这是不争的事实，接下来如何与无相宗的人博弈才是关键。

宋栀栀见他离开，这才翻过身，面朝里去，神识力量消耗过多的她很快便睡着了。

此后不久，江影感觉到有人接近了这处小院。

他在很远的地方布下了防御阵法，若是有人靠近，他都能察觉到。

而靠近这里的人，修为高深，就算是江影也有了些许警惕。

是青君。他手执桃花折剑，朝这里走了过来。

青君自然不是来找宋栀栀的。他会来寻江影，应当是知道了他神血的秘密，沈昼那边的人传音把这个消息传回无相宗了。

江影起身，推门走出小院，他不会让青君靠近这里。

他来到穿过青崖峰正中央的清溪之畔，青君已经等在这里，面含微笑，手中桃花折剑上的桃花娇艳欲滴。

“何事？”江影开门见山地问道。

青君见到江影前来，连忙礼貌地行了一礼，道：“江道友，你已回来了？”

江影没有回答他这个明知故问的问题，目光放在远方，等待着他的下文。

“昼儿已将事情都与我说了。”青君的声音柔缓，听起来令人如沐春风。

“你的神血，应当就是剿灭黑血妖魔的关键。”青君直接说到了正题，“我们不便询问江道友的神血从何而来，但剿灭黑血妖魔，或许需要你的神血帮助。”

江影吐字仿佛锋锐的刀：“不可。”

“江道友，我知道神血可能对你极重要，所以……”青君握紧了手中的桃花折剑。

那个东西，他原本想自己留着的。但从目前的情况来看，还是铲除此界共同的敌人更为重要。

“我知江道友与无相宗达成的约定是你吃亏，花费力气帮我们剿灭黑血妖魔，只能换来一个虚无缥缈的希望。”青君朝他眨了眨眼，眼眸深处灵动可爱、纯净无瑕，他道，“如果我说，有一个确定的消息，你愿意尽全力帮我们剿灭黑血妖魔吗？”

江影并没有先答应，而是冷声说道：“直说。”

“你应当知道栀栀姑娘身上那只离魂心魔吧，它是心魔之中最强大的一种，而它的出身，想必你也有所耳闻，是千灯寺主人素灵大师所生之心魔。”青君解释道，“小韩捕获那只心魔的时候，原以为心魔已经将素灵的整个神识空间连同心一起吞噬了。”

江影沉默，若说心魔，他早些年受灵祇神教控制，犯下杀戮，内心也存留着魔气，只是这魔气暂时还不足挂齿。

“但是素灵大师去世后，留下一颗金丹，内里正是他的心，没想到心魔那般贪婪无度的妖魔竟然没有选择吞吃他的心。”青君说，“江道友想要的心，应当不是随便哪一颗都行。千灯寺素灵大师留下的那颗心未染尘埃、澄澈无垢、虔诚专一。不知这一颗心，你可看得上？”

江影正欲说话，青君已继续说了下去：“千灯寺答谢小韩帮素灵大师将心魔驱除，这一颗金丹，也是归小韩所有，目前还存放于千灯寺中。”

他的言下之意便是，若是江影愿意付出神血，他便将封存了素灵大师那颗心的金丹给他。

这大师留下的金丹不是抢夺便能据为己有的，即便因争夺落到他人手上，也是灵气尽失，只有所有者心甘情愿地交付出去，才能够变更所有权。

江影的眼睫懒懒地抬起，瞥了青君一眼，红眸深幽，看不出他在想什么。

他在思考，这个约定是否划算。

千灯寺素灵大师的金丹是在无相宗，只是里面到底有没有心便不知道了。

怎会有心魔没有连着心一块吞噬？那它还要不要叫“心魔”了？

江影很谨慎，没有马上答应青君，甚至根本就没有想过要答应他。

他宁愿跑遍整个修真界把黑血妖魔一一亲自杀死，也不会将他的神血交付出去。

但那颗金丹确实诱人。

“再说。”江影冷冷地说道。

“您是不相信金丹里还能留下一颗心？”青君问，“那只心魔就在栀栀姑娘手上，我让一溪联系她去问问吧。”

是真是假，问问宋栀栀手上那只心魔，不就都知道了？

“不用。”江影马上答。

因为宋栀栀现在在睡觉，不便打扰。

“此事，等极衍门的人回到无相宗之后再议。”江影还是没有答应。

青君望着他，无奈地轻叹一声，道：“好，江道友考虑便是。”

他朝江影点了点头，看向江影身上那黑底绣金纹的衣袍，轻轻嗅了嗅。

“其实，我有一事想问很久了。”青君轻咳一声，不好意思地说道。

“说。”江影警觉，不知道青君又想问什么。

“江道友身上的栀子花味道，很好闻。”青君轻笑一声说道。

他没有想到，像江影这样的人竟然也会把自己身上弄得香喷喷的，倒显得有了些人情味。

江影的嘴唇紧抿，刻画出一道冷漠的弧线来。他的喉头微微滚动，暗自思忖着，觉得这都是宋栀栀的错。

“江道友，你喜欢栀子花吗？其实我也是很喜欢桃花的。”青君将自己手中的桃花折剑亮起，剑柄上的鲜嫩桃花盛放。

江影：“……”

——是，不过不关心你喜欢什么花。

“还有事吗？”江影问，直接赶人走。

“多谢江道友将极衍门的黑血妖魔消灭。”青君摇头轻叹，“无事了，我便不再打扰你，先行离开。”

语毕，青君手中执着桃花折剑，俊逸潇洒的身影已经消失在天际。

他直接去了潜渊谷，与韩潜商量此事。

千灯寺素灵大师的金丹一事，自然是真的，没有丝毫作假。只是这枚金丹，早在很久以前便被青君要了去，现在为了剿灭黑血妖魔，他愿意让出这枚金丹与江影达成约定。

江影见青君离开，便回身来到居住的院子。

他没有回自己的房间，反而轻轻推开了宋栀栀的房门。

房间里只有微微的风声与宋栀栀清浅的呼吸声。

江影的目光从宋栀栀熟睡的脸庞上掠过，转移到了窗台前的书桌上。

那只心魔毛球现在还瘫在这里睡觉，恢复着神识力量。

江影对它自然不会轻手轻脚，直接将它拎了起来，从房间里走了出去。

他反手将宋栀栀的房门关上，捏了一下心魔毛球。

心魔毛球马上醒了过来，“吱吱吱”地叫唤了好几声，似乎在挣扎。

它确实是害怕江影的。

江影冷着脸，一句话也没有说，他没有跟一只心魔毛球交流的欲望。

只有宋栀栀那个小傻子才会对一只心魔毛球说话。

心魔在被人收服之后，已经没有自主意识了，它的举动、性格、外表都是跟随主人特性的。

江影有和心魔交流的办法，那就是让这小东西回到一个人的神识空间之内。

只有在纯粹的神识空间里，心魔才能够变回原本的形态，拥有它原本的记忆与性格。

不过没有哪个一般修士胆敢主动把一只心魔放进自己的神识空间里。

但江影不惧它。他抬手，将心魔毛球给赶到了自己的神识空间里，自己也闭上了双眼。

江影的神识空间里是一片黑暗。他没有心，所以他的内心世界也没有丝毫光线。

所以，原形是一团黑色雾气的心魔来到他的神识空间里，马上宛如隐身一般。

离魂心魔仿佛挣脱了束缚一般，在江影的神识空间里飞来飞去，却找不到方向。

笑死，根本找不到路。

它放弃了，乖乖悬停在江影面前，依旧是有些尖利的女声，刺耳非常。

"你想做什么？"离魂心魔惊恐地问道，它知道江影早已对它存了杀心。

江影言简意赅地问："千灯寺素灵大师的金丹里，当真有一颗心？"

"啊……"心魔忽然"嘻嘻嘻"地笑了起来，那笑声瘆人可怖。

"是啊。"它承认了，在江影的神识空间里，它无法说谎，只能说道，"我没有吃它。"

江影的长眉微挑，有些惊讶，没想到青君说的竟然是真的。

那颗金丹里面，真的有一颗心。

他承认，他确实很想得到它。

"你抓我来这里，就是为了问这个问题？"心魔觉得江影实在是好玩。

"我以为你会问那姑娘平时喜欢吃什么，什么时候睡觉，穿多大码的衣服之类的问题……"心魔化身的黑色雾气在江影伸手不见五指的神识空间里飞来飞去，非常自信地说道。

江影："……"

——我问那么多做什么？

他启唇，冷冷地对离魂心魔说道：“我都知道。”

这语气，带上了一丝不易察觉的得意。

心魔咳了好几声，原本准备好要说的话噎住了，没能说出口。

什么叫“他都知道”，它身为心魔的面子还要不要了？与宋栀栀朝夕相处的它竟然还不如江影了解她？

江影说完，也不管这只心魔如何尴尬，他要知道的消息已经知晓，这玩意儿已经没用了。

他手一挥，直接将心魔赶出了神识空间。

心魔在跌出去的时候，在江影的神识空间里跌跌撞撞，一不小心碰到了好几样东西。

心魔一愣，以为江影的神识空间里就是一片漆黑与虚无，什么都没有，原来只是光线太差，导致什么东西也看不见。

瞬间，一个黑色毛球出现在江影面前，而江影也睁开了红眸。

他小心翼翼地将心魔毛球丢回宋栀栀的房间里，回房修炼了。

第四章
玄阴烈阳

第二日，宋栀栀与袁一溪约好乘岑长冬驾驶的浮舟去看玄阴子与烈阳子两位出名的话本作者。

她早早地起来了，睡了一夜的她神清气爽，吃了早饭、浇了花便打算出门。

球球本来蹦跳着也想跟宋栀栀一起去，但又被她放回了桌子上。

宋栀栀揉了揉球球毛茸茸的脑袋说道："我今日跟江江一起去。"

球球气鼓鼓地坐在桌子上，小声地"吱吱吱"叫了几下，算是答应了。

宋栀栀走出门，便看到江影负手站在院中，见她出来，回首望着她。

"走吧。"宋栀栀浅笑着看他，朝他伸出一只手来。

她的掌心摊开，等着江影球球跳上来。

江影的表情漠然，灵气在他周身流转，只一瞬间，他就变为一个毛茸茸的小黑球，乖巧跳到了宋栀栀的掌心里。

宋栀栀下意识地捏了捏。

江影："……"捏就捏吧。

他一声不吭，被宋栀栀放到了头顶上。

江影球球靠着宋栀栀束起的发髻，看起来有些悠闲。

宋栀栀来到青崖峰外围，已经有人在那里等着她了。

远远地，岑长冬朝她挥了挥手："宋姑娘，今日我特意提早来了，上次让你等我，真是不好意思。"

"嗯。"宋栀栀应了一声，看到他身边那架浮舟变了一个样式，便好奇地问道，"你换了一架新的浮舟？"

"是啊。"岑长冬跨坐上浮舟，邀请宋栀栀上来，"我喜欢收集各种浮舟。”

岑长冬启动浮舟，这辆全新的飞行法器带着三个人一飞冲天。

玄阴子与烈阳子两位作者的居所离无相宗不远，就在两座遥遥相对的双子峰上。

岑长冬即将抵达双子峰的时候，想起了什么，便问道：“宋姑娘，你是要先去见西面的玄阴子先生，还是东面的烈阳子先生？”

宋栀栀想了想，说道：“先去见玄阴子吧。”

袁一溪说烈阳子的脾气好些，建议她先去拜访烈阳子，但她就是叛逆，担心袁一溪所言是灵祇的引导，于是选择先去见玄阴子。

说来也是令人意想不到，事到如今，宋栀栀完全能够相信的人，竟然只剩下蹲在她头顶上的江影了。

“好嘞。”岑长冬调转浮舟的方向，往靠西的那座双子峰的方向飞去，他交代道，“两位老先生只有每月将写好的话本带出来的时候才会见外人。宋姑娘，你这次去见了玄阴子先生，要见烈阳子就要等到下个月了。”

玄阴子的脾气古怪，会不会见宋栀栀都不是定数。

“好。”宋栀栀答应了，“我会将玄阴子的手稿整理好带走，你可以先去烈阳子先生那里拿书。”

“就是如此。”岑长冬的计划与宋栀栀的提议不谋而合。

他将浮舟悬停在双子峰西峰的峰顶空地上，这里花木掩映，云雾缭绕，宛如仙境。

前方被藤萝掩盖住的山洞入口，便是玄阴子所居住的地方，二位老先生闭关在这里，每个月孜孜不倦地为整个修真界的修士生产精神食粮。

岑长冬见宋栀栀下了浮舟之后，便与她告别：“宋姑娘，双子峰这里是安全的，我去东峰找烈阳子先生拿书，顺便当面问他剧情，等到黄昏时分我过来接你一道回无相宗。”

宋栀栀点了点头，说了一声：“好。”

她话音刚落，岑长冬驾驶浮舟的潇洒身影已经消失在远方。

宋栀栀左看看，右看看，确认附近已经没有人之后，便将头顶上的江影球球抱了下来。

“没有人啦……”宋栀栀捏捏他软乎乎的肚皮说道，“你可以先变回来。”

堂堂一个大反派，变成一个球，也怪累的。

江影马上变回人身，站在宋栀栀身侧，脊背挺得很直，阳光在他身边投下一道修长的影子，正好将她笼罩在其中。

宋栀栀往西峰的山洞入口处走去。

“你要一起来吗？”她扭头，看着江影傻乎乎地笑。

江影的目光落在她这种带着莫名依赖的天真笑容上，走上前去，冷声说道：“要。”

他替宋栀栀拂开了掩盖住山洞口的藤萝，手从她的肩膀上掠过。

宋栀栀感受到了熟悉的凉意，目光放在他苍白的手背上，骨骼处的封魔咒文隐隐闪现，又马上消失。

他们并肩走入山洞中，外面艳阳高照，山洞里却干燥凉爽，山壁两侧装饰着琉璃贝壳，闪烁着七彩的光芒，这山洞里的光源也是来源于此。

玄阴子的住所里，即便是山洞外侧，也非常干净，每一处地方都有着精致的装饰，想来这位老先生一定也是一位懂得享受生活的人。

他们来到山洞的尽头，那里是一扇石头门，其上有些精致的雕花，纹饰玄奥复杂，宋栀栀觉得这纹饰有些眼熟，但一时之间想不起来在哪里看过。

玄阴子便居住在石门之后，据袁一溪说，这位脾气古怪的老先生已经很久没有见外人了，只管将写好的书稿往外一丢，自闭极了。

宋栀栀这日来，是要学习写作技巧来解决眼下的困境，她没有理由退缩。

于是她抬手，小心翼翼地敲了敲石门，轻声问道：“玄阴子先生，您在吗？更新写好了吗？我是您的忠实读者，业余爱好也是写作，所以想跟您聊聊创作思路，可以吗？”

宋栀栀的话音刚落，纷纷扬扬的一大堆纸张便从石门后飞了出来，仿佛雪片一般。

一个苍老沙哑的声音从里面传来：“这是这个月的，拿去！”

这些写满了字的纸朝宋栀栀的脑门飞来，江影手疾眼快，替她拦了下来，以法力控制着它们，使它们安安分分地叠放在一起。

玄阴子气急败坏的声音再次响起：“上个月，上上个月……每次无相宗的弟子来拿每月更新稿件的时候，都借着‘交流创作思路’的说法进了我的门，刚一进来，就抱着我的大腿问某个人物能不能活，某个人物什么时候死，某个人物与另一个人物什么时候在一起！你们这些年轻修士啊，坏得很，我再也不会信了，不许进来。”

宋栀栀挠了挠头，对玄阴子的话非常感同身受，于是她下意识地附和道：“对，就是这样，这些问题我要是知道就好了，问题是我也不知道啊，我能比他们早多少知道后面的剧情呀？可不都是现编的。”

玄阴子沉默片刻，幽幽地说道：“看来你是真的。”

宋栀栀：“……”

——您这么厉害，怎么也跟我一样？

门口苍老的声音响起：“好！你可以进来，你身边那位你的道侣也可以进来。”

宋栀栀在心中惊叹，什么道侣？

江影面无表情：“……”

她摇了摇头，正准备反驳，扭过头却瞥见江影看向她冷冰冰的目光。

宋栀栀立刻住了嘴，没有解释，反正玄阴子是千年老宅男了，也不会将此事说出去。

“那我现在就进去！”宋栀栀推了推石门，却没推动。

江影的目光一直放在那石门的花纹上，红眸幽深，含着暗芒。

“玄阴子先生？”宋栀栀疑惑道。

玄阴子的声音在门口响起：“你人进来便是，不要带上别人的东西。”

“什么别人的东西？”宋栀栀疑惑。她低头，看到了系在自己腰间的储物锦囊，醒悟了。

她的手伸进储物锦囊翻找了一番，从里面拿出好些东西来。

“这个是你的客卿长老令牌。”宋栀栀将那冷冰冰的令牌塞进江影的怀里。

江影接着，然后又是一件外袍被丢到他怀里。

江影：“……”

——等等，你怎么会有我的衣服？

宋栀栀想起来，这件衣服是在长澹时，江影拿它当隐身衣披到她身上的，她一直没还给他。

她在储物锦囊里翻找出了许多江影的东西，然后一股脑儿塞给他。

江影冷漠地站在原地，看着自己怀里抱着的东西越叠越高。

宋栀栀确认了一遍，储物锦囊里没有江影遗留的东西之后，便又走到门前，使劲推了推。

“小姑娘，还有哦。”玄阴子苍老的声音又响了起来，“你再找找，身上还有没有不属于你的东西。”

宋栀栀又醒悟了，低头看着自己的衣裙，这衣裙也是江影买的。

不会吧……

“这衣裙不是我自己买的。”宋栀栀问，“老先生，您不会要我把衣服脱了吧？”

玄阴子：“……”倒也不是不可以。

他咳了好几声，道：“衣服不算的。”

宋栀栀疑惑了，实在搞不懂这玄阴子的想法。

就在她束手无策之时，江影冷声开口说道：“让她进去。”

玄阴子惊了，还有人敢命令他。他不服气地道：“小公子，不要以为你有几分实力便可以命令我了。”

江影抱着怀里的东西，面无表情，继续说道：“这石门，跟纸糊的一样。”

门后的玄阴子看到江影那充满杀气的红眸，突然觉得他或许是来真的，于是马上改口道：“好吧，小姑娘，你进来吧。”

玄阴子的话音刚落，宋栀栀眼前的石门便缓缓洞开，内里一片模糊，看不清石门后的景象。

宋栀栀怀疑之前几位无相宗弟子也是用江影这样的办法才与玄阴子见上面的。

她将手里的储物锦囊塞到江影手上，示意他可以将东西再塞回去，然后便走进石门里。

众所周知，脾气越怪，本事越高，玄阴子肯定有些不同寻常的地方。

宋栀栀走进石门后，这石门马上关闭，江影一个人在“纸糊的”石门外盘腿而坐，一边等待她，一边开始修炼。

石门关闭后，房间里的景象豁然开朗，一位白须老人坐在房间的正中，面前摆着一张紫晶石的桌子，其上一盏琉璃灯，闪烁着明亮的光辉，将整张桌子四周照得纤毫毕现。其余地方皆是一片混沌，看不清晰。

玄阴子一只手执笔，蘸了墨，抬眸看了宋栀栀一眼，道：“小姑娘，你的道侣很厉害。”

宋栀栀：“……”

——我写的，怕不怕？

她走上前去，玄阴子的指尖一点，她面前已经出现了一个有着柔软坐垫的躺椅。

玄阴子的指尖再一点，躺椅旁已经出现了一方小几，其上摆放着茶水与美味的点心水果。

“坐下说。”玄阴子放下笔，他的白须几乎与他的白色衣袍融为一体，他问道，“小姑娘，你有什么问题要问吗？”

宋栀栀坐在躺椅上，只觉得舒服极了，她抿了口茶，说道：“我也曾尝试过写作，只是剧情生硬，没有感情，遇到比较复杂的场景与危机，便无法解决。”

“就像外界肆虐的那些黑血妖魔一样？”玄阴子蘸了墨，提笔写下文字。

“您也知道？”宋栀栀有些惊讶。她以为玄阴子闭关不出，根本不知道外面发生的事情。

“艺术来源于生活，我又怎能不关心外界之事呢？”玄阴子回答。

“是的，那如果说，书里遇到了如黑血妖魔一般的难题，身为主人公，又该如何解决呢？”宋栀栀问。

“主人公身上的能力，便是解决问题的关键。”玄阴子的话语仿佛是一卷缓缓展开的书卷，“在一开始写作的时候，就应该将主人公所拥有的能力设定好，后续遇到困难，主人公才能够化险为夷。”

“是如此……”宋栀栀沉吟片刻，若有所思。

事到如今，江影已经成了她笔下的主人公，但是……他的能力——或者说是“金手指”，不就是他的神血吗？

玄阴子的意思，是一定要用神血不可？

宋栀栀的眉头轻轻皱了起来，这不是她想要的答案。

“小姑娘，怎么还在皱眉？皱眉可就不好看了。”玄阴子抬眸，那深邃温柔的目光注视着宋栀栀。

“我还未找到答案。”宋栀栀诚实地说道。

“小姑娘，下过棋吗？”玄阴子问。

“下过五子棋。”宋栀栀答。

“行吧，五子棋也行。”玄阴子无奈。

他抬眸盯着宋栀栀的眼睛说道：“小姑娘，有的时候，身入棋局，便不再是局外人了。”

宋栀栀眨了眨眼，疑惑地问道：“老先生，您的意思是……”

“我的意思是，还差一子，棋局上你方的棋子便能连成五子。但是你手上的棋子已经没有了，只能你自己伸出手去充当那最后一子，你下不下？”玄阴子缓声说道。

宋栀栀说：“在规则允许之内，为了赢，我当然会下。”

“哎，那不就对了！”玄阴子一拍大腿说道。

宋栀栀看着这老人苍老的面庞，若有所思。

“我觉得很奇怪。”宋栀栀问，“身为局外人操纵一切如此快乐，又怎会有人愿意投身棋局之中呢？”

玄阴子抚了一下胡须说道：“有时在没有注意的时候，就已身陷局中啦……小姑娘，抱着这样的心态，也难怪你说你写的书不好看了。”

宋栀栀：“……”

——你再骂！

她垂首，有些无奈，但心境开阔了几分，似乎有着几点灵光在她的脑海中一闪而过，马上就要抓住了。

但此时，玄阴子开口说道：“我近日构思了一个新的故事，小姑娘，你可要听听？”

宋栀栀忙着去抓住那一闪而逝的灵光，于是下意识地回答道：“不听。”

“不听你也得给我听。”玄阴子态度强硬，气鼓鼓地说道。

宋栀栀将桌上糕点拿了一块送入口中，小声说道：“你好凶。”

玄阴子笑了笑，缓和气氛，继续说道：“那我现在开始说了。”

宋栀栀正襟危坐，点了点头，坐直身子听玄阴子讲故事。

“从前，在修真界有这么一个人，他看不见，也听不到，更加可怕的是，他还不识字。这意味着，此界中没有人可以与他交流。”玄阴子说。

“他真惨。”宋栀栀说。

“他有一个深爱着他的师妹。”玄阴子看着宋栀栀，柔声说道。

“怎么会有人喜欢一个又盲又聋，还不识字的人？”宋栀栀问。

玄阴子被她问住了，轻咳一声掩饰尴尬，并且提笔将这处设定的漏洞记下来。

“那个人长得很帅，还救过小师妹一命。”他赶紧找补。

宋栀栀点了点头，觉得这个理由足够充分，便道：“好，老先生继续说，他后来跟小师妹在一起了吗？”

“当然没有哇！”玄阴子一拍大腿，道，“小师妹根本没有办法向他展示爱意。她在他耳边说‘我确实很喜欢你呀’，他听不见；她将清晨原野上凝着露珠的花朵摆在他的面前，他也看不到。小师妹很无奈，甚至有些绝望，她在他掌心写下‘我爱你’，但他不识字，又怎么能理解这三个字的意思呢？”

宋栀栀托腮，长睫如蝶翼般扇动，轻声说道：“那确实挺惨的，后来呢？”

“后来……后来嘛，他当然能看见，也能听见了。”玄阴子说，“故事嘛，总是会产生变化的。”

“在某一天，那个人睁开了眼睛，能够看到世界的光，也能够听到外界的声音了。”玄阴子的语气依旧平缓，娓娓道来。

“小师妹应该很开心吧？”宋栀栀说。

“小师妹当然很快乐。”玄阴子说，“但是，当那个人睁开眼、听得见声音之后，他再也没有见过小师妹啦，就连他的宗门，也消失不见了，只剩下他一个人了。”

“为什么呢？”宋栀栀问。

“你说为什么呢？”玄阴子笔锋蘸了浓墨，将这个故事记录下来，他道，“我也没有想出来。”

“他在睁开眼、拥有了听力的那一瞬间，看到、听到了什么？”宋栀栀又喝了口茶润润嗓子，挑眉问道。

“他呀，看到了一抹红色，听到了一声巨响。”玄阴子抚了抚白须，微笑地看着宋栀栀说道。

“什么意思呀？”宋栀栀听完之后，挠了挠头问玄阴子，“故事到这里就没有了吗？”

“当然没有啦。”玄阴子微笑地看着宋栀栀。他安静地跪坐在那里，全身上下都盈着纯白色的莹莹光辉。

宋栀栀举手问道：“老先生，我还有个问题。”

玄阴子摆了摆手，沉声说道：“且说。”

“那个人眼盲还耳聋，也不识字，他是怎么修炼的？又是怎么在宗门里生活下去的？”宋栀栀问。

玄阴子提笔写字的手未停，答道：“因为他是一个很特殊的存在。”其余的，他没有再说。

“这倒是个好故事。”宋栀栀得到了最后一个问题的解答，连忙说道，“它让我有听下去的欲望。”

“谢谢。”玄阴子感谢宋栀栀的夸奖，问道，“小姑娘，还有什么想要问的吗？”

宋栀栀摇了摇头，在方才，她已经想出了解决眼下问题的方法。她很感谢玄阴子点醒了她，但她现在急着回去实践自己的想法。

“那你回去吧，带上我的手稿。”玄阴子将手中笔放下，问，“你的道侣要进来听故事吗？”

宋栀栀摆了摆手说道：“他不是我的道侣，他应当不喜欢听故事。”

江影没有心，不是一个能够与他人所讲故事共情的人。

玄阴子歪着头看了宋栀栀一眼，道：“不如你问问他要不要进来听我讲一个故事。”

宋栀栀点了点头，这个玄阴子脾气古怪，但说出的话字里行间很容易引发别人的思考。

或许江影过来听一听，也能够听出一些关键信息来。

她走了出去，顺便将桌上糕点用干净的手帕托着，顺走了两块。

宋栀栀推开石门之后，发现江影站定在原地等她，原本堆在他手上的那些杂物已经被他重新收回了储物锦囊之中。

他看着宋栀栀，深幽的红眸里是平静的湖，无波无澜。

江影把手中储物锦囊递还给宋栀栀。

宋栀栀接过锦囊，那红绳系在她白皙的手腕上，垂下的精致锦囊微微摇晃。

她将手中白帕托着的糕点递到江影面前，问道：“你要不要吃？甜的。”

江影见宋栀栀那充满期待的亮晶晶目光，抬手拈了一块，送入口中，入口即化，香甜芬芳。

他不喜甜食，味觉于他而言只是一种对外界的感受而已，并没有什么特殊的。

江影把宋栀栀带给他的糕点吃完了，她才说道：“玄阴子先生问你要不要进去。”

他回答的声音很冷：“不要。”

这老头子故弄玄虚，无聊至极。

“他说的故事很好玩，我很感兴趣，你进去听一听，出来之后再说给我听，好不好？”宋栀栀摇了摇他的袖子问道。

“行。”江影往石门处走去，方才还是开着的门不知何时已经关上了。

“小郎君，你身上也有别人的东西。”玄阴子苍老的声音在门口响起。

江影：“……”怎么又来这一套？

他没有搭理玄阴子的话，直接用力地推了一下石门。

石门上本来下了禁制，只有经过玄阴子同意的人才能够入内。

但江影一用力，直接破开了石门的禁制，走了进去。

宋栀栀在门外看得目瞪口呆，这才发觉江影此前不久所说的“纸糊一样的门”不是在说假话。

江影抬眸望向山洞后的情景，与宋栀栀所见到的一般，白须白发白衣的老人，与他面前的一方紫晶书桌。

“我的石门禁制被你弄坏了。”玄阴子说道。

江影来到一旁的椅子上坐下，脊背挺直道：“说故事。”

他没空听玄阴子在这里啰唆，等听完故事，他就会出去，然后转述给宋栀栀。

“一个很简单的小故事。”玄阴子抬眸，定睛望着江影冰冷的面颊，道，“从前有一个宗门，门中有一位小师妹。”

江影想，以什么“小师妹”开头，听起来就是宋栀栀会感兴趣的故事。

“小师妹虽然是宗门里最有天赋的那一位弟子，但宗门里的人都不喜欢她，他们孤立她，让她去做最下等的事情，只有一位眼盲耳聋的师兄愿意陪着她。”玄阴子缓声说道，“这位师兄救过她一命，还长得帅，她理所当然地爱上了这位师兄。可是师兄不识字呀，不论小师妹如何与他沟通，向他表达自己的爱意，那位师兄永远也不能理解她的爱意。”

江影沉默着听他说完。

玄阴子讲述故事的声音停了下来。

“你为什么不问‘然后呢’？”玄阴子道，“这样我讲故事会很没有成就感的。”

江影冷着脸看他，那冷漠的脸上分明摆了四个大字——爱讲不讲。

“好了，我继续说。”玄阴子微笑着说道，“后来小师妹发现了一个秘密，原来她的宗门曾经犯过滔天的罪恶，而她的存在就是要献祭自己的生命来弥补这些罪恶，让宗门能够延续下去。”

江影还是面无表情，红眸紧盯着玄阴子，等待下文。虽然他看似不感兴趣，但已经隐隐开始期待后文了。

“你问不问？”玄阴子威胁他。

“后来发生什么了？”江影的吐字冰冷，毫无感情。

“后来……后来就只剩下那位眼盲耳聋的师兄啦，他后来能够看见，也能够听见了。”玄阴子说，“宗门覆灭了，小师妹也死了。虽然他拥有了视力与听力，但再也没有人在师兄耳边诉说爱意了。”

“小师妹死了，为何宗门还是覆灭？”江影问，这是他觉得这个故事里莫名其妙的地方。

玄阴子将他方才讲给江影的故事写下来，边写边道：“你说为何呢？我也没有想出来。”

江影沉默了许久，确认玄阴子的这个故事说完了。

他起身，直接离开。

玄阴子看着他的背影，笑了笑。

江影推门走了出去，宋栀栀正抱着手机蹲在角落里，不知在研究什么。

见江影出来了，宋栀栀连忙抬头望向他。

“你出来啦？”宋栀栀问，“玄阴子先生说了什么故事？”

“一个莫名其妙的故事。”江影伸出手将她拉起来。

宋栀栀已经将玄阴子的手稿整理好，抱在怀里，与江影并肩走出这山洞。

“什么故事？”宋栀栀问，“他给我说了个眼盲耳聋的人与小师妹的故事，等他能看到能听到之后，小师妹和他的宗门都消失了。”

“是……”江影本想对宋栀栀说都死了，但又怕她听了之后晚上睡觉的时候害怕，老缠着他。

于是他改了个说法："是暂时离开了。"

"是吗？"宋栀栀不疑有假，于是有些雀跃地说道，"后来小师妹回来了吗？"

"回来了。"江影根本没有讲故事的能力，只能宋栀栀问他什么，他答什么。

"那他们在一起了吗？"宋栀栀总是喜欢关心这种话题。

"在一起了。"江影顺着她的意愿说下去。

宋栀栀听到这个故事终于有了完满的结局，这才开心了。她想，应当是玄阴子在江影进去之后，又把后面的剧情给想出来了。

"这样挺好的。"宋栀栀说。

江影与她走到了山洞门口，她朝他伸出手。

他周身法力流动，转瞬间已经变成了一只心魔毛球。

江影球球跳上了宋栀栀的掌心，被她放到头顶上，他黑色雾气幻化而成的小爪子抓着她的脑袋。

宋栀栀来到西峰的峰顶上，望着脚下翻涌的云海，还有远处的青山，等待着岑长冬过来。

不多时，岑长冬驾驶着浮舟，风驰电掣地飞了过来，悬停在宋栀栀面前。

宋栀栀将整理好的玄阴子的手稿递给岑长冬，道："这是玄阴子先生的。"

"宋姑娘，你见到玄阴子先生了？"岑长冬示意宋栀栀快些上浮舟，然后问道。

宋栀栀侧着身坐到浮舟上，抓紧把手，道："见到了，他的脾气不算很坏。"

岑长冬驾驶着浮舟一飞冲天，他有些羡慕地说道："那你的运气挺好的。"

宋栀栀觉得可能是同样身为作者，自己发的那一通牢骚引起了玄阴子的共鸣。

只可惜她没有玄阴子那么厉害，这位老先生随口一说的小故事都能够勾起她的兴趣。

"我先送你回青崖峰。"岑长冬将浮舟调转了个方向，道，"然后就去将这批手稿交给无相宗，让他们复制印刷。"

在风中，宋栀栀的白色衣袂随风鼓荡，头顶上蹲着一只心魔毛球，她轻声说了句：“好。”

岑长冬将宋栀栀带回青崖峰之后，便马上驾驶着浮舟离开了。

见他离开，江影球球才从宋栀栀头顶上跳下来，重新变为人形。

宋栀栀回了青崖峰，见四下无人，只有她与江影，她才有了些安全感。

“我找到了解决黑血妖魔的办法。”宋栀栀兴奋地说道，“目前剿灭黑血妖魔的最大难题是，只有你一个人拥有这个能力，而你没有办法将这个能力分出去，此界辽阔，黑血妖魔分布极广，也不知道它会在哪里出现，一个人的力量终究还是没有无相宗那么多人的力量大。”

“但是你的传送法术已经使用得炉火纯青，只要速度够快，精准定位到每一只黑血妖魔的位置，传送过去诛杀即可。”宋栀栀抬头看着江影说道。

“定位确实是最大的问题。”江影冷冷答道，“只要能够知道哪里有黑血妖魔，我杀它们，并不是难事。”

“我有办法找出某一个区域内所有的黑血妖魔来，到时候我给你报位置，你传送过去将之击杀。”宋栀栀朝他骄傲地抬起下颌，说出了自己的计划。

江影看着她，略微挑了挑眉，红眸中闪过一丝惊讶。

他只知宋栀栀拥有某些能够探知千里之外事物的能力，却不知她能够将此界的全部情况尽数收入眼底。

这样的能力，已经不是人类能够拥有的了……

不知道多少人觊觎着这般能力，修士努力修炼，也是期望着有朝一日能够来到这样超然的境界。

而她只是一个没有丝毫修为的人。

他上前一步，红眸里泛着莫名的光。

江影冰凉的手握住了宋栀栀的手腕。她一惊，看到他这般模样，忽然有些害怕。

她草率了，她确实太过信任江影，这才傻乎乎地直接说出来了。

听闻她能做到这种事情，就算是江影也会对她的身份产生怀疑吧？

但没想到，下一刻，江影如同浮冰碎雪般的声音在她的头顶响起：“此事你应当尚未告知无相宗？”

“是。”宋栀栀答，这个方法也是她刚刚在玄阴子那里才想出来的。

“就说是我拥有定位的能力。”江影的语气毫无情绪起伏，听不出担忧的感觉来，“我身怀神血，他们不会怀疑。”

若是有心怀鬼胎之人，也只会将目光放到他的身上。

任谁也不会想到，此事与宋栀栀有关。

宋栀栀想了想，明白过来他的意思，原来他是担心她的能力暴露，引起麻烦。

她觉得江影说得对，反正他的神血已经暴露了，再背一条也不是什么大事。

于是她点点头，小小声说道：“好，等沈昼他们归来之后，你将这个方案告诉无相宗的人。”

说着说着，她自己也有些兴奋了，她道：“如果速度快，不要多长时间，就能够解决这些黑血妖魔了。”

到时候……无相宗许诺要给江影的那颗心，就能够得到了。

宋栀栀看着江影那无情又冰冷的面颊，踮起脚，抬起头，轻轻抚上了他的脸。

“有了心的话，你会做什么呢？”宋栀栀轻声问他。

江影任由她抚摸着他的脸颊，喉头微动，答道：“不知。”

他没有办法理解有了心之后的世界，就像……就像盲人不知色彩，聋人不知音律。

宋栀栀知道他会是这个答案，于是她轻叹了一口气，道：“你呀……怎会如此？”

江影把她的手摘了下来，不想看到她这般表情——不是非常开心的样子。

“回去了。”他将宋栀栀的手腕握着，往前走。

青崖峰的小路旁，有大大小小的青石堆在一旁，隔出一条路来，防止树林里的植物生长蔓延到路上去。

宋栀栀跳上了那些青石，踩上石头之后，她才比江影略高些。她在青石间蹦跳走着，反正有他牵着她，她也不怕跌跤。

精致小巧的绣鞋轻盈跳动着，绣花的裙摆微微晃动，荡起一圈又一圈的花来。

江影的掌心是冰凉的，牵着宋栀栀的手许久，也没温暖起来。

宋栀栀抬眸看着路边灵植垂下的花朵，它们莹莹绽于枝头，凝着晶莹的露水，隐隐有芬芳香气沁入鼻间。

这个场景是极浪漫的，但两个人，只有一颗心在跳动。

宋栀栀扭过头，垂首看着江影，他纤密的长睫安静地垂落，投下一片漂亮的阴影。

他生得极其俊美，浑身上下每一处线条都是完美的，就连天赋也是绝品经脉天通十二脉。

江影如此完美的先天条件，是她写的，他的悲惨命运，也是她写的。

宋栀栀现在开始后悔起来，写书不是这么写的，她不能为了突出主人公真善美与强大，就胡乱捏造一个为恶而恶的反派。

这样很生硬，也很无情，即便这是完成一个作品最简单快捷的方式。

宋栀栀反手把江影的手紧紧握住，她牵着他的手，上下晃动了一下。

“江江。”宋栀栀唤他。

江影略抬起了头，看着她的脸，应道：“在。”

宋栀栀的长睫掩下她眸中的怅然。她看着江影，他的容貌俊美无伦，仿佛在诱人沦陷，就连那双眸，亦是摄人心魄。

她忍不住深陷其中。

宋栀栀与他对视着，想，反正不久之后江影就会拿到一颗心。

所以她现在让江影亲她一口，也是没有关系的吧？

宋栀栀抿了抿唇，娇嫩的唇瓣仿佛身边枝头上的花，她启唇，如鬼使神差般，不由自主地大着胆子轻声说道：“吻我。”

江影抬眸望着她，“吻我”随着轻盈的花香飘来，钻入他的耳朵，像是某种指令，他无法抗拒。

事实上，他从未真正拒绝过宋栀栀的请求。

于是他看着站在路边青石上低着头的她，两手按着她的肩膀，他的手掌宽大，微微一抬，冰凉的指尖便攀上了她的脸颊。

由于宋栀栀站得高，所以江影踮起了脚。他吻上了她的唇瓣，速度极快。

宋栀栀全身上下，每一处都是温暖的，这一触，宛如冰与火的交锋，勾得两个人更加紧密地贴在一起。

她只觉一股寒凉的气息沁入她的口腔，清洌如刀锋，却如此引人沉迷。

宋栀栀两只手下意识地紧紧揽住他的脖子。

“嗯……”宋栀栀轻轻哼了一声。她的唇与舌被他牵引着一同交融，上一次有如此的感觉，她还能闻到浓郁的血腥气，这一次，身边总算荡漾着甜蜜的花香。

江影一只手捧着她的脸颊，而另一只手已揽着她的腰肢，将她抱了起来。

宋栀栀倚靠的其实是江影，而不是脚下踩着的青石，因为她的双脚已经虚浮无力。

她脸颊侧旁的枝头花儿忽然微微颤动，露水滴落，两声环佩碰撞声，绣鞋在空中翘起，画了个圈儿。江影已抱着她，转了个身，两个人却还在深吻着。

宋栀栀被他抱在怀里，两手揽着他的脖颈，她感觉自己坠入了柔软的深海中，只想不断地下沉，再往下沉，沉到他的身边去。

忽而有一声微响，宋栀栀头顶那朵婆娑花支棱起来，从她的发髻间探出。

宋栀栀瞪大眼，推了推江影的胸膛。

“花……”她从细密的亲吻中得了个空，小声提醒道。

江影冰凉的指尖仿佛湖上的涟漪，顺着宋栀栀修长的脖颈抚至她的后脑，把她头顶的花给按了回去。

宋栀栀：“……”

——你在干吗？

她的手指陷入江影的冰凉肌肤，指尖按下的地方，古老玄奥的封魔咒文隐隐闪现，又马上消失。

两个人的身影在青石小径旁的花枝下紧贴得毫无缝隙，宋栀栀的身材娇小，被他抱在怀中，白色的衣裙藏在他宽大的黑袍中，几乎要看不见。

宋栀栀没有想到，江影居然这么乖，简简单单一句“吻我”，他竟然落实得如此彻底。

最终，她感觉自己快要无法呼吸，才抬手拍了拍江影的脖颈。

他松开了她，她的双脚落地，唇瓣殷红，大口呼吸着新鲜空气。

“就……就是吻一下，你亲那么久干什么？”宋栀栀有些站不稳。江影一只手揽着她的肩膀。

江影抬手将唇畔可疑的水渍抹去，苍白修长的手指微微掠过淡色的唇瓣，他气定神闲地说道：“你没说多久。”

宋栀栀想，以后难道还要跟他说“吻三分钟”或者是“吻五分钟”这样吗？

不对，怎么还有以后了？

宋栀栀拍了拍自己通红的脸颊。她只是随口这么一说，以为江影肯定会说“不吻”的，但她没想到，他不仅吻了，而且还吻了这么久。

有问题，这个人真的很有问题，宋栀栀想。

“你欺负我。”她对江影小声说道。

“没有。”江影侧过头去，没有看她眉眼间含着情的脸，而是道，“你自己说的。”

“你不会拒绝吗？”宋栀栀得了便宜还卖乖。

“拒绝也没有用。”江影将宋栀栀的下巴抬起。

宋栀栀撇嘴，江影看着她的唇，没有说话。

忽然，他冰凉的指尖来到她的唇畔，她被冷得打了个哆嗦。

江影抬手替她将唇边的水渍拭去，瞥了她一眼。

宋栀栀被他看得有些不好意思，她仗着他不知道“亲吻”所代表的含义，便理直气壮地跟他走着，假装什么也没有发生过。

江影走在前边，单手朝后伸着，被宋栀栀牵着。

宋栀栀的指尖挠了挠他的掌心，忽然想起玄阴子的故事来，她问：“你知道我这是什么意思吗？”

“不知道。”江影答，“这是一项非常没有意义的活动。”

宋栀栀：“……”

——你在说什么猪话？没有意义的活动你做了这么久？有这个空你为什么不去修炼？

她盯着江影泛着红的耳尖，这绯色一直蔓延至他的脸颊。

“那你脸红什么？”宋栀栀问。

“不知道。”江影继续答，他根本就不知道这背后代表的含义。

“你才是傻子。”宋栀栀说。

她真的是倒霉透了，笔下写了那么多人物，她为何偏偏喜欢他？

江影回来之后就修炼去了，宋栀栀生着闷气回了房，她来到书桌前，发现这天没有跟着一同出去的球球还趴在砚台旁休息，看起来一副病恹恹的样子。

“你怎么啦？”宋栀栀将这小小毛球抓起来，放在手里捏了捏，唤了球球一声。

球球睁开黑亮的小眼睛，“吱吱吱”叫唤了好几声，手舞足蹈的，似乎在控诉着什么。

它其实在告状，想跟宋栀栀说江影趁她睡觉的时候欺负它。

然而宋栀栀实在听不懂一颗球的“吱吱”叫是什么意思，只当它在撒娇，又捏了好多下，这才坐在书桌前。

她掏出手机，看到上面出现的剧情都是方才经历过的，并没有什么意外情况发生。

宋栀栀在与玄阴子谈话之后，突然有所感悟。

玄阴子对她说，她已经身入局中，不可再以局外人的视角看待问题。

在考虑如何帮助江影完全剿灭黑血妖魔的时候，宋栀栀只把他当成了自己书中的主人公，始终将视角放在他的身上，而忘了她自己的能力。

事到如今，这已经不是江影一个人的故事了，而是她与他的故事。

她自己也是书中之人了，所以她的能力也可以派上用场。

宋栀栀身为作者，要想知晓每一块区域中的所有黑血妖魔的具体位置，并不是难事。

她在手机屏幕上打字：“此时，凌霄地界内的黑血妖魔正肆虐在……他们的数量与具体位置是……”

不久，后面果然出现了文字：“凌霄地界内，黑血妖魔数量最多的区域是赤霞山，东侧山峰下悬崖共有三百零六只，西侧谭曲河源头共有五百三十七只……青兰谷内的黑血妖魔数量次之，共有……”

宋栀栀看到手机里出现了一长串密密麻麻的文字，非常详尽地把每一个区域内的黑血妖魔分布位置标记出来。

这段文字内容之多，让宋栀栀翻了很久，都没有翻到尽头，修真界那么大，凌霄地界又是黑血妖魔的诞生之处，自然遍布黑血妖魔。

但没办法，现在能够看到手机上内容的只有她。

宋栀栀只能取出一张白纸，将自己记忆中设定好的凌霄地图画了出来，凌霄地界还分了不同的区域，一张纸画不下，她便将不同小区域分别绘制在纸上。

将地图绘制完毕之后，宋栀栀按照手机上出现文字的提示，将每一个小区域内的黑血妖魔位置与数量在地图上以朱色的笔标记出来，这样方便江影随时传送位置，抵达现场，直接击杀。

这是一份细致活，一点儿也不能出错，而且在将凌霄地界的黑血妖魔标注完之后，她还有十余个不同的大区域需要确定黑血妖魔的位置。

宋栀栀一直写到了深夜，到了此时，她也只是将赤霞山的黑血妖魔标记出了而已。

书桌上的灯盏蕴着明亮的光，将书桌与窗台照得宛如白昼一般，大敞的宽阔窗台外，月光洒入竹林之中，竹影婆娑，清风吹来，发出沙沙的声响。

穿堂而过的风将宋栀栀桌上的纸张的边缘吹起少许，宋栀栀非常专注，浑然未觉，还是球球伸出黑色雾气幻化而成的小爪子，将它按住。

宋栀栀手中的毛笔沾了朱红的颜色，终于在赤霞山最后一处有黑血妖魔分布的地方画了个记号，并且以娟秀的字体在记号旁标明个数。

她直起身子，只听见自己的骨头发出了响声，因为保持一个姿势太久，她的骨骼都僵硬了。

宋栀栀捶了一下有些酸的腰，将赤霞山地图放到一边，正准备标记下一个小区域——青兰谷的时候，门外却响起了脚步声。

是有人走在竹制长廊上发出的声响，宋栀栀一惊，将朱笔放到一边。

刚抬头，便看到江影站在门外的窗户外，略低着头看她。

宋栀栀见他来了，松了一口气，也没有惊讶，只将放在一旁标记好的赤霞山地图亮给他看。

“江江，你看。”宋栀栀得意地说，“我把所有黑血妖魔在赤霞山的分布情况都标记在地图上了，到时候你只需要循着标记前去击杀就可以。”

江影接过宋栀栀手上的地图，幽深的红眸中闪过一丝不易察觉的惊讶。

虽然他有些疑惑，但他没有在这个话题上继续深入。

江影问了一个与这个话题完全无关的问题：“还不睡？”

宋栀栀想：她早一天把这些地图给画出来，江影就可以早一天将黑血妖魔剿灭，况且这项工程庞大，她不能偷懒。

于是她挠了挠头，不好意思地说道：“等我写完青兰谷的再睡吧。”

宋栀栀一只手拿着手机，另一只手提着朱笔，在青兰谷地图上写写画画，头也没有抬。

她漂亮的长睫在灯光里投下一片阴影，眼下有些青黑，看起来有些憔悴。

宋栀栀一向都是早睡的，突然这么迟还未睡觉，她并不适应。

江影抬手，冰凉的指尖在她的长睫上方轻轻掠过，把她弄得很痒。

“睡觉了。”他催道。

宋栀栀问：“对了，你怎么过来了？”

按道理来说，江影现在应该沉迷修炼不能自拔，不可能会发现她还没睡觉。

“腰痛。”江影对她说，语气冷冰冰的。

宋栀栀一惊，这才反应过来她只觉得腰有些酸并不是她身体素质好，能撑得下来，而是江影代替她痛了。

“好吧。”她乖乖地放下笔，对江影说道，“我到旁边休息一下。”

江影见她还没有睡觉的意思，而她面前的青兰谷地图才刚刚标记了个开头，他抬手，隔着窗户将她的肩膀按着：“去躺着。”

宋栀栀很着急地道：“可是还有这么多没标记完，而且这里只是凌霄一个地方的。”

江影吐字宛如冰凌一般：“我帮你画。”

宋栀栀说：“但是你不知道内容呀。”

“念给我听。”江影对她说。

上一次在转述赤霞山发生异变真相的时候，也是宋栀栀将手机里的信息一字不漏地转述给江影听。

“好。”宋栀栀觉得他这个提议非常不错，于是答应了。

她将手机拿着，把书桌上的球球捏在手上，跑到床边上去。

被她捏在手里的球球看到江影，“吱吱吱”地叫着，黑色雾气幻化而成的小爪子朝他指了指，疯狂控诉。

宋栀栀没听懂，只一头倒到床上，摊开四肢，放松了一下。

她翻了个身，对江影说道：“那你快进来吧。”

江影一只手撑在窗台上，轻轻一跃，便轻松跳到了宋栀栀的房间里，来到书桌前，将搭在砚台上的朱笔润了润。

“念。”江影背对着她，身形高大，将书桌上的光源都挡住了些许。

宋栀栀将手机打开，字正腔圆地把手机里的情报念了出来。

用嘴读出来，其实比默默看着更加不容易出错，两个人，一个人写，一个人念，效率也高了很多。

江影修长苍白的手执着朱笔，落笔迅速精准，潇洒飞逸，宋栀栀念一处，他便标记一处。

这并不是件体力活，他不会觉得累，但宋栀栀念了这么久，嗓子都有些哑了。

念到一半，躺在床上休息的她爬起来，将桌上放着的一壶清水倒至杯中，仰脖喝了几大口润润嗓子。

江影听出她声音的变化，便放下笔，回头看着她，说道："你可以小声点。"

不管宋栀栀说得多小声，只要她能发出声音，他就可以听到。

宋栀栀将茶杯放下，这才觉得嗓子没有那么干哑。

她放低音量，用蚊子叫般小的声音对他说道："好。"

宋栀栀抱着手机，又开始念了起来。她的音量小了许多，但江影依旧精准听清了她说的话，并迅速在地图上做着标记。

直至快将青兰谷的黑血妖魔分布情况全部写完的时候，宋栀栀的声音已经低得要听不见了。

她侧躺在床上，一只手抱着手机，用近乎于本能的声音下意识念道："最后一处，青兰谷入口石门处，有三只黑血妖魔……"

宋栀栀的声音模糊。她困极了，长睫垂落，盖住眼眸，说话都有些语无伦次。

她絮絮叨叨地胡言乱语着，很小声，但尽数被江影听入耳中。

"好啦，青兰谷的就这些了……

"江江，你也……也快去睡吧……

"明早想吃荷包蛋……

"江江，我真的……好喜欢你呀。"

宋栀栀说完之后，便沉沉地睡着了，方才那番话，是她半梦半醒间下意识说出的，她并没有意识到自己说了什么。

第五章
好喜欢你

江影手中的朱笔笔锋刚转了个角度，便听见宋栀栀的话语。

他一向极认真地听宋栀栀说话，所以即便她说话的声音如此小还如此模糊，他也还是听清楚了。

江影的笔锋一顿，纸上朱色印记洇开，他的手又抬起，朱笔被他轻轻搭在砚台上，没有发出一丁点儿声响。

他的身子愣在原地，脑海里宋栀栀又细又小的声音在回旋。

“我真的……好喜欢你呀……”

江影站定在原地，思考着“喜欢”究竟是一种怎样的情绪。

但他思考了许久，也没能得出答案。

江影转过身，看到宋栀栀靠在床边上侧躺睡着，似乎翻一个身就会从床榻上摔下去。

她躺着，连外袍也没有脱下。

江影把书桌上的灯熄了，独留下窗外月光为室内提供光源。

他上前，把宋栀栀的身子半抱着，将她抬了起来。

宋栀栀累极了，所以没有醒来，江影让她靠在他的肩头，伸手轻轻一扯，便帮她将外袍褪了下来。

她的长发是披散着的，落在圆润白皙的肩头上，头顶那朵婆娑花微微垂下，很可爱。

江影俯身，将宋栀栀往床榻中间推了一点，他藏在衣襟之内的红琉璃不慎落出，正好悬停在那朵白色婆娑花上方。

婆娑花仿佛嗅到了什么气息，花瓣伸出，似乎要将那红琉璃给吞噬。

江影抬手，无情地拍了一下这朵小白花，把它按回去。

宋栀栀在梦中嘤咛一声，不由自主地扯住他的衣袖。

江影轻轻将衣袖抽出，站起身来，看着宋栀栀紧闭着的双眸，将床边的帐幔放了下来。

他离开了。而躺在床上睡觉的宋栀栀朝里翻了个身，将被子抱着，沉进了梦境之中。

宋栀栀又做梦了。

不知是日有所思夜有所梦，还是江影方才靠近她的缘故，她梦见自己成了玄阴子这日所讲故事里的主人公。

宋栀栀想，就算她梦见自己成了故事里的人，也应当是乖巧可爱还深情的小师妹。

但梦中的她睁开双眼，什么也无法看见。

宋栀栀往前走了两步，没有听见自己的声音。

她看不见，也听不着，她的世界是一片混沌。

此时，有人拉起了她的手，掌心温热。

宋栀栀想，这双手的主人不会就是小师妹吧？救命啊，怎么她成了又盲又聋的倒霉鬼了？

那双手拉着她，抓得很紧，亦很坚决，没有松开。

宋栀栀觉得这双手的主人应当是在说话，但是她听不见。

她仿佛身处于无尽的深海之中，与世隔绝。

突然，这双手拉着她在跑，仿佛在躲避着什么，他们一直跑一直跑，却始终没能来到彼岸。

宋栀栀想，别跑了，这或许是一条死路。

但就在这时，她的耳边忽然传来一声巨响，“砰”的一声，她猛然睁开了双眼。

此时似乎是有无尽的光映照在她的眼前，白得晃眼，而一抹鲜红的颜色在她眼前掠过。

宋栀栀往前扑腾了一下，下意识地开口说道：“不要……”

然而，她扑了个空。

宋栀栀从梦境中跌落，醒了过来，扭头望向侧旁，天光大亮，清晨阳光从半透明的纱幔内落到她的眼前，宁静柔和，端的是一副岁月静好的景象。

宋栀栀两手撑着自己的身子，坐了起来，半靠在床上，面色苍白。

她揉了揉自己的太阳穴，再回忆梦中内容时，又觉得很模糊，仿佛是万花筒里的世界般光怪陆离。

都怪玄阴子。宋栀栀心想，若不是他讲了一个如此奇怪的故事，她也不会梦到自己成了这个故事里的主人公。

宋栀栀一边想着，一边翻身挪到床边上，白皙的脚尖在地上摸索着自己的鞋。

不过幸好，玄阴子不算是一个太坏的人，他告诉江影的结局还是个大团圆结局，不然她一定会为这个故事纠结死。

宋栀栀起床，洗漱了一番，也没再管什么梦不梦的，梦境归根结底还是虚无缥缈的东西，眼下还没做完的事情还是要做的。

至少在沈昼他们回来之前，她要将凌霄地界分布的黑血妖魔全部在地图上标记出来。

宋栀栀来到书桌旁，看到桌上叠放着两张地图，是赤霞山与青兰谷的，被镇纸压得整整齐齐。

青兰谷的地图被放在上方，都是江影昨晚标记的，他的字比宋栀栀写的要更加板正遒劲些，笔锋勾勒得一丝不苟，极为精准。

宋栀栀拿出手机，比对了一下信息，确认没有问题，这才松了一口气。

此时，门外“吱呀吱呀”的脚步声响起，宋栀栀抬眸看向房门。

门外的江影敲了敲门，冷声道：“吃饭。”

宋栀栀想，江影怎么知道她起来了？

于是她走上前，将房门打开，看着站定在门口处的江影，抬眸盯着他的红眸问道：“你怎么知道我起来了呀？”

江影的语气还是冷漠无情：“今晨已经叫你第三次了。”

他的意思是，隔一段时间他就会来敲门叫宋栀栀吃饭，如果她应了就是她醒了，如果她没有应，那么他就过会儿再来，直到她醒了为止。

宋栀栀微怔，呆呆地跟着江影走到厨房，不远不近地缀在他身后，仿佛一个白色的小尾巴。

厨房桌上有一碗粥，宋栀栀坐了下来，抬眸，却看到灶台里的火还在燃着。

其实她喝粥便够了，江影还要做什么？

宋栀栀看到江影单手将一个鸡蛋磕开，放入锅中，很快摊了一个荷包蛋给她。

她想起来，昨天晚上睡着之前她确实是在想着第二天要吃荷包蛋，而且她不止想了这个，她还想了很多奇奇怪怪的其他东西……

比如……喜欢江影……

宋栀栀放下筷子，赶紧捂住了自己的脸。

江影把一盘荷包蛋放到她的面前，说起话来毫无情绪的起伏，还是单字："吃。"

宋栀栀夹了一小块送入口中，假装漫不经心地问道："你怎么想起来给我煎荷包蛋吃？"

江影坐在她的对面，看着她低头吃饭时垂下的婆娑花。

他马上回答："你昨晚睡前说了。"

宋栀栀手里的筷子一滑，落了一根在桌上，她慌了。

完了，她昨晚果真把心里胡思乱想的内容一不小心给说出去了。

宋栀栀手忙脚乱捡起筷子，心"怦怦"地跳，紧张又害羞。

她的模样被江影尽收眼底，他不知她为何慌乱，只是默默地看着她，听着她越发急促的心跳声。

"我……我……我……我还说了什么呀？"宋栀栀埋头吃饭，根本不敢抬头。

她头顶的婆娑花一晃一晃的，江影的视线随着那朵花上下移动。

"你说青兰谷的地图标注完了，让我去睡觉，还说明早想吃荷包蛋。"江影复述宋栀栀昨晚迷迷糊糊中说出的话，唯独漏了一句。

宋栀栀听完，长舒了一口气，这才觉得没那么尴尬了。

"那就好，那就好。"她小声对自己说道。

宋栀栀从江影口中知道她昨晚没有一不小心把喜欢他这件事说出来之后，这才开始放心吃饭。

吃着吃着，她又觉得不太得劲。

于是她舀了一勺粥送入口中，抬眸看着江影，朝他眨了眨眼。

"江江，我问你个问题。"宋栀栀说。

江影正襟危坐，面无表情地道："说。"

"如果有人跟你表白，说喜欢你，你会怎么回答？"宋栀栀的声音清脆悦耳，仿佛窗外洒进的清晨阳光般令人舒畅。

江影的目光微闪，避开宋栀栀那漂亮的杏眼，答道：“没有人喜欢我。”

宋栀栀没有放弃，继续假设道：“如果，我是说如果有呢？”

“我不理解，我会拒绝。”江影略抬了一下颌，对宋栀栀一板一眼地说道。

宋栀栀觉得自己的心坠了下去，扯着整个胸膛，有些发疼。

她吸了吸鼻子，小声问道：“如果是我跟你说呢？”

江影的长睫垂落，掩下红眸中略显紧张的光芒。

“你也一样。”他答。于他而言，任何人说出这句话都是一样的，他都会拒绝。

但是很奇怪……江影暗自思忖着，自己不想拒绝宋栀栀，但他也无法理解与接受她的爱意。

所以他选择装作没有听到。

没有听到，便不会有断然拒绝的机会。

宋栀栀望着他，眨了眨眼，鼻头有些发酸，险些有泪落下来。

“好了，我知道了。”她将桌上剩下的所有食物飞速解决。

吃完之后，宋栀栀站起身来，背着身子对江影说道：“我继续去标记地图了。”

“我帮你。”江影起身，对她说道。

“不……”宋栀栀下意识地拒绝，但又觉得此时不是她闹情绪的时候。

于是她马上改口：“那来吧，两个人也快些。”

宋栀栀往自己的房间走去。她走在前面，江影跟在她的身后，默默看着她的背影，她轻柔的发丝被风吹起，在阳光下无比清晰。

“到时候等沈昼他们回来了，你就带着这些地图跟他们说出我们的计划。”宋栀栀一边走，一边絮絮叨叨，“这样的话你的神血不必交出，也能够助无相宗剿灭黑血妖魔，达成约定。”

宋栀栀还在说着，声音细碎，一字一句都在为江影谋划。

此时，她却突然感受到一股冰冷气息的靠近。

江影往前走快了两步，从后面将她紧紧抱住，两手环至她的身前，低着头，下巴抵在了她的颈侧。

宋栀栀一愣，身体顿住了，仿佛被他身上的寒气冻结一般。

江影紧紧抱着她，却一言不发，因为他不知道该说什么好。

抱着她，这几乎是下意识的动作。

宋栀栀站定在原地，没有再挣扎，任由江影抱着她。

他低着头，唇贴着宋栀栀的脖颈，微暖的气息掠过她的耳侧，话语间声带振动将她的肌肤激得微微发麻。

“我不知道。”他对宋栀栀说，“昨晚我听到了。”

宋栀栀被他抱着，目光直视前方，听见他如此说，她的心突然“怦怦”地跳了起来。

江影听到了什么？不会是她最不想让他听到的那个吧？

江影抱着她，眼睫微垂，表情虽然还是一派漠然，但显出了些落寞的意味。

“哪句话？”宋栀栀不好意思地问道。

“你说喜欢我。”江影的语气依旧寒凉。

宋栀栀整个人都僵住了。

他真的听到了！但是……但是他还是拒绝了。

宋栀栀咬着牙，唇瓣微颤，抬手把江影抱着她腰的手腕给握住了。

她打算把他的手给拿开，既然他没办法接受这句话，那他现在又是什么意思呢？

宋栀栀的手刚攀上他微凉的手腕，便被他反手握住了。

“我想，我应当是无法接受这句话。”江影微微眯起眼睛，只感觉到某些东西被堵在了外面，隔了一层透明的高墙似的。

他像挣扎在琥珀里的一只虫，永远被囚禁在透明的牢笼中。

“但是……”江影对着宋栀栀轻轻叹了一口气，话语坦诚，没有丝毫作假，“当听见那句话之后，我只想如此……”

语毕，他垂眸，另一只手已经将宋栀栀的下巴微微挑起，他握着她的手，带着她在他的怀里转了个圈。

江影低头吻上了宋栀栀的唇。

他不知吻为何意，但他就是……很想吻她，身体比语言更加诚实。

他用舌尖描摹她柔软的唇瓣，探入她唇齿间的每一处缝隙，让她融化在他的怀中。

宋栀栀猝不及防被他攫住双唇，瞪大了眼，看到了他近在咫尺的红眸，深幽的眼眸深处，映着她的脸颊。

她抬手，抚上了他冰冷的面颊，指尖所过之处的每一处线条都如此完美。

宋栀栀觉得自己一呼一吸之间，都充满着江影的气息，他的吻极富侵略性，就像他的人一般。

但他又在极力克制，小心翼翼，细密又坚定地寸寸深入，仿佛步步为营地攻城略地。

宋栀栀往后略微仰了头，江影一只手攀上她的后脑，另一只手揽着她的细腰。

她在退，他便进，一步、两步、三步，脚下竹制长廊发出“吱呀”的声响。她的背抵上了墙，青竹的丝丝凉意攀上她的脊背。

但江影的身体比这毫无生命的竹墙，还要更冷三分。

宋栀栀下意识地抱紧他，与他唇舌交缠着，像抱紧了水中的浮木。

许久过后，两个人的气息紊乱，随后悠悠地舒展着，仿佛水里泡开的干花。

宋栀栀扭过头，唇瓣水光润泽，她轻轻哼了一声，把江影推开些许。

她捧着他脸颊的手一路下滑，轻轻触到了他的胸膛，即便是在如此激烈的亲吻之下，他的胸膛还是一片寂静，显得空荡荡的。

两个人紧密相贴的身躯之中，只有一个人的心跳声，急促且热烈，这昭示着在两个人的交锋之中，动了心的只有她。

宋栀栀的肩头轻轻垂下，没有靠在江影的怀里，反而选择了靠在墙上。

她盯着江影那无情的红眸，贴着他的唇，轻声说道：“这样没意思。”

有的事情，并不是理所当然地抱一下、亲一下就可以解决的。

下一瞬，江影看着她低垂的眉眼，聆听着她的心跳声。

他的声音很低，却很坚决：“心跳声很好听，我想要。”

宋栀栀深深吸了一口气，胸脯剧烈起伏，擦着他坚硬的胸膛而过。

她颤抖的指尖抚上了他的脸颊，她明白了他的意思。

江影又能怎么办呢？他没有心，根本没有感知感情的能力。

心无所感，便是被隔绝在深海中的囚徒，他又怎么能给予她回应呢？

但即便这样，这样无情的一个人，也会因为她，想要找回他的心……

他甚至不知道亲吻所代表的含义，但就是如此笨拙且执拗地想要接近她。

宋栀栀忽地觉得自己的心发疼，她捏了捏江影冰凉的脸颊对他说："好，一定会找到的。"

江影松开了揽着宋栀栀肩膀的手，淡淡地"嗯"了一声。

宋栀栀看到他安静且漠然的模样，完美精致，却毫无感情，宛如制造精巧的一个人偶。

他看似强大无比，引人艳羡，在宋栀栀眼中，却如此让她心疼。

而造成这个局面的人，是她。

从头至尾，她不过是在自食苦果，却甘之如饴，无法自拔，甚至步步沦陷。

宋栀栀低头，额头抵上他的肩头，叹了口气，道："对不起。"

"为何？"江影问她。

"没有为何，走吧，去给地图做标记。"宋栀栀意识到眼下这件事才是最重要的。

现在并不是品味这些苦涩情绪的时候，有更加重要的事等待着她去做。

有了江影的帮忙，宋栀栀在地图上标记黑血妖魔的效率大大提升，终于在沈昼回到无相宗的前一天，将凌霄地界内所有黑血妖魔的分布地点给标记了出来。

待沈昼回来之后，江影对青君说的"再考虑几日"也已经到了约定的时候。

宋栀栀将卷成卷轴的地图交给江影，交代道："江江，你就用这个地图去剿灭黑血妖魔，至于神血，千万不要给他们。"

灵祇千方百计地布局，不就是为了要江影身上的神血，那么她也绝不能让灵祇的计划得逞。

江影面无表情地接过地图卷轴，淡淡应了声"好"，便转身离开。

宋栀栀看着他的背影，托着腮想，她比灵祇要更加幸运的一点是，她身边有一个永远不会倒戈的江影。

前提是……江影没有发现她身为作者的真实身份。

宋栀栀捏紧自己的手机，决定不再胡思乱想，打起精神来。

她在手机里输入："此时，无相宗议事的主殿之内……"

已经被冷落了很多天，没有被宋栀栀捏来捏去的球球甚至有些不习惯，见江影离开，寻了个空儿，凑过来贴着宋栀栀。

宋栀栀敷衍似的将它毛茸茸的身子随便捏了捏，便开始定睛看手机上浮现的剧情——

沈昼带着救出的极衍门弟子回到无相宗，已是好几日之后……

沈昼回到无相宗后，先将极衍门的人安顿下来，随后带着极衍门门主梁真一同来到无相宗主殿之中禀报情况。

“江道友拥有神血一事，是真的。”宁玺坐在掌门之位上，对风尘仆仆归来的沈昼沉声说道，“师祖已经向江道友求证过。”

沈昼点了点头，将极衍门中发生的事情复述了一遍。

不论无相宗的人想不想承认，都有一个毋庸置疑的事实摆在他们的面前——现在只有江影才是救世的关键，他才是能够平息这场灾难的核心人物。

“师祖，你当真愿意将千灯寺里藏着心的那颗金丹让给江道友？”宁玺忽然想起什么，扭头对青君说道。

青君手执桃花折剑，一枝桃花莹莹缀于剑柄之上，他笑了笑，说道：“为了天下苍生，只能如此，只希望江道友能够答应。”

“唉……”袁一溪在旁轻轻叹了口气，道，“我觉得江道友应当会答应，因为他是无心之人，能够主动要回他的心，想必执念甚重，只是苦了栀栀……”

“什么栀栀？为何会苦了栀栀姑娘？”青君想到那日与江影见面时，他身上那股清甜的栀子花香。

“是这样的……”袁一溪解释，“栀栀应当是喜欢江道友的，我不会看错她的心意，只是江道友所念之人应当不是她，等以后江道友拿回心，与他人在一处，或许栀栀才会死心吧。”

青君眨了眨眼，模样柔和，似有疑惑：“江道友所念之人，为何就不能是栀栀姑娘呢？”

“她是一介凡人，江道友应当与她不是一个世界的人。”袁一溪说道。

“一介凡人……”青君轻声咀嚼了这四个字，柔柔地笑着，没有再说话。

而此时，无相宗主殿之外，一股强大的力量逼近，正是他们等待已久的江影。

江影手中执着一份卷轴，自主殿正门而入，每一步都踏得极稳，红色的眼眸里蕴着冰冷无情的光芒。

所有人都望着他，目光里带着一丝祈求与期待，似乎是盼望着他答应下青君的条件。

江影来到宁玺面前，旁若无人地坐入为他准备的椅子里。他一只手托腮，如刀锋般锐利的目光掠过在场的每一个人。

“青君与我说的约定，我应允。”江影启唇，声音冰冷道，“我为你们剿灭所有黑血妖魔，千灯寺那颗有心的金丹给我。”

江影的重音放在了“所有”二字上，想必他对此事极有信心。

青君闻言，激动得站了起来，说话时的声音带上了一丝颤抖：“江道友，你愿意将神血分出，助我们斩灭黑血妖魔了？”

江影抬眸，淡淡地扫了一眼青君，道：“神血不可能给你们，黑血妖魔我亲自解决便是。”

青君疑惑，提出了问题：“江道友，我理解你不想交出如此重要的东西，但你一个人，又如何能够精准地定位分布于此界的黑血妖魔呢？”

江影的嘴角挑起一抹嘲讽的笑容，一抬手，苍白的指尖将束着标记地图的红绳挑开。

骤然一阵狂风吹来，是他召唤的，将标记着整个凌霄地界所有黑血妖魔的地图吹起。

所有人的目光都放到那些被狂风吹起的地图上，目光中已带上震惊。

这……江影究竟是如何做到的？

他们不敢妄猜江影做了假的标记地图，以他的傲气不可能作假。

但在这么大一个区域内精准定位到每一只黑血妖魔的位置，这真的是修士能够做到的吗？

说这是神迹也不为过了。只有洞悉世间万物的神明，才能够做到这种程度吧？！

“此事难就难在无法确切地知道黑血妖魔的位置，我已将最为严重的凌霄地界内黑血妖魔的所有分布点与数量标注。你们无相宗需要做的，就是按照地图上标记的地点，以阵法逼退、收拢黑血妖魔，将每一个区域内的黑血妖魔聚在一处，等我前去击杀。”江影说出自己的计划。

以他的能力，跑遍每一处小地方将黑血妖魔杀死也不成问题，但他不想让无相宗如此悠闲，只付出一颗心的代价便让他如此辛劳。

还是要让无相宗做一些事的，不然这些所谓的“救世主”没有参与感，日后无法对后辈吹嘘事迹。

青君抬眸看着在风中展开的几十张地图，深深地吸了一口气。

他没有想到，竟然会是这样。

这些地图上的标记应该是真的，江影不可能在这种事上说谎。

但江影这能力，未免也太过离谱了，这是正常修士能够做到的事吗？

青君自忖，他在三千年前那一战之前，还拥有接近化神之阶力量的时候，也无法做到江影这程度。

究竟是江影的神血玄妙，还是别的什么？

青君望着江影，目光带着一丝探究。

但这小心翼翼掩藏的探究目光马上被江影发现。

江影扭过头来，冷笑一声，对青君嘲讽道：“你做不到，不要觉得他人没有这个能力。”

“是我唐突了。”青君好脾气地道了歉，“这便是江道友的计划？”

“是。”江影冷声答道。

“当真是天衣无缝。”青君真心实意地赞叹。这计划关键就在地图的标记上，一处都不能出错，江影的能力倒还是其次。

青君现在好奇的是，绘制出这份地图的究竟是谁？是江影还是别的什么人？

江影没有回应青君的恭维，只感觉到了在这赞叹之下暗藏的疑惑与艳羡，在他看来，艳羡、怀疑这类的情绪，最终都会演化为恶意。

他起身，将地图交给宁玺，吩咐道：“目前只制作出凌霄地界的地图，先解决这个区域内的黑血妖魔，你们无相宗收着，将之拓印分发下去，分配给负责逼退收拢黑血妖魔的弟子。”

宁玺闻言，觉得江影说得对，他们无相宗让他做事，本来就占了大便宜了，现在总不能一点儿事也不做。

于是他点了点头，将地图收了起来，对江影行了一礼，道：“多谢江道友。”

“明日我去赤霞山。”江影特意将宋栀栀亲自写的那份留了下来，没有交给无相宗，他道，“待赤霞山的黑血妖魔解决完毕之后，便去青兰谷，你们先按照地图，将青兰谷的黑血妖魔聚集起来。”

“好。”宁玺与青君耳语两句，便将此事吩咐下去。

江影离开了。他做事效率一向很高，这天等沈昼回来答应约定，第二日就能出发剿灭黑血妖魔，干脆利落，一点儿也不拖泥带水。

无相宗的人很欣赏他这样的行事作风，他们望向江影离开的背影时，目光带着敬佩。

就连凑过来“打酱油”的极衍门门主梁真也忍不住开口说道：“之前是我们误会江道友了，我们将他身怀神血的秘密泄露，他非但没有杀我们，还想出了如此绝妙的办法剿灭黑血妖魔，当真令人敬佩。”

韩潜闻言，凑了过来，大胆猜测道：“或许江道友并不是很想要那颗心，只不过是用这个约定当借口，好帮助我们斩妖除魔，护佑苍生呢。”

宁玺闻言，亦点了点头，赞同了韩潜的说法。

而此时，一直默默站在一边的沈昼见青君沉默着，便凑了过去，对青君低声说道：“师祖，我先前几次遇到了一些奇怪的事情。我师父现在忙着部署剿灭黑血妖魔的人员分布，不知师祖可有空帮我解答一二？”

青君点了点头，与沈昼一同走到一旁。

沈昼将那股暗中控制他思想的力量说给青君听，也是他敏锐，不然寻常人根本发现不了灵祇影响人思维判断的小手脚。

“你感觉被冥冥之中的一股力量控制着，强行说出了一些自己并不想说的话？”青君听完之后，瞳孔骤缩，似乎大为震撼。

“是。”沈昼无奈地揉了揉太阳穴。

“神明一向是不入红尘的，不然这世界可就乱套了……”青君喃喃自语，“昼儿，这很危险。”

“师祖请说。”沈昼恭敬地说道，一副听从教诲的模样。

“神明灵祇，可以说就是这个世界的生命，它是所有法则的集合。”青君沉声说道，“神明对于此界生物，是毫无感情的。我们的存在与否，与它无关，蚂蚁与人类，在它眼中，是平等的存在。”

“按道理来说，你完全可以把神明当作按照世界法则运行的某种机械，就像无相宗藏书楼里的自动借阅系统一样，它不可能会主动干涉我们的行动与思维。但你的描述，又确实像是神明的影响……”青君幽幽地叹息道，“当真是乱世，一切都如此蹊跷。”

“师祖，这又该如何解决？”沈昼听了之后，似懂非懂，但他又不想再被灵祇这般控制了。

他的想法便是他的，又怎能被别的东西左右？

青君一双大掌按在沈昼的肩头上，那灵动清澈的眼眸看着他，带着微笑柔声地对他说："昼儿，你要很坚定。"

"神明只能改变摇摆的事物，而无法扭转既定的结果。你相信江道友，便要坚定地相信他，不能再有杂念，不然便容易被它乘虚而入，成为达成某种目的的工具。"青君说着，负手而立，衣袂飘扬，他道，"我们是人，并非工具，也不是如同虫鼠蚂蚁一般的存在，神明与我们是对立的，所谓修炼，也不过是逆天命而行，溯流而上。"

"如此，那师祖你呢？"沈昼问道，"师祖，您是否也永远坚定？"

"我当然不，这只是一种理想的状态。"青君轻笑，带了些自嘲的意味道，"谁又能从始至终，坚定着同样信念呢？"

"我会努力。"沈昼说。

"好。"青君道，"去帮你师父吧，凌霄地界那边，你应该也要去领着门中弟子帮助围剿妖魔，切不可再出错了。"

无相宗里的对话停在此处，宋栀栀看着自己手机里的文字，眯起了眼睛。

青君与沈昼不知道，他们在说这段对话的时候，还有一双眼睛在看着他们。

宋栀栀托腮，她觉得青君说得没错，就算她是作者，也不能写出完全不符合客观条件的剧情，也不能让某一个人去做他完全不想做的事。

青君能够在三千年前修炼至接近化神之阶，是有理由的，即便因战而修为倒退，但知识与阅历还在。

宋栀栀将手机给关了，想着江影此时应该也快回来了，便没有再继续一心扑在剧情上。

她给江影铺的路已经足够了，就像一个倾斜的天平，她放下的筹码足够多，他正面的风评便很难再被扭转为负。

再多做、多写一些，没准儿就又被其他的敏锐之人发现，要暴露干脆就让灵祇一个人暴露好了。

宋栀栀能有什么坏心眼呢，她只不过是一个小作者罢了。

她哼着歌，想到灵祇的存在暴露，有些开心，将桌面上的东西收拾了一下。

宋栀栀将一张白纸扯了过来，按照记忆画下无相山地界每一个小区域的地图，在江影去凌霄的时候，她也要快些把其他地方的黑血妖魔标注出来。凌霄地界，不过是十之二三罢了。

她正画着，门外传来了脚步声，江影来到窗台前，站在外面朝里看着她。

宋栀栀放下笔，对着江影眨了眨眼，道：“你回来了，事情如何了？他们还一定要你的神血吗？”

江影摇了摇头，有更好的解决方案在，无相宗不会再纠结于神血。

他淡淡地对宋栀栀说道：“你应当已经知道了。”

宋栀栀鼓起脸颊，她当然知道无相宗主殿里发生了什么。

但是……就是……

她略低了头，小声说道：“我确实是知道的，但就是为了再跟你多说两句话，我才问的。”

江影定睛望着她，红眸中透露出一丝不解。

明知故问，这就是“喜欢”吗？

宋栀栀当然知道他在疑惑什么，她感受到了来自他的嘲笑。

“不想跟我说话，你还过来做什么？”宋栀栀挑眉望着他，道，“走开，走开，没有心的人就不要跟我说话了。”

江影轻巧一跃，跳上宋栀栀的窗台，坐在她的窗台上，长腿略微屈起，将窗外阳光挡住大半。

宋栀栀没想到他不仅不走，还坐过来了。

她想，究竟是谁比较黏人？

“明日去赤霞山要小心。”宋栀栀叮嘱他，“其他区域的地图我会画。”

“嗯。”江影答道，“我对外说是我画的。”

“这样甚好，反正你身上事情够多了……”宋栀栀嘀嘀咕咕。

“嗯。”江影继续答，没有因为她这句话而生气。

宋栀栀想起青君对沈昼说的话，说为人要坚定，她觉得江影就是一个很坚定的人。

她抬眸望着江影，细碎的阳光洒在她的脸颊上。

宋栀栀轻声问道：“江江，你有没有非常坚定的目标？”

“有。”江影垂眸望着她，阳光在他的身体轮廓上镀了一层金光，令他看起来俊美如神。

“不要死，活下去。”他说。

宋栀栀一愣，轻轻吸了一口气。她想到了自己的那个梦，在最后的那声巨响与一道红色掠过之后，梦中的她，脱口而出了两个字：“不要。”

不要死。

宋栀栀只愣了一瞬，便马上从梦的回忆中惊醒过来。她抬眸看向眼前的江影，他的侧脸在阳光下依旧完美。

他就在自己面前，没有消失，不是虚幻。

宋栀栀长长地舒了一口气，小声对江影说：“你会活下去。”

江影纤密的长睫微微一颤，面庞漠然如坚冰。

宋栀栀低着头，继续绘制地图。

等到了晚上，江影便过来帮她用朱笔在地图上标记黑血妖魔的位置与数量。

宋栀栀依旧是倚靠在椅子上，抱着手机给江影报位置。

看着手机屏幕上出现的文字时，宋栀栀在想一个问题，那就是灵祇想要利用黑血妖魔拿回江影神血的计划告破，它为什么还没有下一步的计划?

或许，灵祇已经在暗中谋划着什么。宋栀栀想。

她挠了挠自己的下巴，依旧不紧不慢地给江影念着位置。

念着念着，她就睡了过去。

江影起身，抱她来到床榻边。她卧在他的怀里，睡得很安心，他把她放到了床上，又将一道新的传送符放在她的枕边。

他次日一早就要出发，宋栀栀又要一个人待在无相宗里了，即便这传送符可能会自己突然启动，他还是要留一道给她。

第二日，宋栀栀醒来的时候，只看到自己枕边放着一道传送符。

她走出门外，发现江影已经离开了，他做事的效率果然极高。

宋栀栀一个人在书房里用手机看着剧情，确认他和无相宗方面都没有突发意外，放下心来。

她疑惑灵祇为何迟迟不出手，再不阻止他们的行动，黑血妖魔可都要被江影给消灭光了。

但目前事情推进得非常顺利，所以宋栀栀也暂且放下心来，灵祇不出手，江影自己便能够解决所有问题。

日子过得很快，江影不在无相宗的这一段时间里，宋栀栀一个人在青崖峰里，除了标记地图，也没有其他的事情做。

宋栀栀觉得有些无聊，主要是没有江影给她做饭吃，她一直吃无相宗里批量供应的餐食，觉得不太合口味。

思来想去，宋栀栀决定去袁一溪的灵溪峰蹭饭吃。

听闻宋栀栀要来，袁一溪自然是极欢迎的，她与宋栀栀约定好时间，决定次日亲自过来接她。

宋栀栀疑惑问道："袁长老，让别人来接我便是，怎么你亲自过来？"

袁一溪解释："无相宗的弟子大多都外出抵御黑血妖魔去了，江道友的计划自然是很完善的，只是需要我们无相宗的人去帮忙逼退收拢黑血妖魔，所以留守门中的弟子不多，我这几天只是恰好轮班，轮到我在无相宗里主持门中事务。"

宋栀栀明白了袁一溪的意思，轻声说道："辛苦了袁长老。"

袁一溪苦笑一声，说道："我们哪有什么辛苦的，江道友不分日夜地将聚集好的黑血妖魔击杀，一刻都没有停下来，这才是辛苦。"

宋栀栀长长地"哦"了一声。

袁一溪笑道："你心疼他了？"

宋栀栀脸一红，摆着手说道："我与他……不太熟，嗯，不太熟。"

"此番那颗藏着心的金丹，他必定是能拿到了。"袁一溪轻叹一口气说道，"若你与他不太熟，那么他想必也不是在挂念你，栀栀，还是趁早收心为妙。"

宋栀栀"嗯"了一声，与袁一溪随便聊了两句之后，便等着她来接自己。

次日，袁一溪来到青崖峰，宋栀栀早早地等在了外面。

袁一溪驾着一朵轻软的白云而来。她粉裙雪肤，气质高华，远远望去，踏云而来，确实是一位出尘仙子的模样。

宋栀栀跟着她走上柔软的白云，觉得脚下那朵云的质感很奇特，虽然柔软，但给人一种脚踏实地的感觉。

跟着修真界的这群修士玩，每天都能体验不同的飞行交通工具，倒也新奇有趣。

但是……宋栀栀觉得还是江影球球展开巨大黑色双翼带着她飞的感觉

最为美妙。

袁一溪驱使脚下的白云，带着宋栀栀一同飞向了灵溪峰。

宋栀栀抵达灵溪峰之后，发现这个全无相宗最热闹的山头已经安静了不少，叽叽喳喳的大嗓门岑长冬也去了凌霄地界，就连一直在游仙圃饲养灵兽的白露寒也出了无相宗，好在云书与袁一溪一道回来轮班休息，她才能吃上美食。

她在灵溪峰里随意独自一人游玩了一会儿，袁一溪还在正殿里处理这几日积压的无相宗门中事务。

直至正午，宋栀栀才有空与袁一溪坐在一张桌上吃饭。她很久都没吃上热乎饭了，于是多吃了好几口，将嘴巴塞得鼓鼓囊囊的。

“那些黑血妖魔的情况如何了？”宋栀栀将一根芦笋放入口中，嚼了嚼，是脆生生的、清甜的味道。

“凌霄地界的已经差不多了。”袁一溪说，“江道友也不知是哪儿来的时间，竟然又将我们无相宗地界的黑血妖魔给标记出来了，所以下一步便是剿灭无相宗境内的，这里的黑血妖魔数量比凌霄要少得多，清理的时间应当更短。”

这些地图上的黑血妖魔其实是宋栀栀标记的，江影会用自己的笔迹复刻一份再交给无相宗。

宋栀栀低头喝了口汤，点点头，对袁一溪说道：“你们也要加油，我一介凡人，帮不上什么忙的。”

袁一溪抬手揉了揉她的脑袋，无奈地笑道：“其实也不是只有我们无相宗的人在努力把黑血妖魔控制住，其他宗门的修士也在努力，我已经许久没有见过这样同心协力的情形了……”

宋栀栀疑惑道：“为何？这种修士之间团结的情况很少出现吗？”

袁一溪无奈地轻笑道：“就算灵祇神教不复存在，我们最仇视的敌人已经消失，但修士间的因果矛盾依旧存在。”

宋栀栀一听，来了兴致，直起身子问道：“袁长老，我不懂修炼，你且仔细说说。”

“只要有人的地方，便有纷争，今日我动了你宗门门口的一株花，明日你就要推我宗门弟子一下。再升级，便是宗门之间的斗争，矛盾不可避免，人与人之间的因果便由此而来。”袁一溪抬手指了指四象水镜的方向，道，

“就像曾擅闯青崖峰的穆尉明师弟，便是为了向江道友寻仇，因为江道友的身体曾被操控着灭了他的师门。”

“修真界中崇尚的法则便是血债血偿，有仇必报，恩怨永远没有断绝的时候，除非我们死。但修士性命何等之长，动辄便是上千年，所以矛盾容易越积累越多。”袁一溪揉了揉眉心，说道，“所以，只有在面对更大的危机之时，一些仇恨才能够被放下。”

宋栀栀一想，确实是这么个道理，她亦明白仇恨延续是没有断绝的，所以才担心江影真把沈氏夫妇给杀了。

但是，她眨了眨眼，忽然想到一个问题：“三千年之前，那时候修士的寿命比现在还长，他们之间纠缠的因果矛盾过多……”

“所以才有了那场战争。”袁一溪柔声对宋栀栀解释，“七宗十二派围剿灵祇神教的那一战，是灵祇神教积怨过多，两方势力积累的因果线无法斩断，越积越多，最终如雪山崩毁，战争一触即发。那一战，此界大受震荡，险些毁灭，至今仍有余波。”

宋栀栀点点头，明白了袁一溪的意思，不过幸好现在修真界灵气稀薄，像之前那场战争一样的情况至少要很多很多年之后才会发生。

“谢谢袁长老，我明白了。”宋栀栀垂眸，继续吃饭。

虽然灵溪峰的饭菜很好吃，但她还是觉得有些不对味。

她拨弄着碗里的饭菜，神情有些落寞。

袁一溪见她的样子，笑着问道：“栀栀，怎么了？”

宋栀栀绝对不会承认她此时在想江影。她已经很久没有见到他了，除了朔月蛊发作的那几日，他回到青崖峰陪了她一个晚上，其余的时间里，他都在忙着剿灭黑血妖魔。

她轻叹了一口气，道：“没有什么……”

袁一溪看向她的目光温柔，轻声道：“若是有什么心事，可不要憋在心里。”

这句话倒是点醒了宋栀栀。她抬眸望向袁一溪，问道：“凌霄地界的黑血妖魔这几日就能消灭干净？”

袁一溪点了点头，道：“准确来说，明日就行，然后便可休息几日。”

宋栀栀长舒了一口气，回道：“那我知道了。”

前段时间，她一直念着江影要专心剿灭黑血妖魔，也没整日去打扰他。

现在知道凌霄那边的事情马上就要做完，她想或许这个时候，偷偷地与江影去……见……见上一面也是没关系的吧。

宋栀栀豁然开朗，飞速埋头将碗里饭菜吃干净了，对袁一溪道了声谢：“袁长老，多谢你与我说了这么多。”

袁一溪柔声安慰道：“无事，我送你回去吧。”

宋栀栀与她相携走上云团，又被她送回了青崖峰。

落地之后，宋栀栀与袁一溪挥手告别，自己跑回房中，开始等待第二日的到来。

到了深夜，宋栀栀辗转反侧，抱着传音球想，现在应当过了零点，也算得上第二日了。

所以她现在联系江影，应当不会打扰到他。

宋栀栀觉得自己聪明极了，于是躲在柔软的被窝里，将抱着的传音球给打开了。

在夜色里，她久违的声音轻轻柔柔地在江影的脑海里响起。

“江江，你现在忙吗？”宋栀栀躲在被窝里小声说道。

江影此时正抬手，手中冥昭一举，将凌霄地界内最后一只黑血妖魔击杀。

这邪恶的黏糊黑血跌落在地，消失不见，他往后退了半步，步子因为近日来的劳累有些虚浮。

“不忙。”江影把冥昭收回手中，对宋栀栀说道。

宋栀栀还是缩在被窝里，有些扭捏，她支支吾吾地说道：“那……那你，你现在有没有空呀？”

“何事？”江影冷着声回她。

宋栀栀咬了咬唇，终究还是小声说道：“我有点……有点想你，不过只有一点点。”

江影的回答不出宋栀栀的意料——果然只是淡淡地“嗯”了一声。

宋栀栀想了想，问道：“你可以回青崖峰吗？”

其实江影现在身上剩余的法力已经很少了，甚至都不足以支撑他施展耗费灵气甚多的传送法术，但他还是应了一声：“可以。”

宋栀栀听完之后，躺在床上，等着江影过来，但是许久，她都没有感受到熟悉的寒冷气息靠近。

她又拨开传音球，轻声唤道："江江，你怎么还没有来？"

江影在月色下的密林中，倚靠着干枯的树干，胸膛剧烈起伏。

他其实已经很累了，但还是开口，声音平缓，如清冷的月色："栀栀，你将传送符用了。"

这传送符上凝结的法术是他提早放入的，所以并不需要消耗他的法力。

"哦！"宋栀栀手忙脚乱，将挂在自己脖子上的传送符摁了一下，传送符启动，幽蓝色的光芒盛放。

下一刻，江影已消失在原地，出现在宋栀栀身边。

而此时，他消失的那个密林外，脚步声响起，几位元婴期的强大修士逼近。

他们探测江影原本所在的密林，发现已经没了他的气息，感到疑惑。

"江影怎么消失了？"

"我们特意等到他法力耗尽的这一天，才来准备报仇，他怎么不在这里？"

"不对，我们分明见他在这里剿灭凌霄地界最后一只黑血妖魔，他剩余的法力应当不支持他再用一次传送法术离开了！"

这几个人是别的宗门修士，旧日也与江影有仇，简单说来也不过是将灵祇神教做的恶事算在江影头上。

因为江影出手剿灭黑血妖魔，大半修士已经对他放下成见，过往仇恨也不再追究，毕竟之前的事都是他在灵祇神教的控制下做出的，其身体被神教占据，即使主观不情愿也无法阻止。

但是总有一些揪着仇恨因果不放的人。不过好在江影修为高深，剿灭黑血妖魔还需仰仗他出手，所以他们明面上不敢出手。

不过，有些心怀鬼胎的修士按捺不住了，决定在江影没日没夜剿灭黑血妖魔、法力耗尽的这晚上对他出手，报仇雪恨。

但他们人来到这里，却发现江影已经不见了踪影。

密林里暗中谋划的声音再次响起。

"这江影冷血无情，也不知是为了什么甘为无相宗做事，没日没夜地剿灭这黑血妖魔，让自己法力不济，当真愚蠢。"

"今日他不知去了哪里，不过我们尚未暴露，等到他再次法力耗尽时我们再来。”

“好，那就下次，反正这黑血妖魔还多着。”

那几位元婴修士的身影消失在林中，而栖息在树枝上的风荧蝶舒展了一下狭长的翅膀，悠悠地飞起，带起一串幽蓝色的美丽光芒。

第六章
关系公开

此时的青崖峰中，江影正站在宋栀栀的床边，安静地望着她。

宋栀栀只感觉到一股熟悉的冰冷气息靠近，伴随着而来的，还有淡淡的血腥气。

她慌忙抬眸，将床上被子一掀，坐了起来，兴奋地说道："你来了？"

江影点了点头，长睫垂落，面色有些苍白。

宋栀栀张开双臂，本来想扑过去抱着他的，但是他身上萦绕着血腥气，并不好闻，于是她往后偷偷缩了一点。

江影察觉到她的小动作，转过身说道："我去沐浴。"

他转身的时候，脚步虚浮，甚至有些踉跄，宋栀栀敏锐地注意到了这一点。

她连忙从床上跳下来，抬手把江影的腰带给扯住了，说道："不用了，你先休息一下。"

江影的身子被她一拉，竟然有些摇摇欲坠。他往后退了半步，直接跌坐在她的床沿上。

他靠在一旁，垂眸打量着宋栀栀。

宋栀栀亦在看着他，她看到他的脸上沾了些许黏糊的黑血，便伸出手准备将它拭去。

江影抬手，将她伸过来的手拦下来，道："莫动，很脏。"

宋栀栀抽了块手帕，在他的脸上胡乱擦了擦，直到把它擦干净为止。

"很累吗？"宋栀栀看到江影靠在床榻边上——纤密的长睫垂落，前所未有地虚弱。

"不。"江影的声音冷硬。

“你要不要睡觉？”宋栀栀定睛望着他，很心疼。

江影并没有睡觉的习惯，但现在的他确实需要养精蓄锐，于是他点了点头。

他站起身来，高大的身子站稳了，方才休息了一下，好些了。

宋栀栀见他如此，当然也不会嫌他脏，便低头小声说道：“你直接在这儿睡吧。”

江影垂眸看了一眼宋栀栀一尘不染的床榻，点了点头，道：“我先去洗洗。”

这个人怎么到了现在还有洁癖？！现在是爱干净的时候吗？！

她一着急，直接抬手把江影的腰给抱住了，然后把他拖回来，说道：“不用洗了，你直接睡吧。”

江影被宋栀栀按到了她的床上，他长手长脚，非常配合她，把身子缩进了她的被子里，只露出一张苍白俊美的脸来。

宋栀栀替他把被子盖好，抬手抚上他的脸颊，是冰凉的。

“一刻也没有休息吗？”宋栀栀轻声问。

“我的探测范围无法遍布整个小区域，只能覆盖方圆八百里，如若不尽快，标记上的黑血妖魔也会移动位置。”他解释道。

宋栀栀的这份标记了黑血妖魔位置与数量的地图，本来就具有时效性。

听闻此语，宋栀栀极轻地叹了口气：“那我下次一个小区域一个小区域地做。”

江影躺在床上，还在回答她的话：“倒也不用，这样的速度正好。”

宋栀栀无奈，只能静静地看着江影，目光仿佛缓缓流淌的溪流，有了些罕见的温柔。

江影的红眸中映照出她的身影，他没有避开她的目光，又或者是没有力气扭开头。

宋栀栀打了个哈欠，也困了，于是爬到床上去，躺在江影身侧，这床榻很大，就算躺了两个人也不会挤。

她转过身来，正对着江影的脸庞说道：“你快睡觉。”

江影的唇抿了一下，半晌才开口，声音略有些沙哑：“你先睡。”

宋栀栀两只手攀上他冰凉的脸颊，道：“我看着你睡。”

江影本想抬手把宋栀栀的手拿下来，但她捧得很紧，那温暖的指尖已经陷入他的肌肤。

“好。”他的喉头上下滚动，定睛望着宋栀栀，应了一声。

宋栀栀挪了挪，靠得离江影更加近了些，道：“你可以多休息几日，就只有凌霄那里忙一些，无相地界这里的黑血妖魔数量少很多。”

“嗯。”江影的长睫垂落，闭上了双眼。

他从来没有在某一个人面前松懈过，完全睡着意味着他无暇防御，全身上下都是破绽。

但他还是在清醒着的宋栀栀面前睡着了，并且睡得很熟。

宋栀栀听见他的呼吸声越发均匀，他竟然真的睡着了。

她这才大着胆子靠了过去，头枕在他的胸膛上，传入耳中的只有他均匀且极轻的呼吸声，没有心跳声，十分安静。

她紧贴着江影，就仿佛靠在一处极度寂静的地方，就连窗外的风声与树叶沙沙声也被隔绝在外。

宋栀栀伸长了手臂，熟练地将窗幔放下，她抱着江影的腰，闭上了双眼。

在黑暗中，有衣物的摩挲声微微响起，一只冰凉的手臂，揽上了她的肩头。

宋栀栀宛如一只小狗一般，依偎在他的怀里。

两个人的呼吸声交融在一处，没有一点不和谐的地方，仿佛他们本该如此。

第二日，竟然是宋栀栀先醒了过来。她猛地睁开了双眼，发现江影冰凉的手臂搭在自己的肩头。

她在他的胸膛上抬起脑袋，看到他双眼紧闭，长睫如扇般垂落，面色依旧苍白。

宋栀栀小心翼翼地从他怀里退出来，没有吵醒他。她坐在床上，抖了抖自己的脑袋。

婆娑花从她的发间探了出来，昨日这朵花一直被压在发间，她竟然没有发现。

不过令她感到奇怪的是，昨晚她与江影同榻，居然没有做梦。

宋栀栀挠了挠头，决定不再去想这些事，她起床洗漱了一下之后，一把抓起趴在书桌上玩耍的球球往厨房跑去。

球球“吱吱吱”地叫了好几声，似乎有些疑惑。

宋栀栀往灶台下放了几块干柴，把球球放到炉灶前，对它说道："球球，喷火。"

球球聪明地朝前吐了口口水，口水变成火焰，在炉灶内熊熊燃烧起来。

宋栀栀把球球放到一旁，拍了一下它的脑袋，说："帮我看着火。"

说完，她便找出厨房里放着的食材，开始煮起了早餐。

有了上一次的经验，她煮起来更加得心应手了，竟然没有失败。

过了一会儿，没有放盐的两碗面被宋栀栀端了起来，放在桌上，她决定这次让江影来放盐。

宋栀栀将一切做好之后，这才跑着回了自己的房间，去看看江影起床了没有。

一推开门，床榻上江影的身影已经不见了，就连床上的被褥也被整理得极干净，换了一套新的。

宋栀栀有些慌，不会吧？江影不会一醒过来就继续投身剿灭黑血妖魔大业了吧？

她不知所措地唤了一声："江江，你还在吗？"

此时江影的声音在她房里的屏风后响起："我在。"

宋栀栀看到屏风后飘起的白蒙蒙水汽，明白了。

他洗澡去了。

她放下心来，对江影不好意思地说道："我煮早餐了，是面，还没放调料，待会儿你去放吧。"

"好。"江影冷漠地应了一声。

宋栀栀搓搓手，坐在房间里的椅子上，不知做什么好。

她看着前方隔断的屏风，脑海中却浮现起了江影在水面上露出的修长脖颈与性感肩膀……

宋栀栀咽了一下口水，难免开始想入非非，直到江影将她从旖旎的思绪中拉回来。

江影冷冰冰的声音响起："栀栀，放在案台上的花瓣可以用吗？"

宋栀栀直起身子，马上答道："可以。"

安静了一会儿，江影又唤她："栀栀，帮我拿衣服。"

宋栀栀从椅子上弹起来，红着脸应了一声："我去。"

她跑出房门外，拍了拍自己通红的脸颊，真是的，她在想什么呀。

宋栀栀鼓起脸颊，在江影房间里随便找了套衣服给他带过来，她装作什么都没有看见的样子，飞速把衣服放在了浴桶旁的桌子上。

江影将手臂上的血污细细搓着，抬眸望了一眼神色慌乱的宋栀栀，看出了她在想些什么。

他冷声开口说道："想看便看。"

——又不是不给你看。

宋栀栀捂着眼睛，转身走出隔断屏风，道："我不想看，我……我才不是那种人。"

江影轻轻挑了挑眉，没有再说话，只是低着头认真擦洗身子。

洗好之后，他的发丝还有些湿，散落在肩头，与平时一丝不苟束着发的模样有些不一样。

他披着松垮的外袍，迈步走到厨房里与宋栀栀一道吃饭。

宋栀栀抱着盐罐，颤巍巍地端着小勺，内里堆着一整勺的盐。

"这样够了吗？"宋栀栀的手抖了抖，几粒如同雪花一般的盐粒落入面碗里。

"再多些。"江影凝眸望着宋栀栀握着小勺的白皙手腕。

宋栀栀的手再抖了下，又是几粒可怜巴巴的盐掉落。

这么一点点地放，不知要放到何时。江影忍不下去了，直接抬手将她的手腕握着，抖了一下，但他昨日法力耗尽，这日还有些虚弱，所以力道没控制好，一不小心，勺子里的盐都被抖落，纷纷扬扬如大雪。

江影勾唇轻笑一声，似乎在嘲笑自己也出现了失误："现在放多了，我吃。"

他又往另一碗面里放了剂量正常的调料，这才与宋栀栀开始吃早饭。

宋栀栀用筷子将因为放了太久、结了坨的面搅了搅，埋头吃了起来。

江影已经很久没有感受过饥饿了，昨日法力耗尽，这日确实需要吃食物来补充能量。

宋栀栀煮的面不算难吃，就是因为他的失误咸了些。

江影默默吃着，没有说话。

即使两个人一句话也没有，宋栀栀也没有觉得很尴尬，反而感觉非常舒服熨帖。

她先吃完了，便迫不及待地摸出手机，开始例行查看剧情。

结果在看到手机里描写的昨日江影离开凌霄后的剧情时，她眯起了眼，漂亮的脸上出现些许怒色。

宋栀栀的脾气很好，几乎从未真正生气过。

但昨日江影离开后，那几位想要对他不利的元婴修士的对话，着实将她惹怒了。

宋栀栀看着自己手机里出现的内容，手攥得很紧，指关节发白。

她的长睫垂落，敛下眸中的怒火。

江影抬眸看了她一眼，他从未见过她如此模样，不知她因何生气。

“怎么？”他启唇问道，声音凉凉，如一桶冰水，将宋栀栀心头怒火浇灭了些许。

宋栀栀将手机放下，一本正经地看着江影，问道：“你昨晚在凌霄的时候，没有察觉不对吗？”

江影离开之前，那几位元婴修士还没到来，所以他没有察觉不对。

他淡淡摇了摇头表示不知，表情依旧漠然。

宋栀栀想了想，说道：“有几位修为高深的元婴期修士到你击杀黑血妖魔的密林中，想要趁你法力耗尽，将你杀了。”

江影的表情依旧没有什么变化，只冷冰冰地应了一声：“哦。”

宋栀栀看着他漠然的表情，很急地道：“他们要杀你。”

江影垂眸：“等我回去便将他们解决了。”

宋栀栀摇了摇头道：“不用，你在林中留了风荧蝶吗？”

江影抬手，指尖出现一抹幽蓝色的光芒，道：“这只。”

他将风荧蝶的翅膀扯了一只下来，昨晚夜里那几位其他宗门元婴修士的对话清晰地传入他的耳中，连他们的模样都看得一清二楚。

宋栀栀要他们身败名裂，至少此事要公之于众。

她将桌上还在挣扎的风荧蝶捡了起来，轻轻拢住，幽蓝色的光芒在她的手中亮起。

“我去揭发他们。”宋栀栀愤愤地站了起来。

江影抬手，冰凉的手握住了她的手腕，道：“不用，我去便可。”

宋栀栀念着他还要休养生息，便一把将他给按回椅子上，说道：“这事儿我能解决，他们在这等危急时刻还想着杀你，简直罪大恶极。”

若不是昨晚江影被她先叫了回来，他就算不死也要受重伤。

江影托腮看着宋栀栀，红眸深处还是一片坚冰。他道：“你竟也想保护我？”

宋栀栀伸出手，白皙的指尖触了一下他的脑门，道：“当然了，不只是因为锁灵咒。”

说罢，她便带着那只记录了真相的风荧蝶离开厨房，径直来到自己房间里的书桌前。

宋栀栀摊开手掌，手里的风荧蝶悠悠地飞了出去，即使它只有单边翅膀，它也以极快的速度飞向了空中。

她坐下来，在手机里打字输入：“这只风荧蝶，飘飘摇摇地飞向了无相宗的主殿……”

此时，无相宗内，宁玺与青君正在议事。

“凌霄地界内果真一只黑血妖魔都没有了？”青君握紧手中的桃花折剑问道。

宁玺将门中弟子传上来的卷宗仔细查看，点了点头，说道：“我们已经派人排查过一遍，确实是都被杀死了。”

“那份地图竟然如此精准，一点儿错误也没发生……”青君沉声说道。

只有江影能够杀死黑血妖魔这件事着实令人惊讶，而那份地图的出现更是匪夷所思，这已经不是寻常修士的能力了。

青君虽然心有疑问，但也知道现下不是追问这个的时候。他对宁玺点点头，说道：“昨日我已感应到江道友回了青崖峰，且先等他休息几日再开始剿灭无相地界内的黑血妖魔。”

宁玺合上卷宗，沉沉地叹了口气，道：“是啊，这段时间里最忙的还是江道友，若我没有估算错，他昨日应当差不多法力耗尽了。”

青君闻言，长眉一挑，有些惊讶道：“法力耗尽，这……”

宁玺能够估算得出来江影何时法力耗尽，那么别人也可以。青君毕竟是活了几千年的人了，心思比宁玺深沉得多，他想到江影曾有仇人，而这个时候正是乘虚而入的好机会。

“小宁，你竟然没有派人保护江道友？”青君厉声问道。

宁玺大惊，道：“他修为高深……应当不会受伤吧……”

“我们无相宗没有，其他宗门中难免会有心怀鬼胎之人。”青君长叹一口气，说道，“昼儿应当也与你说过那能够影响人心的神明的存在了吧？”

宁玺呆呆地点了点头，应道：“说了。”不过他不是青君那个时代的人，神明的传说已经是很遥远的事了，所以并没有当真。

“既然我们选择与江道友合作，便要坚定地与他站在同一阵线上。”青君无奈地说道，“越是犹豫摇摆的人，便越容易被神明乘虚而入。”

宁玺听闻他的教诲，若有所思地点了点头。

二人话音刚落，一只风荧蝶飞进了主殿之中，它只有单边翅膀，飞行的轨迹摇摇摆摆，看起来极为虚弱。

宁玺从掌门主位上站起身来，认出这是江影用来传音的风荧蝶，他激动地说道：“是江道友的。”

青君温柔地将那风荧蝶从空中渡了下来，让它悬停在自己的指尖。

风荧蝶扑闪了一下幽蓝色的单边翅膀，那荧光散开，形成了一幅极为清晰的画面。

月色下，密林中，江影手中的冥昭出鞘，将凌霄地界内最后一只黑血妖魔斩杀，动作干脆利落，仿佛黑暗中完美的剪影。

但这画面中，他们清晰地看到了江影开口说话，声音冰冷，但也清晰。

“不忙。”他的声音干脆利落。此时，冥昭收回鞘中，他往后退了半步，有些站不稳的样子，这是法力耗尽的表现。

宁玺、青君：“……”

——你胡说，你明明很忙。

宁玺与青君面面相觑，交换了一下眸中震惊神色，这江影明明就是在与某一个人传音，只是不知是谁。

这只风荧蝶又为何会飞到这里来？它要传递什么消息？

而此时在青崖峰里的宋栀栀已经开始手忙脚乱了，手机都快飞了。

这风荧蝶怎么回事？怎么把这段也录了进去？

宋栀栀其实是可以将这段画面掐掉的，但后面那几位元婴修士乘人之危的片段也会一同消失，这风荧蝶可只剩下一半翅膀了，再不能播放第二次。

她知道，以现在江影的正面形象，她与江影的关系就算被无相宗的人知道也没有关系。

只是……就是……有些不好意思而已。

宋栀栀慌张地从椅子上站了起来，提着裙子急匆匆跑向江影的房间。

刚推开门，江影便睁开了红眸，定定地望着宋栀栀，深幽的眼眸如湖泊般安静。

“那只……你给我看的那只风荧蝶，上面还记录了之前的画面？”宋栀栀两手扶着门框，深吸了一口气，问道。

“是。”江影冷声说道。

“你怎么就给我看了中间那段？”宋栀栀急了。

“你要看那几个人。”这只风荧蝶记录的画面极长，江影想既然宋栀栀要看，就单独截取那段给她看。

“可是……可是我已经把剩下一半翅膀的风荧蝶送到无相宗主殿那边去了。”宋栀栀闭上眼睛，红着脸坦白说道。

江影俊美的脸上还是没有任何表情。

“没事，我不介意。”

宋栀栀想来想去，也没想到江影会说出这几个字。

她一屁股坐到江影面前，两手托腮望着他说道：“你不怪我？”

江影眼睫懒懒地抬起，瞥了宋栀栀一眼，道：“后来是你一直想隐瞒。”

其实后来他审时度势，发现宋栀栀与他的亲密关系就算公开也无所谓，因为他本人比她要倒霉得多。

与其担心宋栀栀哪一天被他的仇家给杀了，还不如担心自己哪一天被天上掉下来的落石砸死。

后来宋栀栀执意想要隐瞒，他也就配合了，只当是她明面上不想与他扯上关系。

宋栀栀看着他，没有明白他百转千回的脑回路，自言自语地说道：“不是你一开始不让我跟着你吗？”

江影看着她，红眸里倒映着她的身形，没有说话。

许久，他启唇，冷冷地说道：“既然不想被他们知道，我现在将风荧蝶召回来。”

宋栀栀一急，扯住他黑色衣袖，小声说道：“不……不用了。”

江影瞥了一眼扯着他袖子的白皙小手，轻轻“嗯”了一声。

宋栀栀看他这般有些乖巧的模样，忍不住低下头，钻进了他的怀里，她靠着他的胸膛，理直气壮地说道：“我继续看。”

江影这几日也没打算修炼，主要是休养生息，吸收天地灵气补充法力为主。所以也就由着宋栀栀靠在他的怀里，没有说话，只是抬起了手，状似不经意地搭在了她的肩膀上。

感觉到肩头冰冷的触感传来，宋栀栀侧过头，看了一眼江影的手，她侧过头，蹭了蹭，打开手机，继续看后面发生的事。

在看到江影对着某一个人传音说“不忙”之后，宁玺与青君皆是震惊，然而，更加令他们惊奇的事情还发生在后面。

由于宋栀栀的声音是直接传入江影脑海中的，所以他们只能听到江影说了“何事”“嗯”“可以”。

他的声音冰冷，但旁人听来，总是能听出一些不一样的。

江影是这么回答的，至于传音那边的人与他说了什么，只能依靠宁玺与青君自己猜想。

“他怎么什么都可以？”宁玺一拍面前的桌子，状似震怒道，“与我们无相宗说话，便是什么都不可以。”

青君摸着下巴，若有所思，这简短的几句话，实在是耐人寻味。

不过，接下来，风荧蝶呈现画面中的江影靠在树干上，说出了一句话，才是在平地里炸了一颗惊雷。

“栀栀，你将传送符用了。”江影在月色下仰起头，清冷月色将他的侧脸与脖颈勾勒出一条极优美的弧线，他的喉头上下滚动，说出了这么一句话。

栀栀？什么栀栀？这无相宗全门上下，能叫这个名的只有一位姑娘，不就是住在青崖峰里的那位凡人宋栀栀！

“这……”宁玺一时接收了太多信息，没有反应过来。

从江影口中听到如此亲昵的叠字已经足够令人震惊的了，更遑论他话中提到的“传送符”。这传送符的效果，他可是知道的。需要提前将大量法力注入符咒之中，启动之后可以将千里之外的人召唤到身边，不过只能使用一次。即便它是一次性的，也极其珍贵，无相宗里能够制作这种符咒的也只有青君。

“是那位宋姑娘？”青君微微皱眉，似乎想起了什么，比如那日见江影时，江影身上萦绕的轻盈的栀子花芬芳。

“应当是，我的天！”宁玺心中五味杂陈，这么一串，便能够串上了，江影要找心，应当就是为了她！

没想到两个人同住青崖峰中，竟然如此……如此暗度陈仓，伤透无数无相宗里对宋栀栀有好感的男修士的心。

“这风荧蝶是江道友的，他将这风荧蝶给我们看是什么意思？”宁玺轻声问道，语气有些复杂。

宁玺也知晓袁一溪张罗着要替宋栀栀介绍一些年轻修士认识，并且直到现在都没有放弃这个想法，不会是江影自己主动送过来，暗示无相宗不要再做撬他墙脚的事吧？

青君从宁玺眸中看出了他的想法。青君倒不这么认为，以江影的性子，应当不会主动送风荧蝶来旁敲侧击，如此做派，更像是宋栀栀的手笔。

就在他们两个人震惊于风荧蝶传送画面前半段里传递的信息时，江影的身影骤然消失在画面里的密林中，这时应该是宋栀栀启动了传送符。

青君附身过去，对宁玺小声说道：“小宁，看到了吗？以后若是想算计江道友，就不要想着去动那位栀栀姑娘了，她身边那传送符一启动，江道友在天涯海角都能给召唤回来。”

宁玺闻言，点了点头。他看向画面中出现的几个鬼祟身影，神情严肃了起来。

恐怕这后半段画面，才是这无端飞来的风荧蝶要传达的重点信息。

夜色里，那几位见不得光的元婴修士的窃窃私语清晰地回响在无相宗主殿之中。

此时的青君，手中桃花花瓣一闪，已经完全将这段画面接收复制了下来，留作证据。

听完之后，纵然是好脾气如宁玺，也铁青着一张脸，道：“笑话，江影早已手执我无相宗客卿长老令牌，算我无相宗的人。这几位元婴修士的宗门就在凌霄地界内，他替他们剿灭黑血妖魔，日夜不休，甚至无空补充法力，竟成了这些小人乘人之危的机会了。”

青君亦是揉了揉太阳穴，无奈地说道：“没想到三千年过去，历经那毁天灭地的一战，人心还是没有变。”

他站直了身子，摇头轻叹：“真正曾经想要动他们亲朋的，是灵祇神教吧。”

宁玺理清了这几人与江影的渊源，点了点头，道：“灵祇神教势力要触及凌霄地界时，是他们已死的至亲好友，将灵祇神教传道的女修给杀了，后来灵祇神教操控江影报仇，将那几位动手之人暗杀，他们的亲朋，确实死在江影手上，但幕后主使是灵祇神教，江影无力自主。”

青君轻蔑地笑了一声，似有不屑地道：“灵祇神教已灭，他们便将仇恨归咎于江影，当真可笑。”

语毕，他已手持桃花折剑走出了无相宗主殿，朗声说道：“小宁，我且去凌霄一趟。”

宁玺大惊失色，一甩袍袖，跟上去问道：“师祖，您要做什么？”

“不过杀鸡儆猴罢了。”青君朝宁玺安慰一笑，道，“江影与他们有因果在身，他亲自出面恐会落人话柄，还是我们无相宗为公事而去，才能让后面暗藏类似心思的人断了念想。”

宁玺看着青君飘然御剑而去，这才猛然想到，他们无相宗的这位师祖，可是在三千年前亲自召集了七宗十二派，向当时已是庞然大物的灵祇神教悍然宣战的，其手段心性，定然没有表面上那温柔可爱的模样那般简单。

现在的修真界与三千年前相比，像过家家一般，那时才是真正的风起云涌、众星璀璨。而那些如璀璨繁星般的大能修士皆已坠落，只剩下青君这一位活了三千年的游魂。

宁玺长叹一声，只赶去青崖峰通知袁一溪江影与宋栀栀的关系，让她以后不要再满脑子想着给宋栀栀相亲，惹得江影不快。

而此时，宋栀栀也看完了发生在无相宗的这段剧情，她将手机按灭，长长地叹了一口气。

她不由自主地往后靠去，将后脑勺抵在江影的胸膛上。

“江江……”她唤了江影一声，抬眸望向江影的脸庞。

江影此时单手拿着一本功法秘籍正在研究，听见宋栀栀如此唤他，便合上书，低头去看她，问道：“何事？”

“他们看完了。”宋栀栀嗫嚅着说，有些不好意思地道，“前半段看完了，后半段也看完了。”

“嗯。”江影并不在意这些，只是淡淡地应了一声。他想的是无相宗的人看了那前半段后，袁一溪应当不会成天想着给宋栀栀介绍年轻男修士了。

“你不好奇无相宗的态度与结果吗？”宋栀栀直起身子，定睛望着江影问道。

“不。”江影简短地应了一声。讨回公道这种事，他自己会做，并不需要仰仗他人。

宋栀栀听他说了不，但她还是说出了她看到的事情：“青君准备替你主持公道。”

若是江影真死了，黑血妖魔肆虐，无人可以对付，这是整个修真界的灾难，在这场战争中背刺同伴，是青君最看不惯的做法。

杀一儆百，他做事的风格一向如此，并且正如他自己所言，他坚定地站在了江影的这一方，没再怀疑他。

灵祇最害怕的，便是人们拥有坚定的信念，因为它无法再影响他们的思考方向。

江影听完宋栀栀的话之后，沉默半晌，冰凉的指尖攀上她温柔的脸颊，捏了捏，道：“你做的？”

宋栀栀摇了摇头，她这次没有再写剧情改变他们的思考方向，灵祇会被发现，她也可能会。

江影拍了拍她的脑袋，并没有因为青君的行为而对他印象有所改观，只冷冷地说了一句：“人心易变。”

宋栀栀抬手，握紧了他的手，忽然问道：“没有心便不会变？”

江影望着她，沉默了许久，没有说话。

“你快去修炼吧。”宋栀栀想起什么，催了他一句。现下并不是谈论这些的时候，无相地界内的黑血妖魔还等着剿灭，而这几日的空余时间非常珍贵。

江影淡淡地应了一声：“好。”

他转身离开了，宋栀栀将书桌前的椅子拉开，坐了下去。

她想了想，决定还是去偷窥一下剧情，去看看那些满脑子想着要把江影杀了报仇的元婴修士下场如何。

于是，宋栀栀在手机里输入：“此时的青君已经怒气冲冲地离开了无相宗，往凌霄地界而去。”

青君自然也有使用远距离传送法术的能力，来到凌霄，不过是瞬息之间的事。

这几位元婴修士，宁玺已经跟他说明了他们的名字与宗门，作为无相宗的掌门，宁玺对于各大势力的人员都了如指掌。

他们是青兰谷一脉的势力，虽然分属不同的宗门，但合作紧密。

此时，青君气势汹汹地来到青兰谷前，手执桃花折剑，翩然落地，纵然他心中含着怒气，但面上不显，依旧是一派春风拂面的表情。

青君走上前去，触动了青兰谷的禁制，青兰谷的谷主见他前来，大惊失色，连忙打开禁制迎接他入内。

石门缓缓打开，青君大步迈入其中，这青兰谷风景颇为雅致，遍地都是郁郁葱葱的藤蔓与烂漫的鲜花，看上去像个世外桃源，但这里面的修士就不一定了。

青君沿着石阶缓缓而上，没了黑血妖魔的困扰，青兰谷已然恢复宁静。一位道童迎了上来，领着他去见自家谷主。他微笑道谢，只是手中桃花折剑的寒芒一闪而过，就连剑柄上缀着的那枝桃花都显得鲜艳欲滴。

青兰谷谷主早已等候在谷中最高的那座孤峰之上，他面前摆放一尊木雕，其上平缓，如棋子般错落放了几枚青瓷盏，这白须老人为青君斟了一杯茶，起身恭敬行了一礼。

“青君大人远道而来，可是我青兰谷的黑血妖魔尚未剿灭？”谷主一见青君造访，便马上想到了这事关他青兰谷存亡的隐患。

青君微微笑了一下，面含笑意，嘲讽道：“黑血妖魔已全被江道友杀死，凌霄地界是安全的。”

这些人，享受着别人在前方冲锋陷阵带来的安全，还想着在背后给队友捅上一刀，当真不可理喻。

谷主一听，松了口气，抚着白须为青君敬茶，继续问道：“那么青君大人此番前来……”

“你谷中赤羽门、归元宗与银霜派，是否有这么几位修为已至元婴的长老？”青君将桃花折剑横放在木雕桌上，开门见山地问道，“分别名为符真、陆彦、岳天元与刘懿……”

青兰谷谷主一惊，神色疑惑，不知发生了什么，但隐隐觉得不是好事。他道：“我谷中门派宗门甚多，这四位修为高深，我是记得的。”

在无相宗派人前来剿灭黑血妖魔时，他们青兰谷也派出了这四位修士帮着一同结阵逼退黑血妖魔，至于有没有真的出力不得而知。

“让他们过来吧。”青君抿了一口谷主递上来的茶水，那双灵动的眼眸看了一眼这老人，暗中察言观色，确定青兰谷谷主并不知情。

谷主亦是意识到了事情的严重性。他在青兰谷中有着绝对的权威，所以大手一挥，便将这四人叫了上来。

在登上谷主会客所用的孤峰时，四人看到对方一起出现，已经了然，他们暗中谋划击杀力竭的江影一事，不知为何泄露了。

他们站定在谷主与青君面前，神色凄惶，但还在强装镇定。

此时青兰谷里的许多修士已经围了上来，不知发生了何事，只是跑过来凑热闹。

“青君大人，人已经带上来了，他们如何了？”谷主朝青君行了一礼，青君在无相宗都是老祖宗级别的人物，而无相宗又比青兰谷强了许多，谷主对青君自然是恭敬无比。

“他们如何了？且看便是。”青君两手夹着一瓣桃花，将之抛了出去。

那殷红似火的桃花花瓣在孤峰前的白玉广场上散开，一整幅清晰的画面出现在围观众人面前。

青君倒也是个妙人，在接收风荧蝶展现画面时，特意把江影与宋栀栀对话的部分删去，只剩下江影在原地没头没尾说了句“把传送符打开”，而后，他的身影消失在原地……

就在众人看得一头雾水之时，月下密林里传来窸窸窣窣的声响，那几道密谋趁江影法力耗尽杀他报仇的声音响起。

“我们特意等到他法力耗尽的这一天，才来准备报仇……”

“江影冷血无情，也不知是为了什么甘为无相宗做事，没日没夜地剿灭这黑血妖魔，让自己法力不济，当真愚蠢。”

“等到他再次法力耗尽时我们再来。”

从风荧蝶的视角看去，将准备乘人之危的四位元婴修士的脸看得一清二楚，正是被青君唤上来的这四人。

修为已至元婴，都是当长老的人了，想要报仇竟然还要以如此下作的手段乘人之危，确实令人不齿。

“看完了？”青君挑眉，将桌上桃花折剑拿起，轻轻摩挲了一下剑锋。

青兰谷谷主看完之后，又惊又怒，只沉声说道：“看完了。”

他的话音刚落，剑上桃花一闪，青君已飞了出去。

他的剑极快，仅在瞬息之间，刚被带上来的四位元婴修士便被打倒在地，被削去七成功力！

青君下手如此干脆利落，手段雷厉风行，让过惯了安逸日子的青兰谷修士瞪大双眼。

青君收剑，对震惊的青兰谷谷主微笑着说道：“黑血妖魔肆虐修真界，事关我们修士生死存亡，我无相宗已做了多番努力，好不容易请来唯一可以剿灭黑血妖魔的江影，他若死去，无人可制伏黑血妖魔。”

“灵祇神教已灭，他们的恩怨，转嫁到同样是受害者的江道友身上，又算什么本事？”青君浅笑着说道，“江影修为与我相仿，甚至高出我一筹，我可以瞬息打伤四位元婴修士，他就算力竭做到此事亦不算难，为诸位着想，还是少做无用之功。”

他朝青兰谷谷主行了一礼，说道：“谷主，我擅自动手，多有得罪，您不介意吧？”

谷主其实在心疼他谷中四名元婴长老，但青君所为，确实大快人心，他本也在纠结摇摆之中，青君干脆利落地一剑直接帮他做了决断。

若不如此，以后还会有人会有类似的想法，无相宗算是表明了他们要力保江影的态度。

“多谢青君大人为我青兰谷着想！”青兰谷谷主朗声说道，公开支持了青君的做法。

如此，此后再有人想借着旧日之仇对江影动手，也要先掂量一下无相宗的分量。

青君的目的便是如此。他缓步走出青兰谷，执剑而立，仰头望向天际，轻声叹了口气。

宋栀栀看完这段剧情之后，只能拍手称快。这青君不愧是三千年前的人，做事如此干脆利落，她将风荧蝶的信息传递给无相宗，算是走对了一步。

她将手机屏幕按灭，长舒了一口气。

将这口恶气出了之后，宋栀栀也没忘记正事，继续标记地图上的黑血妖魔。

而这个时候，她与江影的关系该知道的都已经知道了，不该知道的，宁玺也没有多嘴多舌地乱说。

只是宁玺将这个消息告诉沈昼的时候，引起了沈昼的震惊。

“你说江影与……栀栀姑娘？”沈昼皱眉，面露困惑，但曾经相处时的无数细节涌上他的心头。

沈昼记性极佳，自然记起了那日江影与宋栀栀合力助他恢复心神，他醒来之后两个人的状态不对，江影脖颈上甚至还有口脂的痕迹！

这一想，他全部记起来了，而宁玺此时还在他耳边唠叨：“昼儿，你说他们是不是一同住入青崖峰之后才日久生情的？”

沈昼一惊，马上反驳道：“不是，应当是在我沈家山庄，江道友曾救过栀栀姑娘。”

“这……这也算得上一段妙缘了，也不知为何他们一直隐瞒。”宁玺疑惑问道。

“江道友之前树敌众多，唯有这次剿灭黑血妖魔一事，才令他的风评有所好转。栀栀姑娘不过是普通人，他若是让人知道他们二人关系，可不就是将自己的软肋亮给别人看？”沈昼想了想，解释道，“栀栀姑娘是我母亲托付让我照顾的，其实我觉得江道友无心，并不是良人之选，但他已经开始寻找一颗心，如此想来，倒也不错……”

两个人正就这件事闲谈的时候，袁一溪也从灵溪峰赶了过来，此时她的面上还有惊讶之色。

她乘着云朵飞了过来，来到宁玺身边，将他拽了过来，问道：“掌门师兄，你说的消息属实？”

“我与师祖亲耳听见、亲眼所见！”宁玺保证。

“原来栀栀所念之人是他，他所念之人亦是她。”袁一溪这才明白过来宋栀栀与她谈及江影时那奇怪的神情。

“若不是那风荧蝶道明真相，我们恐怕还不知道。”宁玺笑道。

袁一溪倒是想得更加长远些，于是说道：“话是这么说没错，但我们不知江道友家产几何，每年有多少灵石收入，是否能养得起栀栀。既然他们是如此关系，栀栀又没有长辈，若真要让栀栀嫁给他，我们还是要帮着问问。”

“也是。”沈昼心想宋栀栀既然是段天月托付给他的，他自然也要担起兄长的责任来，便道，“让韩师叔去请他来问问此事。”

“好。”袁一溪与宁玺齐声附和道。

而此时的宋栀栀根本不知道，无相宗已经开始密谋直接把她嫁出去，并且准备盘问江影家底与生辰八字等信息。

所以，当韩潜派来传音的肉虫子一拱一拱地爬进院子里的时候，江影与宋栀栀都听到了韩潜有史以来最大的嗓门：“江道友！宋姑娘！你们怎么会是这等关系？！”

宋栀栀只站在门口处，不敢说话，反而是江影走了出来，对肉虫子冷冷地说了一声：“闭嘴。”

韩潜见江影应了，连忙说道：“江道友，不知你可有空来潜渊谷中一聚，那个……一溪与昼儿有些事想问你，譬如你的生辰八字与宋姑娘合不合，家产几何能否养得起宋姑娘……”

宋栀栀：“……”

——你们这是准备把我嫁出去的架势吗？

听见韩潜此言，宋栀栀没敢说话，反而是江影开口了。

宋栀栀以为他会像往常一般拒绝，但没想到他居然启唇，冷冷地说了个：“好。”

韩潜派来用来传音的小肉虫得到肯定的答案之后，一扭一扭地离开了，留下宋栀栀与江影两个人大眼瞪小眼。

“你……你好什么好……”宋栀栀靠在门上，看了江影一眼。

“只是一些简单的问题。”江影说。这些问题于他而言并不是秘密。

“你知道他们问你这些问题是什么意思吗？”宋栀栀抬起头，看着他的红眸问道。

江影果然这么回答了：“不知。”

“一般只有要出嫁的女孩子家里，才会问……问这些问题！”宋栀栀跺了跺脚。

江影一愣，眸中闪过意味不明的光。他以为宋栀栀不想他前去，于是开口说道：“我传音给他们说不去了。”

宋栀栀一听，更气了，她道：“你怎么能不去？”

“那便去。”江影搞不懂宋栀栀在纠结些什么。

宋栀栀仰起头看着他，他站在院子中央，身姿挺拔，神情漠然，一副根本不知道发生了什么的样子。

她无奈，轻叹了一口气，走进房间里，背着身将门关上。

“那你去吧。”终究，她还是不好意思地红着脸说道，声音自门口钻入江影的耳朵。

江影果然去了，而且速度很快，丝毫没有以前对韩潜时的那般态度。

宋栀栀等他离开之后，焦躁地在房间里踱步，转了好几圈。

她竟然在思考江影若是一不小心说错了什么话，无相宗看他不上，不准备把自己给放走怎么办。

毕竟看江影那个样子，真的不知道会说出什么惊人之语。

宋栀栀绕着床，慌张地走了有十几圈，直到球球“吱吱”地叫了两声，将书桌上放着的手机帮她拖过来。

她看到球球推过来的手机，豁然开朗，决定还是过去用手机看剧情偷窥一下。

宋栀栀深吸了一口气，将手机摸过来，在屏幕上打字：“江影即将抵达潜渊谷，袁一溪与沈昼已经等在了这里。”

“韩师叔，江道友如何说？”沈昼坐在潜渊谷大殿内的椅子内，慌忙问道。

“他说好，而且答得很快。我发誓，这是他回答我问题速度最快的一次。”韩潜抬手，将派出去用来传音的小肉虫收回来。

“啊……”沈昼闻言，轻叹一声，似乎有些惊讶的样子。

倒是袁一溪点了点头，道：“如此看来，他还是十分看重栀栀的。”

三个人闲聊片刻，江影竟然已经出现在了潜渊谷的大殿外。韩潜上前，将他迎了进来。

片刻之后，江影坐在袁一溪、韩潜与沈昼面前，脊背挺得笔直，看起来就像一个小学生在乖乖等待老师提问。

“江道友……”袁一溪的表情严肃，试探地问，“你与栀栀，是何时认识的？”

第七章 二月二九

江影沉默不语，这并不是一个可以告诉他们答案的问题，于是他就这么漠然地坐在那里，许久都没有回答。

宋栀栀在青崖峰，一看，急了。这样是不行的，江影这么不回答，袁一溪对他的印象分肯定大打折扣。

于是她赶紧抄起书桌上的传音球，拨开了开关，唤了江影一声："江江，按我的说，就说是在沈家山庄，你救我那次。"

江影听见宋栀栀轻柔的声音在他的脑海里响起，马上答道："就说是在沈家山庄，你救我……"

他马上顿住，长睫如蝶翼般慌乱闪动，改了口："沈家山庄，我为她逼出心魔。"

袁一溪其实没听懂他前面半句在说什么，但后半句是听懂了，于是点了点头，道："原来那么早就……"

"是。"江影冷冰冰地应了声。

袁一溪又想到了别的问题，于是问道："所以你们现在的关系，到底进行到哪一步了？"

江影："……"这个哪一步是指？

"不知。"他回答问题的声音冷冰冰的，没有情绪起伏。

"手拉过了吗？"袁一溪问。

江影点头，三个人立刻震惊，没想到他们的关系竟然已经如此亲密。

"呃……那……就是，更进一步的，还有吗？"袁一溪的表情严肃了些许，生怕宋栀栀吃了亏。

江影的眉头微皱，道："更进一步是指接吻或者其他的话，是有的。"

那个“其他”到底是什么？这个问题萦绕在三个人的脑海中，久久挥之不去。

袁一溪觉得自己马上就要呼吸困难了。她觉得江影与宋栀栀顶多拉个小手便罢了，没想到真的有更进一步的接触。

她颤抖着声，开口道：“江道友，栀栀涉世不深，你也修炼了几百年，怎就如此哄骗她一个小姑娘做……做这等事？”

江影困惑，但还是答道：“我没有。”都是宋栀栀要他做的，不管是第一次，还是之后的。

“你有。”袁一溪斩钉截铁地说道，“既然如此，便要负起责任来。”

江影捕捉到她说出的后半句话，便点了点头，道：“我有。”

袁一溪想了想，这才想起了正题，说道：“不知你生辰几何，是否与栀栀合得来？”

江影听见袁一溪问了这个问题，轻轻挑了挑眉，红眸中闪过暗芒。

他似乎……已经忘了他的生辰几何……

或者他从一开始，便不知道。

自打他有记忆起，便只知道自己是江上漂流而下的孤儿，被人打捞救起，任他自生自灭，因他是在江上被发现的，才有了“江影”此名。

不过他既然已经开始修炼，想要知道自己的出生时间也不难，只需通过法术测算自身代谢周期，往回一推便知。

只是江影从来没有在意过这种事，所以也从未去测算过自己的出生年月，只记得自己大概的年纪。

于是他继续沉默了，直到宋栀栀的声音再次在他的脑海里响起。

“二月二九。”宋栀栀对着传音球轻声说道，“你四年才能过一次生辰。”

江影发誓，他的生辰应当无人知晓，而他自己也没有测算过，那么宋栀栀又是如何知道的呢？

听她笃定的语气，江影不觉得她是乱讲的，于是他的长睫微垂，冷声说道：“二月二九。”

袁一溪沉吟片刻说道：“这并不是个好日子。”

沈昼想了想，替他开脱道：“江道友也并不能选择自己何日诞生。”

“好吧。”袁一溪敲了敲桌子，终于问出了最关键的问题，“江道友家产几何？名下几座山头？多少条矿脉？统率几个宗门？”

江影想了想，从储物锦囊里倒出了很多东西，一些闪烁着璀璨光芒的晶石如同下雨一般落在桌上。

这些玉石质地亮晶晶的小玩意儿，宋栀栀在帮他整理物品时也看到过，她只当是些装饰用的小玩意儿，还放在手上把玩了许久。

但是宋栀栀不知道，这一颗小石头便代表着一整条矿脉的所有权，只有手持这晶石的人才能够去往对应的矿脉，命人开采、运输与贩卖。

看到这么一堆晶石跌落在桌上，饶是无相宗三人见多识广，也倒吸了一口冷气。

如此阵仗，他们只在宁玺每年整理无相宗产业时见过，而那些象征矿脉所有权的晶石一个个被分门别类、小心翼翼地存放在木匣中，哪里像江影这样随意堆放。

韩潜将其中一块紫色的晶石小心翼翼地拾起，对着阳光研究了一下，严肃地说道："这是龙魂紫晶的矿脉，此界中只有两条，一条归我无相宗所有，另一条在灵祇神教手中……"

他恍然大悟，虽然江影将灵祇圣城给灭了，但原属于灵祇神教的财富，大半还是落入了他的手中。

要知道，灵祇神教之前可是比无相宗还要庞大的存在，在三千年前，七宗十二派联手都无法将之彻底消灭。

江影拿出的这些晶石，每一条矿脉每年能够获得的收入，就比一个小宗门百年的收入要更多。

无相宗就算再富有，宗门里的钱也是属于一整个宗门的，而不是像江影这般尽归于一人之手。

"对不起，打扰了。"韩潜将手里的那块紫晶递还给江影，侧耳对袁一溪小声说道，"照目前的形势来看，江道友可能比我们无相宗还有钱，我们还是不要再自取其辱了。"

"咯咯。"袁一溪轻咳一声，将桌上的那堆晶石推还给江影，"好了，江道友，你的家底我们已经有了初步了解。"

江影收了起来，冷声问道："还有何要问？"

"没有了。"袁一溪摇摇头。她觉得除了江影的生辰不是非常妙，其他都过了关。

最主要的是……袁一溪知道，宋栀栀非常喜欢他，这感情即便极力掩饰，却还是被她看了出来。

“既然如此，你与栀栀成婚一事，等到剿灭黑血妖魔，你去往千灯寺拿到心之后再议。”袁一溪表示江影在她这里算是过了关。

“成婚？”江影第一次听到他与这个词语绑在了一起。

“对，就是成婚。”袁一溪一本正经说道，而后她又想到了什么，大着胆子瞪了一眼江影，道，“江道友，不会吧？你不会只是跟栀栀玩玩吧？”

江影：“……”

半晌，他冷声解释道：“没有。”

“好。”袁一溪敲了敲桌子说道，“那就这么定了。江道友回青崖峰休息吧，三日后无相地界内的黑血妖魔还需剿灭。”

她将事情拉了回来。

江影起身，只冷冰冰地应道：“好。”

语毕，江影已经消失在了原地。

在青崖峰里目睹了这一切的宋栀栀直接呼吸困难了。她没想到无相宗竟成了最大助攻，想得比她本人还远，直接扯到……成婚上去了。

她接了盆凉水，拍了拍自己的脸颊，只觉得这个世界太迷幻了。

不愧是她写的小说，里面的人物从上到下都是一个“画风”。宋栀栀想。

不久之后，门外传来脚步声，宋栀栀连忙打开门去看。

只见江影刚回来，正站定在竹制长廊的正中央，定定地望着她。

“你……”宋栀栀嗫嚅了一声，道，“你怎么什么都答应？”

江影想了想，对宋栀栀冷着声说道：“我们如此，是要成婚的。”

宋栀栀望着他，愣了一下，只呆呆地说了一声：“我还没想好呢。”

没想到江影走上前来，深幽的红眸望着她，说道：“可以慢慢想，此事决定权在你。”

宋栀栀拿手指戳了一下他的胸膛问道：“你知道成婚是什么意思吗？”

江影俊美的脸颊漠然，如万年坚冰一般，但是他尖锐地指出了一个关键点。

“锁灵咒比所有誓言都管用。”他微微垂下头，对宋栀栀说道。

锁灵咒的线索就断在那个图腾上，不论无相宗如何帮他们收集信息，也没找到有关锁灵咒的线索。

或许，解咒的方法真的随着灵祇圣城一起陷落，永远埋葬在墟渊之中。

宋栀栀想着，轻叹了一口气。她抬起头，问江影：“如果没有锁灵咒……”

她这次想开了，如果只是如果，现在锁灵咒就是解不了，江影拿她没办法。

她忽然踮起脚，两手揽着江影的脖颈，飞速在他的脸颊亲了一口。

江影微怔，身体僵住了，一动也没有动，两手紧张地放在身侧。

“反正你现在奈何不了我。”宋栀栀对他说，“你不仅奈何不了我，还要为了我去寻找你的心。”

江影侧过头，没有直视宋栀栀炽热的目光，单手揽住她的腰，淡淡地应道：“嗯。”

“‘嗯’是什么意思？”宋栀栀追问。

“没有什么意思。”江影一只手推开她凑过来的脸颊。

宋栀栀在他怀里拱了拱，脑袋四处乱蹭。

“你喜欢我吗？”宋栀栀问。

“不……”江影正欲说话，便被宋栀栀温热的手指封住了冰凉唇。

“说假话。”宋栀栀直视着他的眼眸，认真说道。

“你喜欢我吗？”她看着他的眼睛，又问了一遍。

江影看着宋栀栀满含期待的面庞，想了想，许久之后，他用生疏的语气说道：“喜欢。”

宋栀栀望着他，眨了眨眼，攀着他脖颈上的手慢慢下移，移动到他的胸膛上。

如此安静的胸膛，或许真的在某一天，能响起心跳声。

青崖峰这里是一派和谐，而青君在从凌霄地界回无相宗的路上，却没有选择使用传送法术这样效率高的方式回到无相宗。

这几日都是休息的时候，青君也没有想着那么快回到无相宗应付公事。他在青兰谷外找到一个凡人驾着的牛车，给了车夫一些钱财，竟然坐在了牛车的车斗上赶路。

其实青君只是借着这个机会歇息一下，他已经很久没有感受过如此宁静的时光了。

时隔三千年，他觉得修真界里的人变傻了些，修士的修为也倒退了些。

更加关键的是，他根据这段日子在凌霄以及无相宗里探听到的消息，结合无相宗藏书楼里的历史资料记载，发现了一个奇妙的秘密。

不论是无相宗掌门宁玺，还是凌霄地界的这些普通修士，他们有准确而清晰的记忆，都是从三百年前开始的，而且是在三百年前的某个日子……

似乎是想要证明自己的推断，青君坐在车斗上，仰躺着看着温暖和煦的太阳，问了那驾着牛车的老伯一个问题：“老伯，您今年贵庚？”

“一百零三，我早年也看过一些修炼的书籍强身健体，所以到了这般岁数，身体还算硬朗。”驾驶牛车的老伯回答。

“您的祖上几辈可有家谱之类的东西？”青君握紧手中的桃花折剑，状似无意地问道。

“仙家，您这么问，可就问倒我了。”老伯拿起鞭子甩了一下拉车老牛的背，朗声笑道，“我祖上家谱在我曾祖父那一代因一场大火被焚毁，我曾祖父只能从他开始，重新写下家谱。”

“所以您家族谱从哪一天开始记录？”青君坐直了身子，忽然问道。

老伯想了想，又露出了笑容，道：“那个日子很特殊，四年一遇，所以我记得格外清楚。”

青君屏气凝神，觉得自己已经猜到了答案。

果不其然，在山道小路上，牛车晃晃悠悠地走过，留下两道歪歪扭扭的车辙，那驾车的老伯爽朗的声音回响在山里：“仙家，是三百年前的二月二九。”

青君深深地吸了一口气，又是这一天。他跟宁玺闲聊，宁玺能够说出具体回忆的时间最早只能追溯到这一天，他跟其他修士闲聊，他们有鲜活记忆，也是始于这一天。

三百年前的二月二九，除了这个日期特殊了一点，还发生了什么大事？

青君揉了揉太阳穴，只觉得自己的脑子很乱，有些累。

他将桃花折剑抱在怀里，靠在牛车后斗的稻草上，借着温暖的阳光，竟然睡了过去。

青君确实是很累了，他自从出关之后，再没有睡过觉，每次都以修炼代替休息。

但这日，他主动闭上双眼，进入梦乡。

在青君的梦中，是一片大雾弥漫，偶有几枝鲜艳的桃花自雾气中探出，迷离梦幻。

而在浓雾深处，有一双眼睛，而后，浓雾散去，那双眼睛的主人在桃花枝上现出了身形。

她身着一袭绯色衣裙，表情冰冷，那眉眼纤美秀气，隐隐有着出尘之感。

这张脸，青君非常熟悉，在无相宗藏书楼里，他在转角处看到这张脸出现在现实里，还惊讶了一瞬。

但青君异常理智，马上便认出了宋栀栀不是他梦里的那张脸，因为二人气质大相径庭，而且她的眉心还多了一点朱砂痣。他梦中之人经过数千上万年的修炼与时间洗濯，那双眼睛，已经不复当年的天真单纯。

但乍一眼看去，还是令人失神，宋栀栀的模样，就像把她定格在二十岁的那一年。

青君望着那双眼眸，她的眼眸深沉高贵，凛然不可侵犯。

“青君，你又坏我好事？”清清冷冷的声音从雾中传来，她的声音带着上位者的不容抗拒。

“教首大人。”青君望着她，苦笑。

“还拿着我所折之剑，还唤我尊称？青君，你真可笑。”她抬起下颌，居高临下地看着青君，嘲讽道。

青君不好意思地摸了摸鼻子，道：“黑血妖魔必须要剿灭，我也从未答应过要帮你。”

“你不帮我，出关又是为何？”她走上前来，定睛望着青君，笑道，“你非我信徒，我又怎能入你梦中？”

青君无奈地苦笑，只问了一句：“教首大人，您是何日苏醒的？”

那绯色衣裙的女子眼睫轻抬，冷笑一声，道：“三百年前，二月二九。”

青君望着她，目光中已染上了震惊，原来连她也是一样，这世界弥合一事，应当与她无关。

“他死了，神血便会渗入大地，成为我的囊中之物。”她抿了抿唇，轻声说道，“青君，你要站在他那一边，便滚，此事我定会做到。”

青君摇头轻叹道：“那也要等到黑血妖魔被完全剿灭。”

她冷冰冰的声音传来：“我等不及了。”

青君没有再与她在这个话题上继续讨论，反而问了一个他最疑惑的问题。

“那位名唤宋栀栀的姑娘，你知道是谁吗？她与你长得一模一样。”青君直接问道。

红衣教首一愣，神情依旧冰冷中带着一丝轻蔑，像一朵冬日的玫瑰。

“我不知。”她说，“我没有任何关于她的记忆，就像是被人拿走了一般，但我想，她一定很特殊。”

“教首大人，您瞒了我事情。”青君看着她笑道，“你的话真假参半，你确实没有关于她的记忆，但是你知道她是谁。”

红衣教首轻笑道：“青君，你还是如此聪明。抱歉，她的身份我无可奉告。”

她转过身去，看着眼前的灼灼桃林，目光悠远，似乎藏纳着山河万千。

灵祇是此界最普遍的信仰，就算是灵祇神教，也要以灵祇之名行事。

其实，灵祇哪里会在意信徒的信仰呢？他们于灵祇而言，不过是虫鼠一般的存在。

宋栀栀确实是一个极特殊的存在，特殊到连红衣教首都无法解释为何会这样。

教首轻轻叹了一口气，有些无力，但并不代表她会就此认输。

“我走了。”她转身，对青君抛下这么一句话。

青君定定地望着她的背影，启唇，想要说些什么，又退却了。

终究，他的桃花折剑出鞘，在地上铮然一划，朝前走了两步，叫住了她。

“教首大人，稍等。”青君的声音轻柔。

“如何？”她背对着他回道。

“为何我活了下来？”青君问。

“我对你有情，留你一条性命，待那一战过后将你囚禁，不论你愿或不愿，总归在我身边。”她很坦然地说道，“关于这个问题，你自己还不明白吗？”

青君闻言，笑道：“我并非囚鸟。”

“你是不是囚鸟，与我何干？”她拈起桃花枝上一朵鲜妍的桃花，将之折了下来，笑声轻蔑，“情之一字，于我而言，是我的欲望之一，我有力量，我便要将它实现。”

青君闻言一愣，并未理解她的意思。

其实，从始至终，他都未曾接近她的思想境界，她一直在不断地往前走，直至走到那至高无上的位置，让众人仰望。

她离开了，雾气渐浓，青君能够知道，她再也不会出现在他的梦境中了。

阳光明艳，青君睁开了双眸，有些失神。

他低头看着自己怀里的桃花折剑，想到很久很久之前，他们并肩探寻此界的秘密，寻找更加高妙的功法。

在那深不见底的墟渊之前，二人分道扬镳，二十岁的她折了她手中剑，孤身一人飞入墟渊深处，在那墟渊的尽头，她触摸到了世界道法的边界，领悟了最朴素最接近于真理的世界法则。

至此之后，属于灵祇神教的时代开启，她的名字被更加圣洁高贵的称呼替代，就连青君也忘了她最初的名字。

她站在那样高的地方，凡俗之人又怎敢妄议她的名讳?

青君轻叹一口气，翻身坐了起来，那双灵动温柔的眼里是所有人都猜不出的情绪。

驾车老伯的声音响起，将他拽回现世：“仙家，你醒啦？快要到目的地了。”

青君揉了揉眉心，道：“老人家，就在这儿停吧。”

他从牛车上跳下来，将几枚凡人的货币碎银放在老伯手上，挥手道别。

青君乘着桃花折剑，一跃飞入空中，朝着无相宗方向飞了回去。

他一边飞，一边与宁玺开始传音：“小宁。”

宁玺马上回答：“师祖，何事？”

“三日后开始剿灭无相地界内的黑血妖魔，我有事要留在无相宗里，可能要缺席几日，我的空缺你想办法叫人补上。”青君对宁玺说道。

“师祖，可以，只是……”宁玺的语气似有疑惑。

“小宁，我有事要做。”青君轻轻笑了一声。

他要做的事其实很简单，那就是趁江影在外，他去接近宋栀栀探听消息。

自从在藏书楼里与宋栀栀见过一面，之后他再没与她碰面过，虽然疑惑于她的长相，但他有些不敢接近她。

因为宋栀栀长得与她实在太像了，他面对她的时候，难免情绪复杂。

但为了探明真相，青君决定还是想办法与宋栀栀聊一聊。

三日后，江影从宋栀栀手里接过标记好黑血妖魔数量与位置的无相地界地图。

宋栀栀踮起脚，望着他，轻叹一声，说道："你可不要受伤了。"

"不会。"江影声音清冷地回答。

"受伤了我会痛。"宋栀栀自顾自地继续说道。

江影照例将一道传送符挂到她的脖子上，她觉得他的动作像给小狗戴项圈。

但她还是乖乖地低下头，头顶上的婆娑花擦着他的胸膛而过。

宋栀栀的身子微颤，拽着他的袖子，无意识地往后退了半步，他揽着她的背，怕她摔倒。

她摇了摇头，看着挂在自己脖子上的传送符，它散发着幽蓝色的光芒。

"这次要多久回来？"宋栀栀抬眸问他。

"朔月日会回来。"江影回答她。

他身中蛊毒未解，是所有人都知道的事，所以每月朔月之时他离开，也并没有引起别人怀疑。

宋栀栀轻叹了一口气，这朔月蛊还是麻烦，只是不知道这婆娑花何日才会长成。

江影突然开口，声音冰冷，道："栀栀。"

宋栀栀坐在梳妆台前，捏着球球玩，头也没有抬地回道："怎么啦？"

"送我出去。"他对宋栀栀说。虽然他的语气僵硬又无情，但说出的话仿佛情人间的对话。

宋栀栀坐在梳妆台前，一惊，心想江影真的是黏人极了。

她站起身来，走到江影身边，抬手牵住了他的手，道："走呀。"

江影乖乖被她牵着，走出门外，一直来到青崖峰的外围。

他要走时，回过头看了宋栀栀一眼，道："其实……"

"其实什么呀？"宋栀栀笑眯眯地望着他，声音甜甜的。

"可以用传音球与我说话。"江影纤密的长睫垂下，在清晨的阳光中格外美丽。

杀死黑血妖魔于他而言是一件极其枯燥无聊的事情，没有什么难度，只是要一直重复做一件同样的事情。

宋栀栀之前一直想的是他要剿灭黑血妖魔，不要去打扰他，所以一直没有主动联系他。

她有些惊讶，但更加开心，她对着江影笑道：“好呀。”

得到宋栀栀肯定的答案之后，江影的身形一动，已然消失在原地。

他的动作很快，只一眨眼的工夫，宋栀栀便看不见他了。

宋栀栀站定在原地，将肩膀上蹲着的球球摘下来，放在手里捏了好几下。

她提着裙子，有些莫名的开心，一路跑回了自己的房间里。

日子就这么过去两三天，江影虽然离开了青崖峰，但每日都有与宋栀栀传音聊天。

多半是宋栀栀在说，他在听，有的时候她没空说话，他也会一直听着她做事。

翻动纸张时的沙沙声，搬动椅子的吱呀声，还有球球被捏得受不了时的吱吱声。当然，也有她清浅的呼吸声与心跳声。

这日，宋栀栀正坐在书桌前，一边绘制标记长澹地区的黑血妖魔，一边与江影传音。

“我中午吃的辣椒炒肉，是无相宗提供的伙食，送过来的时候有点凉，我不太想吃辣椒，但是没有人帮我吃辣椒了，所以我只好给球球吃。”宋栀栀看了蹲在书桌一角倒吸冷气的球球一眼。

“嗯。”江影淡淡地应了一声，手中的冥昭离手，干脆利落地斩杀面前肆虐的黑血妖魔。

“还有就是……”宋栀栀正欲说话，却见房间里有客来访的阵法亮起，“好像有人找我，我去看看。”

她通过法阵确认了一下来者何人，惊讶地说道：“江江，是青君找我。”

江影闻言，手中的冥昭顿了一瞬。

宋栀栀听到江影那边传来黑血妖魔被击中落地的闷响。

她挠了挠头，有些疑惑地问江影道：“青君他为什么会来找我呀？”

江影冷冷应了一声：“不知。”

他想了想，摩挲了一下手中冥昭的锋刃，对宋栀栀说道：“你去。”

宋栀栀也不好拒绝青君，便将书桌上的球球抱了起来，又将传音球给带上，这才准备出发。

她将泛着幽蓝色光芒的传音球塞进储物锦囊里，开门时问了江影一句道：“你能听见吗？”

江影淡淡地应道：“能。”

宋栀栀这才放心，一路来到青崖峰的林中清溪旁，青君正等在这里。

“青君公子。”宋栀栀看到他，远远地唤了一声。

此时的青君正垂下头，认真看着自己手中的桃花折剑，听见宋栀栀在叫他，便转过身来。

他的视线与她的眼眸相触，他轻叹了一声，有些怅然。

这就是他虽然一直对宋栀栀好奇却一直没有接近她的原因，宋栀栀实在是太像她了，眉眼处的细节，就是二十岁时的她。

宋栀栀见青君愣了一瞬，只定定地望着自己，有些慌乱，便提高声音再唤了一声道：“青君公子，你找我何事？”

青君有些恍神地避开宋栀栀的目光，道：“栀栀姑娘可有空再去无相宗藏书楼里看看书？”

宋栀栀很喜欢书，如果有人带她去那么远的藏书楼，她当然乐意，于是她道：“可以是可以……”

没想到马上，江影凉凉的声音在她的脑海里响起：“不去。”

宋栀栀从书籍的诱惑里回过神来，马上改口：“不过我想起来我书房里的那些话本还没有看完，不如我们改日再去？”

青君对着宋栀栀眨了眨眼，道：“栀栀姑娘似乎很喜欢看书？”

宋栀栀一愣，轻声说道：“是的，书籍是很珍贵的财富。”

“我亦这么认为。”青君能够理解宋栀栀的警惕心，虽然她没有答应跟他一起去藏书楼，但在三言两语之间，他已经不知不觉拉近了与她的距离。

“我从藏书楼里带了几本书，宋姑娘若不去藏书楼的话，可以看看这几本解闷。”青君将几本书从储物锦囊里拿出来，递给宋栀栀。

宋栀栀低头一看，发现这是几本描写了灵祇神教起源的书籍，她正愁找不到途径了解灵祇与灵祇神教，便下意识地接了过来。

她打开书页，随意翻看了一下，青君朝她指了指路边的青石道：“可以来这里。”

宋栀栀摸了过去，一屁股坐在青君刚用袖子擦干净的石头上，抬眸道了声谢。

“若有什么不明白的，可以问问我。”青君负手站在宋栀栀身侧，望着她微笑说道。

他低头看着宋栀栀专注看书的模样，思绪又飘远了，如此情景，似乎在不知道多少年前也发生过。

宋栀栀当然不会放过这么一个了解灵祇的机会，便马上开口问道：“灵祇的形象，与灵祇神教所供奉的神像是一样的吗？”

青君闻言，浅笑着说道：“灵祇神教创教的教首曾见过真正的灵祇，他们所供奉的神像最接近灵祇本真的模样。”

宋栀栀托着腮，挠了挠下巴，道：“我觉得一个女子形象，头上只生了一只眼睛，很奇怪。”

“因为初代教首是女子，她要假借灵祇之名行事，自然夹带了私货，将自己的部分形象作为灵祇模样的一部分。”青君闻言，摇头轻叹，又想起了雾中桃花的梦境，道，“人类于灵祇而言，并不是一种多么特殊的生物，我们又为何理所当然地认为它的形象便是人身？”

宋栀栀似懂非懂地点了点头，看向青君的目光里充满了名为“困惑”的光芒。

青君看着她的眼睛，仔细观察她的眼神与表情，试图从她面部的细微变化中找到一丝线索。

但是青君失败了，因为眼前这个姑娘……确实……不太聪明的样子。

宋栀栀确实没听懂，也并没有在他面前隐瞒什么，她真的什么也不知道。

青君深深地叹了一口气，不知道宋栀栀究竟是怎样的一个存在，她天真且单纯，但话语间有凡俗之人不会有的通透。

她与江影究竟是怎样的关系？

如江影那般的无心之人，怎么会为了她想要拿回自己的心？

宋栀栀的模样，一看便知她从未受过什么挫折，一副被保护得很好的样子。

奇怪，太奇怪了……青君原本想着接近宋栀栀能够得到一些有用的信息，结果他除了得到“宋栀栀真的又傻又天真”的结论，再没有别的发现。

青君很挫败，抬手揉了揉眉心。

宋栀栀见他一副苦恼的样子，便马上合上手中的书，表面关心一下他：“青君公子怎么了？”

“无事。”青君朝她笑了笑，道，“栀栀姑娘，我有几个问题非常好奇。”

他从侧面观察没能看出宋栀栀的身份，只能正面提问了，反正像她这般藏不住心事的人，他一眼就能看出她是否在说谎。

宋栀栀眨了眨眼，纤密的长睫如蝶翼般忽闪，道：“青君公子随便问。”

“栀栀姑娘在没有到沈家山庄之前，是做什么的？”青君坐在宋栀栀侧边的青石上，掩唇轻咳了一声。

“我是写话本的呀。”宋栀栀马上答道，“我一直有一个写作梦想，只是写出来的东西不太好看，前段时间我不是才去见了玄阴子老先生学一下写作方法吗？”

青君：“……”他那双灵动温柔的眼眸锁定宋栀栀，试图从她的表情中找到一丝说谎的端倪，但他没能成功。

宋栀栀没说谎，她之前确实是个写不太好看话本的作者。

“栀栀姑娘家住何处？”青君又问。

“×× 街道 ×× 小区，门牌号是 ×××。”宋栀栀倒背如流，这串地址她之前每次网购的时候都要看一遍。

青君：“……”

小区是什么？门牌号是什么？糟糕，她说的是真的，她没有骗人。

看到宋栀栀的表情不似作伪，青君快要崩溃了，她究竟是一个怎样神奇的存在？

青君挫败了。他的目光流连在宋栀栀眉心那点朱砂痣上，总算又找到了一个突破口，他问：“栀栀姑娘，你眉心那点痣？”

他要对宋栀栀指出这点痣不是天生的，而是伤疤，没准能从震惊的她口中挖掘出故事。

宋栀栀下意识地抬手摸了摸，笑着说道：“是伤疤，治得很好了吧？看起来还挺好看的，对不对？”

青君：“……”

——原来你自己知道是伤疤。

“伤疤从何而来？”青君问。

“一场战争吧，在里面受伤的，修仙界这么乱，发生大小摩擦波及凡人不是很正常？”宋栀栀朝他眨了眨眼说道。她整句话都是实话，只是将完全不同两个事件的因果接上了。

青君低下头，扶着自己的额头，彻底绝望了。宋栀栀看似什么都说了，实际上什么关键信息都没提供。

宋栀栀站起身来，将手中翻看完的书还给青君，道：“青君公子寻我，就是为了给我书看的？”

青君无奈地点了点头。

“我看完了，多谢青君公子。”宋栀栀将书籍放在他的身侧，转身准备告别。

青君完全被挫败了，颓坐在原地，觉得自己大脑一片空白，似乎已经被宋栀栀给同化了。

“栀栀姑娘，要我送你回去吗？”他起身，还没放弃自己想要试探她的目的。

没想到宋栀栀跳开了三步远，笑着说道：“青君公子，你再这样我未来夫婿会不开心的。”

青君：“……”

什么未来夫婿？

他一愣，回过神来，宋栀栀这指的是江影。

好奇怪的两个人，到底是怎么凑一起的？但从那风荧蝶记录的画面中来看，江影确实是极在意她。

“好，是我打搅了。”青君无奈地摇头，他这日被宋栀栀弄得迷迷糊糊，却无法对她提出任何质疑。

宋栀栀朝青君挥了挥手，告别离开，一路回到自己居住的小院里。

刚进院门，她就把储物锦囊里的传音球摸了出来，开始与江影搭话。

“江江，你有没有觉得青君很奇怪呀？”宋栀栀蹲在院里的池塘边上，有一下没一下地拨弄着河里的睡莲花瓣。

江影其实一直在听，听见宋栀栀问他，便马上答道：“他在试探你。”

“我有什么好试探的？”宋栀栀小声地说道，“他第一次见我的时候，眼神就很奇怪了。”

江影冷声说道：“他很危险，还是不要靠近为妙。”

宋栀栀总觉得在他的这句话里嗅到了一丝醋味，于是她雀跃了几分，拿起传音球对他轻声说道："江江，你也很危险。"

江影手中的冥昭在半空中划过一条纯黑色的弧线，听见宋栀栀的声音响在他的脑海里，他愣了一瞬。

许久，江影冷冷地应道："嗯。"

宋栀栀听到他这一声闷闷的回应，笑了起来，觉得有些可爱，自顾自地回了房中开始做自己的事情。

直至夜晚，她在厨房里将并不美味的晚饭给囫囵解决了，手里拿着一盏明亮的灯，穿过竹制的长廊回到自己房间里。

刚打开门，宋栀栀便感觉到了熟悉的凉意，她手中的灯盏一松，散发着暖黄光辉的灯险些跌落在地。

一双手稳稳地托住了灯盏。

宋栀栀往前一扑，脑袋撞到了他的胸膛上，宽阔且坚实。

"要看什么书？"江影在黑暗中将她的手握住了，冰凉的指尖触在她的手腕内侧。

宋栀栀在他怀里，仰起头看着他，道："什么书都看。"

"我带你去藏书楼。"江影牵着她走出门外。

宋栀栀被他牵着手，在黑暗中摇了摇，她问："你怎么突然回来了？"

"今日不忙。"江影言简意赅地回答。

无相地界内的黑血妖魔并没有凌霄地界那么多，他斩杀黑血妖魔的速度比无相宗弟子们收拢黑血妖魔的速度更快，所以得了空可以回到青崖峰。

宋栀栀想，江影如果早一点点回来，她还能让他给自己做个晚饭。

江影牵着她一路往院外走，她跟在他身后说道："江江，无相宗的藏书楼晚上可是不开的。"

"可以进去。"江影的语气平静。

不过是藏书楼的禁制，他可以随便破开。

宋栀栀听到他这么说，这才放心了，她想他一定是在意她这日与青君碰面一事。

"其实我觉得青君他……"宋栀栀正开口，却被江影打断了。

"他居心不良。"江影马上说道。

这日青君与宋栀栀所言，她本人听不出来是在试探，但落入他的耳中，青君话语间的试探之意掩藏不住。

“我也这么觉得……”宋栀栀与他一道飞在天上，喃喃自语，“他给我的感觉就是，他似乎见过我，不过他怎么可能在这之前见过我呢？”

江影抿唇不语，但宋栀栀拽了拽他的袖子，说道：“江江，你看到我的第一眼，有没有觉得我很熟悉？”

“没有。”江影回答她的语气冷硬，“没印象。”

他没敢对宋栀栀说他看到她第一眼的时候，选择直接将她从城墙上踹了下去。

江影希望宋栀栀不要想起来。

但是宋栀栀此时揉了揉屁股，在夜色中困惑地皱眉说道：“对，你好像是把我踹下去了。”

宋栀栀回想起来，非常气愤，轻飘飘地瞪了一下江影。

江影拉了一下她的手，把她拽入怀中，夜晚风大，迎面的风吹来，凉飕飕的。

宋栀栀其实觉得他的怀抱更冷些，但她还是缩了进去。

江影如寒冰般的声音在她的头顶响起：“栀栀，为何？”

“什么为何？”宋栀栀略抬起头问他。

“为何第一次见面那日，你那么奇怪。”江影的语气中含着一丝困惑。

宋栀栀反应过来，江影指的是灵祇圣城那日。

她慌了，这要怎么跟江影解释？这分明就是手机的错。

宋栀栀支支吾吾，你你我我半天也没能凑出来一个完整句子回答江影的问题。

江影冰凉的指尖攀上她的下巴，将她的下颌略微抬起：“青君问你问题，你倒是答得飞快。”

“我……我本想让你爱上我。”宋栀栀红着脸小声说道。她轻柔的声音散入风中，传入了江影耳中。

江影：“……”

什么爱不爱的，他能爱吗？

“但是出了点小问题，你没有心呀。”宋栀栀一只手按上他冰凉且安静的胸膛，道，“你不可能爱上某一个人。”

“竟是如此？”他冷声问道。

“千真万确。”宋栀栀答道。

江影沉默了，宋栀栀也不好意思再说话，两个人陷入了尴尬的寂静之中。

所幸前方出现了无相宗藏书楼的轮廓，黑沉沉仿佛一只巨兽，江影牵着她的手，落在了藏书楼的露台上。

他苍白的指尖在藏书楼禁制上一指，这森严的禁制瞬间瓦解，让宋栀栀得以入内。

第八章
永岁平安

藏书楼中一片漆黑，宋栀栀闷头往前走，脑门撞上拐角书架。

江影吃痛，马上抬手，将宋栀栀被撞到的脑门按着揉了揉。

此时，幽蓝色的光芒闪过，一只风荧蝶出现在了宋栀栀的头顶上，发出莹莹的光芒，照亮周围的三尺空间。

宋栀栀看清了前方的路，马上在书架间穿梭着，将一本又一本感兴趣的书籍翻开看。

江影早就知道宋栀栀喜欢看书，但不知为何，这日青君与宋栀栀聊天时的一句话提醒了他。

“为何觉得书籍珍贵？”他站在宋栀栀身侧，修长的手指在书架上抚摸过一列列书脊。

宋栀栀自己也不知为何，只是潜意识里这么觉得。

每一本书到了她的手上，她都觉得沉甸甸的，有着难言的重量。

“我不知道。”宋栀栀轻声说道。在这样安谧的氛围中，她连说话的音量都变小了。

江影抬手拍了一下她的脑袋，冷声说道：“灵祇圣城中最大那个藏书楼由于记录了教中的资料，已经被我焚毁，但其他地方还有。”

灵祇神教剩余没被他毁去的藏书楼有好几座，其中有一两处比无相宗的大，藏书极其丰富。

宋栀栀想江影竟有这等好东西，竟然不分给她。

她开口，轻声问道：“那我们何时去看看？”

江影负手站在她的身侧，她往哪里走，他便跟到哪里。

他道：“等黑血妖魔剿灭完毕，去往千灯寺回来之后。”

如果不出意外，那时他应当已经拿到了一颗心。

宋栀栀借着风荧蝶幽蓝色的光芒，扭过头望着他在朦胧光线里漂亮的脸颊，点了点头，觉得他这样的安排也不错。

她挑了几本喜欢的书籍之后，便与江影一道回了青崖峰，而后他离开，继续去剿灭黑血妖魔。

事情推进得非常顺利，不过几个月的时光，不仅是无相地界，其余地方的黑血妖魔也在江影与宋栀栀的配合下剿灭殆尽。

有了青君之前的警告，再没有人敢对江影打什么乘人之危的坏主意。

宋栀栀在这段时间里原以为灵祇会出手阻挠，但最后一丝可能威胁江影的隐患都被青君拔除，所以事情顺利得让她感到有些不真实。

所有人类活动范围内的黑血妖魔全部被剿灭，宋栀栀在手机上输入语句，检查了七八遍确认完全没有问题之后，才放下了手机对江影长舒了一口气，道："都杀光了，人类活动区域内已经一只黑血妖魔都不剩了。"

江影挑眉看了她一眼，道："栀栀，确定？"

"确定。"宋栀栀笃定地对他说，"可以让无相宗验收成果了。"

无相宗的人得到江影言说人类活动区域内黑血妖魔全灭的消息，本来还有些谨慎，派了大量弟子，花费数十日在各个区域排查确认此事。

弟子们传回来的消息确实是一只黑血妖魔也没有见到，江影果然达成了约定。

而无相宗需要付给江影的报酬非常简单，只是千灯寺里素灵大师去世后留下的一颗金丹。

江影来到潜渊谷中，韩潜早已等候在此。

韩潜抚摸了一把胡须，道："江道友办事果然效率极高，这么些天便将黑血妖魔尽数剿灭。"

江影冷冷瞥了他一眼，开门见山地说道："金丹。"

韩潜闻言笑了，问道："江道友就如此心急？"

江影："……"

——被你看出来了。

韩潜躬着身，在潜渊谷的仓库里寻找，终于在角落里翻找出一个暗金色的匣子。

他将这枚小巧的暗金色匣子递到江影手上，微笑道："供奉素灵大师金丹的神龛‘钥匙’，就在这里。”

“我曾助垂死的素灵大师将心魔抓捕，防止它逃出害人，素灵大师感念我的恩情，便将死后所化金丹交给我。”韩潜解释道，“这是我与素灵大师的因果，这枚金丹随我处置。”

“原先青君大人向我讨要了这枚金丹。”韩潜道出这枚金丹的辗转史，“我原是将它许给了青君大人，但后来为了达成与你的约定，这枚金丹便当作给你的报酬。”

韩潜有些不好意思地道：“如若青君大人没有提前讨要，江道友若是要，我直接给你便是。”

金丹说珍贵也不算太珍贵，至于内里蕴含着的那颗心，更是一个鸡肋的物品。

每个人都有心，也不会去想着再要一颗。

江影垂眸看着手中暗金色小匣子，冷冰冰地道了一声：“好。”

他马上转身，准备离开。

“江道友要去千灯寺？”韩潜问。

“今日出发。”江影回答的速度很快。

“江道友看来确实是急了。”韩潜想到江影这都是为了宋栀栀，便更觉欣慰。

他出言提醒道：“素灵大师与宋姑娘的那只心魔有渊源，江道友若是要去，也可以带上宋姑娘，千灯寺安全，常有凡人前去祭拜。”

江影闻言，觉得这是个有用的消息，便略微颔首。

他离开了潜渊谷，回到青崖峰中。

此时的宋栀栀还坐在房间里的书桌前，一边逗弄着手上的球球，让它发出“吱吱吱”的叫声，一边翻着手中的书，津津有味地看着。

“栀栀。”江影走到窗台前，垂眸看着宋栀栀的面庞，语气平静。

“怎么啦？你去韩长老那里拿到东西了？”宋栀栀抬眸问他。

“拿到了，随我一起去千灯寺拿金丹。”他朝宋栀栀伸出一只手，定睛望着她。

宋栀栀其实很不愿意出门，一贯秉承能不动就不动的原则，所以她的屁股粘在了椅子上。

“去千灯寺要很久吗？”宋栀栀问。如果没有很久，早上过去下午就能回来的话，她就不跟着一起去了。

江影摇了摇头，冷声说道：“不久。”有他的传送法术在，不论是多远的地方，瞬息之间便能到达。

他又补了句：“千灯寺很好看。”

宋栀栀惊讶，江影怎么知道千灯寺好看？

她还是站了起来，开始收拾东西，准备出发。

江影的目光直直地望着她，红眸中倒映出她正忙上忙下整理东西的身影，他点了点头。

“我收拾好啦。”宋栀栀拍了拍手，将手上并不存在的灰尘拍去，她将一些日常要更换的衣物塞进储物锦囊中，做好了要出远门的准备。

球球乖乖地跳到了她的肩膀上，这日它罕见地没有发出“吱吱吱”的叫声。

宋栀栀把精致的储物锦囊挂在腰间，来到窗前，朝站在窗外的江影伸出了手。

她这日手腕上戴了一只玉镯，镯子通透无瑕，落在皓腕上更衬得她肌肤白皙细腻，如凝脂一般。

在阳光下，江影垂眸看着她的手，长睫投下的影子落在她的手背上，微微眨动。

“拉我出去呀！”宋栀栀软着声唤他，“我懒得走到门口了。”

江影会意，冰凉的指尖攀上她的手背，微微收拢，再牵着她的手，轻轻一拽。

宋栀栀从窗台里跳了出去，轻盈落在他的怀里。

她两只手按在他的胸膛上，抬眸看着他冷漠的面颊，忽然挑起嘴角笑了。

江影被她这突如其来的笑容弄得一头雾水。他一只手揽住宋栀栀的肩，状似无意地问道：“你在笑什么？”

“我在想，你拿到心之后对我说的第一句话是什么？”宋栀栀忽地启唇说道。

“不知。”江影的唇抿成一条无情冷硬的弧线。

他将宋栀栀抱紧了些，让她的身子贴上他的胸膛，道：“走了。”

马上，熟悉的天旋地转的感觉传来，宋栀栀觉得自己又被关进了滚筒洗衣机。

待她回过神来的时候，他们已经来到了千灯寺所在的千灯山下，抬眸望去，满眼青翠，红墙的寺藏在青松与云海之中，只露出微微翘起的飞檐来，檐下挂着铃铛，有风吹来，叮当作响，悠悠荡开，似乎能涤荡心灵。

此时这条上山的青石小径上，来来往往的人已经很多了，幸好他们上来的位置偏僻，没有引起旁人惊讶。

上山的人群中不仅有修士，也有许多没有修为的普通人，他们上千灯寺祭拜无非是许个美好的愿望，祈求平安顺利。

像江影这样，准备将金丹取走的，还是第一个。

江影把韩潜交到他手上的金匣子递给了宋栀栀，只道了一声“拿着”，便牵着她往山上走。

宋栀栀低头把玩着这个金匣子，肩膀上的球球也低头看着它，蹦蹦跳跳地催促她打开。

她一只手被江影牵着，另一只手将金匣子的搭扣给打开了，内里是云雾般的絮状物体，应当是起到了防震保护的作用。一枚金色的钥匙躺在中央，这应该是唯一可以用正常途径打开神龛的钥匙。

要知道，保存金丹的神龛若是用暴力打开，内里金丹便会灵气尽失，成为一件死物，所以这玩意儿若是江影有意抢夺，也抢夺不来。

“是一枚钥匙。”宋栀栀将这枚小巧的钥匙从匣子里拿了出来，放在阳光下仔细观察。

“嗯。”江影应了一声，停下脚步。

宋栀栀将钥匙收回匣子里，也跟着江影的脚步站定在千灯寺门前，只见千灯寺门前有一株过分巨大的青松，在山寺门口投下一大片可供香客乘凉的阴影。

由于此时千灯寺内来客已满，想入内需要排队，许多香客都在树下休息等候，随意寻了青石或是石阶坐着，拿出携带的干粮充饥。

此时，这株过分突出的青松枝叶上已经缠满了挂着许愿牌的红线，每一枚垂下的木牌上都是前来祭拜的香客许下的愿望。

他们只知道这棵树生得特殊，看起来得天眷顾，若是将许愿牌挂在上面，或许能更加灵验些。

面前的人群熙攘，烈阳高照，宋栀栀对那些许愿牌更加感兴趣。

她拽住了江影的衣角，唤他：“我们去看看那个许愿牌怎么挂。”

江影不明白宋栀栀为什么会对这种东西感兴趣，但他的脚还是动了，跟着她的步伐走了过去。

负责篆刻许愿牌的两位千灯寺门人正在青松下百无聊赖地聊着天。

“实在是搞不明白，他们为何如此热衷于将许愿牌挂在上面？”一位身着白衣的门人疑惑地说道。

另一位身着灰衣的门人将“篆刻许愿牌，十枚灵石一块”的牌子挂在桌上，小声答道：“管他的，反正我们能赚钱就对了……”

此时，宋栀栀已经来到了他们面前，礼貌地唤了一声：“二位大师。”

这两位门人在千灯寺修炼这么久，还没听过有人喊他们大师。

他们听见宋栀栀的声音，马上直起身子，看向宋栀栀与江影。

这两位门人的目光只在宋栀栀脸上停留片刻，便马上盯住了江影。

他们认得江影，剿灭黑血妖魔一战，千灯寺亦有修为高强的修士前去帮忙，一个人将黑血妖魔尽数剿灭的江影自然在他们心中留下了难以磨灭的印象。帮忙的修士回到寺中大肆渲染江影事迹。江影这日会来取素灵大师金丹的消息，无相宗早已传信给了千灯寺，他们也接到了这个消息，等着迎接。

“是江道友？”二位门人马上站起身来，肃然起敬，道，“江道友怎还等候在外，直接进去找寺中主人便可。”

没想到江影站在宋栀栀身后，只凉凉地望了他们一眼，红眸中那冰冷无情的目光让他们打了个哆嗦。

十枚灵石被抛到桌上，江影启唇，冷声问道：“许愿牌怎么刻？”

“哦！”白衣的门人马上应道，不敢去接江影的灵石，机灵地说道，“江道友，不用灵石，您要刻什么我直接给你刻。”

“不过，江道友，我们还是要提醒你一句，这青松虽然被很多香客当成许愿树，但它着实不怎么吉利，树下死过人。”灰衫的门人接道。

“哦。”江影面无表情说道，“我知道。”

拿着刻刀的白衣门人手都抖了，刻刀险些要握不住。

好在此时宋栀栀的声音适时响起：“两位大师，那就给我刻四个字吧。”

“什么字？”宋栀栀的声音在这紧张的气氛下仿佛一缕清风，白衣门人连忙问道。

“就……永岁平安吧。”宋栀栀想了想，望了江影一眼，轻声说道。

“好嘞，姑娘，您等着。”白衣门人不敢与江影对视，借着雕刻许愿牌的机会赶紧低下头来。

他手中的刻刀木屑纷飞，很快，“永岁平安”四个俊秀的字已经出现在木牌上。

“好了。”他将木牌递给宋栀栀，“可要帮你雕刻落款？”

宋栀栀想了想，说道：“不用啦，我自己来。”

说罢，她便接过那木牌，拉着江影走到一边。

“冥昭借我一下。”宋栀栀坐在青松下一块干净的青石上。

江影手中暗芒闪现，坐在宋栀栀身侧，将那柄柳叶小刃递到她面前，尖端朝着自己。

宋栀栀接过冥昭，背过身去，准备在许愿牌上刻字。

“不给你看。”她小声说道。

已经倾身、准备偷偷看一眼的江影收回了目光，又坐直身子。

宋栀栀握着冥昭，在许愿牌上小心翼翼地刻下“江影”二字，她雕刻的技术着实不怎么样，所幸冥昭锋利，轻轻一触，那木屑便纷飞，她才顺利将字给刻好。

她刻完之后，将许愿牌上的红绳拎着，借着树间稀疏落下的阳光欣赏着自己刻的字。

也不算丑。宋栀栀看着歪歪扭扭的“江影”二字心想。

“还你。”宋栀栀将冥昭放在江影的手心。

她温暖的指尖拈着冥昭，连同这柳叶小刃一道，落在江影的掌心。

江影的手下意识地一拢，但只拢住了冥昭，宋栀栀的手如游鱼一般逃了出去。

她将许愿牌拿到江影面前，得意地对他说：“我刻的，给你的。”

江影一愣，看着木牌上那“永岁平安”四字，目光落在宋栀栀刻下的歪歪扭扭的“江影”二字上。

“嗯。”他看了许久，淡淡地应了一声。

“我挂上去？”宋栀栀问。她觉得挂许愿牌着实是件浪漫的事，谁管这树下埋着什么东西。

“好。”江影自然不会提出反对意见。

青松比较低矮一些的树枝上已经挂满了许愿牌，红线缠绕在一起，宋栀栀不愿意将她这个许愿牌与别人的挤到一起。

于是她理直气壮地对江影说：“你抱抱我。”

江影觉得这个要求很奇怪，但还是走上前来，将宋栀栀揽入怀中。

宋栀栀猝不及防被他抱了个满怀，脑袋埋在他的胸口处，她抬手捶了一下江影的背：“不是这样抱啦！”

“我要把许愿牌挂到更高的地方去。”宋栀栀对江影说，“你把我抱高点儿。”

江影揽着她的腰，轻松地把她举了起来。

宋栀栀的视角骤然升高，放眼望去，只看到了许多人的头顶，她伸长了手臂，往一根比较干净的树枝上挂去。

但她的手短了些，没能成功够着，她便垂下手拍了拍江影的脑袋说道：“往前走一点。”

江影举着她，又往前走了两步，精准地停在她看上的那根树枝下。

远处正在闲聊的两位门人其实一直在偷偷关注他们，待宋栀栀离开后他们才小声议论道：“这凡人姑娘怎会与江道友在一处？”

“江道友要拿回心，自然是为了某一个人才会有如此想法，既然与他一道来，那定然是这位姑娘没错了。”另一位门人小声答道。

他们偷偷扭过头看向宋栀栀与江影，只见那黑衣的高大男子抱着白衣的娇小少女，将她举得高了些，好让她能够到青松上略高的树枝。

在阳光下，一黑一白的两道身影，格外和谐般配，比寻常恋人还要更加甜蜜些。

“唉，不看了，没意思。”白衣门人收回目光。

两位门人再没有关注他们，而宋栀栀则全神贯注想要将许愿牌给挂到树枝上。

她挑选的这根树枝格外冷清，上面只挂了一个许愿牌，孤零零地在风中飘着。

宋栀栀对他人许了什么愿望不感兴趣，怎奈那个许愿牌死活要飘到她的眼前，所以她就勉为其难地瞥了一眼。

这许愿牌看起来有些奇怪，其上无字，空荡荡的，只是右下角似乎是沾了血迹，一片暗红色，而且残破不堪，一看就是被人挑剩下的那种。

宋栀栀感到疑惑，但也没有多想，只是认真地将自己的这个许愿牌给牢牢系在上面，把红绳打了个死结。

“好啦，挂上去了。”宋栀栀满意地看着这个许愿牌在风中轻盈地飘着，拍了拍手，让江影把她放下去。

江影抱着她腰的手往下一放，她便稳稳落了地。

“许愿并没有什么用。”江影等到她做完这件事之后，才提醒她。

世间所有的愿望，都要靠自己的双手实现，寄托于虚无缥缈的天命，有些可笑。

宋栀栀被他这么一说，也并未气馁。她站在江影身边小声说道：“只是图自己开心罢了。”

“嗯。”江影应道。

“去寺里？”宋栀栀扭过头，越过他高大的肩头，望向他漂亮的侧脸问道。

“走。”江影牵着她往寺门口走出。

此时，蹲在宋栀栀肩膀上的球球格外躁动，它上蹿下跳，“吱吱吱”地叫了起来。

就算这只心魔已经被宋栀栀驯服，现在这个状态的它丧失了大部分记忆，但它还是想起了自己曾经来过这个地方。

宋栀栀伸出一根手指，拍了拍球球的脑袋，安抚了它一下。

她看到球球如此，更加对那素灵大师与心魔的故事感兴趣了，一个女人的心魔与一位大师，一看便知内里隐藏着一些不为人知的故事。

宋栀栀下意识地捏了捏球球富有弹性的身子，与江影一道走进千灯寺中。

千灯寺的主人慧灵大师已接到消息，在入口处等着他们，来往香客络绎不绝，她站定在原地，朝江影与宋栀栀柔柔笑了笑。

宋栀栀望向这位女修士，连忙行了一礼。

慧灵大师并不是拘泥于礼之人，拿着手杖，忙柔声对宋栀栀道：“不用多礼，让二位久等了，请入内吧。”

宋栀栀与江影一道，跟在慧灵大师身后进去。

“素灵是我的师兄，他因被心魔啃噬神识，所以早些年去世了，金丹留在寺中千灯塔中。”慧灵大师解释道，“千灯塔三日后才开启，二位可要再等等了，可在我千灯寺厢房中休息，寺中清净，应当不会打扰到江道友清修。”

宋栀栀微讶，没想到他们到了这里还要再等三日，待她回过神的时候，慧灵大师已经凑了过来，伸出一只手逗弄了一下她肩头的球球。

她吸了吸鼻子，闻到了一股好闻的檀香味，慧灵朝她笑了笑：“便是这只心魔将他的神识啃噬，没想到被您收服了。现下江道友又为了您来取素灵师兄的金丹，可谓冥冥之中自有缘分。”

宋栀栀呆呆地应了一声，她也没有想到居然有这么凑巧的事。

他们一路朝后方的千灯塔走，脚踩在落了枯叶的青石路上，发出有节奏的沙沙声响。

不多时，他们来到千灯塔下，一座高塔矗立在眼前，古朴庄严，千灯寺的金丹皆存放于塔中的神龛里。

千灯塔下，坐着一位老人，须发皆白，白须垂到胸前，苍老的皮肤宛如干枯的树皮。

“枯木大师。”慧灵大师朝他略微颔首，道，“这二位道友是江影与宋栀栀，要来取素灵师兄的金丹，这三日他们就在你这儿歇下，等千灯塔开启后，你带他们进去拿吧。”

许久，那紧闭着眼似乎在假寐的老人睁开眼，沉沉地应了一声：“好。”

慧灵大师安排好之后，便朝二人笑了笑，翩然离去。

枯木大师佝偻着腰起身，说话的声音低沉苍老：“二位，随我来吧。”

他领着江影与宋栀栀来到相邻的两间厢房前，将门推开，佝偻着身说道：“这三日住在这里便可，我的耳朵不大好，有时叫我，我听不见，二位随意便可。”

宋栀栀乖乖地点了点头，对枯木大师道了声：“好。”

江影站在他身后，凝眸望着这老人。

宋栀栀一路走来，有些累了，对江影说了声“我先进去”便钻进了厢房里休息。

而此时江影还站在她的门外，等着枯木大师自己离开。

枯木大师佝偻着腰，眯缝着眼，定睛望着江影。他不问世事，所以江影的事迹他亦未曾了解过，他看江影，不过觉得他是个普通修士。

但是江影身上的某一样东西吸引了他。

“江道友？”他开口唤江影，声音仿佛枯叶落地般苍凉，“你全身的骨骼里，曾被纹刻下压制修为的咒文，但现已失了效果，对吗？”

江影闻言，有些惊讶，没想到这枯木大师一眼便看出他骨头上曾被篆刻的咒文，于是他略微颔首道：“是。”

似乎是怕宋栀栀听到，又开始瞎担心，他让枯木大师随他一道进了另一间厢房。

“有何事便直言。”江影冷声说道，“这是灵祇神教的封魔咒文。”

“江道友非魔，又何来封魔咒文一说，不过是他们惧怕你的能力罢了。”枯木定睛望着江影苍白的肌肤，骨骼下那黑色古老文字的篆刻隐隐闪现，又马上消失。

江影只略抬高了下颌，不置可否。

“这咒文以上古流传下来早已不用的古文字篆刻。”枯木大师凑近了些，他太老了，眼神不太好，他问道，“江道友，你想知道这咒文上刻的是什么字吗？”

江影想，这封魔咒文难道刻的不是降妖除魔之类的文字？还能有别的？

枯木给人的感觉就仿佛是一株历经沧桑的树。他似乎看出了江影的疑惑，沙哑着声音道：“压制修为的咒文，对于被压制修为的人来说是枷锁，不同的人，需要刻的字当然不同，他们越在意什么，便越要将什么作为咒文里的主要内容。”

江影从未想过他骨骼上刻的咒文有什么秘密，于是问道：“上面刻了什么？”

“我有些不敢确定，还要再去查阅一下古书。”枯木大师看向他的手臂，语气谦虚地道，“江道友，等我去看看，晚上再来。”

江影应了下来，送枯木大师走出房门。

当晚，他与宋栀栀一道吃完晚饭，与她分别，回了房间。

宋栀栀睡得早，只在传音球里对江影小声说了句“晚安”，便闭上眼沉沉地睡去。

而江影则在厢房内修炼，等待着枯木大师的到来。

夜半时分，研究完古书的枯木大师敲响了江影的房门。

江影很快便打开门，枯木大师手提一盏灯走进厢房中，在昏暗的光线中，他面上的沧桑皱纹更显深邃。

“江道友，给我看看。”他对江影说道。

江影伸出了自己的手臂。他的肤色苍白，在枯木大师手提灯盏的光线中，白得有些透明。

似乎是感应到有人窥视，他的骨骼上黑色的咒文隐隐亮起又熄灭，仿佛呼吸一般的节奏。

这些歪歪扭扭、晦涩难懂的古文字在枯木大师看来并非没有规律可言，他看出了这些封魔咒文全部是相同的片段在不断重复。

他看了许久，吐息声绵长。

在夜晚的风声中，他手上的提灯摇摇晃晃。

江影看向枯木大师半明半暗的脸颊，听到他开口问了一个完全不相干的问题。

“江道友，今日与你一道来的姑娘，是叫宋栀栀吗？”他问道。

江影很快回答：“是。”

枯木大师一愣，苍老如干枯树枝般的手在江影苍白冰凉的肌肤上拂过，骨骼上黑色的咒文跟随他的呼吸亮起又灭下。

枯木大师在犹豫，是否要将咒文代表的信息告诉江影。

因为每一串重复艰涩难懂的古文字，翻译成现在通用的语言，仅有二字——栀栀。

江影静默地看着枯木大师若有所思的面庞，在等待他的答案。

其实江影对于答案并不好奇，枯木说或者是不说，都可以。

枯木手中的提灯摇摇晃晃，散发出暖黄的光辉，在黑暗中仿佛无尽海洋里的孤岛。

他思索了很久，最后深深吸了一口气，准备告诉江影答案。

但就在此时，门外响起了轻柔的敲门声。

江影听出了敲门的人是谁，只应了一声：“进。”

枯木大师佝偻着的腰被提灯上的光线映在墙上，影影绰绰。

宋栀栀“吱呀”一声推开了门，站在门口揉了揉眼睛。

“江江，枯木大师，你们在商量些什么事？”宋栀栀开口问道。

由于换了陌生的地方睡觉，再加上厢房里的床太硬，宋栀栀没睡多久便醒了。

人大晚上一旦没能安然入睡，便很容易胡思乱想些有的没的，这日千灯寺外那株青松下死过人的故事开始令宋栀栀有些害怕了。

所以她猜想着江影此时定然没有入睡，便摸过来敲响了他的房门，没想到枯木大师也在他这里，二人似乎在研究些什么。

“无事。”江影把略微挽起的袖子放了下来，对宋栀栀冷冷说道，“怎么了？”

“我有些睡不着。所以枯木大师，你们在说些什么？”宋栀栀挠了挠头，走进房间里，觉得此时的气氛很诡异。

枯木大师手执提灯，慢悠悠地走了过来，他心中闪过一个莫名其妙的念头，既然有宋栀栀在场，他还是不说了。

但是，他还是将此事的真相分为一抹神念，投入提灯里燃烧着的火焰中，有灵石为这簇火焰供给能量，它能够一直燃烧，发出光亮。

“宋姑娘，给你。”枯木大师将手中的提灯递到宋栀栀手上。

宋栀栀见这提灯精巧，便下意识地接了过来，而枯木大师则慢慢走了出去，将门带上。

望着天际那清冷的孤月，枯木大师轻轻叹了口气。

而宋栀栀则愣愣地拿着手里的提灯，看着江影的目光似有疑惑。

“他与你说了什么？”宋栀栀凑过来问道。

江影摩挲着自己的手腕说道：“他说我骨骼里刻的封魔咒文是古文字写就，他或许能看懂上面写了什么。”

“所以上面写了什么？”宋栀栀坐在他身侧，扭过头来轻声问道。

她的手把江影的手腕给拉了过来，温暖的掌心贴着他冰凉的手腕，轻轻蹭了蹭。

借着提灯散发出的光芒，她能够清晰地看到江影苍白肌肤下隐隐的封魔咒文。

这咒文共有九千九百九十九道，以透骨小匕穿透肌肤细细刻下，如此才能保证压制江影的修为。

在昏暗的光线中，江影无声地摇了摇头，枯木大师并没有告诉他答案。

宋栀栀盘着腿坐在床沿上，没有再继续这个话题，她有些困了。

“我有些怕。”宋栀栀对他说，“我睡在里边，你还可以继续修炼，可以吗？”

江影“嗯”了一声，宋栀栀便躺了下来，在床上滚了两圈，滚到里侧去。

她面朝里，将薄被拽了过来，抱在怀里，对江影轻声道了句“晚安”。

“好。”江影冷着声应她，灵气开始围绕着他周身缓缓流动，他已入定，开始修炼。

放在桌上那一盏提灯，还在幽幽散发着光亮，将两个人的轮廓照得清晰。

直至修炼到了后半夜，江影猛然间睁开双眸，红眸深幽，宋栀栀身上那轻盈的栀子花芬芳如丝如缕般窜入他的鼻间。

他想了想，竟然也翻身躺了下来，准备睡觉。

江影躺在宋栀栀的身侧，本离她还有些距离，但她似乎是感觉到了他的靠近，在睡梦中翻了个身。

她靠了过来，而江影睡在外侧，避无可避。

黑暗中，江影的红眸蓦然间睁大了，宋栀栀的脑袋撞到了他的胸膛上，两只手已经搭上他的腰。

几乎是下意识地，江影的一只手已经揽上了宋栀栀的背，将她抱在怀中。

宋栀栀头顶的婆娑花不知何时立了起来，那洁白的花瓣似乎嗅到什么气味。细长的花瓣探了过去，仿佛闻到血腥气的鱼，江影胸口处那颗红琉璃盈盈坠着，在引诱着婆娑花。

婆娑花的花瓣已然触碰到了红琉璃，此时神经紧绷着的江影才发现这件事。

他的手一拦，毫不留情地将婆娑花拍开，那白色的花瓣颤巍巍地一躲，缩回了宋栀栀的头发里。

此时，宋栀栀又往江影怀里钻了一点。

她又陷入了梦境中，宋栀栀发现自己身处于千灯寺前，已是夜晚，远处灯火如昼，千百盏带着许愿牌的许愿灯飞入空中，越过红墙，飘飘摇摇直上天际，缤纷绚烂。

她的面前，是一株略有些矮小的青松，她听到了树上有人经过发出的沙沙声。

宋栀栀抬起头来，一块残破的许愿牌落入她的视线，右下角似蕴着暗红的色泽，上面歪歪扭扭刻了一些字，她没有看懂。

那枚许愿牌上的红绳被一双纤瘦的手系着，灵巧地打了个死结，轻盈地坠在树枝上。

宋栀栀仰头望着那许愿牌，没有开口，只是冷冷注视着。

直到树上那人开了口，宋栀栀看着他的身影，那纤瘦的身形在她看来就像一只小猴子。

他在树上问，嗓音很熟悉：“你不想知道我在许愿牌上刻了什么吗？”

宋栀栀下意识地摇了摇头：“不想。”

“好吧。”他说，“也并不是什么多有趣的字眼。”

宋栀栀仰头望着他，没有说话。

“反正这块许愿牌一直在这里，不会消失，等你再一次过来的时候，就知道我在上面刻了什么。”他对宋栀栀说道。

宋栀栀想对他说声“好”，但梦中的她只背过了身子，看着千灯寺远方飘摇飞向天空的一盏盏许愿灯。

“他们觉得这样放飞至空中，就能让自己的心语更容易被神明听见。”树上那人的声音传来。

宋栀栀仰头望着，飞扬的发丝攀上她白皙的面颊。

她启唇，声音似雪般冰冷，很轻，只有她自己听得见：“我没兴趣听。”

宋栀栀一惊，猛地想要睁大自己的双眼，去看树上那人究竟是谁。

但是当那人的面庞从枝叶中探出，宋栀栀借着月光与灯火眯起眼想要看清的时候，她醒了过来。

宋栀栀睁开眼睛，在她面前的是江影漠然的面颊，她深吸了一口气，长睫慌乱眨动。

似乎被她的小动作吵醒，江影醒了过来。他静静地望着宋栀栀，深幽的眼中是她的影子。

宋栀栀皱起眉头，想要去回忆梦中的细节，但那梦变得十分模糊，越是努力要想起，便越黯淡。

她放弃了，从江影怀里坐了起来。

宋栀栀看到自己已经快把江影从床上挤下去了，有些不好意思，她一个人惯了，睡相总是这样差。

“你是不是没有睡好？”宋栀栀有些抱歉地说道。

江影定睛望着她，点了点头，并不是因为宋栀栀一直在挤他，而是因为某个不好意思说出口的原因。

他坐了起来，侧了身子给宋栀栀腾出地方来。

“还早。”他对宋栀栀说道，“你可以再睡会儿。”

宋栀栀将床上的被子扯过来，盖在自己的腰上，侧过身看着江影，说道：“在这里是不是不能吃荷包蛋了？”

千灯寺门规规定不食荤腥，只吃素食。

“是。”江影回答她，“但是你想吃也可以吃。”

反正他并没把这寺里的规矩当回事。

宋栀栀摇了摇头，道：“不吃了吧，吃些素斋便好。”

她觉得昨晚的那个梦有些磨人，她还困得很，于是便打了个哈欠，小声开口说道：“我再睡会儿。”

“好。”江影站起身来，走出门外，顺手将桌上那个已经熄灭了的提灯塞进了宋栀栀的储物锦囊中——这是枯木大师给她的东西。

门外是千灯塔的入口，枯木大师还是佝偻着腰在塔下凝神打坐。

感知到江影走出，枯木大师睁开眼，望了他一瞬。

“江道友，早。”枯木大师对他说道。

江影望了他一眼，略微颔首，还是开口问道：“那封魔咒文？”

“并无什么奇特的，是我老眼昏花，看走了眼。”枯木大师轻捻胡须，对江影说道。

他很想说，但脑海里总有一个念头在阻止他，他至多只能将这个信息分为神念，封入提灯之中。

枯木大师闭上了双眼，只暗叹一声，在此事上，他还不够坚定。

他又开始打坐了，江影没有问得答案，也并没有强求，只走进厨房里给宋栀栀做早饭去了。

如此平静的三日很快过去，这日宋栀栀醒来的时候，已经是千灯塔开启的日子。

她赶紧起床洗漱，顺便将情绪不高的球球揣进手中。

宋栀栀坐在梳妆台前，江影为她挽了一个发髻，将一枚银簪插入发中。

她捏了一下球球，它发出有气无力的“吱吱吱”声。

“它好像不是很开心。”宋栀栀对江影说道。

“这枚金丹与它有因果。”江影将桌上金色的小匣子拿起，对宋栀栀说道，“出发。”

宋栀栀知道，错过了这日，下一次千灯塔开启可就要再等一个月，她连忙站起身来，跟上江影的步伐。

在枯木大师的引导下，两个人走进千灯塔中。

入内一看，只见这个千灯塔高不见顶，从上到下，层层叠叠地摆满了神龛，皆是寺中去世了的大师留下的金丹。

塔中唯一的光源便是那圣洁神龛后的金丹发出的光芒，在黑暗中仿佛一颗颗星星。

素灵大师是近几年才过世的，所以存放他金丹的神龛还在靠近顶端的地方。

“人老啦，腿脚不便。”枯木大师对他们说道，“二位只管自己上去便可，沿着塔内的台阶一路往上便是，这去世了的大师们的神龛是按照去世时间排列的，素灵金丹所在的神龛不难寻找。”

宋栀栀点了点头，枯木大师转身离开，将千灯塔的门关上，此时空间陷入一片寂静之中。

“走。”江影握着她的手腕，牵着她一路往上走。

关上门之后，这千灯塔内更显昏暗，宋栀栀将枯木大师前几日送给她的提灯从储物锦囊里取了出来。

提灯晃晃悠悠，发出熠熠的光芒，将他们周围的一丈空间照得亮如白昼。

宋栀栀跟着江影，边走边看，她对文字一类的信息格外敏感，所以一路走上去，她专心看着身边神龛上记录的信息。

千灯寺建于九千多年前，是灵祇神教教首在墟渊深处得以一窥神明真容之后不久所建立，准确来说，正是那窥见神明的一眼，让此界的信仰都有了归处，千灯寺修士的信仰亦是对灵祇信仰的一个变种，此界的神明只有一位。

他们一路拾级而上，在陈旧的神龛前走过，仿佛走过光阴的河。

宋栀栀牵着江影冰凉的手，从九千多年前走到三千年前。

此时，似乎是注意到宋栀栀一直在看着身旁的神龛，江影放慢了步伐。

宋栀栀惊讶地发现，从三千年前到三百年前，两千七百年间竟没有设立一座神龛。三千年前的那个时间点，是七宗十二派与灵祇神教的那一战，那一战中失去了很多修士，看来就算是千灯寺，也未能逃脱那场因果线混乱纠缠至崩塌的战争。

但是之后三千年，再没有任何一位千灯寺的修士死去，这中间竟然有了断层。

再往前走，便是三百年前的某一天，这千灯寺里又记录了新去世的修士。

宋栀栀看着上面记录的日期，正是月轮历三千三百年的二月二九，从那个时候开始，这条干涸了的时间之河重新开始流淌，而这一日，正好是江影的生辰。

江影并不在意这些，只将目光放在宋栀栀身上，看着她的神色变得震惊。

“怎么了？”他开口问道，声音平缓。

“没有……”宋栀栀喃喃自语，纷乱的思绪涌上心头，她一时半会儿没有办法理顺，她只能选择先去做正事，她道，“我们走吧，去找素灵大师的神龛。”

两个人再一路往上，很快来到了在几十年前去世的素灵大师的神龛前。

此时，一直趴在宋栀栀肩头的球球已经不出声了，它安安静静地看着眼前这个暗金色的神龛。

第九章
与我有关

江影从匣中取出金色钥匙，将神龛打开。

那金色钥匙一触到神龛表面，便有波纹荡开，无形的防御屏障撤下，一颗流转着各色光芒的金丹出现在宋栀栀与江影的面前。

“闻说金丹有九色，越是虔诚纯净的心，这金丹便会呈现出越多的色彩。”江影想起他听过的传闻，对宋栀栀说道，“素灵的这颗金丹已有八色，已经是足够纯净单纯的一颗心了。从千灯塔走到这里，那么多个神龛，如这颗金丹一般的八色，包括这枚在内，我仅见过两枚。而上一枚拥有这八色金丹的修士死在三千多年前那一战，修为已近化神之阶。”

千灯寺九千多年来那么多修士，仅有两位修士拥有八色光芒的金丹，而上一位拥有它的还曾触摸过如此高的成就，这颗金丹内所含之心的纯净虔诚程度可见一斑。

也难怪青君会向韩潜讨要这枚金丹。

“素灵死得太早了。”江影的声音寒凉，回荡在这空荡荡的千灯塔内，将那伏在宋栀栀肩头的球球吓得发抖。

若不是有心魔所扰，他早早死去，素灵的成就与修为可不止现在这样。

宋栀栀看着神龛内那流转着八色光辉的金丹，眨了眨眼，亦是有些唏嘘。

江影不过是与宋栀栀随意分享了一个有趣的故事，并不会为这金丹背后的故事伤春悲秋。

所以他伸出手，毫不留情地将神龛里的那枚金丹取了出来，八色的多彩光芒在他苍白的指尖流转，很好看。

宋栀栀看着那枚金丹，再看看江影的脸，有些激动地说道：“所以它怎么用？里面不是藏着一颗心吗？”

江影把素灵的金丹放在手上，翻来覆去地查看研究，竟然也没有找出打开这枚金丹取出心的办法。

“不知，待我再看看。”江影冷着声开口。

这金丹里包着一颗心，本就罕见，江影从未接触过这玩意儿，所以也一时没能找出打开它的办法。

一颗心近在咫尺，他却没能得到它。

两个人并肩坐在神龛边，翻来覆去地一同研究，死活拿这颗金丹没有办法。

就在宋栀栀忍不住要拿出手机强行查看剧情的时候，一直趴在她肩膀上姿态蔫蔫的球球跳了下来，将黑色雾气幻化而成的小手伸了过来。

宋栀栀怕它贪吃，想要把金丹里的心给吃了，便将金丹拿远了些，并道：“你不要碰。”

球球不会说人话，又很急，虽然它的智商不高，在这个形态下能够留存的记忆也很稀少，但它的潜意识告诉了它打开这颗金丹的方法。

宋栀栀还在抱着这八色的金丹研究，球球急得上蹿下跳，小爪子指了指江影，又指了指金丹，还指了指自己。

但是宋栀栀没有看懂它的意思，只困惑地看着球球，试图解读它的意思。

“我没看懂。”宋栀栀的直觉告诉她，这球球肯定知道打开金丹的办法，但她实在是不能理解一个只会“吱吱”叫的心魔毛球想要表达的意思。

“它只有在神识空间里才能恢复全部的记忆。”江影冷声对宋栀栀说道，“将它扯进神识空间里看看它要说什么。”

宋栀栀将手中的提灯握着，下意识地问道：“去你的神识空间还是去我的？”

“我的很黑。”江影看着宋栀栀的眼睛说道。

宋栀栀望着他，吐气如兰，轻声说道：“但是我想看看。”

“好。”江影握着她的手腕，将她拽入怀中。

宋栀栀手里抱着球球，一头栽进了江影的怀里，而此时，一根冰凉的手指伸了过来，点在她眉心的朱砂痣上。

她只感觉到自己的身子一轻，灵魂似乎飘荡了起来，再睁开眼时，她已经身处一片黑暗之中。

宋栀栀觉得自己睁眼或是不睁眼，都没什么区别，因为她什么也看不见。

只有握在她手腕上的手有着冰凉的触感，为她指引方向。

“江江……”宋栀栀道，“我有些找不到路。”

江影平静的声音在她身后传来，很近，他道：“我在。”

他补了一句：“我说过我的神识空间很黑。”

黑到连他自己也看不清他神识空间内究竟有什么。

两个人正说话间，头顶上已传来心魔尖厉的笑声：“怎么？你们找不出打开金丹的办法？”

宋栀栀觉得这个心魔还是变成球的时候可爱些。

她在无尽的黑暗中仰起头，唤了一声：“球球，该如何打开？”

宋栀栀是它的主人，心魔在面对她的时候没有对江影时那般油滑。

“哎呀，急死我了，我提醒了那么久。”心魔在他们之间盘旋着，发出簌簌的风声，并道，“素灵有遗愿未了，他在临死之前依旧担心我这个心魔会逃出去祸害人。”

“韩长老不是已经将你关起来了？”宋栀栀高声问道。

“韩潜不过是用他自己神识作为牢笼将我关了起来，就如同素灵所做的一般，素灵没有亲眼看到我消失或是被人降伏，他与韩潜的约定是韩潜帮助他降伏我，他便将金丹的所有权交给韩潜作为答谢。”心魔的声音虽然不太好听，但还是乖乖把真相说了出来。

“后来我被你降伏，韩潜自认为达成了与素灵的约定。但素灵已经死了，他不知道他的遗愿已了。”心魔对宋栀栀说道，“你们必须要在那颗金丹面前让它感知到我已经被你驯服。”

宋栀栀一听，醒悟了，她想待会儿出去之后便指挥球球在素灵的金丹面前做一套广播体操。

他们身处神识空间之中，宋栀栀的心中所想被球球敏锐地捕捉到，它惊恐地说道：“我不做广播体操，广播体操是什么？”

宋栀栀忽然开口，冷声对它命令道：“闭嘴，我要你做你就做。”

她的语气凶了些，因为她很想拿到金丹里的那颗心。

心魔瑟缩了一下，乖乖地应下。

宋栀栀有些好奇这心魔与素灵的故事，借着这个在神识空间里能够与它交流的机会，她索性一起问了出来：“你与素灵大师是怎么回事？”

心魔嘻嘻笑了两声：“不过是些风月之事，千灯寺下有一女子爱慕素灵大师，爱而不得，顿生心魔。素灵大师心生慈悲，便帮她度了心魔，我这因爱而生的心魔被度到素灵身上，每日啃噬他的神识，日渐强大。那女子没了心魔，对素灵大师的情也就没了，过上了正常的生活。”

宋栀栀长长地“哦”了一声，明明是个复杂的故事，在心魔口中说出，却仿佛一件稀松平常的事。

若是平时，她必定是要刨根问底，但这日那金丹里的心近在咫尺，她急着帮江影取，便对球球点了点头道：“好，我知道了，我们快些出去将那金丹打开。”

“好。”心魔乖乖应道，在宋栀栀与江影两个人上空飞来飞去。

江影闻言，牵着她往前走，准备离开他的神识空间。

宋栀栀往前走了两步，却感觉碰到了什么东西，她一惊，发现江影的神识空间里竟然也是有东西的。

但是他的神识空间里太黑了，没有光源，就这么触摸，也摸不出是什么。宋栀栀感到有些遗憾。

就在此时，江影对她说：“走了。”

语毕，他人已经消失在原地，离开了神识空间。

没了江影在身边，宋栀栀的神识马上会被传送出去，可她还想研究一下遍布他神识空间的究竟是什么。

要是这个时候，有个光源便好了。宋栀栀想。

马上，她的手中亮起了光芒，这小小的一点光源就像枯木大师那日送给她的提灯。

宋栀栀猛然想起，在被江影带着一起来到他的神识空间时，自己似乎就握着这盏提灯。

她不知道的是，枯木大师把有关江影身上封魔咒文的秘密化为一点神识，封入提灯之中，打算提醒她。

这点神识来到了神识空间里，便化作了一点光源。

在即将被拽出神识空间的时候，宋栀栀借着手里光源，将周遭的事物照亮。

光线微弱，仅照亮了小小的一处空间，但宋栀栀看清楚了。

她瞪大眼，发现在江影神识空间里无处不在的东西竟然是……盛放着的栀子花。

这些洁白的花朵仿佛黑暗中的天使，一朵又一朵，挤挤挨挨，开得繁盛。

宋栀栀的呼吸一滞，愣在原地，那点照亮周围的神识在这一瞬间化为一串光点，形成文字。

她在离开神识空间的前一瞬，看到了这串光点形成了模糊文字。

“江影身上九千九百九十九道封魔咒文以古文字写就，每一串重复的文字翻译成现在的语言，是‘栀栀’。”

宋栀栀看着那串由光点组成的文字，愣住了。

但马上，她的灵魂被扯出了江影的神识空间，待回过神来的时候，她已经靠在他的怀里。

宋栀栀一惊，在他冰冷的怀抱中坐直了身子，瞪大眼望向他。

她手里握着的那盏提灯里的火光微微摇晃，黯淡了三分。

“江江……”宋栀栀开口唤他。

“在。”江影望着她，回答道。

“给我看看……你的手。”宋栀栀不由分说地将他的手臂拿了起来，借着提灯的光芒端详。

宋栀栀仔细一看，额上已经出现了薄汗，在他苍白的肌肤之下隐隐可以看见那刻在骨头上的封魔咒文，这些黑色的小字虽然是以古文字写就，她看不懂，但是她能够清楚地发现，这串字符是一直在重复的，每隔一段，便是同样的一串字符出现。

所以在江影神识空间里看到的那串文字，或许是真的。

宋栀栀轻轻吸了一口气，却觉得这口气抵达不到胸腔，她皱起了眉头，闭上双眼。

然而此时，江影那冰凉的大掌已经紧紧抓住了宋栀栀的胳膊。

“你受伤了？”江影问她。

宋栀栀摇了摇头。

但是江影握着她的手，抚上了他冰凉的胸膛，停在心脏的位置。

“但是这里在痛。”江影把她温暖的手紧紧握着，然后说道。

宋栀栀想，自己连心痛的滋味都尝不到，这痛感转移到江影的身上了。

“没有，只是一时喘不上来气。”宋栀栀咳了一声，假装无事。

她不明白发生了什么，其中的真相又是什么，江影与她又有什么关系，但她的心痛久久未能平息。

宋栀栀不知道，只深深吸了一口气，抬眸对江影说：“我现在好些了，没事啦。”

江影凝眸望着她，深幽的红眸中似有疑惑。

他没有再问，但胸腔里空荡荡的某一处，却实实在在地在疼着。

“我把球球放出来，你将这颗金丹打开。”宋栀栀装作若无其事地说道，只是她一只手紧紧攥着江影，很紧。

江影依旧沉默着，一只手抚上了胸膛。

宋栀栀不敢看他，背过身去，将肩膀上趴着的球球摘了下来。

“素灵大师，恐怕它这个样子你已经认不得了，但它确实是那只曾经无比邪恶的离魂心魔。”宋栀栀将手里的球球捏了捏，它果然很配合地发出“吱吱吱”的叫声，“它现在已经被我驯服，听任我的差遣，再也不能出去祸害别人了。”

然而那枚流转着八色光芒的金丹却纹丝不动，一点儿反应也无。

宋栀栀对球球启唇说道：“去，变回他最熟悉的样子。”

球球会意，飞到空中，幻化为一抹黑色雾气，在八色金丹上空舞动，仿佛一朵阴云。

果然，那八色金丹轻轻动了动，似乎有所感应。

宋栀栀再接再厉，一挥手，让球球幻化而成的黑色雾气飞了出去，而后弥散在他们面前，消失不见。

它又重新变回球球的模样，乖巧地蹲在宋栀栀的掌心。

直到这一套操作做完，这颗八色金丹才光芒盛放，宛如一颗小太阳。

宋栀栀与江影一齐盯着这颗金丹，看到它变得越来越明亮，耀眼至临界点。

只听见“啵”的一声，一团纯白的光芒出现在了金色的匣子里。

“是心！”宋栀栀马上支棱起来，把江影的手紧紧牵着，扭过头来，惊喜地对他说道。

这个时候，江影才觉得胸腔中空荡荡的某一处不疼了。他抬手，那团纯白的光芒飞上他的指尖，非常乖巧。

“是心。”江影说了个肯定句。

宋栀栀定睛望着这颗曾经属于素灵大师的心，这颗心无疑是非常纯净的，毕竟它的主人死后凝结出的金丹能有八色，仅差一色便是完满。但这世间又怎会有完美之物，所以这颗心已经是顶尖之物了。

“怎么用？”宋栀栀很急，踮起脚来，隔着这团白色的光辉问江影。

江影看着她，点了点头，只将指尖上悬停的那颗心贴近了自己的胸膛——他方才感到很疼的地方。

顿时，这颗心光芒盛放，开始与他融合。

心上发出的光芒将江影苍白的脸颊照得如同天神一般俊美，隔着这圣洁的光辉，宋栀栀望着他，轻声开口问道：“江江，若有了心，你要做的第一件事是什么？”

江影那双红眸里满是宋栀栀的身影，他启唇，声音比那极寒的冰雪还要冷。

他说：“爱你。”

宋栀栀一愣，瞪大了眼望着他，险些要落下泪来，她不知道为何，可那水光就是漫上了眼眶。

“不要哭。”江影对她说，他又感觉到了胸腔处熟悉的疼痛，她不知为何又开始心痛了，“我会痛。”

宋栀栀听了他的话，深深吸了一口气，让冰凉的空气自鼻腔一路沁入胸腔之中，她努力让自己冷静下来。

而后，眼前白光盛放，彻底把江影整个人包裹进去，宋栀栀在这一瞬间仿佛什么也看不清。

待她睁开眼，揉了揉眼想要看清周遭一切的时候，她忽然听到了有什么东西落地的声音。

一颗散发白色光芒的心滚落在地，它没能成功融入江影的身体里。

宋栀栀只感觉到自己脑袋“嗡”的一声，似乎将她所有的思考能力斩断。

怎么可能？江影明明是想要这颗心的，但是它为什么会无法与江影融合？

江影亦是一愣，俯身将地上那颗心捡了起来，他的动作很慢，似乎也无法接受这个事实。

“栀栀，我无法融合它。”江影低着头，墨发从肩头垂落，披散在他的肩膀上。

宋栀栀颤抖着声音道："你再试试？"

"不可能出错。"江影抬头对宋栀栀说道。

宋栀栀低下头来看着他，只见他的面庞还是一片冷漠，没有任何表情——遗憾或是悲伤。

她的鼻子一酸，却猝不及防被江影拉到了怀中。

他的下巴抵着她的脑袋，说话的声音罕见地很轻："不要伤心，我再试试，若还不行，便再找一颗。"

宋栀栀吸了吸鼻子，又感觉心底泛酸。

江影咬着牙，低声对她说："真的很痛。"

宋栀栀想，现在她的心一定是极痛的，她只能让自己的情绪平复下来，不要再去想这件事。

她闭上眼，在江影的怀里蹭了蹭。她对自己说，他现在就在她身边，这么大个人，虽然少了一颗心，但他还好好的，自己又在担心什么呢？

"我没事了。"宋栀栀低下头拿江影的袖子抹了一把眼泪，道，"我们先拿着这颗心出去，问问枯木大师怎么办，他看守千灯塔这么多年，或许知道个中原因也说不定。"

"再不然……再不然我也可以自己再想想办法。"宋栀栀从他怀里退了出来。

江影手持着那颗纯白的心，冷冷地应了一声："嗯。"

球球蹲在宋栀栀的肩膀上，黑色雾气幻化而成的小爪子紧紧捂住了嘴，看起来一副难以置信的模样。

它身为心魔，再没有人比它更加了解素灵大师的灵魂了，素灵的这颗心，确实是无与伦比地纯净。

如此纯净虔诚的一颗心江影都融合不了，到底是——

球球的这个疑问，宋栀栀替它问了出来："是你排斥了这颗心？还是这颗心排斥了你？"

江影牵着她的手，一路往千灯塔下走，他答道："是我的身体排斥了它。"

宋栀栀的呼吸一滞，球球在她的肩头栽倒，它在默默地思考，江影连这颗心都无法使用，那么究竟要怎样纯净无瑕的一颗心才能够配得上他？

两个人一路走到千灯塔下，推开门，塔外的明亮日光洒入塔内，有些晃眼。

宋栀栀不由自主地眯起了眼睛，看到门外立着一个佝偻着腰的苍老身影。

枯木大师早已等候在外，他原本站定在门口，是在等着见到一对有心之人走出。

但是枯木想错了，他扭过头去，只看到江影的脸在阳光的映照下冰冷似不会融化的霜雪。

在看到江影表情的这一瞬间，枯木明白千灯塔内发生了什么。

“江道友，您没有用它？”就连枯木大师的声音都带上了惊讶。

“无法融合。”江影伸出手去，那颗纯白的心躺在他的掌心。

“怎么会……”枯木大师难以置信，“素灵的心，是我见过最虔诚、最纯净、最无瑕的一颗心了。”

“江道友，您再试试。”枯木只当是江影操作出现了错误。

江影将躺着心的掌心按向自己的胸膛，眼前白光盛放，这是心与身体正在融合。

马上，又是熟悉的声音响起，那颗心从江影的胸腔里掉了出来。

枯木大师俯下佝偻的身子，小心翼翼地将地上的心捡起来端详。

苍老如枯枝的手指在这颗剔透的心上轻轻摩挲，仿佛在抚摸着什么稀世珍宝。

他想了想，深深叹了一口气，道：“江道友，我明白了。”

“明白什么了？”宋栀栀马上问道。

“江道友，这颗心，配不上你啊……”枯木大师沉声说道，“你曾经……你曾经拥有一颗比它更加纯净、更加虔诚、更加无瑕的心。”

此言一出，江影与宋栀栀皆愣住。

宋栀栀站定在原地，看着枯木大师的身影，呼吸急促，她觉得自己胸腔中的那一颗心，马上就要蹦出来了。

“可惜江道友，您原来的那颗心不见了。”枯木大师将这枚心重新封入金匣子里，道，“这世上，再难寻啊……”

江影听闻这个消息，没有太大的情绪波动，此事并没有对他造成太大的影响。

这世上很多事于他而言，都无所谓，他是被封入深海深渊里的人，岸上的人不论如何喊叫，都无法将他唤醒。

唯有宋栀栀看着枯木大师，愣了很久，她一直压抑着自己的情绪不要有太大的波动，以免又被江影发现。

“明日离开千灯寺。”江影把枯木大师手上的金匣子取过，对宋栀栀说道。

千灯寺的心已经取到，若是无用，他还会想办法再找一个新的。

宋栀栀愣愣地点了点头，跟着江影往回走，只走了两三步，她便马上顿住了步伐，道：“江江，我找枯木大师还有些事。”

江影站定，背对着宋栀栀，凉凉的声音如溪流般传来：“栀栀，你有事瞒我。”

宋栀栀不知所措，支支吾吾了半天，也没能说出一句完整的话来。

“你在我的神识空间里，发现了什么？”江影转过身来，将她的手腕紧紧攥着。

他很敏锐地察觉到了宋栀栀的变化是她从他的神识空间离开后发生的。

宋栀栀挣扎了一下，江影感觉到自己的手腕处传来些微的痛感。

她还是那么脆弱。江影想。

宋栀栀答非所问：“江江，你的神识空间里的东西，你自己也不知道是什么吗？”

江影回答：“我看不见，若是用手触摸，也无法感知。”

在神识空间里，没有光源的照耀，就算用触觉去感受，也只能摸到一片混沌。

“你看到了？”江影定睛望着她，问道。

“你想知道吗？”宋栀栀踮起脚来，反问了他一个问题。

“我没兴趣。”江影对她说，他并不关心他的神识空间里藏了些什么。

宋栀栀低下头，碎发从她的额前垂落，掩住她的面颊，让江影看不清她的表情。

她想，江影既然没有兴趣知道答案，那么就算告诉他是什么，想必他也不会有多么看重。

什么话都无法让他的情绪泛起涟漪，他的眼眸深处，是一片死了的湖。

“你没兴趣的话，那就不说了吧，我去找枯木大师。”宋栀栀的脚尖在地上旋了一个半圆，裙摆微微扬起，开出了一朵花。

宋栀栀转过身，闷着头往枯木大师的方向跑了过去。

江影望着她的背影，看了许久，终究是转过身去。他想，他该回房修炼了。

宋栀栀一路跑到枯木大师面前，弯下腰扶着膝盖，气喘吁吁。

她知道自己能在江影的神识空间里看到那串光点组成的文字，能够看清楚他神识空间里的栀子花，与枯木大师给她的提灯脱不了干系。

“枯木大师。”宋栀栀朝他行了一礼，小声问道，“您给了我一盏提灯。”

枯木大师眯缝着双眼，抬起头点，对宋栀栀点了点头，道：“是我给的，你看到啦？”

“我看到了那串文字，江江……不，江影身上的封魔咒文，真的都是我的名字？”宋栀栀想要确认这件事情。

“小姑娘，若不信的话，随我来。”枯木大师知道宋栀栀谨慎，一路领着她来到自己书房里的书柜前，“那日晚上我就想说出，但是冥冥之中有一股力量阻止了我。”

宋栀栀一惊。她知道这是灵祇的手笔。

枯木大师将有关古文字的书籍放到宋栀栀手上，翻到某一页指给宋栀栀看：“你看，书上已经写明，这串文字翻译过来便是‘栀栀’。”

宋栀栀低头看着古书上的文字，深深地叹了口气，事实摆在眼前，她不得不相信。

“封魔咒文……”宋栀栀喃喃自语。

“江道友非魔，又怎能叫封魔咒文？”枯木大师笑了笑，说道，“这咒文的出处想必你们都知道，是灵祇神教的手笔。被施咒的人越是在意某一个事物，这咒文便会自动幻化为这事物的名称，真是尖锐且恶毒的一种咒文，你说是不是？”

宋栀栀呆呆地点了点头道：“是啊。”

“但好在它已经失去了效用啦……”枯木大师见宋栀栀落寞模样，只微笑着望着她，安慰了一句，“宋姑娘倒也不用过多担忧，是因为江道友的实力强大，所以他挣脱了这个咒文的束缚，并非他不再在意你。”

宋栀栀长舒了一口气，自己所关心的哪里是这个。她只想知道江影的封魔咒文，为何都是她的名字。

这个问题她去问江影，或许得不到解答，只能她自己打开手机去试试能不能找出答案。

“好的，枯木大师，我知道了。”宋栀栀朝他道了谢，“我……我先回去了。”

“好，宋姑娘路上慢走。”枯木大师目送宋栀栀失魂落魄地回去。

宋栀栀一路走着，只觉得脑袋很乱，她觉得自己似乎忘记了什么，但努力回想，什么也想不起来。

她的记忆似乎被剥夺了，活生生空了一块。

但即便只有目前已经知道事实的一角，也足以令她胸闷心痛。

宋栀栀如此想着，脚步踉跄了一下，一路来到江影的房间门口，她敲了敲门，提醒他自己来了，然后推门而入。

正在入定的江影红眸睁开，定睛望着宋栀栀，没有说话。

“我与枯木大师说了一些事。”宋栀栀走了过来，坐在他的身边，歪过头，将脑袋靠在了他的肩膀上。

江影略微抬了抬手臂，调整了一下姿势，让宋栀栀靠得更舒服些。

“你想知道吗？”宋栀栀的语气变得严肃了。她道，“你想知道的话，我就对你说。”

“不感兴趣”险些脱口而出，江影想了想，还是问道：“与你有关？”

“与我有关。”宋栀栀抬起自己的手，两手挽作蝴蝶，装作漫不经心地玩着。

江影对她说：“好，我想知道。”

宋栀栀将他的手臂搬了过来，那温暖的指尖在他苍白的肌肤上轻轻抚过。

“你手上的封魔咒文，以古文字写就，共有九千九百九十九道，每一道的含义都是我的名字……”宋栀栀说道。

她的话音刚落，感到一阵天旋地转，她的腰被江影揽着，身子被他推倒在了床上。

江影死死地盯着她，另一只冰凉的手已经攀上她的脖颈，他的手指略微用力，便能将这脆弱的脖颈折断。

但他没有用力，只是指尖颤抖着，贴在她搏动着的血脉上。

反倒是宋栀栀自己下意识地挣扎了一下，扭动出一抹红痕来，江影感受到了脖颈处传来的隐隐痛楚，轻轻皱起眉头，手又松了半分。

宋栀栀在江影的红眸中，看到了蕴着的一丝隐忍的薄薄怒气。

她望着他，轻声开口问道："刻的时候，很痛吗？"

江影听着她这轻柔的问话，松开了手，冰凉的指尖仿蛇一般在她精致的锁骨上拂过，指腹依旧贴着她脖颈处那搏动着的血脉。

他掌心下的肌肤细腻温暖，是无与伦比的触感。

"忘了。"他对宋栀栀说。但困扰了他很久的封魔咒文竟然与她有关，这令他有些失控。

他对宋栀栀的过分在意，在没有心的情况下，本就像悬于游丝上的重物，随时都有可能崩断。

宋栀栀的长睫轻颤，双唇颤抖着，握上了他冰凉的手腕。

"我在你神识空间里看到的东西，你还想知道吗？"宋栀栀问。

江影松开了她的脖颈，将手收了回来，揉了揉手腕，冷冷地对宋栀栀说道："不想。"

宋栀栀半坐起身子，抚摸着脖颈处自己挣扎出的红痕，盘着腿，垂着头，可怜巴巴的样子。

江影如此冷漠地对她，她竟觉得没有那么郁郁不乐了。她转过身去，没有再看他，只将手机掏出来，准备看看能不能找到她与他有关系的答案。

真奇怪，她不是作者嘛，怎么会跟一个书中人扯上了关系？

而且，为何偏偏是他，而不是别的什么人？

宋栀栀闭上眼，开始思考她写这本小说的初衷是什么……

想了半天，没想出来。

宋栀栀想起此界擅长写话本的两位老先生，玄阴子与烈阳子，上次与玄阴子对话，她如醍醐灌顶，而因为知道了解决问题的办法，她就没有再去拜访烈阳子。

现在她又有疑问了，或许等到回了无相宗之后再去拜访烈阳子解答一下疑惑也可以。

宋栀栀如此盘算着，却还是有些落寞。她垂着头，头发散开，婆娑花无精打采地立在她的头顶。

她低头在手机上打字："宋栀栀与江影的关系……"

手机上很快出现文字："宋栀栀与江影同中了锁灵咒，他的性命分享给她，双方的负面感受互换。"

宋栀栀看着手机里出现的这串文字，眨了眨眼，心仿佛空了一块。

果然，她与江影的关系，仅仅只是被锁灵咒绑定的关系而已。

就在她还想打字，消耗神识力量看看有没有什么发现的时候，却感觉到了身后有一股熟悉的寒冷气息靠近。

江影原本是背对着她的，两个人背对着背，似乎没有交流。

但过了许久之后，他还是转过身来，看着宋栀栀的背影——她微垂着头，连头顶那株婆娑花都无力地垂下了脑袋，一副闷闷不乐的样子。

从她的背后望去，她孤零零地对着墙，仿佛受了伤。

她也确实受了伤，被她挣扎出来的。

江影其实没感觉到多疼，本没打算替她疗伤，但身子动得比他的思想还要快。

他倾身而上，将宋栀栀的肩膀扳了过来。她轻轻叫了一声，猝不及防落入他怀中，仰头看着他。

"怎么……"宋栀栀手里的手机滑落。

江影低下头，纤密的长睫划过她的耳侧，带起一阵战栗。

他的头埋在她的颈侧，嘴唇吻上了她的脖颈，每一次落下的轻吻中都涌动着大量的法力，他如此大费周章，只是为了治好她脖颈上不多时便会自愈的红痕。

宋栀栀扬起头，修长的脖颈拉出一条暧昧惑人的弧线，她的身子软了下来。

她伸出手，手指从江影的指尖划过他的手背，而后掠过他手臂上苍白的肌肤，一路带起一串涟漪，白皙的指尖下，那深刻入髓的封魔咒文隐隐闪现，连接成线，仿佛游过静水的船带起的余波。

宋栀栀的手一用力，紧紧揽住了他的肩膀。

她埋首在他的胸前，说话的声音又细又小，温暖的气息吹拂着发丝。

"我不知道……"宋栀栀小声说道。

她只写下了江影被灵祇神教刻下封魔咒文的剧情，却不知道他的咒文内容竟都是她的名字。

江影冰凉的手掌紧紧贴在她的脊背上，指腹顺着她的脊骨一路往下，直至尽头，仿佛为了表示生气，他轻轻地拍了一下。

宋栀栀马上直起身子，身体紧贴着他的胸膛。她咬了他的肩膀一口，小声说了句：“不要打。”

江影又拍了一下，宋栀栀捶了一下他的背。

“我的神识空间里，有什么？”江影启唇问她。低沉的声音从她头顶飘过。

宋栀栀的手指在他背上画了几个圈圈，问道：“你要不要自己去看看？”

江影抱着她，低低地应了一声：“好。”

宋栀栀伏低在他的肩头，转瞬间已经闭上了双眼，她的意识一轻，被他领进了他的神识空间之中。

她不知道的是，神识空间对于修士来说是极其私密的存在，若非性命攸关之事，一般都不能进入他人的神识空间。

宋栀栀感觉到自己的脚落到了实处，睁开眼发现还是一片黑暗，原先枯木大师留下的一点神念早已消失。

在这一片漆黑的神识空间之中，她依旧躺在江影怀里，保持着方才的姿势。

宋栀栀伸出一只手，向后探去，摸索到了一个物体，却无法通过触觉得知这是什么。

果然只有在有光源的情况下，才能够将神识空间里的东西照出形状来。意识当真是一种非常奇妙的存在。

宋栀栀将某一朵疑似栀子花的东西扯了过来，放到江影的面前，对他轻声说道：“是栀子花。”

江影一只手揽着她的双膝，一只手轻轻碰了碰那物体，入手是一片柔软的混沌，他什么也看不见，随便“嗯”了一声，就当相信了她的话。

宋栀栀信口胡诌：“你闻到了吗？是栀子花的香味。”

江影低头，嗅了嗅她颈间的芬芳，这次笃定地应了一声：“是，很香。”

宋栀栀很开心，揽着他的脖子，在他的脖颈间使劲蹭了蹭。

由于她蹭的力度太实在，所以她的发髻散乱，银簪落地，发出“叮当”的声响，化为一片虚无。

宋栀栀脑袋上的那朵婆娑花从脑袋里探出头来，落在江影的唇边，几乎是下意识地，他伸舌，轻轻舔了一下那花瓣。

这洁白的婆娑花花瓣完全没了平日里见到鲜血时的嚣张模样，马上缩了回去，花瓣合拢。

在黑暗中，宋栀栀甜腻腻的声音传来，她轻声说道：“你再碰一下。”

江影想，这婆娑花已经害羞地合拢成了一个花苞，他还怎么碰？

忽地，宋栀栀惊呼一声，一阵天旋地转，她跌落在两个人脚下的栀子花丛中。

当然，没有光源的映照，这些花儿们只是一片柔软的混沌状态，如水波般悠悠荡开。

宋栀栀的脊背贴着这一片栀子花，感受这温柔的触感，她猛然意识到了一件事。

她现在是在江影的神识空间里，而这整个空间里无处不在的所有东西，是栀子花或是别的什么，也是江影。

而江影这个人，则两手撑在了她的耳侧，发丝垂落在她的脸颊上，很痒。

他冰凉的嘴唇贴在她的耳侧，轻轻吻了一下，而后寻到她的唇。她下意识地揪紧了一朵栀子花所幻化而成的混沌，闭上了双眼。

许久之后，江影的神识空间骤然亮起，连接成片的栀子花莹莹盛放着。

宋栀栀的灵魂轻飘飘地荡起，离开了江影的神识空间。

再睁眼时，她已经落于实体。她抬眸，沾染了湿意的长睫掀起，看了江影一眼。

宋栀栀靠在江影怀里，沉沉地睡了过去。

待她再醒过来的时候，已是第二日。是江影冰凉的手捏着她的耳朵将她吵醒的，他低头端详着她的脸颊，吐息冰凉。

宋栀栀从床榻上爬起来，问江影吃什么。

她在洗漱时将温度适宜的水泼到自己的脸上，江影的声音在她的身后响起。

“栀子花，我看到了。”江影抬起下颌，对她说道。

“在亮起来的那一瞬间。”他补了一句。

宋栀栀说道：“就是栀子花呀，我又不会骗你。”

江影望着她的背影，思考了很久，并没有说话。

他一直以为他的神识空间里是一片无边无际的黑暗与混沌，从未想过，他的神识空间竟然是那般模样，鲜花繁盛，春意盎然，即便只有一瞬天光，也明媚非常。

“心。”江影说了极其简短的一个字。

“千灯寺里没有，便回无相宗吧。”宋栀栀来到桌前，将一勺清粥送入口中，道，“我也不知道该去哪里找心。”

江影抬手，拍了一下她的脑袋。

“上次我们去拜访了玄阴子。”宋栀栀托腮说道，“玄阴子的话让我大受启发，而且他说的故事也很好玩。”

“不是还有一个烈阳子先生写话本也很厉害吗？”宋栀栀轻轻扯了一下江影的袖子，摇了摇，道，“我想去见见烈阳子，或许能得到启发，找到一些寻心的线索也说不定。”

“嗯。”江影敛眸，低低地应了一声。

待吃完早饭，准备出发之时，江影抬手，冰凉的手指攀上了她的下颌，将她的脑袋扳正了。

宋栀栀有些慌乱，长睫无措地眨动，轻声说：“你……你做什么？”

她的吐息轻柔温暖，江影只将她鬓边发丝挑起，轻轻揉了揉。

“浇花。”他简短地回了一句。

宋栀栀这才想起来这日还没有以鲜血浇灌婆娑花，这是每日必做的事，于是她乖乖地低下头，发间探出的婆娑花上下摇动。

江影掌心下暗芒一闪而过，宋栀栀马上感觉到指尖有些刺痛，而后他抬手，三滴隐隐带着暗金色的鲜血滴落在婆娑花上。

若是有心观察，便会发现他血液上的暗金色已经褪去很多，说明他血脉里神血的浓度正在慢慢降低。但他的修为还是与日俱增，没有任何倒退，所以他的修为与这神血没有任何关系。

属于神血的力量正通过婆娑花，一天天地慢慢回到宋栀栀的身体里。

两个人辞别枯木大师，离开了千灯寺。

离开的时候，江影还是将素灵大师的那颗心带上了，它被盛放在金匣子中，依旧亮着纯白的光芒。

但宋栀栀敏锐地发现这颗心比昨日要小了一点。

她捧着手中的金匣子，有些惊讶亦觉得有些可惜地道：“怎么会这样？”

“没有主人的心，便是如此。”江影的声音依旧冷漠无情，“之前它被封在金丹之中，没有接触外界，便可以长久存放。若取出，如果没有人的身体融合，不多时便会自己消散。”

宋栀栀原本想的是将这颗心存起来，万一以后还能给别人用，但江影说出的事实让她的这个念头破灭。

“多好的心。”宋栀栀将金色的小匣子盖上，小声说道。

江影抿了抿唇，嘴唇抿成一道无情的弧线，他道：“我的心比他的好。”

为了防止让宋栀栀误会，江影又补了一句：“枯木说的。”

虽然这是一句似乎是因为吃醋而说出的话，但宋栀栀抬眸看着江影，一言不发，在内心感到甜蜜的时候，更多地感受到了酸涩。

可是他的心没有了，是她亲笔写下的设定。

宋栀栀低下头，掩下眸中落寞光芒，她拍了一下他的手背，道：“出发。”

马上，熟悉的天旋地转感传来，宋栀栀跌入江影的怀中，千灯寺离无相宗有些远，所以这传送法术也要持续一段时间。

宋栀栀也不知道自己晕了多久，等她回过神来，脚踏实地的时候，已经回到了青崖峰。

她与江影一道回到了共同居住的小院之中，本以为能停下来歇会儿，但他回到无相宗一事，很快被无相宗的几位长老感知到。

韩潜的肉虫子很快赶来，在院子里一拱一拱的，他的声音从肉虫子身上传来。

“江道友，可是有心了？”韩潜在潜渊谷的主殿中喜滋滋地抚着他的胡须，平日不苟言笑的面庞都带上了笑容。

他从来没有想过江影无法与心融合的这个可能性，毕竟素灵大师的那颗心如此纯净，这是不争的事实。

江影负手而立，脊背挺得笔直，他望着院子里的小肉虫，平静地说道：“没有。”

韩潜大惊，笑容凝固在脸上，诧异道：“江道友，为何……”

“千灯寺自会与你们说明。”江影不欲与他们在这个话题上过多探讨，只冷冷地丢下这一句话，便将肉虫子赶了出去。

很快千灯寺将此事告知了无相宗，并且将原因也一并说出。

听闻这个消息，宁玺与青君皆是一惊，面上一同露出了惊讶又遗憾的表情。

“连素灵大师的心也配不上江道友？”青君握紧了手中的桃花折剑，深深地叹了口气，“也罢……也罢，我们再替他去寻吧，我们无相宗欠他的这个人情，可算大了……”

“唉。”宁玺亦是长叹一声，只命人再继续动用所有关系寻找线索。

但要找到一颗比素灵大师的心还要更加纯净的心，谈何容易？此事因此陷入了僵局。

倒是宋栀栀那边，终于又等到了每月一度玄阴子与烈阳子的发稿日，她可以去拜访烈阳子先生解答心中疑惑。

拜她上次一不小心放出的那只风荧蝶所赐，她与江影的关系公之于众，他陪她一起去双子峰的时候，可以不用变成球球，而是光明正大陪她一起去。

宋栀栀推开门，对站在院子里的江影撒了个娇：“江江，我想坐浮舟去双子峰，你给我开。”

江影望着她，侧开了身子，让她看到停放在院子里的一个物件，只见一辆造型优美的浮舟悬停于院中池塘上。

“我买了辆新的。”江影早就猜出宋栀栀要坐这个，骑上浮舟唤她过来，冷声问道，“要坐前面还是后面？”

宋栀栀走上前去，理直气壮地说道：“我要坐前面。”

说罢，宋栀栀侧着身坐到了江影的面前，仿佛被他抱在怀里一般。

宋栀栀侧着身，两脚跷了起来，一只手揽着江影的窄腰，道：“走吧。”

此时，浮舟周围气流涌动，江影驾驶着浮舟，飞上空中。

浮舟飞行的速度极快，宋栀栀的裙摆在风中荡开，很好看。

前方是一座高山，浮舟忽地转换速度，宋栀栀害怕自己被甩飞出去，下意识地揽紧江影的腰，歪过头，将脑袋埋在他的胸膛间。

江影低下头，看着宋栀栀毛茸茸的脑袋，将速度又加快了几分，她慌得抱着他腰的双臂又紧了点儿。

一路风驰电掣，很快便到了玄阴子与烈阳子所居的双子峰前。

宋栀栀感到又刺激又害怕，从浮舟上跳了下来，将自己被风拂乱的发丝理顺。

她气喘吁吁，扯了一下江影的袖子交代道：“下次可以慢点。”

江影冷冰冰地应了一声：“嗯。”

他们落地的地方是烈阳子的洞府前，格局与玄阴子的没有太大区别，都是藤蔓掩映的一个山洞。

宋栀栀记起自己不仅要拜访烈阳子，还要顺便将他写的手稿一并带走。

也不知道烈阳子是一个怎样脾气的老先生，宋栀栀有些忐忑。

她抬头问道：“你要一起进去吗？”

江影点了点头，道：“好。”

两个人并肩走进了山洞里，烈阳子所居住的山洞同样极其整洁，山壁两侧悬挂着照明用的灯盏，将洞内照得亮如白昼。

宋栀栀一路走到尽头，看到烈阳子房间的入口处同样有一个石门，其上雕刻着花纹玄奥复杂的纹饰，与玄阴子石门上的花纹并不一样，但都是同一种风格与笔触。

熟悉的感觉再次涌上心头，宋栀栀确信自己在哪里见过石门上的纹饰，只是一时半会儿想不起来。

“烈阳子先生……”宋栀栀在门外唤了一声，“您在吗？”

第十章 神的模样

“我在里面。”烈阳子的声音和蔼可亲，仿佛一位可靠的长者。

宋栀栀踮起脚问：“我可以直接进去吗？”

“你一人进来便可。”烈阳子的声音在门内响起。

宋栀栀转过身去，对江影交代了一句道：“江江，那我现在进去了。”

抬起头的时候，宋栀栀发现江影的表情有些严肃，他盯着烈阳子石门上的纹饰，红眸中闪过异样的光。

“这纹饰怎么了？”宋栀栀疑惑问道。

“我再看看，你先进去。”江影垂眸看了宋栀栀一眼，冰凉的手掌放在她的肩膀上。

宋栀栀感到有些疑惑，但还是提着裙子推开了门。

烈阳子房间内的陈设与玄阴子的别无二致，他一个人坐在房间中央的书桌前，正在埋头奋笔疾书，黑发黑须，看起来比玄阴子要年轻些，但也有长者的风范。

宋栀栀总算是明白了袁一溪说的玄阴子脾气比烈阳子差些是什么意思，进玄阴子的房间还要与他唠嗑半天，但烈阳子直接便让她进来了。

“小姑娘，再等等，等我把这个月的话本写完。”烈阳子手中的毛笔动得飞快，似乎正在赶稿。

宋栀栀非常理解，只乖巧地坐在椅子上，随手将桌上糕点拿了两块尝尝鲜，并且在心中思考待会儿要问烈阳子什么问题。

她现在最疑惑的是，为何江影的封魔咒文与她有关？还有他的神识空间里为什么会开满了栀子花？

宋栀栀觉得自己就是一个作者，也写了一两本书了，为什么偏偏会与江影扯上了关系？

宋栀栀如此想着，便看到烈阳子将桌上的书页给收拾好了，并且将之叠成一沓，放在桌边。

“袁长老已对我说过，你要过来是为了讨教一些写作方面的问题。”烈阳子对宋栀栀露出了和蔼可亲的微笑，然后问道，“小姑娘，你有什么疑惑呢？”

宋栀栀想了想，将两手乖巧地放在双膝上，问道：“烈阳子老先生，为什么有的时候我会觉得书中的人活了过来呢？但是我之前也尝试写过一两本话本，却并没有这样的感觉。”

烈阳子闻言，有些惊讶，思考了片刻便说道：“不知上次玄阴子那个老头与你说了什么，但是我笔下的作品，是要追逐某一个目标，表达某一个观点——为此才有了我写的话本。”

“但是写作不易，并不是每一部作品都能够真正拥有生命，我只能写啊写啊，直到某一本能够与我心中所想的世界连接上，仿佛是一种奇妙的邂逅。”烈阳子笑眯眯地看着宋栀栀，“小姑娘，因为你之前写的东西，或许只是一种尝试，还无法完全与你心中的世界连接上，只有你感觉活过来的那一本，连接上了。”

宋栀栀瞪大了眼，有些惊讶，似乎有些理解了烈阳子的意思。

确实，她在写这本书的时候，脑海中的灵感与设定是一个接着一个，自己争先恐后就冒了出来。

这种感觉就……确实好像是，正巧与某一个世界连接上的奇妙体验。

“小姑娘，你写了那么多本，应当有自己想要表达的东西吧？”烈阳子将手中毛笔放下，对宋栀栀微笑道，“作品总是会或多或少地映射出作者的内心世界。”

宋栀栀呆呆地点了点头：“我……我有，我每本书里，都有一个反派与一个正义的主人公。”

烈阳子闻言，抚摸着胡须笑了：“为何会有一个反派？”

这个问题，宋栀栀倒是能回答上。她抬手抚摸了一下自己眉间的朱砂痣，对烈阳子说道：“这是一个伤疤。”

“看出来了。”烈阳子对宋栀栀点了点头。

“它应当是在一场战争中留下的。”宋栀栀说，“我醒过来的时候，身边照顾我的护——医修对我说，我是某场战争中唯一幸存下来的人，为了让我不要想起战争里的痛苦回忆，他们给我打了一针……不是，是给我施展了失忆法术之类的东西。”

宋栀栀勉强组织语言，将自己身上发生的事情告诉烈阳子。

“我不知道我从哪里来，我的父母亲朋是谁，但是我想，忘记了一定比记得更好，这样不会每每回忆起来都感到悲伤痛苦，对吗？”宋栀栀定睛望着烈阳子说道。

“是如此。”烈阳子听见宋栀栀讲述她的经历，只沉声叹了口气，道，“你失去的记忆中，一定有一位伤害你极深的人物，如此你才会在每一本书中都设置了一个罪大恶极的反派。”

宋栀栀有些茫然。她想，如果那个人就是江影……那也不可能呀，毕竟她的名字可是出现在了江影身上的封魔咒文中。

就算她曾经与江影有渊源，那么那个伤害她极深的人，也不可能会是江影。

“我不明白。”宋栀栀摇了摇头说道，“烈阳子先生，您的意思是？”

“我的意思是，你书中的反派，很有可能就是你曾经的仇人。”烈阳子看着宋栀栀说道。

“不可能。”宋栀栀一下站了起来，道，“我不认同这个观点。”

“那么你对这个人物的塑造，是出于什么原因呢？”烈阳子将桌上手稿递给宋栀栀，还是微笑着望着她。

“我……”宋栀栀深吸了一口气，跌坐在椅子中，还是努力回想她在医院醒来之前的记忆。

其实，宋栀栀不知道的是，神血已经半数回到了她的身体之中，她也并非原来那个写书都要看系统设定眼色的小傻瓜了，医院里注射的用来封存某些记忆的药物逐渐失去了效果，她似乎可以想起来一些事情了。

宋栀栀闭上了眼睛，脑海中浮现许多支离破碎的画面与朦胧的声音。

“天哪，小姑娘真是可怜，这全身的血都要被抽干了。”

“还能救活！再努力一下！怎么就她一个人活下来了？方才船上不是还有一个人？”

宋栀栀想，这是她被救到医院之后的事，她再往深处思考。

那是在一艘小舟上，他们的脚下是星河，而一张温热的唇贴上了她的脖颈，而后那刀锋划开肌肤，那双唇贴在伤处，狠狠吮吸着。

他在抽离她的血液……

宋栀栀想起了自己在挣扎，想要从那人的手中逃出，却被他死死地按在了船上。

她在奋力挣扎着，却一日比一日虚弱，她全身的血液快要被他夺走。

这是一段痛苦的旅途，直至时间来到最后一日，宋栀栀忽然感受到了胸口处传来的剧痛。她抚上自己的胸口，却没有伤口，她的意识模糊，只感觉到了自己唇边的温热触感。

而后，她听到了猛的一声巨响，像是什么东西彻底碎裂的声音，有人从她身边跌落，她下意识地喊了一声“不要”。

再醒来时，她躺在医院的病床上，床前的电子投影在播放几个世纪前的老电影，床边的温柔护士抚上了她的额头。

“小姑娘，你醒啦，你原来所处的世界已经崩塌灭亡了，很幸运，你是唯一活下来的人。”护士微笑着对她说……

宋栀栀猛地睁开眼睛。她几乎想起来了，在医院注射失忆药水之前的事。但是很奇怪，她记忆的终点还是只停留在那星河的小舟上，再往前回忆，是一片空白，她永远不可能想起来了。

“怎么样，你想起了些什么？”烈阳子看着宋栀栀睁开了双眼，直接问道。

“是有这么一个人……”宋栀栀咬了咬唇，小声说道。

“对。”烈阳子盯着宋栀栀的眼眸，似乎在蛊惑她，“你写出这些作品的目的，就是想要将你心中的反派杀死，用以告慰你曾经被伤害的过去。”

“不对……不对！”宋栀栀提高了声音对烈阳子说，“不是这样的！”

她直接将烈阳子的手稿胡乱抱了起来，瞪着烈阳子说道：“我写出这些话本，不是为了报复。”

宋栀栀小说里的两个关键人物，一个是“反派”，一个是“主人公”，烈阳子从头至尾只围绕反派来诱导宋栀栀，而对花费笔墨更多的主人公视而不见。

她哪里是为了报复，从始至终，她都是……想要拯救一个人的性命。

宋栀栀又想起了她方才回忆起的事情。

医院里的护士将她唤醒之后，只将针剂连接上手中仪器，对她说道：

“小姑娘，这场足以让一个世界崩毁的战争太过残酷，我们担心你承受不住，所以会为你注射药剂让你忘记之前的事，然后给你安排一个正常人的身份，让你更快融入社会，你觉得可以吗？”

宋栀栀干燥又苍白的唇微微动了动，道：“可以。”

但是她放在病床边的手轻轻扯了一下护士的袖子。

“如果真的有不想忘记的事情，可以跟我说。”护士看着这小姑娘，觉得有些心疼，便说，“但是只准说一件哦。”

宋栀栀想了想，对护士说道：“我想救他。”

“嗯？救谁，你曾经的亲朋吗？人死不能复生，还是不要太过挂怀。”护士劝她。

“没事，就这四个字，我会知道他是谁。”宋栀栀闭上了眼睛。

针剂注射进她的血管，她的意识模糊，隐约有护士的声音响起。

“您叫什么名字？”

“栀栀。”

“没有姓吗？你原来世界的风俗真奇怪。”

“忘了……或许没有。”

“那么系统随便为您录入一个了，姓宋可以吗？”

“好。”

宋栀栀眨了眨眼，从那段回忆中醒过来，往前走了两步。

“灵祇让你对我说这些话？”宋栀栀略抬起下颌，居高临下地看着烈阳子说道。

“哈……”烈阳子盘腿坐在书案前，没有回答宋栀栀的话，只是那苍老的眸中露出些许慌乱，昭示了她说中了真相。

“若我先见的是你，或许就已相信了你说的话。”宋栀栀将怀里抱着的书页一扬，那些烈阳子写好的手稿被扔了出去。

写满字的书页纷纷扬扬落下，宋栀栀对着越发慌乱的烈阳子启唇轻蔑一笑，道：“玄阴子与烈阳子，分住于双子峰上，从未打过照面？”

“这是我的书，这是我的世界，我不需要另一个人与我合著。”宋栀栀丢下这么一句话，转身推门走出。

此时的江影站在门外，看着石门上的纹饰，终于想起来这是什么了。

这是那锁灵咒留下的图腾，被一分为二，一半被刻在玄阴子的石门上，另一半被刻在烈阳子的石门上，这花纹复杂，又被分成两半，不仔细想根本不会有人发现。

锁灵咒的图腾还出现在赤霞山过，按照宋栀栀所看手机里的原文描述，这个图腾实际上叫作“灵祇泪”，左右与灵祇脱不了干系。

江影正在思考，宋栀栀已经横冲直撞地从石门里跑了出来，他看见石门后的空间里，散落的书页纷纷扬扬，宛如下雪一般，而黑衣黑发的烈阳子站在散落的书页中央，幽幽地看着他。

石门闭合，发出“砰”的一声，宋栀栀一头撞进江影的怀里。

她跳了起来，两手揽着江影的脖子说道：“江江，我们走吧，这个糟老头子净说胡话。”

江影顺手将她抱了起来，动作熟练，他扭过头去，问她：“他说了什么？”

宋栀栀不知该如何将这事与江影说，于是她摇了摇头，在他的脸颊侧边亲了一口，道：“也没说什么。”

“嗯。”江影冷声应道，将宋栀栀的身子往上托举了些。

宋栀栀望着他的侧脸，那双温暖的手攀上他的脸颊，她又唤了一声：“江江。”

“在。”江影又应她。

他觉得这日的宋栀栀很奇怪，比平日还要黏人些。

宋栀栀一连唤了他好几声，听到他实实在在的回答之后，才放下了心。

幸好，他还真真切切地在她的眼前，虽然她现在还不知道背后的真相，但是直觉告诉她，他就是她想救的那个人。

宋栀栀决定回去的时候坐在浮舟的后面，因为这样就可以两只手抱着江影。

浮舟飞快地飞上空中，宋栀栀两只手臂紧紧圈着江影的腰。

她的脸颊贴在他的脊背上，在风中小声问道：“江江，你方才一直盯着石门上的纹饰，可是有什么发现？”

宋栀栀已经察觉到烈阳子说出的话可能与灵祇授意有关，所以那石门上的图腾便格外惹人在意。

“没有发现。”在飒飒的风中，江影冷冰冰的声音传来。

其实他是有发现的……

江影暗自思忖道，两扇石门上的纹饰合起来便是锁灵咒的图腾，这或许是解开锁灵咒的重要线索，但是他打算将这个线索忘了。

因为……他无法骗自己，现在的他就是不想与宋栀栀解开锁灵咒，所以他干脆把这个信息瞒了下来。

宋栀栀的脸颊在他的背上蹭了蹭，小声应了一句：“我知道啦。”

她与江影一道回了青崖峰，趁他没注意，偷偷把手机掏了出来。

球球手舞足蹈地大声叫了好几下，试图引起江影的注意，但是它的嘴巴马上被宋栀栀捏住了。

宋栀栀一只手捏着球球的嘴巴，不让它出声，一只手拿着手机看方才发生的剧情——

江影发现玄阴子与烈阳子门上的纹饰合起来，就是锁灵咒的图腾，但是当宋栀栀问起时，他却没有告诉宋栀栀这件事。

因为现在的他，不想与她解开锁灵咒，所以他暂时将这条线索瞒了下来。

宋栀栀看着手机上的这串文字，撇了撇嘴，小声唤了句“坏东西”。

虽然她这句话只是说给自己听的，而且声音很小，但江影的回应还是马上传来。

“在。”正在修炼的他睁开了红眸，望着宋栀栀说道。

宋栀栀飞扑过去，将他按倒在床榻上，肩头的长发垂落在他的胸膛上方。

“你不是坏东西。”宋栀栀这句话似乎也是在对自己说。

虽然在她的回忆中，星河小舟上的那个人，在他人的描述中似乎要将她的血给抽干了，并且看起来很坏的样子，给她留下了非常不好的回忆。

但是……宋栀栀相信自己的判断，要救他，一定要救他。

江影定睛望着她，红眸中倒映出她漂亮的脸颊，他的长睫微微眨动。

“嗯。”江影安静地应了一声。

就在两个人谈话间，房间里告知有客来访的阵法亮起，宋栀栀立刻直起了身子，从床榻上跳了下去。

阵法显示，竟然是青君与宁玺一道来到了青崖峰，他们面色焦急，似乎有事相求。

宋栀栀看到他们这表情，就知道事情肯定有哪里不太对。

江影从容起身，将宋栀栀按了回去，道：“我出去看看，你先休息。”

宋栀栀想，在这里通过手机围观剧情也更舒服，于是她乖乖地点了点头。

江影一路走到青崖峰外围，此时宁玺与青君已经在此等候了许久。

“江道友！”宁玺见江影来了，远远地便唤了他一声，顺带行了一礼。

“何事？”江影还要等无相宗帮他查探与心有关的消息，于是便主动开口询问，只是语气依旧冷漠。

“那黑血妖魔……”青君握紧了手中的桃花折剑，走上前来，眉头紧锁，神色担忧，“又出现了。”

江影抿唇，红眸依旧平静，此事在他的意料之内，那黑血妖魔只是暂时偃旗息鼓，没能找出产生它的源头来，加以铲除，恐怕日后还会出现。

“何处？”江影启唇问道，声音冰冷。

“在玄魄山脉以西……”青君的声音有些颤抖。灵祇圣城附近，有人又看到了黑血妖魔出没。

灵祇圣城已经崩塌，下沉为墟渊，那里已经是一片死寂，所以宋栀栀在制作地图标记的时候，没有排查墟渊中是否有黑血妖魔存在。

“墟渊？”江影直接启唇问道。

“是。”青君轻叹一口气，道，“那地方可怕，还无人敢接近，所以也没有人因黑血妖魔伤亡，只是那里的黑血妖魔还需要解决，不然若是跑了出来……”

“好。”江影凉凉地应了一声，明白了宁玺与青君的意思，他说道，“等这几日将黑血妖魔的位置标记出来，我便出发。”

他既然答应了无相宗会剿灭黑血妖魔，那么他会保证这世上的黑血妖魔一个不留。

“好，江道友，我能与你一同前去吗？”青君问，因为他有一个猜测需要去证实。

当年初代教首在墟渊的尽头见到了灵祇，那么现在呢？现在的他去往墟渊的最深处，能看到什么？

“可。”江影言简意赅，答应了青君的请求。

将此事应下之后，他又往他与宋栀栀所居的小院中走去，准备与她商议此事。

而此时的宋栀栀正趴在书桌上，看着手机里发生的剧情。

当她看到青君说出灵祇圣城崩塌后形成的墟渊里或许还有黑血妖魔的存在时，她的手在手机屏幕上方停顿了一下。

宋栀栀没由来地感到一阵恐慌，烈阳子试图蛊惑她失败，灵祇不可能就此罢休，那么下一步的计划是什么？

但是，也不能放任黑血妖魔肆虐，所以宋栀栀在手机里输入了剧情："墟渊里的黑血妖魔聚集在……"

宋栀栀打字的手有些颤抖，马上，手机里就出现了她想要的信息。

那些黑血妖魔聚集在江影花费了大力气却也没能毁去的神像里。

宋栀栀闭上眼，想到自己在墟渊里看到的那神像，它的面容尽毁，仅剩一具骷髅，但即便是如此，它的形象也依旧是慈悲圣洁的。

思及此，宋栀栀的脑海中忽然升起了一个念头，令她自己都觉得有些好笑，这神明的形象只是人们凭空想象出来的。

慈悲博爱？神明与这种词语根本搭不上边，这只是他们想象出的神明模样，神明不需要人类的信仰，而它又有什么义务要实现他们的愿望？若有夙愿，与其寄望于虚无缥缈的神明，倒不如依靠自己双手努力。

宋栀栀将墟渊的地图给绘制出来，在灵祇神像的位置用朱笔画了圈圈，标注了黑血妖魔的位置与数量。

她将手中的这份地图慢悠悠地折叠好，动作小心翼翼，球球趴在书桌上看着她的手指上下翻飞。

宋栀栀觉得这神像有问题，但是她不得不让江影前去，因为黑血妖魔必须要剿灭，不能让这嗜血的妖魔逃出去。

她明知这是灵祇的圈套，却不得不赴，因为她有心。她曾经目睹那黑血妖魔是如何屠戮人类，而江影之外的修士在它面前毫无还手之力，她不想看到这景象再重演。

所以待江影回来的时候，宋栀栀已经将标注好的墟渊地图递到他的面前。

"在神像里。"宋栀栀抬眸看着江影说道。

江影见她神色异常，觉得有些奇怪，只抬手将那地图接了过来，问道："怎么了？"

宋栀栀将捏着地图的手指松开，轻轻摇了摇头，道："没有怎么。"

她担心他，想了想，说道："江江，我能与你一道去吗？"

江影想了想，答应了宋栀栀的要求，墟渊里只有一处有黑血妖魔，他入内斩杀，很快便能出来。

于是他点了点头。

宋栀栀见他答应了，很开心，想着那日要是出现了什么意外，她也能及时反应过来。

几日后他们准备出发，来到青崖峰外侧的时候，宋栀栀看到了青君，有些惊讶。

“他也一起去吗？”宋栀栀小声对江影说道。

“他要去墟渊深处一探。”江影抬眸瞥了青君一眼，目光冰冷。

宋栀栀看着青君手中桃花折剑上盛放的鲜嫩桃花，有些惊讶道：“墟渊的深处真的有神明吗？我以为那只是传说。”

青君似乎听到了宋栀栀说的话，扭过头来望着她笑道：“当然不是传说，只是那墟渊的尽头，不是谁都可以靠近的，我只是去试试看，或许能找到黑血妖魔出现的原因也说不定。”

宋栀栀点了点头，跟上江影准备出发。

“走吧。”江影挽住她的手，脚下传送阵法的光芒盛放。

宋栀栀扑进他的怀中，感觉自己又被丢到了滚筒洗衣机里，哗啦哗啦转了不知道有多久。

等她晕乎乎地落在地面上时，已经来到了墟渊之外，他们面前的不远处，是一个黑暗的深渊，隐隐有振动狭长双翅的幽蓝色风荧蝶从其中慢悠悠地飞了上来。

“你们知道墟渊是什么吗？”青君看着这深不见底的深渊，握紧了手中的桃花折剑，笑着问道。

宋栀栀有些疑惑道：“这不是因为杀戮过重导致大地崩毁而形成的吗？”

“或许后来的是，但灵祇圣城底下的这一处不是。”青君望着宋栀栀，定睛望着她天真的眼眸笑了，道，“传说中神明就藏在墟渊的最深处，灵祇神教初代教首在得以一窥神明之后，便在墟渊上方建立了灵祇圣城。”

宋栀栀一惊，心想这初代教首的野心当真是极大的，这个行为是什么目的，昭然若揭。

“江道友将灵祇神教剿灭，这掩盖了墟渊的灵祇圣城崩塌消失，自然露出了被埋藏在下面的墟渊。”青君朝宋栀栀眨了眨眼，道，“怎么样？我曾亲眼见过的事实，比一些传闻来得更加奇妙些，对吧？”

宋栀栀只觉得自己的脑袋有些乱。她在写下这本小说的时候，只记得灵祇圣城与墟渊在同一处地方，所以她理所当然地写出圣城塌陷后形成了墟渊。

或许，她只是还保留了原来世界的某一些记忆，在写书的时候勉强将这些记忆的碎片拼合上，但与事实难免会有偏差。

“我要去墟渊的尽头看看，或许我会死在那里。”青君对江影与宋栀栀说道，“当年初代教首去往墟渊的尽头，来回用了七日时光，若七日后我还未归来，我便是死在了里面。”

宋栀栀有些惊讶，脱口而出：“为何一定要去？”

“黑血妖魔会源源不断地产生，总归是有理由的，世界的伤痕久久不能完全弥合，那么这妖魔便不会消失。”青君叹道，“这是三千多年前留下的旧账，我也不好意思麻烦江道友帮忙解决，还是我一人前去探明真相为妙。”

宋栀栀见他的理由充分，点了点头，道了声“好”。

青君那俊逸潇洒的身形率先飞入空中，朗声道：“我先下去了。”

而后那桃花折剑载着他，在黑暗的深渊上方划出一道流光，宛如流星一般往深处坠落。

宋栀栀望着青君的背影，总觉得他有些赴死的意味。他会在墟渊的最深处见到谁呢？灵祇吗？或者是别的什么人？

江影凉凉的声音将她扯回了现实：“他离开了，你要看这么久？”

宋栀栀不好意思地挠挠头说道：“我好奇下面有什么。”

“改天我带你去看。”江影对她说道。

宋栀栀点了点头，道了声“好”。

江影站定于墟渊之上，将手中地图展开，目光落在宋栀栀标记处的神像上。

“它们在那里面？”江影侧过头去，望了宋栀栀一眼。

宋栀栀点了点头，但显得有些心虚。

她明白这黑血妖魔一直是那灵祇的武器，从最开始那玩意儿附身于温明泽身上，试图将此事出现原因嫁祸于江影，再到它们肆虐此界每一处地方，妄图把他的神血骗走……这黑血妖魔从始至终都在针对他。

“你要小心。”宋栀栀扑了上去，又抱了一下江影冰凉的身躯。

江影拍了拍她的肩膀，在她耳边轻声说了句：“好。”

说罢，他已经往前飞出，在半空中划出一道优美的弧线，而后往下飞去。

宋栀栀站在墟渊上方，没有下去，倒是一旁飞舞着的风荧蝶朝她靠了过来，围绕着她上下翻飞，似乎在逗着她，给她解闷。

她揪了一只小蝴蝶过来，盘腿坐在地上把玩，蹲在她肩膀上的球球倒是对这小蝴蝶很感兴趣，伸出爪子来将风荧蝶扑着。

宋栀栀拿出手机，开始偷偷看江影在底下看到了什么，她打字：“此时，江影已经来到了墟渊中埋藏的灵祇神像上方，他……”

江影看到了在朦胧的雾气中模糊的灵祇神像，很长一段时间不见，那神像还是岿然不动，保持原本的姿态，慈悲柔和，俯视众生。

江影并不在意这神像的姿态是怎样的。他抬手，宽大的袍袖将那神像前的雾气挥散开，原本仅有一个巨大轮廓的神像露出了它的面目。

江影只一味地往前飞着，准备直接入内将内里藏匿着的黑血妖魔斩杀殆尽，然后赶紧出去找宋栀栀。

他飞得越来越近了，此时，他抬起了头，望了那神像一眼。

就是这一眼，让他坚定往前飞着的步伐停了下来，那修长的黑色身影就这么生硬地悬停在墟渊之中。

这渺小的人类修士抬眸望着高约百丈的灵祇神像，眸中露出了震惊神色。

宋栀栀瞪大了眼，看着手机上出现了这段剧情，剧情到这里便戛然而止，似乎不想让她看到后面的内容。

江影遇到了什么，让他如此震惊？要知道宋栀栀可是第一次见到他在面对突发情况时有如此大的反应。

她想强行让手机写下之后的剧情，但这势必要消耗她的神识力量，如果她的神识力量消耗一空，很容易影响到还在墟渊里的江影，于是她没有坚持看剧情。

宋栀栀想了想，还是有些担忧，于是在储物锦囊里摸了摸，把传音球给掏了出来。

她把传音球拿到靠近嘴巴的位置，轻声唤道："江江，你看到什么了？"

江影第一次没有很快回答她。

宋栀栀慌了，有些手足无措，又唤了一声："江江，你怎么啦？"

那边依旧是一片寂静，无人应答。

宋栀栀看着前方一片漆黑的墟渊，声音已经带了一丝颤抖："江江，你还在吗？"

终于，江影那依旧冰冷的声音在她的脑海里响起。

他似乎是咬着牙在说话。他的周遭安静，面前的神像巨大，垂眸望向世间的眼眸依旧慈悲。他并未遇到什么危险。

"不在。"他对宋栀栀如是说道。

语毕，他那黑色绣金的宽大袍袖一挥，只听见"啪"的一声，是什么东西碎裂的声音。

宋栀栀低下头，呆呆地看着自己手中碎裂开的传音球，那金属的镂空外壳变成粉末，内里亮起的幽蓝色光芒逃了出去，扇动着狭长的双翅，里面竟然藏着一只风荧蝶。

而与此同时，原本一直乖巧围绕在宋栀栀身边的风荧蝶们也争先恐后地飞开，弃她而去。

宋栀栀猛然间意识到一件事，那就是……江影似乎在刚刚的某一瞬间，不想理她了。

她扭过头，看到自己身边的球球"吱吱吱"叫了好几声，歪着脑袋看着她，似乎也有些疑惑。

宋栀栀手足无措，在原地转了好几个圈圈，一只手已经抚上挂在她脖子上一直没有使用的传送符，犹豫着是不是要将它启动。

但就在她的手指抚上传送符的一刹那，传送符上隐隐亮起的幽蓝色光芒暗了下来，它失效了，江影单方面切断了与这传送符的联系。

宋栀栀站在墟渊上方，白色衣裙在风中飞扬，墨色的发丝散乱。

她想到了自己一直不愿意面对的一个事实。

那就是如果江影知道了这本书的作者就是她，而他曾经那悲惨的命运都是她一手写就，他会如何？

宋栀栀眨了眨眼，俯首望向脚下无尽的虚空。

而此时的江影，深吸了一口气，红眸深处宛如一片冻结了的湖，他望着眼前的神像。

原本被他亲手毁去，以冥昭一刀一刀削毁的神像，不知何时已经回来了。

这尊骷髅的脸颊已经变得丰润饱满，微垂着的眼眸极美，一颦一笑都动人心魄。她身着轻纱，裙摆垂落，身姿窈窕，嘴角微微翘起。

这张脸，江影是极熟悉的，因为他前不久还见过。

这神像的模样，与宋栀栀一模一样，只是眉心没有那点朱砂痣罢了。

江影仰头，深深地望着这灵祇神像，他极恨的便是这冥冥之中无处不在的神明，他的命运被它精心写就，一步一步走向必死之局。

不然他也不会以冥昭一刀一刀将这神像“骨肉”削下，只剩一具骷髅。

宋栀栀到底是谁？

这问题曾经一直萦绕在江影的脑海中，每一次问她，她都会搪塞过去。

她身上的经脉分明没有一处是通的，却拥有那般神奇的能力，与神迹没有区别。

早已有这样的迹象，但他一直在逃避，没有往深处思考。

但摆在眼前的事实告诉他，宋栀栀就是灵祇，不会有假。

江影看着周遭旋转飞舞着的风荧蝶，幽蓝色的光芒围绕在他的身侧，他第一次感到没有心是一件令人如此庆幸的事。

若他有心，此时的他一定感到心如刀绞。

与此同时，站在墟渊上方的宋栀栀忽然瞪大了双眼，往前踉跄了一步，猛然感觉到自己的心脏骤缩，极痛，仿佛在撕扯着她的五脏六腑。

这心的疼痛，比朔月蛊虫在江影四肢百骸里躁动时还要更加剧烈。

宋栀栀忍不住跪坐下来，蹲在她肩膀上的球球不知所措，伸出黑色雾气幻化而成的小爪子，按在她的脑门上，无比担忧地叫了好几声。

她死死地捂着自己的心口。自己心痛的时候是江影在痛，那么现在为什么她的心痛了起来，他没有心，她的心现在又为什么如此痛呢？

宋栀栀的掌心传来心脏的搏动声，“怦怦”地在她的掌心跃动，她闭上双眼，长睫微颤。

而此时的江影，目光正盯着灵祇神像中的某一处，它那双漂亮的眼眸里忽然涌出了黑色黏稠的鲜血，似乎是有黑血妖魔从中爬出。

他皱起眉头，飞身而上，手中冥昭无情地将那黑血妖魔给斩落。

刀锋擦着灵祇神像的脸颊而过，竟然小心翼翼地没有将那完美无瑕的脸颊划破。

江影侧过头去，没有与这灵祇神像对视，周身幽蓝色的法术光芒亮起，他直接进入了神像内部，将内里藏匿着的黑血妖魔一刀一刀斩灭。

他手中的冥昭机械地动着，仿佛在完成某种任务。他想，他这样做，不过是想要找到他的心。

但是现在做这种事，还有意义吗？

他……还要那颗心吗？

江影手中的冥昭脱手而出，将神像里最后一只黑血妖魔斩落，那黏稠的黑血落地。

他听到冥昭落地，发出了清脆的声音。

江影弯腰去拾，指尖却在颤抖。

他闭上红眸，感受着指尖那寒凉的锋利，他的指腹轻轻摩挲了一下这柄柳叶小刃的刀锋。

而后，他飞身离开了灵祇神像内部。

江影抬眸望去，发现这灵祇神像的脸颊上犹有黑血，似乎是他方才斩落逃出的那只黑血妖魔时留下的。

他的身体动得很快，几乎是下意识地，他黑色的身影在夜空里划出一道迅疾的弧线。

那苍白的指尖抚上了这神像的脸颊，而后轻轻地、慢慢地将它脸颊上沾染着的污秽细心擦拭。

黑色绣金的衣袖将神像脸颊上的黏稠黑血给搓了下来，江影望着这神像的眼眸，伸出手去，轻轻触了触它的眉心。

为什么？即便是在这个时候，明知这神像是她的模样，他还是……还是不忍心她的脸颊上沾染半分污秽？

江影轻轻闭上了双眸，如蝶翼般的长睫痛苦地微微颤动。

此时，在墟渊之上的宋栀栀才感觉到心痛稍缓，但不久，她心脏处的痛楚又仿佛潮水般涌了过来，让她快要喘不上气来。

真痛啊。宋栀栀想，她一只手攥紧了自己的白色衣裙。

她决定还是下去看看，因为江影真的……真的不理她了。

宋栀栀想到了曾经在墟渊中看到的那骷髅神像。

她知道江影有多痛恨那冥冥之中安排他命运的神明，他在墟渊里遇到了什么？发生了什么事？

她跌跌撞撞地爬了起来，来到墟渊之畔，伸出了一只脚，却不知该从何处落脚。

而此时，方才忽然飞得离她很远的风荧蝶聚集过来，幽蓝色的光芒在她的脚下聚集。

这些小小的蝴蝶竟然在她的脚下，形成了一级又一级台阶，方便她能一步步走下墟渊。

宋栀栀的心还在疼着，她捂住心口，一只脚试探性地踏上风荧蝶形成的阶梯。脚下是坚实的感觉，她放心踏了下去。

宋栀栀一步一步往下慢慢走着，风荧蝶的数量不多，她走过的台阶会自动消散，幽蓝色的光芒又汇聚在她前方的路上。

黑暗的深渊中，那白衣的少女一步步向下走着，脚下莹莹盛放着幽蓝色的阶梯，宛如梦境一般迷离美丽。

也不知走了多久，宋栀栀已经能够在朦胧的雾气中隐隐看到灵祇神像的轮廓了，她的裙摆轻快地飞起，她朝前跑了好几步。

她马上就要看到那神像的模样，但就在此时，一道轰然巨响传来。

灵祇的神像碎裂，烟尘四起，原本丰润饱满的脸颊上的白玉寸寸剥落，冥昭的暗色光芒在其间一闪而过。

它又被江影击碎了。

宋栀栀抬头，只看到眼前烟尘弥漫，那尊灵祇神像的面容尽毁，让人看不清它原本的模样。

她吓得往后倒退了两步，脚下的风荧蝶散开又聚集，将她倒退的脚给托住了。

“江江……”宋栀栀在这寂静的深渊之中唤了他一声，却没有得到回应。

江影站在灵祇神像的肩膀上，就这么静静地看着宋栀栀，他隐匿的能力一等一地强，她光凭肉眼又怎能看到他？

宋栀栀唤了一声，没有得到回应，她往前跑了一下，幽蓝色的光芒迅速消散又聚集，紧紧跟上她的步伐。

还是没有看到江影的身形，宋栀栀已经慌了，又连声喊了好几下，只听到了自己的回音。

她一个人站在墟渊之中，眼前是坍塌了一半的雕像，四下环顾，有些手足无措的样子。

而此时，在墟渊的尽头，青君看到了一个身着红衣的身影。

她扭过头来，嘴角蕴着浅浅的微笑，只定睛望着青君，柔声道：“我就知道你会来。”

青君连忙飞身而上，剑柄上的桃花微微颤动，他似乎感觉到了什么，伸出手去握住她的手腕．竟然是有实体的。

“你为何……”青君直接开口问道。

“我只有在这里才是真实的。”教首望着他，笑了一声，道，“青君，你说我做了什么呢？”

“你……”青君望着她，已经猜到了一些。

“既然神明的位子空缺，为什么我不能取而代之？”教首垂首把玩着自己纤细白皙的手指，轻轻笑道，“这不是我一直梦想的事情吗……说起来，这个世界也真是好骗，居然会将我错认为神明，任我差遣，既然机会摆在我眼前，我也不得不抓住了。”

青君望着她，眸中尽是难以置信，他道：“所以你留在了这里，取代了神明的位子？”

“是呀……”教首幽幽地说道，“或许我以后该换个名字了，叫灵祇也说不定。”

青君望着她，目光复杂，而后又深深吸了一口气，说道：“我来并不是为了这件事，那黑血妖魔的事，你似乎知道内情。”

“这个世界有无数创口尚未完全弥合，就这样了呀……”教首咬了咬唇，轻声说道，语气无辜，“至于它久久未能弥合的原因，我可以告诉你。”

青君站立的身子微颤，险些就要倒下，他望着教首，咬着牙问道：“为什么？”

“因为这个世界，现在有两个神明呀……”教首倾身而上，贴近青君俊朗的面颊说道，“一个是我，另一个当然是她喽……”

“谁？宋栀栀？”青君一惊，心想：果然如此。

教首的纤指贴在青君的唇上，微笑着望着他，道：“是她呀，我不知她为何会窃取我的模样，但是她是神明，绝对没有错。”

“她……有心……”青君将教首的手狠狠甩开，厉声说道，“她又不像你！”

但青君转念一想，又觉得教首的话有道理，那几张标注了黑血妖魔的地图，还有极衍门突然落下的石头，这些都与神迹无异。

此时，教首的声音再次响起。

“有心又如何？她就是拥有神明的能力，可惜呀，她的神血不知为何到了江影身上。”教首轻笑一声，道，“堂堂一介神明，沦落到这步田地，被人夺走神血，你说，我替她杀了那个臭小子，难道做得不对吗？”

青君死死地望着教首，思考片刻之后说道：“原来趁江影虚弱刺杀他的人，是你安排的？”

“我哪里可以轻易干涉他人行动。”教首笑道，“只是他们不够坚定。”

“说清楚。”青君已经敏锐地感觉到教首并没有之前的强势，也没有像之前那般胜券在握，她似乎有意寻求他的帮助。

“只要这世界的创伤一日不愈合，那么这黑血妖魔还会出现，而此界已有两个神明，力量相互拉扯之下，这创伤永远无法愈合。”教首笑了笑，说道，“我要杀江影，是因为他身上的神血，他死了，或者是乖乖把神血散播出去，我都能得到神血，成为此界唯一的神明。”

“但是江影的神血已经有一大半还给了她。”教首幽幽地说道，“你说我怎能不着急？”

“你不是神明，当一个神，有这么好玩？”青君扭过头望着教首，轻声问道。

“这是我的夙愿呀，凌驾于所有人之上……有这近在咫尺的机会，我又怎能不把握？”教首笑了。

“所以正是因为你占了神明的位子，才会出现这些黑血妖魔，对吗？”青君问。

“对呀。”教首的语气依旧理直气壮，“我要将她取而代之，有她无我，有我无她，我们中间，总归是要离开一个的。”

“所以你想要宋栀栀身上的神血？”青君问。

“自然。”教首略微颔首，“我知你一人无法与江影匹敌，那么只要让那宋栀栀成为众矢之的，自然会有天下人帮你，倒也不用杀死她，只需要将她身上的神血拿回就好。”

教首抚摸了一下自己的脸颊，轻声地自言自语：“你也知道，我是很不愿杀人的。”

“灵祇神教操控……将忤逆之人屠戮殆尽的时候，你可不是这么说的！”青君脱口而出，却发现自己有一个词语说不出来，似乎有关这个词语的一切都从这个世界被剥夺了。

是谁？青君皱起眉，待细想时，却觉得自己的脑袋一片空白。

“你也一样想不起来吗……”教首望着青君说道，“我亦是如此。”

“好了。”她拍了拍手，一副胸有成竹的样子，道，“我已将灵祇神像本来的面貌还原，原本展示于世人眼前时，这尊神像只有一个眼眸，但它的气质与大致轮廓，都是我在创办灵祇神教之初，以我自己模样作为蓝本雕刻的。”

“我花费了大力气复原墟渊中的灵祇神像，现在那灵祇神像，长得与宋栀栀一模一样啦……”教首的嘴角挑起了一抹微笑，在青君耳边轻声说道，“此界中人，除了灵祇神教的人，皆痛恨我们灵祇神教所信仰的灵祇，你只需要将这个消息公之于众，只要他们看到了那神像模样，自然会有大把的人来帮你。”

“那位姑娘，最害怕的就是颠沛流离，亡命天涯了……”教首轻声笑道，“现在，江影因为那神像的缘故，似乎也并不想理会她了呢，你若想动手，当真是轻而易举。”

“你……”青君觉得她不可理喻，鸠占鹊巢还理直气壮。

“就是这尊神像……”教首的大手一挥，正打算查看一下此时神像的情况。

但当她的神念触及那神像的时候，却倒吸了一口凉气。

她踉跄着往后退了两步，难以置信地道：“怎……怎么会？”

青君下意识地问道：“发生什么了？”

“那尊灵祇神像的脸，被江影毁了。”教首冷声说道，“当真是个愚蠢之人，到了这番田地，竟然还想着保护她！”

江影不是傻子，在看到那灵祇神像是宋栀栀模样后不久，便反应过来这尊神像的样子绝对不能被他人看见。

毕竟灵祇神教可是现在的修真界中人人喊打的存在，这个教派信仰的神明更会被所有人厌弃。

所以江影抬手砸毁了灵祇神像的脸。

他与宋栀栀之间烟尘四起，仅隔着不远的距离，他却不愿见她。

第十一章
咬我一口

宋栀栀根本不知发生了何事。她拿出手机，便看到久久不愿意给她呈现剧情的手机屏幕上，出现了如下一段剧情——

江影在墟渊里看到了灵祇神像，而那灵祇神像不知何时已经被修复完毕，或许与逐渐回到宋栀栀身体里的神血有关，他望着那灵祇神像的模样，发现它长得与宋栀栀一模一样！

宋栀栀的呼吸一滞，总算是明白过来江影为何不理她了。

在愤怒与仇恨之下，江影选择出手摧毁了神像的脸，将无尽的恨意凝聚在那一瞬间，脱手而出。

宋栀栀看着这段文字，目光暗了下来。她垂下头，跌坐在地上，两手抱着自己的膝盖。

她明白了江影的意思。

而此时，墟渊的最深处，教首无奈地看到她花费了大力气才修复好的神像在一夕间被江影摧毁。

她又将世界反馈给宋栀栀的信息稍加篡改，没再管上面的事情，只抬起脚往前轻盈地走了两步，将柔软的袍袖甩开。

“好了，青君，帮我拿回神血，我可以保证你最担心的黑血妖魔将会消失。”教首微笑着对青君说道。

青君眯起眼看着教首。他并不想答应她的要求，但她给出的条件足够诱人。

他握紧了手中的桃花折剑，往前走了两步，沉声说道：“我花了一日时光来到这里，你还有六天的时间来说服我。”

教首望着他笑了，道：“青君呀青君，你还是一如既往地固执。”

她坐了下来，开始与青君交谈辩论。

而上方的墟渊之中，宋栀栀已经在原地蹲坐了很久，但是江影的身形还是没有出现。

宋栀栀想：她有一百种办法让江影出现，但每一种方式——在手机里写下剧情或者是把自己弄疼，又或者是写剧情去偷窥他在哪里，都不是他喜欢的方式。

她不知该如何说，因为剧情确确实实是她写的，这是不可否认的事实。

此界中人信奉的神明灵祇，或许很有可能就是她。

宋栀栀隐隐猜了出来。

江影最恨的人，就是她。宋栀栀想。

或许江影并不会有“恨”这种情感，但她一定是他最想杀了的人。

宋栀栀想起自己曾与江影对话，她问江影他的悲惨命运是因为天命要如此，对吗？

那时的江影点了点头告诉她，若真天命如此，他会灭天。

现在，这天命便是她自己。

宋栀栀吸了吸鼻子，早该知道江影这个人最恨的应该就是自己，但是她还是不由自主地喜欢上了他。

现在……江影应当不想要心了吧……

宋栀栀的鼻头一酸，泪水从眼眶里涌了出来，此时的江影还站在灵祇神像上的阴影处，静静地望着她，

他苍白的手指抚上了自己胸膛，那一处又开始疼了……

但江影还是没有现身，对于他而言，他不会爱与恨，但这并不妨碍他现在不想搭理宋栀栀，就如同此前的他想要拿回心一般。

江影望着她，一言不发，他想到了之前他在玄阴子与烈阳子石门上发现的纹饰是锁灵咒的图腾，这或许是解开锁灵咒的重要线索，但他不知为何不想与宋栀栀解开锁灵咒，所以将此事瞒了下来。

或许，他现在应该思考的是如何解开他与宋栀栀的锁灵咒，让自己没有束缚，而不是满脑子想着去追求一颗虚无缥缈的心。

江影的凤眸微垂，打定了主意。他没有心，所以在做下决定之后，他并不会犹豫。

他决定现在就去双子峰，去询问玄阴子与烈阳子石门上纹饰的线索。但就在此时，一直待在墟渊里的宋栀栀坐在风荧蝶聚集而成的台阶上，抱着双膝，狠狠地打了个喷嚏，瘦削的脊背微微颤动。

江影的脚步一顿，没有上前去，还是垂眸安静地看着她。

宋栀栀拿袖子抹了一把眼泪，四下环顾，还是没能找到江影的身形。

她从虚空之中爬了起来，也不知道自己该去哪，只觉得有些冷。她出门时，衣服穿得有些少了。

毕竟她也不知道，这墟渊的深处竟然会这么冷。

宋栀栀舔了舔干燥的唇，将手探入储物锦囊之中，准备找一件厚点的外套穿上。

但此时，她身后有熟悉的寒冷气息飘过。

宋栀栀根本没有见到人，只感觉到一件宽大的外袍被披到了她的身上，抬手一看，宽大的黑袍上绣着暗金的纹饰。

是江影的衣服。

宋栀栀马上转身，往前扑了一下，却未能碰到他的身体。

江影背着手，往后一闪，避开宋栀栀的手，他隐匿了自己的身形，她当然没办法看到他。

宋栀栀撇嘴，泪水在眼眶里打转，她的嗓音已经有些沙哑，但还是唤了一声："江江。"

江影看着她红了的眼眶，听着她哑了的嗓音，只悄无声息地站立在离她不远的地方，脊背挺得笔直。

"想办法将锁灵咒解了。"江影寒彻心扉的声音响起。

宋栀栀一惊，猛然抬起了头，寻找江影的身形，却一无所获，在黑暗中唯有风荧蝶的翅膀发出光亮。她又感觉到自己的心开始疼了，仿佛在胸腔里绞紧了。

这颗心，又开始痛了。

宋栀栀呆呆地应了一声："好。"

她觉得自己在江影的眼里，应当是一个麻烦的累赘，他会提出这个要求也无可厚非。

宋栀栀又想起不久之前她在手机上看到的内容，江影把石门上纹饰的信息瞒了下来，是因为他不想与自己解开锁灵咒。

能让他在如此快的时间里改变主意……如果他有心，一定恨极了她。

所以宋栀栀毫不犹豫地答应了他，因为她心怀愧疚。

没想到她刚应了一声“好”，心脏的疼痛更甚，让她忍不住蜷缩住了身体，两手捂着自己的胸口。

江影本来听到宋栀栀这声“好”之后，眸中寒意更甚，似乎已经快要凝结成冰。

但下一刻，他看到了宋栀栀蜷缩起身体，直接蹲下身子，把自己蜷成一团，似乎在忍受极大的痛楚。

几乎是下意识地，江影奔了过去，现出身形，将宋栀栀抱了起来。

猝不及防间，宋栀栀又落入了他冰冷的怀抱。

她捂紧了自己的心口，在江影目光触及她苍白面庞时，她感到自己心的疼痛又加重三分。

江影没有对她说话，只抬手覆上了她的胸口，本想帮她查看疼痛的地方，却没注意触到了一片绵软。

他的瞳孔骤缩，如触电一般将手收了回来。

“痛……”宋栀栀的眉头紧锁，对江影小声说道，仿佛在撒娇。

江影心想：他又没有受伤，宋栀栀为何会痛？

但看她如此模样，又不似在骗人。

宋栀栀靠在他的怀里，轻声对他说道：“江江，心很痛。”

上次宋栀栀心痛的时候，是他在代替她疼，那么这次她感受到的疼痛……从何而来？

宋栀栀看着他冰冷的神色，一低头，泪又涌了出来，她胡乱扯过他的袖子给自己擦眼泪。

江影把自己的袖子从她手里抽了出来，见她似乎好了一些，便又准备将她放回去。

“不要……”宋栀栀攥紧他的胳膊，抬眸望着他，说道，“你不要不理我。”

江影的手僵住了，他觉得现在的他应该还是要恨宋栀栀，将她千刀万剐了才好，可是为何……他就是见不得她伤心？

江影抱着宋栀栀，觉得自己可能是疯了。

宋栀栀见江影没有回应，冷漠得仿佛一尊雕像，只回过身将他紧紧抱住。

“对不起……”宋栀栀小声说道，声音闷闷的，“我不知道……我只是写了个话本之类的东西，我不知道它为何会成真。”

“栀栀，不要说笑话。”江影把宋栀栀的脸颊抬起来，两根手指掐得极紧，他感觉到自己的下巴处有隐隐的疼痛。

宋栀栀的泪水糊住她的脸颊，她吸了吸鼻子说道：“是真的，但是……我不知道，我什么都忘记了……”

她忍不住揉了揉自己的太阳穴，经过上次与烈阳子的对话，她找回了之前的记忆，终于明白自己写出这本书是想要拯救某一个人的性命。

但是……不论怎么看，现在身为反派的江影才是她想要救的那个人，而那个沈昼，她根本就不认识！

宋栀栀觉得这不太对劲，但此事给江影造成的伤害是真的，所以她忍不住抬眸望着他漂亮的红眸，说了声：“对不起，但是我真的不知道是怎么回事，你……”

她的尾音已经被江影吞入嘴中，他咬住了她的唇瓣。

他咬得极重，直到自己感觉到了刺痛。她还是这般孱弱，轻轻一碰就会受伤。

“唔……”宋栀栀从嘴角溢出一声轻哼，只感觉到摩挲过她干燥唇瓣的嘴唇冰凉。

她伸出手去揽住了江影的脖子。

此时，江影松开了她，舔去她嘴角被咬出的血迹，冰凉的舌尖在她的唇瓣上轻扫而过，又引起她的一阵战栗。

宋栀栀也学着他舔了舔唇，只尝到了舌尖处腥甜的味道。

他竟然把她的嘴唇给咬破了。

宋栀栀一愣，却又长舒了一口气，轻盈的芬芳扑洒在江影的面庞上。

如果这样能让他不那么生气，或许……或许也是可以吧。

她的胆子大了起来，直起身子，一头栽进他的怀里，而后捧着他的脸颊，抬头亲了下去。

江影冰凉的嘴唇无动于衷，只伸舌轻轻地将她的唇推开。

“你生气的话，可以咬我一口。”宋栀栀的额头抵着他，长睫扫到他的面庞上，轻声说道。

那轻盈甜蜜的栀子花香再次沁入江影的口腔，在宋栀栀说话的时候，扯动她唇上的伤口，江影感到有些疼。

他轻轻一舔，舌尖法力涌动，将她唇上伤口治好。

“不。”江影的声音极冷，拒绝了她，说道，“我会痛。”

宋栀栀垂下眼睫，轻软的长睫在他的面颊上扫了扫。

江影眨了眨眼，似乎感到有些痒，他抬手，想将宋栀栀从他身上扯下来，但是她赖着不愿离开，双手双脚紧紧缠着他。

“不要。”宋栀栀低头在他怀里蹭了蹭，说道，“你不要把我丢了。”

因为宋栀栀蹭的力度太大，藏在发髻里的婆娑花又伸了出来。

江影单手将那花给按了回去，侧过脸去，面无表情。

宋栀栀哆嗦了一下，趴在江影身上。

“你恨我吗？”宋栀栀在他耳边问道。

“我没有这种情绪。”江影冷声对她说道。

恨与爱，都是极其强烈的情感，他都不可能拥有。

“如果你找回了心，会恨我吗？”宋栀栀又轻声问道。

她的手抚上他冰凉的脸颊，指尖摩挲过他高挺的眉峰。

江影将她的手腕紧紧握着，防止她再乱动。

“我不要心了。”江影回避了她这个问题。

宋栀栀垂首，心中又变得布满阴霾，她的眼睫微垂，轻声问：“你剖出心的时候，也是这么想的吗？”

此言一出，江影揽着她腰的手臂忽地一紧。他抱紧她，她感觉到一阵天旋地转。

江影使用了传送法术，不知将她带到了哪里去。

宋栀栀睁开眼，眼前是有些熟悉的帐幔花纹，门外是黑色的深渊，有飒飒的风声传来，风荧蝶飞舞，房间里的桌上，还有一个铜制的月轮在悠悠转动。

她想起来了！这地方就是墟渊里唯一没有被江影毁去的地方，他在灵祇圣城里居住的那一方小院。

这么久过去了，再来到这里，她竟然没有一点陌生的感觉。

江影冰凉的手覆上宋栀栀的面颊，将她的双眼遮着，他没有让她看他。

宋栀栀只看到了他指缝间漏下的光线。

当江影侧过头，眼睫微垂的时候，宋栀栀的长睫微颤，又觉得自己的心隐隐疼了起来。

是江影在心痛吗？可是他没有心的呀……

“你不要……”宋栀栀挣扎着，把江影盖着她眼睛的手拿开，说道，“你不要心痛了，我要痛死了。”

江影把手移开，看着自己掌心隐隐的泪水，对宋栀栀说：“我没有心。”

“可是它在痛。”宋栀栀抚上自己的胸膛，道，“好痛，好痛……”

江影望着她，没有说话。他觉得宋栀栀不可理喻，他没有心，怎么可能会痛？

江影的目光触及宋栀栀有些泪光的脸颊，伸出手，胡乱将她脸上的泪水给擦干净了。

宋栀栀乖乖让他擦，就这么安安静静地看着他。

江影收回手的时候，宋栀栀紧紧握住了他的手腕。

“不要走。”宋栀栀在他的手背上蹭了蹭，小声说道。

“要走。”江影把手抽了回来，对她说。

宋栀栀眨了眨眼，望着他，没有再说话，只哽咽了一下。

江影站起身来，那寒凉的气息远离了宋栀栀。

他转身，准备离开，因为一看到宋栀栀，他那空荡荡的胸腔之中似乎就泛起了涟漪。

这或许是她心痛的原因，他还是……暂时不要看她为妙。

江影推开门，门外是漫天飞舞的风荧蝶，幽蓝色的光芒将黑暗的深渊照亮。

此时，他身后温暖的气息趋近，宋栀栀赤着脚跑了过来。

她踮起脚，从背后抱住了他，紧紧揽着他的肩膀。

江影缓缓地低下头，看到视线中，宋栀栀白皙的手指正攀在他的胸膛上。

而后在寂静的夜里，传出一扇门被猛地合上的声音。

房间门被关上，门外幽蓝色的光芒被阻隔在外，只余下桌上一盏小兔形状的孤灯发出暖黄的光线。

宋栀栀被江影抵在门后，他只是轻轻地一旋身，那黑色的袍袖仿佛流淌而过的暗色河流，便轻易调转了身形。她纤密的长睫微微一颤，一张冰凉的嘴唇已经贴在了她的额头上。

她双脚离地，赤着的脚在半空中胡乱扒拉了两下，没能找到着力点，下巴搭在他的肩膀上，注意到了屏风后那张桌子上摆放着的灯盏，是一只小兔的形状。

她有些走神。她在思考，像江影这样冷漠的人，怎么会在房间里用这种形状的灯盏？

床榻旁的帐幔放了下来，许久之后，宋栀栀沉沉睡去，在这一觉中，她头上的婆娑花没有碰到江影身上藏着的红琉璃，但她做了一个梦。

一个属于她自己的梦。

在梦中，宋栀栀听到有清亮好听的女声响起，她揉了揉自己的耳朵，总觉得这声音有些耳熟。

“栀栀，栀栀……”梦中，那声音唤道。

宋栀栀下意识地答道：“我在。”

她四下环视，却没看到人影。在梦中，她看到了正在成长中的婆娑木。

除了那婆娑木，四周皆是一片混沌，而那梦中的声音不知从何而来。

宋栀栀感觉有些好奇，便凑了过去，她惊讶地发现，原本只是一朵小花的婆娑木已经如此高了。

估算一下，这高度，竟然与沈家地宫那株成熟的婆娑木一般高了……

沈家供养的那株婆娑木已经成年，若她的这株婆娑木与它一样高，岂不是说明它也要长成了？

所以……现在的情况是？

宋栀栀心念一动，脑海中出现了这个疑问，而后她梦中虚空中的那个声音马上回答她：“是的，婆娑花已长成，它即将变为婆娑木。”

这清亮好听的声音又响起，宋栀栀越发觉得这声音无比熟悉，但细细回忆，也未能在记忆里找到这声音的主人。

但宋栀栀觉得有些开心又怅然若失，开心在于困扰江影不知道多久的朔月蛊可以解了，那只该死的朔月蛊虫会难以抵挡婆娑木的诱惑，从他身上离开，栖息于婆娑木上。

而她在怅然什么呢？

宋栀栀想，等婆娑木长成，江影可不会每日如此为她浇花了，同样也没了借口去……去他的神识空间里……

一时之间，宋栀栀不知如何是好。

梦中的声音再次响起，提醒她："婆娑花长成，便会结果。栀栀，你要什么果？"

宋栀栀感到无比疑惑，挠了挠头，问道："开什么花？结什么果？这个果……它能吃吗？"

"不能吃。"梦中的声音提醒她，"它可以实现你的愿望，给予你最想得到的东西。"

宋栀栀一愣，觉得这事情太妙，她有些受宠若惊。

"我想要什么都能给？"宋栀栀问。

"当然啦，这是你的世界，你想要什么没有呢？"梦中那好听的女声响起，对宋栀栀说道。

宋栀栀垂下眼睫，直觉告诉她，这声音说的是事实。

她上前去，仰头望着眼前那婆娑木枝头上坠着的一枚果子，它通身白色，蕴着如玉般的光泽。

"你要……什么呢？"梦中的女声问宋栀栀道，"灵祇泪？或者是别的什么东西？"

"灵祇泪是什么？"宋栀栀转过身来，望着虚空问道。

"本来呀，我都无法与你对话。"那女声响起，"但你身上的神血已经足够多了，属于神明的能力也回来了，所以我才能与你说话……"

宋栀栀问道："你是谁？"

"我是你呀……"虚空中，那声音轻轻说道。

宋栀栀站直了身子，猛然一惊，经对方一提醒，她这才反应过来，她一直觉得这声音很熟悉，因为这……这就是她自己的声音呀！

她在地上茫然转了个圈，不知如何是好，她握紧了手中的婆娑果，即便心中有无数问题想要问，但她还是优先问了她最好奇的问题："灵祇泪是制成锁灵咒的主要材料之一，对吗？"

"对，因此灵祇泪自然也能解除锁灵咒的束缚。"女声对宋栀栀说道，"这灵祇泪稀有，自灵祇诞生，也就是这个世界诞生以来，只出现过两枚。"

"哪两枚？"宋栀栀直接问道。

"灵祇泪是神明的悔意，但无心无情的神明，又怎会轻易有这种情绪？"女声缓声说道，娓娓道来，"一枚灵祇泪诞生于墟渊深处，灵祇不慎被灵祇神教初代教首窥见身影，这让人类修士触碰到了世界的禁忌，超出人类理解上限的世界法则被他们领悟，他们拥有了更加强大的力量，这力量足以令他们自己与世界一同走向毁灭。”

“因为那窥见神明的一眼，有了第一枚灵祇泪，这枚灵祇泪被初代教首带回灵祇神教，以它为主材料制成这绝妙非常的锁灵咒，用在江影身上。但因这咒法不够完美，只能使得双方生命绑定，不能让一方代替另一方先死去，还有交换负面感受的副作用，因此被灵祇神教搁置不用，只将锁灵咒的一半留在江影身上。”

宋栀栀疑惑地问道：“那么另一枚呢？”

“栀栀，你说呢？”那女声轻轻地对宋栀栀说道，“是什么事，让神明第二次感到了悔意？”

“是什么？”宋栀栀很配合，乖巧地问道。

“我也忘了，关于这一切的记忆一片空白。栀栀，我就是你，你自己都不知道，我怎能想起？”那女声笑了，似乎在笑宋栀栀傻。

宋栀栀想到了自己在星河小舟上之前完全想不起来的记忆，轻轻叹了一口气。

现在的她，并不那么着急解开锁灵咒，所以她将手中的婆娑果紧紧攥着，继续问道：“除了灵祇泪，我还能用这枚婆娑果换什么？”

“你果然会如此问。”清亮好听的女声又笑了，道，“栀栀，你现在心里想的是什么，它就能变成什么……”

宋栀栀一惊，想要一颗世界上最纯净无瑕的心给江影，难道也可以吗？

她如此想着，低下头，在她白皙的掌心之中，忽然流转起了九色的光芒，内里似乎有一颗洁白的心在跳动。

是真的，只要她想，这颗婆娑果马上便会变为一颗足以配得上江影的心。

但是……

宋栀栀的一只手紧紧攥着，脑海中又浮现了江影在巨大的灵祇神像下对她说的话，他对她说，他现在已经不想要心了，现在赶紧想办法解开他与她之间的锁灵咒才是要事。

如此一犹豫，她手中的那枚婆娑果又恢复了原来的样子，洁白如玉的果皮表面上隐隐亮起了那眼睛形状的图腾。

宋栀栀的内心并不坚定，所以这婆娑果迟迟未变成一颗心或者是灵祇泪的模样。

她想要给江影一颗心，但在不久之前，他对她说不想要心了，所以她在纠结。

宋栀栀的长睫落寞垂落，白皙的指尖攥紧了手中的婆娑果。

此时，梦里的女声再次响起：“栀栀，你还未决定要什么吗？”

宋栀栀点了点头说道：“我……我不知道……”

“若是拿了灵祇泪，江影就与你没了锁灵咒的束缚，你们再无瓜葛……”那冷静的女声响起，“你若是想，我还可以将你送回你原来的世界，继续过你原来的生活。”

宋栀栀轻轻“嗯”了一声，这个选择于她而言，确实是足够诱人。

“那么如果……我要心呢？”宋栀栀又问。

那女声响起：“你要心……若是他不收，这颗心可就会消散于天地之间了。”

宋栀栀一惊，攥着婆娑果的指关节发白，她不知道该如何选择。

若是江影真的不要，那这婆娑果岂不是浪费了？

而且在不久之前，他亲口对自己说，不要那颗心了……

现在的江影，应当是想要与她解开锁灵咒的吧？毕竟她就是麻烦精。

宋栀栀如此想着，手中的婆娑果上如同眼眸一般的图腾已经变得更加清晰。

“这……这不是我能决定的。”宋栀栀轻声说道，“我想我应该……欠他好多好多，所以……我要将这枚婆娑果给他。”

她的长睫微颤，闭上了双眼，道：“他要什么，便选择什么，不论是什么结果，我都接受。”

女声响起：“栀栀，你当然可以这么做。”

“这是你的世界。

“你想要如何，在规则允许之内，皆可实现。”

梦境中，那陌生又熟悉的声音逐渐淡去……

宋栀栀猛然睁开眼睛，映入眼帘的是头顶那淡蓝色的帐幔，宛如水波一般。她咽了一下口水，低头望向江影搭在她腰上的苍白手臂，总觉得这场景似曾相识。

她的手撑在身体两侧，却发现掌心里多了一样东西。

宋栀栀将自己的手掌摊开，内里躺着一枚泛着白玉般光泽的果子，是……婆娑木结出的婆娑果。

她使劲摇晃了一下脑袋，发现自己竟然将梦里的所有细节都记了起来，丝毫没有前几次梦境里的模糊，这果然是她自己的梦，还是高清的。

宋栀栀下意识地摸了摸脑袋，发现上面空荡荡的，婆娑花已经不见了，而在屏风后，多了一株小树，它青葱鲜嫩，几乎与人一般高，那熟悉的枝丫走向，竟然是正常的婆娑木。

婆娑花生长为婆娑木后，便不用再吸食血肉，所以它脱离了她的身体，独自生长。而在那树木的顶端，又悄然出现了一朵新的洁白小花苞，象征着新一次的生长周期即将来临。

宋栀栀攥着手中的婆娑果，喝了一口水，又简单洗漱一番，才轻手轻脚地四下找来找去，只找出一个金匣子，是之前用来存放心脏的那一个，内里那颗素灵大师的心早已消散入风中。心一旦与外界接触，除非它很快与修士融合，不然便会消失。

她小心翼翼地将手中宛如白玉一般的婆娑果放入这枚精致小巧的金匣子里，搭扣关上，发出清脆的“咔嗒”声，这枚匣子很轻，她却觉得沉甸甸的。

此时，身后传来衣料微动的声音，她青丝微晃，扭过头去。

江影不知何时已经醒了过来，正侧躺，一只手托腮，静静地望着她。

宋栀栀扭头望向江影，看着他，一时之间不知该如何是好。

两个人对视了许久，直到宋栀栀干巴巴地说了一声：“你……你醒啦？”

江影默不作声，抬手将宋栀栀的衣领拉好。她有些茫然地低头去看他苍白的指尖替她将丝绦的结给系上。

宋栀栀的嘴巴张了张，似乎想说话，但又不知道说些什么。

她攥紧了手中的金匣，突然有些不敢将它交给江影。

如果……如果江影真的不要那颗心，这可怎么办呀？

江影若选择了灵祇泪，那么锁灵咒解了之后，他会不会将她给杀了？

毕竟他没有心，没有感情可言，做出什么来都不意外。

宋栀栀将手里的金色匣子藏到身后。她又退却了，不敢将那枚婆娑果交给江影。

她安静地抿了一口水，将茶杯放到桌上。

此时，猝不及防间，她被拽到了一个冰凉的怀抱中。江影冷着脸，一只手握紧了她的手臂，红眸中一片漠然，他就这么凝视着她。

宋栀栀乖乖地卧在他的怀里，偷偷拽了一下他的袖子，小声说道："江江……"

江影没有说话。

她又说了一声："你说话呀……"

宋栀栀的嗓音有些哑，江影抬手将桌上的茶杯拿了过来，隐隐有灵气流窜于茶杯外壁。

他喂她喝了几口水，她发现水是温的。

江影还是不说话，宋栀栀没有再坚持喊他，就这么安静地被他抱在怀里。

他抬起手，动作很熟悉，宋栀栀知道他准备去碰她头上那朵婆娑花。她没有说话，只是低下头。

江影摸了个空，原本盈盈生长在宋栀栀头顶上的婆娑花消失不见，他修长的手指在空气中无措地划过。

"你看……"宋栀栀指了指房间里屏风前生长着的那棵婆娑木，道，"昨晚……昨晚它长成了。"

"你现在可以将身体里的朔月蛊虫给引渡到婆娑木上了。"宋栀栀摸了摸自己空荡荡的头顶。

江影启唇，嘴唇宛如刀锋，说出的话也依旧冰冷："朔月蛊虫在体内移动的时候，会很痛。"

宋栀栀想，就算是这样，那也要将朔月蛊虫给引出来，那么可怖的一只虫子一直在身体里也不是个事儿。

"你去将它引出来，我会忍着。"宋栀栀对他轻声说道，"不然……不然等到下一个朔月日，我还会疼。"

江影站起身来，高大身影将光线遮挡住一大半，宋栀栀仰头看着他的脸，他俊美的脸颊上轮廓立体，她看不清他眸中的光芒。

但他还是点了点头，径直走上前去，苍白的指尖抚上那青翠的枝丫，指尖上那幽蓝色的光芒亮起，他在唤醒体内沉睡着的朔月蛊虫。

在朔月蛊虫身上第一根触须开始颤动的时候，宋栀栀的瞳孔骤缩，忍不住痛呼出声，那熟悉的痛感又传来，流过四肢百骸，比先前几次朔月日时都更加剧烈。

主要是前几次朔月日来临的时候，江影都会在身边陪她，加上那时候婆娑花还生长在她头顶，属于婆娑木的气息安抚了他身体里的朔月蛊虫，所以她的痛感并不强烈。

但是现在，朔月蛊虫要离开江影的身体，那动静可太大了，此时那邪恶的虫子正搅动着江影的每一寸经脉，而由此产生的痛苦都要由宋栀栀承受。

江影明白，朔月蛊虫一旦被唤醒，便很难再沉睡，所以他只能将手掌紧紧贴在婆娑木上，没有移开，然后站在不远的地方，静静地看着宋栀栀。

他体内的朔月蛊虫嗅到了属于婆娑木的气息，这是它身为朔月蛊虫的“虫生”中遇到过的最美味的婆娑木，因为这株婆娑木是以神血浇灌的，自然比一般的婆娑木来得更加诱人。

朔月蛊虫贪婪的本性难改，它将探入江影经脉里的触须收回来，很快地打包行李准备“搬家”，这一系列的动作再次造成了巨大的痛楚。

宋栀栀咬着牙，背过身去，身子一软，已经躺倒在了床上。她被疼痛侵袭，完全没有了支撑自己的力气。

疼，当真是太疼了，比第一次朔月日来临时的痛楚更甚，而且这该死的疼痛一直刺激着她的神经，让她昏睡不过去。

江影看着她四肢蜷缩着的身体一直在颤动，因痛楚而流出的汗水浸湿了衣裳，他的指尖微动，手掌险些要离开婆娑木。

宋栀栀似乎注意到了他的动作，咬着牙，断断续续地说道：“你……你不要离开婆娑木，让它出来。”

江影手背上黑色的封魔咒文因他过度用力而隐隐闪现。他终究还是没有再动，就这么安静地望着宋栀栀，没有说话。

他注意到在宋栀栀虚弱的掌心里掉出的一只小金匣——精致小巧，似乎是之前用来装素灵大师心脏的那只匣子，也不知何时被她攥在了手心。

许久过后，朔月蛊虫终于离开了，它从江影的指尖缓缓爬出，如长足一般的触须在青翠的枝丫上微微摇动，似乎很满意这个新的居所。

但这只朔月蛊虫的一生马上就要结束在这里。江影不会放任此等邪物还留存于世，尽管朔月蛊虫有诸多妙用，豢养它可以轻易控制任何一个人——甚至是青君，但他还是不由分说地将朔月蛊虫给击杀了。

断成两截的残破虫躯从婆娑木上坠落，江影似乎还不满意，直将那朔月蛊虫身体碾成了碎末才罢休。

不是为了泄愤，单纯是因为他知道宋栀栀极怕这玩意儿。

将朔月蛊虫碾碎之后，江影这才大步走上前，去看宋栀栀的情况。

宋栀栀卧倒在床上，双眸紧闭，却并未晕过去，因为朔月蛊的疼痛会刺激着神经，不让受蛊者昏迷过去，一定要清醒着承受疼痛。

江影将她抱了起来。

宋栀栀的长睫轻颤，睁开双眼。她确实是不痛了，于是轻声问道："朔月蛊虫离开了吗？"

"死了。"江影干脆道。

宋栀栀闻言，长舒了一口气。江影抬手替她拂开了面颊上被疼痛的汗水浸湿的碎发。

"要洗澡。"宋栀栀小声说道。

江影抱着她站了起来，她的双手环住他的脖子，目光触及自己一不小心落在床榻上的金匣。

她想了想，还是大着胆子开口说道："婆娑木上结了一枚果子。"

江影冷声说道："你吃了。"

"不是……"宋栀栀拽住了他的袖子，急切地说道，"那枚果子，可以……可以解开锁灵咒。"

江影替她往浴桶里拨花瓣的手顿住，白色轻软的栀子花瓣落在氤氲着雾气的水面上，荡出一圈涟漪。

"制成锁灵咒的主要材料是灵祇泪。"宋栀栀轻声说道，"解开咒文的材料也是。"

江影的红眸定睛望着她，没有说话，只是低下头继续往水里拨花瓣。

宋栀栀低头看着栀子花瓣在水面上漂来漂去，湿润的长睫微微动了动。

"它还可以……可以变成一颗心。"宋栀栀说，"它变出来的这颗心，保证比素灵大师的那颗更加纯净无瑕。"

"我不要。"江影对她说。

"那你就换……换灵祇泪吧。"宋栀栀直起脖子，哽咽了一下，小声说道。

"那枚婆娑果就在金匣子里，你打开它，脑海里想要什么，它就会变成什么。”她指了指金匣子方才落下的地方。

江影站起身来，垂眸看着宋栀栀，看了很久很久。

久到宋栀栀自己都要开口催他走的时候，他开口了，一字一句仿佛冬日里的落雪般寒凉。

“若锁灵咒解了，我可以保证不杀你。”他对宋栀栀说道。

“好……”宋栀栀抱着双膝回应他。

江影语毕，转身离去，宋栀栀抬起头，看到他的黑色身影消失。

他走出屏风，片刻后，安静的室内传来一道打开金匣子的“咔嗒”声。

江影打开了它……

他最后的那句话的意思是要灵祇泪，解开他与她的锁灵咒……

宋栀栀呜咽一声，吸了吸鼻子，额头磕在浴桶边缘，泪水不断地落入水中。

屏风后再没有了动静，宋栀栀给自己细细擦洗着身子，没有再说话。

既然已经将决定权交给江影，她也不会再去哀求什么影响他的判断。

他的命运是她亲自写就的，她本就亏欠他很多，那枚婆娑果，本该是他的……

洗了很久之后，宋栀栀仰起头，准备起身擦净身子，却发现她又忘记拿干净的衣物进来换。

她下意识地唤了一声“江江”，却久久没有人回应。

宋栀栀想，不会是江影用婆娑果换了灵祇泪，完全与她断绝了关系，已经甩手离开了吧？

她感到心中传来了巨大的失落感。

宋栀栀垂下眼睫，准备拿软巾裹着自己的身子，跑到外面找衣服。

但就在她思考间，江影已经出现在屏风前。他的臂弯间搭着一套干净的衣物，不知是不是巧合，他手里拿着的这套正是他曾经为她亲手裁剪过的那套。

他走了过来，步子悄无声息，只低头将这套衣裙放在了宋栀栀浴桶旁的小桌上。

宋栀栀一愣，讪讪地坐了回去，下意识地将自己身体挡着。

但江影没有看她，只是默默地放下衣服，再默默地走出去。

宋栀栀将这套淡蓝色的衣裙穿上，拍了拍自己的裙摆，轻盈又美丽。

她有些好奇江影的反应，便赶紧提着裙子走了出去。

此时的江影正站在书桌前，面前是打开了的金匣子，内里那枚泛着白玉色泽的婆娑果正安静地躺着。

江影看到她出来了，没有用手触碰这枚婆娑果，他将金匣子推了过去，推到她面前。

“我不用。”他定睛望着宋栀栀，启唇对她说道。

“不……不用什么？”宋栀栀呆呆地问道。

“想要什么，你自己选。”江影慢慢地对宋栀栀说道。

宋栀栀低下头，看着金匣子里的婆娑果，小声问道：“如果……如果是心，你也会用吗？”

江影马上回答，速度很快：“会。”

宋栀栀闻言，颤抖的指尖抚上那婆娑果，白玉似的果皮一触碰到她的手指，便开始有所变化。

但是，这枚婆娑果并不坚定，它一会儿变成了眼睛形状的图腾，一会儿变成了蓬勃跳动着的心，迟迟没有定下形状来。

江影看着金匣子里的婆娑果，再抬头看了一眼宋栀栀，嘴唇紧抿，没有说话。

宋栀栀将手收了回来，拢进袖子里，方才在触碰婆娑果的时候，江影在灵祇神像前对她说的话一直在她脑海中回荡。

她始终没办法坚定下来——即便她一直想要给江影一颗心，但她觉得他有了心之后或许会先恨她。

而且江影自己也曾亲口说过，他要解开锁灵咒。

“对不起……”宋栀栀仰起头，看着江影小声说道。

江影的目光触及她眼底犹带着的泪水，轻轻挑了挑眉。

即便他面上还是一派云淡风轻，但宋栀栀清晰地感知到了自己胸腔里的心开始疼了起来。

她没有对江影说出这件事，只对他摇了摇头，第一次看着他的眼睛认真说道：“你的命运是我写的，这枚婆娑果也是我欠你的。”

“你想要什么，就选择什么。”宋栀栀将金匣子推了回去，道，“我……我自己没有办法做决定。”

江影低下头，没有去碰那枚婆娑果，倒是宋栀栀站直了身子，马上转身跑了出去。

她一边跑，一边说道："江江，我站得远一点，免得影响你判断。"

江影看着她的背影，苍白的手指伸出，碰了碰那白玉似的婆娑果，在触碰到这果子的一瞬间，它马上变换了形状，没有丝毫犹豫。

很快，这枚婆娑果即将变成一颗心的模样，至于什么眼睛形状的图腾，从来没有出现过。

江影把手收了回来，看到敞开的房门外，风荧蝶上下纷飞。

宋栀栀一身淡蓝色的衣裙在风中鼓荡，长发飞扬，掠过鬓边，就连她这个人，似乎也成了一只振翅欲飞的蝶。

她一脚踏出悬崖之外，环绕着她身边飞舞的幽蓝色蝴蝶聚集过来，停留在她脚下，为她铺出一条路。

江影看出宋栀栀是想要离开墟渊了。

宋栀栀一直觉得江影是想要灵祇泪的，毕竟一个没有心的人，还是会以自己的性命与利益为先，与脆弱的她绑定着，他的生命时时刻刻都会遇到威胁，与他"要活下去"的毕生目标相悖。

所以宋栀栀想了想，还是她先离开为妙。

她一步一步地踏着风荧蝶组成的台阶，往墟渊上方走去。

江影站在悬崖之上，看着她的背影，许久没有说话。

他还是将里面躺着的那颗婆娑果取了出来。

江影苍白掌心之中的婆娑果以极快的速度变换着形状，毫不犹豫地变成一颗心的模样。

从始至终，不坚定的只有宋栀栀一人而已。

不论过去多久，他骨骼上封魔咒文的古文字从来没有发生过一丝一毫的变化，永远是"栀栀"。

不管是失去了记忆，或者是没了一颗心，他还是……想要爱她。

江影看着自己掌心的婆娑果变成了一颗心，唤了一声："栀栀。"

这声冰凉的呼唤被宋栀栀脚下的风荧蝶一声声传递，送入她的耳中。

宋栀栀一愣，脊背挺直，提着裙子转过身来。

在幽蓝色的风荧蝶组成的阶梯尽头，宋栀栀扭过头来望着他。

江影掌心之上，一颗纯净的心正在黑暗中莹莹绽放着光芒。

它纯净无瑕，比世上最宝贵的琉璃还要剔透。

这是一颗……神的心。

以心血浇灌，用爱意细心培养，也不知历经多少时光，才凝聚成这一颗心。

在许多许多年以前，灵祇在暗无天日的墟渊尽头，见到人类的第一眼，它从未想过，在未来的某一天，连它也会诞生一颗心。

第十二章 神明的心

谁也不知道，究竟是要以怎样的爱意精心雕琢，才能使无心无情的神明，生出一颗心来。

但江影就是如此小心翼翼地捧着它，凝望着宋栀栀，抬起的头仿佛在看她身后那尊巨大灵祇神像。

宋栀栀一惊，没有想到是这样的结果。

江影在明明知道是她写下他的命运之后，还选择了……心？

她难以置信，呆呆地望着江影。

但她脚下的风荧蝶已经轻盈地振动了狭长的双翅，带着她往下飞着。

宋栀栀甚至不需要动，人已经回到了原地，墟渊中唯一完好的悬崖之上。

“你……”宋栀栀启唇，对江影道。

江影望着她，只轻轻地“嗯”了一声，算是答应了她的话。

宋栀栀猛地扑了过去，扑进他的怀中，低声唤了一句“江江。”

“嗯。”江影又应了一声。

他将宋栀栀的身体拨开，因为她影响他将心放入胸膛里了。

江影的手里，那颗白莹莹的心微微亮起，他在将这枚心放到胸口处之前，抬头问了宋栀栀一句：“今晨要吃什么？”

宋栀栀很开心，眨了眨眼说道：“我要吃荷包蛋。”

“好。”江影答应了她。

说罢，他便没有再犹豫，将这颗心放到了胸口处。

他的速度很快，因为他担心这颗心会消散。

在白光亮起的时候，宋栀栀闭上了眼睛，她怕这颗心又掉出来了。

可是没有，之后是许久的寂静。

宋栀栀小心翼翼地睁开眼，发现江影已经闭上了双眼，周身幽蓝色的法术光芒与白色的光芒交缠在一起，似乎正在与这颗心融合。

她不知道一个人失去了心之后又得到心，会有怎样的反应，所以她看着一言不发的江影，有些慌。

宋栀栀伸出手指戳了一下江影的胸膛，他闷闷的声音传来："栀栀，我要与这颗心融合，不久之后就会失去意识。"

"要多久？"宋栀栀问。她想，原来融合一颗心也不是"咔嗒"一声安上去这么简单的事。

"不知。"江影也是第一次经历这件事，当那颗心与他的身体开始融合的时候，他才意识到要进入深层宁静的状态，将自己的神识与这颗心完全融合。

"好。"宋栀栀应了一声，半拖半抱着他沉甸甸的身子，往房间里走去。

江影的脚撑着地，免得宋栀栀拖不动他，直到进了房间之后，他才在玉床上盘腿开始打坐，进入了深层宁静的状态。

幽蓝色的光芒再次亮起，卷着他胸口处的那团白色的光芒，他已经开始与这颗心融合。

宋栀栀守在他身边，也不知道他什么时候醒过来，但她想，这天早上的荷包蛋肯定吃不上了。

她自己跑到厨房里，胡乱煮了一点东西吃，这段日子以来，她的厨艺好了一点。

在往橱柜外拿碗的时候，宋栀栀发现柜子里只有两副餐具，她只是扫了一眼，便下意识地将其中一个碗给拿了出来，给自己装了粥喝。

宋栀栀快速地喝着粥，然后拿出手机来查看剧情。

她先试了试输入："江影融合心的时间内……"

手机给出的答案是："不知，但会在七日之内融合完毕。"

宋栀栀想了想，又想到了深入墟渊的青君，她本想把"摄像头"安到他身上，看看他遇到了什么，但这手机又不显示了，若想看就必须消耗神识力量不可。她担心自己神识力量消耗一空会影响到正在融合心的江影，所以她没有选择看，只是有些惴惴不安。

日子很快过去，在第六日，也就是青君深入墟渊之后的第七日，悬崖之外的风荧蝶惊慌失措地散开，长剑划破长空的飒飒声在黑暗深渊中响起。

宋栀栀正坐在房间里书桌后看书，江影正在玉床上打坐，幽蓝色与白色光芒交织，看来还在融合之中。

当悬崖之外那长剑破空的飒飒声响起之时，宋栀栀敏锐地放下了手中的书。

这日已经是青君深入墟渊的第七日，也应当是他回来的时候了。

但是，宋栀栀听着那声音，觉得有些不对劲。

青君给人的感觉一直是温和且令人如沐春风的，这日他从墟渊里飞来的气势却有了些咄咄逼人的意味。

宋栀栀马上站起身来，心念一动，她的手机已经出现在掌心。

她很快在手机里打字："今日，不管是青君或者是别的什么人，都无法伤害到江影与宋栀栀分毫。"

宋栀栀原以为她写下这么离谱的剧情，会被系统回收，她已经做好了更改的准备，但是这行字明明白白地留在了白色的屏幕上，没有消失。

她一惊，将手机屏幕按灭，思考着这是否与神血有关。

宋栀栀这几日一直在思考一个问题，她是谁？如果她是这个世界的神明灵祇，那么一直以来想要江影死去的那股力量又属于谁？一个世界不可能有两个神明，而另一位却始终隐藏在深处，她连对方的脸都没见过，更不知对方的最终目的。

这个世界里还有待发掘的秘密，但是宋栀栀有一段漫长的记忆永远丢失了。她知道这段记忆定然与江影有关，不然没办法解释他身上的封魔咒文为何全是她的名字。

如果与江影有关，这段记忆……又到哪里去了？

宋栀栀在这一瞬间脑海中闪现过诸多想法，然而就在此时，一柄带着桃花的长剑，挑破了窗户处挂着的窗帘，青君的身形如流星般迅疾，直接朝她冲了过来。

青君从墟渊深处离开的时候，脑海中一直回荡着他与教首这几日的谈话内容。

教首自然是没有空闲来谈情说爱的，即便她面前的青君是她所倾心之人。

那红衣的女子一只手托腮，面容冰冷且高贵。

“青君，你一向了解我的性格。”教首的红唇勾起，轻笑了一声，道，“我若是一旦有了目标，谁也无法阻挡我，除非是死亡。”

“但是很不巧，我现在的状态，无论如何也不会死去。”她继续说道，“我可以很明白地告诉你，这个世界不允许有双神的存在，只能是我或是她，我不可能离开现在的位子，所以只好拜托她让位了。”

青君的长眉轻皱，望向教首的目光温柔，他道：“教首大人，你是在威胁我吗？”

“你当然可以这么认为。”教首摸了摸自己的下巴，纤指微微勾起，道，“双神的存在，是黑血妖魔出现的根本原因，若多拖延一日，这世界的裂缝便会更大一分，你难道没有感觉到这墟渊一直在往外隐隐扩张？”

“你若再不做出决定，拖延下去，这好不容易重新弥合的世界，可就又要崩塌了。”教首歪着头望着青君，道，“我最坏的结局便是与这世界一起死去，大不了鱼死网破。”

青君明白了教首的意思，现在这个复苏的世界错认了神明——或许与宋栀栀的模样与教首一模一样有关，现在的教首已经是接近半神的存在，谁也没有办法将她从已经占据了的神位上拉下来，即便是拥有了神血的宋栀栀也不能。

宋栀栀在没有拥有神血之前，力量甚至不能与教首抗衡，做事的时候处处受限。

现在的情况是，教首赖在这个原本不属于她的位子上不走，谁都拿她没有办法，但若一直拖下去，便会重蹈世界崩塌的覆辙，到时候可不知道还会不会有如此好的运气让世界再次复苏了。

她是一个疯狂且有野心的人，一旦抓住了机会便不会放开。三千年前她妄窥神明，创灵祇神教，挑拨人类修士之间的矛盾，间接导致了令世界崩溃的那一战；三千年后她亦是如此，阴错阳差地登上神位，鸠占鹊巢，倒逼原来的神明离开自己的位子。

如此行径，可恨、可恶。青君想。

但是……他低下头，看着自己手中的桃花折剑，剑柄上的鲜嫩桃花似乎还盈着露水。

但是，他确实还是爱她的，不论她疯狂或是充满野心，他也依旧爱她。

情与爱是一对很难理解的字词，青君没能真正了解它，教首却能将之玩弄于股掌之中。

她算准了青君还爱她，所以她自信满满，相信他一定会站在她的那边。

果然，在漫长的沉默过后，青君抬起头来，望着眼前的红衣教首。

“可以，既然这个世界只需要一个神明，我会替你将神血取来。”青君望着教首，目光赤诚地道，“现在她应当还在墟渊之中。”

“是……”教首慵懒地答了一声，分出神念去探查宋栀栀与江影的情况，这一看，倒令她有些惊喜，她道，“青君，是大好的机会。”

青君往前走了两步，疑惑地问道：“什么大好机会？”

“江影果然是个傻子，竟然放弃了解开锁灵咒的机会，反而选择了一颗心。”教首轻声说道，“我还是第一次见到有人与一颗心融合，没想到要七日时光。”

这个“七日”说出，青君的目光微凉，明白了教首的意思。

他现在上去，江影还没有醒来，只有十二窍不通的宋栀栀清醒着。

这个时候，取她的神血岂不是轻而易举？

“这是一个对我们很有利的巧合。”教首启唇，冷声说道，“世间之事，本就是因诸多巧合而生，你且去吧，将神血取来，我会在背后助你。”

青君望着她明艳的面颊，即便是与宋栀栀一模一样的脸，但两个人的气质大相径庭，岁月与经历在她面颊上没有留下任何改变容貌的痕迹，反而在细细雕琢着由内而外散发的气质。

当年在墟渊之上，折断了手中剑，意气风发、天真勇敢的她终究是不见了。

青君轻笑一声，道：“我们有多久没有如此并肩一处过了？”

“不知。”教首对他露出一个微笑，说道，“青君啊青君，只有你会去记这些无用之物。”

“你可以去了。”她推了一把青君，没有给他叙旧的机会，说道，“江影随时可能醒过来，他确实是个棘手人物，你最好趁他还没有苏醒之前，将神血取来。”

青君望向她的目光炽烈，手中桃花折剑上的桃花越发鲜活。他点了点头，身形一动，已然御剑飞向了天空。

他的速度极快，身形利落潇洒，转瞬间消失在教首面前。

红衣女子负手而立，望着他的背影，宽大的衣袂无风却鼓荡起来。

她朝虚空中一抓，无数纠缠的空间宛如丝线一般绞作一团，在她掌心之下如河流般缓缓流动。

这是此界的无数法则，她的纤指微动，宛如挑动古琴的丝弦一般拨动着，掌控这个世界的动向。

而此时已经来到墟渊上方的青君睁开了眼，就在眼眸一闭一睁的这一瞬，他的回忆完毕，现在他的目的是要将宋栀栀带走，想办法将她身上的神血剥离。

桃花折剑挑开窗帘，软纱被击碎，宛如雪片般纷飞落下，宋栀栀立于江影身前。

在青君手中桃花折剑即将接近他们的时候，他们脚下悬崖的黑色土块瞬间拔地而起，仿佛雨后生长出的春笋一般，将他拦了下来。

桃花折剑的剑锋与土石相交，摩擦出一串火花，剑鸣声刺耳，传入二人耳中。

宋栀栀早已料到青君来者不善，他突然出剑，她并不惊讶。

青君应当是在墟渊深处见到什么了，并且与它达成了某种协议。宋栀栀大概猜出发生了什么。

她青丝飞扬，扭头望向身后的江影，他的眼眸紧闭，还在与那颗心融合着。

这颗心来之不易，宋栀栀不会让他被打扰。

这房间已经被破土而出的岩石劈成两半，桌上那盏明亮的兔子灯落地，碎裂时发出清脆响声。

宋栀栀的瞳孔骤缩，抬眸望向执剑飞在空中的青君，朝他抬起下颌，目光冰冷。

不得不承认，在此界中，她面对江影之外的其他人，永远是带着置身事外的俯视态度。

宋栀栀心念一动，在她都没有意识到的时候，原本一直聚集在黑暗墟渊之中飞舞着的风荧蝶，如狂风一般席卷而来，落在她的脚下，将她轻盈地托了起来。

柔软的淡蓝色裙摆在黑暗中飘荡，被幽蓝色的荧光映照得如仙般神圣，宋栀栀飞至空中，与青君视线平齐。

“你在墟渊深处看到了什么？”宋栀栀启唇问他。

青君不好意思地摸了摸鼻梁，对宋栀栀柔声说道：“栀栀姑娘，我见到了昔日爱人。”

宋栀栀一惊，没有想到那个“灵祇”竟然与青君是……是这种关系。

如果是昔日爱人……那么，那个“灵祇”一定不是真正的神明！

宋栀栀猛然间反应过来，抬眸看着青君，轻软的发丝从肩头垂落：“你想做什么？”

“取走姑娘身上的神血。”青君用两指擦拭了一下雪白的剑锋，这柄原本看似温柔的剑在此时崭露锋芒，剑锋弥漫的杀意足以灼伤人眼。

宋栀栀望着他，闻言轻笑道：“这神血是他赠我的，我又岂能拱手给你？”

青君无奈地摇了摇头道：“那我也不得不对栀栀姑娘拔剑了。”

语毕，那桃花折剑宛如出水之龙，裹挟着疾风与锐意，朝宋栀栀席卷而来。

宋栀栀脚下的风荧蝶狭长的双翅快速扇动，托着她往后疾退，但风荧蝶退得再快，也没有青君手中剑快。

然而，在那桃花折剑的剑锋即将触碰到宋栀栀胸膛的时候，她面前的气流鼓荡，直将她的发丝吹得上下翻飞。

空气中气流的流动遵循一定的规律，但它们的走向不是完全固定的，偶尔也会有意外发生。比如现在，因为宋栀栀之前写下的剧情起了作用，所以她面前的气流以不可思议的走向汇聚在了一起，形成一个气团，柔柔地将青君的桃花折剑接了下来。

桃花折剑是一把极其锋利的宝剑，然而就是这样绵软的格挡，能够将剑中锐意尽数化去，效果极佳。

“栀栀姑娘果然厉害！”青君叹了一声，道，“那标注了黑血妖魔的地图，想必也是你的手笔？”

宋栀栀望着青君，这个问题的答案她没有必要隐瞒，于是她点了点头。

“这般操控世界的力量，可不止你一个人拥有。”青君知道教首会在背后帮助他，于是调整身形，再次攻了上来。

宋栀栀脚下带起一串幽蓝色的光芒，在黑暗的墟渊中划出一道极为优美的残影。她身上十二经脉一窍不通，因为她根本就不是人类，她无法修行，但此界的所有事物都在她的掌控之下。

她脚下的风荧蝶带着她飞速移动，逃离青君的攻击，他每一次出剑，都被周围“一不小心”落下的石块或者是忽然吹来的一阵风拦下。

这些变化只需要宋栀栀心念一动，便能够轻易实现。

宋栀栀原本操纵着周遭的一切，丝滑无比，应付青君也游刃有余，但在一刻钟后，她周身气流的涌动忽然开始变得无比涩滞，她感觉到自己对周遭一切自然环境的操控开始遇到了阻碍。

是那位“灵祇”出手了，果然青君与她站在了同一阵线上，宋栀栀对此并不感到惊讶。

此时，青君手中的桃花折剑迅捷如风，直直地朝宋栀栀刺了过来，而一直护在她身边的流动气团此时的移动变得非常缓慢，仿佛被什么东西给拖住了。

桃花折剑擦着那护身的气流，即将击中宋栀栀。

但她脚下的风荧蝶骤然间加快了速度，有几只蝴蝶不惜自断一半翅膀，引动灵气流泻来产生能量，也要带着她逃离这一剑。

桃花折剑与宋栀栀擦身而过，雪白的剑锋只斩断了她的袍袖，淡蓝色的轻纱飞扬，在这黑暗的深渊里飘荡，仿佛一条蓝色的游鱼。

宋栀栀打起精神。她意识到她现在必须全神贯注，因为她要面对的对手不止眼前的青君，还有那位久久不现身的“灵祇”。

她骤然疾退，看着御剑而行朝她欺近的青君，她的眸中锁定青君的身形，瞬间，有关青君此时的速度以及灵气储备等的信息通过拂过她耳边的风传递到她的脑海中。

宋栀栀眨了眨眼，计算这个结果只需要一瞬间。她心念一动，强行让自己转了个弯，桃花折剑再次擦着她的腰部而过，非常精准，将腰带上缀着的一颗珍珠斩落。

如此应付青君需要耗费的神识力量巨大，因为调动周遭事物来保护她会受到“灵祇”的阻碍。

宋栀栀抬手，白皙手臂上出现了一颗毛茸茸的黑球，在这一瞬间，这黑色毛球弥散为一团黑色雾气，宛如乌云一般缠绕在她的手臂上，这只心魔现出了它本来的样子。

心魔开始为宋栀栀提供神识力量，她望着还在锲而不舍追杀她的青君，狠下心来。

只听见一道尖利的破空之声，有什么东西从江影的袖中飞了出来。

一只风荧蝶飞快振动着双翅，将冥昭从江影的袖子里扯了出来，这昭示着宋栀栀的反击开始。

与此同时，教首的声音在青君脑海里响起："这冥昭之上被施加了规则之力，你要小心。"

青君点了点头，但就在方才教首分神与他说话的一瞬间，冥昭已经飞了出来。

冥昭只是一柄柳叶小刃，在黑暗的墟渊中更具优势，在青君没注意的时候，它飞了过来，直接击中了他的肩膀。

青君吃痛，捂住自己的肩膀，隐隐有血从他的青色衣袍里流出。

此时，一道光芒在他的肩膀上亮起，施加在冥昭上的见血即死的规则之力被教首驳回，两股神明层面的力量相互碰撞，而后相互抵消。

青君没有因为中了冥昭一刀而等待死亡，只感受到了隐隐的刺痛。

他无奈地捂住伤处，对宋栀栀摇了摇头，道："栀栀姑娘下手也太重了些。"

宋栀栀舔了舔唇，冥昭又隐没进黑暗之中，不知何时才会现出身形。

她虽然有些紧张，但并不觉得自己的决定有什么问题，毕竟这神血是江影一日复一日没有停歇地浇灌给她的，她绝不可能让青君将这神血夺走。

宋栀栀低头望了一眼悬崖之上的江影，从这个高度望去，他黑色的身影有些模糊，交缠着的幽蓝色、白色光芒依旧没有停歇，也不知他何时才会醒来。

她轻叹一口气，只盼望着江影快些醒过来，她也可以不用如此辛苦地应付青君。

见宋栀栀没有答话，只是低头看了江影一眼，青君感到有些尴尬。

但他转念一想，神明便是如此。如他一般的修士，在她眼中恐怕与草芥无异。但不知江影与她是何关系，竟能让她如此看重他。

青君轻叹一声，飞身而上，还没忘记要取走宋栀栀的神血。

"此界不允许双神并行，你与她若还是如此僵持下去，此界的裂痕还会继续扩大，产生更多诡异可怕的妖魔，为了此界安宁，栀栀姑娘，你还是委屈一下吧。"青君对宋栀栀朗声说道。

宋栀栀觉得奇怪，青君这话委实有些慷他人之慨，若不允许双神并行，在墟渊尽头的那一位为何不主动退位？

她的嘴角勾起，嘲笑青君所言没有道理。

“我知我无理，但墟渊尽头的那位更是不讲理。”青君无奈地对宋栀栀说道，“我劝说不了她。”

宋栀栀看着青君清朗的面容，开口说道：“神血不可能给你。”

趁青君分心之时，那只风荧蝶又悄悄叼着冥昭朝他飞了过去。

青君似乎还沉浸在方才的对话之中，没有闪躲，宋栀栀在看到他这般反应的时候，已经察觉到不对，但已经晚了。

教首为了护他性命无虞，在冥昭即将击中他心口的前一刻，不惜将墟渊里的灵祇神像击毁，那失去了面容的神像脑袋从上方滚落，直接将冥昭拦下，荡出一圈强大的气浪与烟尘。

冥昭击中灵祇神像的脑袋，这神像瞬间四分五裂，这尊矗立了不知道多少年的神像终于被彻底毁去。

教首不心疼，因为这神像严格来说供奉的是宋栀栀。

宋栀栀也不心疼，因为她以为这神像供奉的是那位“灵祇”。

所以宋栀栀与她在墟渊上方对了一招，双方都没有受伤，冥昭退回，神像破碎产生的碎石也没有砸中宋栀栀。

但就在此时，墟渊深处操纵着一切的教首，与在墟渊上方专心对付青君的宋栀栀同时愣住。

她们忽略了一个人。

是青君。

此时，青君那如青竹叶般的长袍飞扬，驭使着桃花折剑，借着冥昭击中神像那一瞬间产生的气浪推动自己向下飞去，同时也利用烟尘遮挡自己的身形。

反正，等到教首与宋栀栀反应过来的时候，他已经来到了正在打着坐与心融合的江影上方。

宋栀栀的瞳孔骤缩。她一直以为青君的目标是她，而且她此前不久还写下了青君无法伤到江影的剧情，按道理来说已经写下的剧情不可能被违背，那么他此时应当接近不了江影，会被风、石等自然事物拦下来。

除非……除非！

除非他根本不想伤江影！

宋栀栀觉得脑袋有些乱，但了解青君的教首已经反应过来。

墟渊深处，那红衣女子的脸颊染上薄薄的怒气。

该死，又被他骗了！

而此时，青君桃花折剑的剑锋直指江影脖子上坠着的那颗红琉璃，他早已察觉到这颗东西的不对劲。

但就在剑锋即将击中江影脖子上那颗红琉璃之时，一直处于深层宁静状态的江影骤然睁开双眼，凝视着剑锋，察觉到这剑锋即将击中红琉璃，他下意识地转过身，准备用自己的身体拦下这一剑。

但……

宋栀栀此前不久写下的剧情一直在产生作用——这日谁都伤不了江影，包括他自己。

于是，一道气流不知从何而起，凝聚成团，直接把江影的身形又给翻了回去。

这是意外中的意外，总之，在成功骗过两位神明之后，青君的目的达到。

“教首大人，抱歉，我还是想要明晰真相之后再考虑你的条件。”青君紧握剑柄，对着虚空朗声说道。

他的直觉敏锐得惊人，在墟渊深处与教首谈话之时，就联想到了江影脖子上那颗红琉璃。

所有人，包括初代教首、宋栀栀、江影，还有他，都缺失了某一部分极为重要的记忆。

那么，这份记忆藏在哪里呢？

青君决定赌一把。

桃花折剑击中红琉璃，发出脆响，红琉璃骤然破碎，如血一般的光芒闪耀，晶莹璀璨。

当然，这颗红琉璃也确实是一滴血，它飘飘荡荡地向上飞着，一直飞到宋栀栀的面前。

很快，在宋栀栀没有反应过来的时候，这滴眉心血飞至她眉心的朱砂痣上，与之嵌合。

宋栀栀的眸中有一瞬间的失神。

她听到了自己的心跳声，“怦怦怦……”异常激动急切。

与此同时，她想起了记忆中一个景象，在沈家山庄的夜里，竹影婆娑下，江影背着她，与她讨论着这颗红琉璃。

“这是什么东西，你这么宝贝？”

“不知道。”

“冥昭重要还是它重要？”

“它。”

“我重要还是它重要？”

“它。”

“你重要还是它重要？”

“它。”

而此时此刻，这颗红琉璃终于回到了属于它的地方。

属于宋栀栀，同时也属于这整个世界的某一部分记忆，终于归位。

在红琉璃回到宋栀栀眉心的那一瞬间，这个世界仿佛暂停了。

三千年前的史书记载开始飞速翻动，于字里行间填入信息，描写着有关江影的一切，初代教首与青君的脑海中都多出了一个名字——江影。

宋栀栀所有有关于他的记忆被抽离，所以连带着这个世界也忘记了他。

但就在现在，他们都记起来了。

宋栀栀仰头望着虚空，捂住了自己正在不断传来心跳声的心口。

她问了自己两个问题——

宋栀栀，你究竟从哪里来？

你的心，又是从何而来呢？

它是世界法则。

它无心无情。

它即神明。

平行世界有无穷多，所以神明有无数，此界的神明名为“灵祇”，这个名字只是此界中人为神明所起的名讳。

神明没有名字，亦没有具体的形象，在一般情况下，人类不可能发现它的存在。

因为它深藏于人类永远到达不了的极限之地，例如墟渊的最深处。

但人类是一个极其聪明的物种，他们如同蹒跚学步一般慢慢探索此界的规则……

灵气是这个世界的能量，它无处不在，但人类始终没有办法真正掌握控制灵气的办法。

可即便只是初通皮毛，被利用了一点点的灵气也能够让他们强身健体、延年益寿，甚至是上天入海，探索未知之境。

那时候的灵祇界，还未出现传授修真之法的门派，也未出现宗教。

灵祇界人们的信仰皆是自己与身后的家国，他们从未想过这个世界还有神明的存在。

直到某一天，经过千万年发展的人类到达了那不可涉足的墟渊之下。

那一天，一男一女出现在墟渊上方，他们是人类修士，此时他们的修为用人类的境界划分来说不过金丹而已，但这已经是那时人类修为的巅峰。

在墟渊之上，那一男一女爆发了一次争吵，灵祇没有兴趣听，它不理解他们在吵些什么。

总之，在最后，那个后来谁也不敢妄言她名讳的女子折断了手中的剑，将断剑抛在青君面前，一人深入墟渊之中。

越往墟渊深处去，所受到的压力便越大，这是人类身体能够承受的极限。

但她之所以为她，是因为她硬生生突破了人类修为的极限，她目标专一，不屈不挠，竟然真的被她来到了墟渊的尽头。

这出乎了灵祇的意料，因为它不理解人类信念的力量有多强大，它只知通过计算，她不可能活着来到墟渊深处。

于是，有了人类与神明的第一次邂逅。

后来的青君称那次相遇为“罪恶的奇迹”，并不是随口胡诌，因为在那一天，窥见神明的人类掌握了最接近于真理的法则，这意味着他们能够将此界灵气利用到极致，同时……他们也打开了潘多拉的魔匣。

在墟渊的深处，女子看到一只巨大眼眸对她缓缓睁开……

而在那只眼眸中，她看到了自己，二十岁的年华，意气风发，天真勇敢，像初初开始探索外界的一只小兽。

灵祇没有具体的形象，严格来说，它是无处不在的规则，是一块干净的琥珀。

直面它，人类看到的会是自己。

但……就像指纹印上尚未凝固的琥珀，人类的身影同样也在灵祇那里留下了影子。

于是灵祇有了第一只如同人类一般的眼眸，它凝视着她。

灵祇本无意泄露什么，但属于灵祇界的初始法则就是这么直白地藏在它的眼眸之中。

初代教首望着墟渊尽头的那只眼眸，仿佛福至心灵，她是极聪慧之人，仅仅是这么短促的一眼，也令她领悟到了许多。

她无法解释这现象，当人类没办法用现有的知识解释某些事件的时候，所谓的神明便诞生了。

她将墟渊深处那一瞬间与灵祇的对视称为“神迹”，而灵祇也终于拥有了“灵祇”这个名字。

她将领悟的世界规则用于实践中，突破了人类知识的极限。

灵气被人类运用至极致，人类的修为因此暴涨，宗教与门派出现了。

脱胎于初始灵气运用理论，人类的智慧衍生了无数的流派，从而形成了不同的门派。

原先的“家与国”分崩离析，取而代之的是以“门派”划分的不同势力。

其中，势力最为庞大的便是灵祇神教，因为灵祇神教的功法典籍出自初代教首之手，与世界规则的本质最为接近。

灵祇神教的初代教首也完成了她的野心，开创了一个属于她的时代。

但是，所有人都忽略了一件事，在一个世界体系中，有人存在的地方便会有无数的纷争与矛盾。

“因为生物本质是一种不断在掠夺的存在。”灵祇如是说。

人类之间的矛盾即“因果”，人与人之间的因果线原本可以因为自然规律的生老病死而逐渐消弭于无形。但由于人类掌握了超越极限的力量，他们通过修炼可以获得漫长的生命，在漫长的时间跨度下，原本可以因为生老病死而自然消散的因果线开始无限延长。

这样下去，纠缠在每个人身上的因果线会越来越长，每个人的因果线之间的交叉点就会越来越多，从而形成一个又一个的死结，就像散开的丝线乱作一团。

这是隐形的劫难，每一个因果纠缠就是一个劫，当劫难越来越多的时候，原本稳定的世界终究会走向崩溃。这是因为在人族出现了越来越多的强者，由于永生不死的生命，人类的力量上限在不断突破，没有尽头，若他们足够强大，一旦发生摩擦矛盾，爆发战争，这世界无法承载战争余波，便会毁灭。

灵祇用唯一的眼窥探着人类世界，发现了一个不得不承认的事实——若再不行动，它终将随着崩溃的世界一起死去。

灵祇用它无与伦比的计算能力，预见到了自己千万年后的死亡。

它本来没有“害怕死亡”这个概念，但因为它与人类对视的那一眼，学会的第一个近乎于本能的情绪便是畏惧。

灵祇无法接受它要死去这个事实，但它无能为力，人类这个物种已经强大到任何自然现象都无法毁灭他们。

而身为世界法则集合的它，可以影响人类的行动，像拨动天平的两端，却无法完全控制他们的思想与情感。

因为思想与情感，是人类超脱于躯体之上，唯一真真正正属于“人”的东西。

在灵祇的眼中，这整个世界仿佛一盘棋局，棋盘上纠缠的“劫”如同雪球一般越堆越多，因果线纠结如乱麻，棋局濒临崩塌的边缘。

经过繁密的计算，灵祇需要一把利刃，它要用这把利刃，将所有纠缠的因果线斩断。

所有的仇恨与纷争，所有的劫难，皆应于这把“利刃”之上。

所有人都会恨他，因为他足够可恶，随着他的死去，大部分的仇恨会随之消失。

就像一本书里的反派，无人知道他从何而来，只知道他足够邪恶可恨，当他死之后，大快人心，这本书也能迎来皆大欢喜的完美结局。

这个方法看似简单粗暴，却出乎意料地有用。而且，若是未来因果线再次生长，灵祇可以再用一次同样的方法，而它需要付出的代价，便是让这么一个人诞生。

用一个人的性命，换来一整个世界千万年的和平稳定，这是一笔很不错的交易。

于是，灵祇决定试一试。

在月轮历前三百年的二月二九，江影诞生了。他拥有神明馈赠的最“美好”的礼物。

对于灵祇来说，它可以随意精心雕琢出一个完美的人类。

他拥有最佳的天赋，经脉是天通十二脉，与天地灵气的沟通效率超脱于所有人之上。

从古至今，从来没有这样体质的人类诞生。月有阴晴，花有衰败，世上本无完美之物，这样的存在有悖常理，只有身为神明的灵祇亲自出手，才能够打磨出这样一副躯壳。

他将会成为它手中最锋利的一把匕首，将此界力量过强的人一一斩首，并且在已经写好的命运操纵之下，与此界所有的势力结仇，最终，他会走向生命的终点，应劫而死。

这是灵祇为他精心写就的命运。

二月二九还是大雪纷飞的冬日，出生后不久便失去了双亲的江影被抛弃于雪地之上，灵祇静静注视着还在襁褓之中的他。

这是它第一次干涉人类世界，所以它格外小心，在这一天，它发现了一件令它惊讶的事情。

它精心雕琢出的完美人类，竟然就要被冻死了。

灵祇第一次知道，原来人类是怕冷的，如此脆弱的人类。

江影是灵祇很重要的实验品，所以他不能死，为了保他在走向命运终点前性命无虞，栀栀便诞生了。

栀栀是它后来的名字，严格来说，她是灵祇分化出的一部分，她拥有人类的形象。

灵祇不会变成其他什么人，只会笨拙地模仿人类的模样——那个第一个窥见它的人类女子的形象。

同样是在二月二九那一日，身着白裙的漂亮少女走出了墟渊，赤着脚站在雪地上，脚底被冻得发红。

栀栀抬起了脚，感觉到了“冷”这种生理感受。她低头将包着年幼江影的襁褓捡了起来，他漂亮的小脸发红，藏在粗糙的布料之下，有种晶莹剔透的可爱。

她伸出手，冰凉的指尖触到他的脸颊上，结出冰霜。

栀栀将他放在木盆内，丢入江水中，冬日里顺流而下的江水会载着这小小江影来到温暖的下游，直到有好心人将他捡起。

江影的名字便是由此而来，因为他被抛弃在江中。

江影确实过得很苦，因为在写就他命运之时，灵祇就没想过让他活。

身为灵祇分化出的一部分的栀栀在墟渊之外行动，救了江影很多次。

灵祇神教中一个小小分部的修士来江影所居的镇上寻找有天赋的小孩，准备收入教中培养，在查到他的时候，教中的修士们都惊讶了。

江影身上的十二条经脉，竟然都是畅通的，要知道，就算是那位惊才绝艳的初代教首大人，也还有一脉尚未畅通。

完美得不似真人，更像是妖魔。

面对这样的江影，他们所想的是将他毁了——在他尚未成长起来之前。

他们以会带他回灵祇神教好好培养的借口，把他带走了，那时只有十岁的他以为这是真的。

江影蹲在灵祇神教备好的马车里，两只瘦削的手环抱住自己的双膝，看着马车里供奉着的灵祇神像。

这是一尊极为美丽的女神像，是初代教首为了加强她在教中声望，参考了自己的形象雕刻而成的。

灵祇圣城建立在墟渊之上，所谓的神明形象是以她为蓝本捏造的，初代教首的野心昭然若揭。

江影伸出手，轻轻拭去神像上沾染的一点尘灰，灵祇神教势力甚广，他所居住的地方也信仰神明灵祇。

他也是信仰灵祇的，虽然他的命运多舛，但他亦有每日对着灵祇神像一遍又一遍地祈求脱离这黑暗无望的命运。

灵祇神教宣扬说神明平等地爱着每一个人，但江影想，如果当真有神明，或许神明并不爱他。

江影是如此傻。

神明无心，又怎能爱他。

所以，当那柄长剑探入马车之内，擦着他脖颈而过时，他很平静。

他那如红色琉璃般剔透的眼眸静静望着剑锋，在心中想，果然不可能有好事降临到他身上。

那柄没能成功击中他的长剑偏离原本的路线，自然是灵祇的手笔。

但现在的江影如此弱小，他还是会被杀死，所以栀栀出现了。

马车行驶到了密林中，在野外杀死一个人不会被发现，一个无父无母的孤儿死去，亦不会有人追究他的生死下落。

但此时，一阵不知从何而来的狂风刮过，将灵祇神教的那些修士吹得东倒西歪。

森林中的藤蔓以不可思议的速度生长，托着栀栀往前走。

蹲在马车里的江影捂住了脑袋，此时，一双洁白无瑕的手将帘子拉开。

由于栀栀拉动门帘的力度太大，马车里的灵祇神像被扫落，坠落在地，碎裂成两半。

江影抬起头，想要看一看来者何人，却被一只冰凉的手将脑袋按了回去。

栀栀把他拽到了怀里。她来时一不小心碰到了栀子花丛，身上带着清甜的香气。

她抱着又瘦又小的他，一路往密林外走，她甚至不需要自己动脚，赤着的脚下便有无数森林中的藤蔓托着她往前走。

来到密林外，栀栀将他的身子丢在地上，仿佛在丢一个麻袋。

江影屁股着地，跌坐在地上，再抬起头来的时候，只能看到栀栀的背影隐没入密林中。

她的身形，与那灵祇神像一模一样，就像是神像活了过来。

江影愣在原地。他想，原来当真是有神的呀。

灵祇吃够了被人类看到行迹的苦，如果不是与初代教首对视的那一眼，它也不会直面未来会跟着崩塌的世界一起死去的结局。

所以栀栀不想江影看到她是谁。

江影尚未开始修行，但聪敏的他已经意识到他那神赐的经脉是招致祸端的来源之一，所以他隐藏了自己经脉的秘密，不轻易示人。

他在十五岁那年，再一次遇到了生命危险。他没有修行，亦不敢将自己的经脉示人，就算要读书学习，也只能偷偷潜入修炼门派里开设的课堂之中。他被课堂上负责授课的长老发现，长老将他打致重伤，丢到山里的一处灵祇神庙中。

这门派与灵祇神教素来不对付，所以门中长老选择将这个偷学门中教授内容的小偷丢到灵祇神庙里。

灵祇神庙是灵祇神教供奉灵祇的地方，每日都有固定的修士过来打扫，换上新的供品。

江影靠在那高大的女神像的脚下，觉得他快要死了，他浑身是伤，并且已经多日都没有进食了。

灵祇神像下的供桌之上，摆放着新鲜且美味的供品，有瓜果、面食，以及肉类，江影只需要微微一抬手，便能将桌上的供品拿来吃。

栀栀站在灵祇神像的阴影处静静地看着他。她想，就算江影吃一些给她的供品，她也是不介意的。

她觉得她在一开始安排江影命格的时候，就不应该安排得如此倒霉，他走到哪里，哪里的人便倒霉，这才使人人都厌弃他——这是灵祇想要为他安排的结局，但现在为时过早。

因为他马上就要饿死了！

头上就是给神明灵祇的供品，他竟然没有吃？

为什么？

栀栀不理解。她看着江影，没有说话。

此时，窗外一只鸟儿飞了进来，在灵祇神像前盘桓了一下，然后用鸟喙将桌上面点给推了下去。

一个柔软的馒头掉在江影手边，他的指尖感受到食物。

但是……这是给神明的供品。

江影的意识其实已经模糊，但他依旧记得十岁那年将他从灵祇神教的修士手下救出的那人模样，与灵祇的神像一模一样。

他对灵祇的信仰很虔诚，灵祇神教所有人信仰的都是以初代教首为原型的假神，只有他，在阴差阳错之下，信仰了真正的神明。

然而神明不需要他的虔诚信仰，栀栀只觉得他很傻，送到手中的馒头也不吃。

见江影已经饿晕过去，她不得不现身，白色的裙摆在黑暗中闪现，她赤着脚走了过来。

栀栀从供桌上拿来一个干净的馒头，小心翼翼地撕开，一口一口喂到他的嘴边。

灵祇神庙外种着一大丛栀子花，她走进来的时候，沾染了香气，那芬芳萦绕在他身边。

江影记得她。他觉得这供奉给灵祇的供品得到了神明本神的许可，所以他张嘴吃了下去。

栀栀又喂了他几口水，把桌上的一盘盘供品放到他身边，又离开了。

那轻软的栀子芳香逐渐远离，江影也活了过来。

他卧在灵祇神像脚下，就在灵祇神庙中过了一晚。

江影确实是获得了神明的许可，神明允许他在庙中享用供品，在庙中过上一夜。

但他没有得到灵祇神教的许可。

所以在第二日，灾难来临，每日负责替换新鲜供品、打扫灵祇神庙的十余位修士怀着庄严的心态来到灵祇神庙中，发现了江影。

江影的行径简直是大不敬之举，自然是要被这十余位修士给杀死的。

他还没有修行，面对十余位修士，根本没有反抗的余地。

栀栀觉得诧异，那供品分明是给她吃的，她分给江影吃并没有什么问题，这些人又为何要把江影给杀了？

人类，很烦。栀栀想。

她站在灵祇神庙前的小院之中，白色裙摆曳地，神情冰冷。

栀栀朝天望了一眼，瞬息间，一道轰然巨响传来，这灵祇神庙崩塌，神像倒地碎裂，这十余位修为不高的修士慌忙逃散。

灵祇调动此界中客观事物的力量，奈何不了如初代教首或是青君那般强大得接近化神之阶的修士，但解决这几个小修士还是轻而易举。

江影原本以为他这次一定会死，但他背靠着供桌，瞪大眼看着头顶上的横梁破裂，出其不意地砸了下来，将身后的灵祇神像砸碎。

倒塌的庙宇里的横梁形成了一个三角空间，将他护在其中。

这自然也是栀栀的手笔。

她衣不染尘，走上前去，准备将江影头顶上方的几块巨大木头搬开，让他好出来，不要在里面被憋死。

栀栀将几块梁木搬开之后，露出了一处空隙，足以让江影自己出来，然后本打算收回手离开。

但很快，她自己都没有预料到，那处空隙之下，江影不知道从哪里来的力气，直接伸手，紧紧拉住了她的手腕。

他温暖的掌心触碰到栀栀手腕的时候，他在想，她的手好冷，仿佛没有生命一般。

借着清晨照入缝隙的阳光，江影看到了栀栀的模样，那灵祇神像是没有脸的，只有一只眼，但在看清她模样的一瞬间，神明在他心中有了脸。

若真有神明，那它就该是如此模样。江影想。

栀栀看着他，面上没有表情，她用了力，想要抽回手，但他攥得很紧。

“你叫什么名字？”江影借着缝隙里照进的一丝天光，轻声问栀栀，声音沙哑得可怕。

栀栀看到横梁砸下的烟尘落在他脸上，让他看起来脏兮兮的，模样有些滑稽可笑。

这满面脏污的小少年，就仿佛永不见天日的卑微虫鼠。

她能够听得懂人类的语言，但还未学会说人类的语言，所以只能学着那虫鼠的叫声，唤了两声，带着近乎于嘲笑的意味。

“吱吱。”

第十三章
蝴蝶发饰

“栀栀。”江影重复，将她带着嘲笑的话语误解为另一个美好的词汇。

他的目光越过栀栀的肩头，望向她身后不远处的花丛。

栀栀顺着他的目光回头，看到了身后枝头绽放的纯白花，是栀子花。

直到很久很久以后，她才知道这花儿意味着恒久、连绵不绝的爱意。

“栀栀。”江影被关在那横梁下方，又唤了一声栀栀。

栀栀的手腕被他握着，抽不回来。

她静静地看着江影，目光漠然，等待着他自己松开手。

但江影显然没有这个意思，所以两个人隔着横梁大眼瞪小眼互相看了很久，谁都没有先动。

栀栀一直在观察江影，细数他纤密的长睫眨动的次数，她发现他眨眼的频率比一般人类要低。

他似乎一直在盯着她看，连眨眼都觉得奢侈。

栀栀并不畏惧他的目光，或是因他的目光感到害羞。

一直到了晚上，清冷的月色洒下，将栀栀美丽的面颊镀上一层银辉。

就这么僵持了一天的两个人，肚子同时传来了“咕咕”的响声。

栀栀低头，细软的发丝从肩头垂落，她看了一眼自己的肚子，一种特殊的感觉传来。

她不知道这是什么感觉，因为她从来没有经历过。

只有江影仰头望着她，漂亮的红眸亮得惊人，他道：“你饿了。”

语毕，他又喃喃道：“神也会饿吗？”

栀栀听懂了他的话，抿着唇，对他摇了摇头，她并不想暴露自己的身份。

江影看着她，觉得自己有些傻，这姑娘会说话，也会肚子饿，看起来不像是神明，只是被他错认成了神。

他想了想，对栀栀说道：“我后面的供桌上还有些食物，你将我拉出来，我们一起吃。”

栀栀确实是饿了，这个躯体是人类的身体，所以在听到“食物”这两个字的时候，她马上知道了饿了就要吃饭这个道理。

她将横梁上的碎石搬开，两手被灰尘弄得脏兮兮的，为了不让江影以为她就是神，她现在完全就是一个普通人。

江影从里面爬了出来，从供桌上拿过馒头、水果与用油纸包着的肉食。

栀栀敏锐地发现他身上的粗布衣服虽然很破，但依然干净，他的脸上脏兮兮的主要是因为方才横梁砸下时溅起的灰尘落在了他的脸颊上。

江影将冷了的馒头递给栀栀，低下头，小声说道：“你吃。”

他之所以低着头，是因为从那狭小的空间里出来之后，不好意思与栀栀对视。

栀栀的肚子又响起了“咕咕”声，她伸出手，打算把江影手里的馒头接过来，结果她刚伸出手，便被他给握住了。

他的长睫垂落，看着栀栀脏兮兮的掌心，对她说道：“栀栀，手很脏。”

栀栀不明白，手脏难道就不能吃东西了吗？人类是她见过最会穷讲究的生物。

她继续伸手还想去拿馒头，但她两只冰凉的手被江影拢着，他将她牵了起来。

江影牵着栀栀往院子里走，来到院墙附近用来引水的竹筒前，他温暖的手拢着她，帮她洗手。

栀栀还没有完全学会人类的语言，所以她任由江影的手指穿过她的指缝，替她将手掌上每一处脏污洗净，乖巧又安静，没有说话。

“好了。”江影替她将手擦净，觉得眼前这姑娘像一个乖巧又精致的人偶。

就像是懵懂的神明误入了人间。

少年与少女并肩坐在倒塌的神庙屋顶上，头顶悬着一轮满溢清辉的月亮。

栀栀捧着手里的馒头，细细掰开，一口一口地往嘴里送，她的动作很机械，总是忘了喝水，还是江影为她递上水。

她吞咽了一下，将嘴里干巴巴的馒头咽了下去。

江影把装着清水的竹筒递了过来，侧过头看着她。

栀栀的目光直视前方，眼神空洞，她只是这么坐着吃东西而已。

江影注意到从头至尾，她只对他说了两个字。

他疑惑栀栀为何又不说话了。

他望着她，轻声问道："栀栀，你为什么不说话？"

栀栀扭过头看了他一眼，抿着唇，又摇了摇头，她对于人类的语言并不是很了解，她可以听懂，但还不会说。

江影瞪大了眼，唤了她一声："栀栀，你叫我的名字。"

栀栀又摇了摇头。

江影其实是打算教她的，所以他说了两个字："江影。"

"江影，是我的名字，因为我是被抛弃在了江中。"江影对她解释。

栀栀的学习能力自然是极强的，所以她重复了一遍："江影。"

她的嗓音好听，说出的话也字正腔圆，这是她有了人类身体之后，说出的第二个词语。

第一个词语，成了她的名字，而第二个词语，则是江影的名字。

很少有人会如此正经叫他的名字，所以他听到这两个字从她口中说出，愣了一下。

栀栀见他愣住了，没有回应，还以为是她说得不够大声，所以她又提高了音量，唤了一声："江影。"

"在。"这少年忽然笑了。他目不转睛地看着栀栀，嘴角勾起一抹极淡的笑容。

栀栀吃饱了，想要离开，回墟渊里去，与灵祇的本体融合，当一个人类着实很累，她觉得自己全身上下都不舒服。

但当她从倒塌的房顶上跳下来的时候，白色长裙一不小心钩到了檐角。

于是"刺啦"一声传来，她那轻纱所制的长裙被划破了一个大口子，露出她白皙的脚腕。

江影这才发现，她并没有穿鞋，赤足走在地上，脚底已经很脏了。

栀栀在诞生的时候，只是机械地模仿初代教首的模样，从她的脸到衣着。

当时初代教首的裙子很长，遮住了双脚，所以她以为她没有穿鞋。

所以现在的栀栀才赤足。

江影一惊，看着这姑娘手足无措地站在月下，一时之间不知该怎么办才好。她的表情虽然冷漠，却还是带着初入俗世的懵懂。

在人类的眼中，她像一个初生的婴孩。

江影低头，从口袋里掏出了几块粗劣的灵石，内里灵气含量并不丰富，是他前段时间做工所得。

但在不久之后，留下他让他做工的那个渡船出现了意外，沉入了水中，他也就没了工作。

江影将这几块灵石攥在手中，对栀栀说道："我可以带你去买鞋，买衣服……"

栀栀还是摇头，只要回到墟渊中她便能恢复，没有必要在人类中间逗留这么久。

但此时的江影已经从倒塌的屋顶上跳了下来，温暖的手拉住了她的手腕。

"走吧。"在月色下，这少年定睛望着栀栀，认真地对她说道。

见他还是坚持，栀栀没有拒绝，跟他走或是不跟他走，于她而言，都是一样的。

再加上她确实对有能力将这个世界都给毁了的人类有些好奇，于是她没有反抗。

江影牵着她往前走了两步，她便跟了上去，赤着的脚踏在沙石地上，静默无声。

他的步伐顿住，回身，低头看她赤着的脚。

江影想了想，略微弯下了腰，道："我背你走。"

栀栀看着他虽然瘦但依旧有力的背，没有说话，趴到了他的背上。

江影直起身子，将她的两腿揽着，轻松将她背了起来。

栀栀的两只手僵硬地搭在江影的肩膀上，虚虚握成拳状，她白皙的手指不安地动了动。

她觉得这个人类身上的温度令她很不适应，不像墟渊的深处，冰冷且黑暗，仿佛深海底。

江影的长睫微颤，扭过头看着栀栀的手，只开口叮嘱了一句："你要扶好。"

栀栀乖乖地将双臂合上，揽住了他的脖颈。

在清冷的月色下，害羞的绯色从少年的面颊蔓延到了耳尖。

江影低下头，束得齐整的发丝被一个简单的发冠拢着，他背着栀栀，闷头往前走去。

他的脚步很稳，也飞快，不多时便来到了城外。

城内灯火通明，来来往往的人在街道上走着，偶尔有长相各异的灵兽被修士牵着走，夜空中有流星般的光芒闪过，那是御剑飞行的剑修掠过天空。

江影仰头望着闪过“流星”的天空，对栀栀说道：“我的经脉很特殊，因为这身经脉，我本来快要被人杀死了。”

栀栀眨了眨眼，漂亮的眼眸中没有任何情绪。

她心想：你的经脉是我亲手所塑，没必要再对我重复一遍这个事实。

“是你救了我吗？”江影问。

栀栀沉默了，她知道生死羁绊是人类因果中很深的一种。

她没有说话，江影也知道不会得到她的答案，于是他背着她，进了城。

栀栀趴在他的背上，认真地看着来往经过的每一个人类，她在近距离地观察人类这个物种。

身为灵祇的时候，她在墟渊中看着人类世界，就像在看一个光怪陆离的万花筒，每一处画面都被压缩在灵祇的视野中，冰冷又纷杂，像是一串可供她计算的数据。

栀栀没有放过这个机会。她看到经过的每一个人类的表情各异，有笑着的，亦有苦着脸的。

她扯了一下嘴角，觉得她的面部肌肉僵硬。

江影背着她一路来到城中最角落的一家成衣店前，之前经过的那几家，都太富丽堂皇，凭他身上那几块攒了好久的灵石，估计买不起。

但是，江影想，栀栀漂亮得像神明，应当是高高在上、未染尘埃的，只有那些昂贵漂亮的衣服才能配得上她。

本来江影带她来到这么一家小小的成衣店前，他还感到有些不好意思，但栀栀从他身上跳下来的时候，径直望向店中摆放着的衣裙，有些好奇的样子。

江影也是第一次来买衣服，但他的样子并不局促，多舛的命运并未磨平他的棱角，他依旧蓬勃向上，美好又纯净。

他牵着她的手，走进了店中。

店里的老板娘对他们爱搭不理，因为江影的样子看起来就像是什么都买不起的样子。

栀栀赤着脚站在店中央，四下环顾，她对这些漂亮的衣裙有些感兴趣。

她抽了一条白色裙子出来，在身上比了比，觉得还是自己身上的这条好看。

栀栀身上的这条裙子，严格来说是初代教首穿的那一条，她年纪轻轻便有如此修为，家境并不差，即便这是几千年前的布料，依旧比这成衣店里的任何一条裙子好。

江影站在她身后，身形高挑，他低头看了一眼栀栀手中的衣裙，将手里的灵石紧攥着，盘算着是否够买下一条裙子。

此时，一直托腮在桌上打盹的老板娘开口道："小姑娘，若是买不起，便不用再试了。"

江影走上前去，将自己手里的灵石亮给这位老板娘看，礼貌问道："这些够买什么样的裙子？"

老板娘嫌弃地看了一眼江影手中的灵石，小声对他解释道："这灵石内灵气匮乏，你存了太久，大半的灵气都已经消散了，只能两块当成一块用……"

栀栀正在一旁垂着头拨弄着挂在衣柜上的裙子们，细细挑选着，她敏锐地听到了老板娘的话。

她的指尖微微动了动，只见老板娘的话音刚落，注意到了江影手中的灵石突然充盈了灵气，仿佛是刚刚被开采出来的一般。

老板娘的修为有金丹，江影没有修为，所以她发现了，他还蒙在鼓里。

她愣了一下，只以为她方才看走眼了。

老板娘数了下江影手里的灵石，这一次她认真对江影说道："小伙子，这十六块灵石，买不起我店里的任何一条衣裙。"

但她看到栀栀身上穿着的白色裙子布料很好，便松了口，说道："我这里有一套尺码不太对的，所以一直没有卖出去，也能凑合穿，只是大了些，你们若想买，我也不收你们灵石，便让那姑娘将她身上那件留给我，我将布料裁下来使用，我也不介意上面还有一个大口子，还能赠你们一双鞋。"

江影本想拒绝，但此时栀栀已经转身走了过来。

她听懂了老板娘的意思，正好在见到面前琳琅满目款式各异的衣裙之后，她对自己这条也有些腻了。

于是栀栀走到柜台前，抬起一只手将自己系在胸前的丝带扯开，准备现在就脱给老板娘。

江影见到她的动作，一惊，连忙将她想要就地脱衣服的手给按着。

栀栀觉得他的掌心发烫，脸颊亦是。

江影红着脸对她说：“栀栀，去试衣间里换。”

老板娘将那套并不合身的裙子递给了她。

栀栀接了过来，聪明如她，听懂了江影的意思，走到试衣间里去换下衣服。

见她离开，老板娘这才小声对江影说道：“小伙子，你带着的这姑娘，智商好像不太高。”

江影愣了一下，解释道：“她……她就是这样。”

栀栀并不傻，只是不了解人类的规矩而已，在她看来，山涧里的蛇都能随便找块石头便蜕皮，为什么人类还要到一个窄窄的格子里换衣服？

她很快换好了，还换上了一双绣花纹样简单的绣鞋，这条衣裙确实不合身，长长的袖子没过她的指尖，垂了下来，裙摆也拖在了地上。

栀栀并不在意这个，将衣袖松松挽起，提起裙子，走了出来。

换了一套衣服也并不损她的气质，她依旧清冷又高贵。

栀栀将叠好的白裙子递给老板娘，与江影一道走了出去。

江影与她并肩走着，侧过头去，摸了一下自己高挺的鼻梁，不敢正眼看她。

栀栀专心提着裙子，以免裙摆落在地上被弄脏。

江影注意到这一点，便将她背了起来，他背着她稳稳地往前走去，清朗的声音从夜风中传来：“等回去，我可以……可以试着帮你改一改这条裙子。”

栀栀点了点头，算是答应下来。街边的灯火明亮，就在两个人的身后，从后将栀栀的影子投射过来。

江影通过影子，看到她点了点头，便放下心来。

他背着栀栀，准备带她回他城外的家中，只是一处很小很小的院子。

栀栀的手搭在他的肩膀上，很安静。

他们走过路边的小摊，江影对这些东西并不感兴趣，只是背着栀栀很快走过去了。

反倒是栀栀扭过头，定睛看着摊位上摆放着的这些小玩意儿，很好奇。

这里面有很多都是灵气驱动的小玩具，比如自己就能飞起来的机关鸟，它尾部缀着五彩斑斓的尾羽，看起来很绚丽。

栀栀只知人类利用灵气能够修炼，带来杀戮与毁灭，却第一次知道他们也能利用灵气造出这般可爱灵动的东西来。

江影背着她走的速度很快，她也不会去阻止他，直到她的目光触及摊位上某一个小东西的时候，挪不开眼了。

她大着胆子，伸出手去，拍了一下江影的肩膀。

“江影。”她开口，对江影说出了她学会的第一个人类词汇，嗓音清冷好听，流淌在月色中。

江影本来闷头快步走着，被栀栀这么一唤，马上停下了脚步。

他看着他们身后灯笼投下的影子，栀栀伸出手臂，指向了某一个地方。

江影顺着栀栀指出的手望过去，看到了一对被摆放在摊位上的蝴蝶发饰。

这并不是一对很昂贵珍稀的饰品，只是在劣质金属外包裹了一层闪亮外壳，并且以水晶装饰着翅膀，让这对蝴蝶饰品变得流光溢彩，极为美丽。

“你想要它？”江影将她放了下来，扭过头来问道。

栀栀提着裙子，点了点头，她觉得它很好看。

小摊老板对江影比了个“一”的手势，告诉他这对蝴蝶发饰要一块灵石。他之所以会做这个动作，主要是被江影与栀栀一个问，一个用动作回答的交流给影响了。

江影想了想，他要挣一块灵石需要做一整天的工，这对蝴蝶发饰又是那么小。

但他没有犹豫，将一块重新满溢了灵气的灵石交给老板，俯身将摆放在桌上的那对蝴蝶发饰拿了起来。

他将这对闪着亮晶晶光芒的蝴蝶放在她的手心。

栀栀与他并肩走着，手指微动，将掌心的蝴蝶拢住，蝴蝶的水晶翅膀微颤。

她不知这小玩意儿如何使用，便将它别在了手指上，白皙的皮肤被夹得微微发红。

江影见她如此，便将她的手牵了过来，轻轻地将别在她指尖的小蝴蝶给摘下来。

“不是戴在这里。”江影看着栀栀漂亮且空洞的眼眸，对她解释。

他拿起了其中一只，低下头，将它别在了栀栀的鬓边。

栀栀觉得有些痒，长睫微颤，眨了眨眼。

她看了江影一眼，在清冷如水的月色与明亮的灯火之中，他俊美瘦削的面庞上是认真的表情，吐出的气息带着微微的暖意。

即便只是为她别上一只蝴蝶发饰这样简单的动作，他做起来也无比虔诚。

栀栀保持着原来歪着头的动作，直到江影温暖的指腹贴上她的面颊，将她的脸拨了个方向。

他将剩下的一只蝴蝶发饰别在了栀栀另一边对称的鬓边。

两只小蝴蝶在栀栀的鬓边闪闪发亮，流转着水晶剔透的光芒，很可爱。

栀栀呆呆地抬手，抚摸了一下自己发髻边上的蝴蝶翅膀，她觉得饰品这种东西确实很没有必要，但戴上它，确实会令人感到更加舒服熨帖。

江影带着她一路走出城外，来到自己的家中，他不知道栀栀到底是谁，她或许是神，又或者只是一个普通人。但他知道，在见到她的第一眼，他便将她奉若神明。

栀栀仰头望了一眼这破旧的小院，虽然陈设与家具又旧又老，但胜在干净整洁。

她提起裙子，找了个椅子坐下来，继续与江影大眼瞪小眼。

江影站定在原地，目不转睛地看着她，红眸中闪着漂亮的光芒，宛如琉璃一般。

栀栀一只手托腮，长睫微垂。

“你不睡觉吗？”江影走上前去，将床榻上的一处整理出来，道，“这张床可以给你睡。”

栀栀摇了摇头，她是神，又怎么会有要睡觉的道理。

刚摇完头，她的脑袋便栽了下去，磕到了桌上。

这么迟了，她还没休息，身体其实已经困得不行了。

见她埋头在臂弯间，江影观察了很久，听着她均匀的呼吸声，这才走上前去。

江影戳了一下她的手臂，是冷的。

但他听到了细微的鼾声。

她睡着了。

江影无奈，只能将她的两只手架起，将她抱了起来。

栀栀很轻，江影虽然身形瘦削，但也能轻松将她打横抱起来。

他低头看了一眼栀栀眼睫紧闭的面颊，又飞速移开眼。

江影把栀栀轻轻放到了床上，自己将角落里几张椅子拼起来，凑合着也能睡。

第二日栀栀醒过来的时候，发觉自己竟然体验了人类的睡眠。

很神奇的经历，像是暂时死了过去。栀栀想。

她抬起头来，却不见江影的身影。

这个时候，房门开了，江影提着一袋从外面买回来的包子、馒头放在桌上，将热腾腾的包子递给栀栀。

栀栀接了过来，手指被热包子烫到了，她感觉到不适，轻轻皱起眉。

江影替她将包子收了回来，看了她一眼，心里想着：栀栀或许真的是神，不然她之前那十几年是怎么活过来的？

片刻，他将放冷了些的包子递给栀栀，自己啃了口馒头，说道："你不会说话，不会写字，我可以教你。"

栀栀两手捧着包子，啃了一口，抬眸看着他，点了点头。

"我出去找几本书回来。"江影拉开椅子，对栀栀说道。

栀栀知道所谓的"书"是人类传播知识的载体，人类当真是一个非常聪明的物种。

她看着江影，点了点头，她也很想看看人类的书籍是怎样的。

然而栀栀不知道，在这个时代，书籍是珍贵的东西，只有拜入门派的修士们才有资格阅读，江影先前为了学习知识而偷偷潜入修真门派中的课堂也是这个道理。

江影要为她找两本书来，难于登天，但他还是去了。

距离这里最近的门派是白雾宗，江影先前已经观察很久了，这个宗门里的长老为门中弟子授课完毕之后，会将同一批的授课书籍收集起来，拿到宗门后山处焚毁殆尽。

这是对知识的垄断，因为这样不同的宗门里的独特修炼功法才不会流传出去。

白雾宗算得上和善，因为江影以前去过白雾宗的后山，找门中弟子阅读即将被焚毁的书籍，他生得好看，白雾宗的弟子被他的眼睛一看，就鬼使神差般地答应了，但他们叮嘱他只能在白雾宗里阅读完书籍，千万不能带走。

其实江影不理解为什么他们宁愿将书籍烧毁也不肯分发给普通人，但修士这个群体确实就是这样，一旦他们拥有了更加强大的力量，便害怕旁人也拥有，甚至比他们更强。

江影在白雾宗的后山中，仔细挑选了几本适合给栀栀识文断字的书籍。

白雾宗的弟子正在后山里玉石铺就的广场上布下阵法，灼灼的火焰在阵法里燃烧起来，她好奇地问道：“江影，这些书你早些时候已经读过了，怎么又要看一遍？”

江影将这几本书整齐地码放在身边，平静答道：“再读一遍，加深印象。”

“我们白雾宗这段日子正在招收新弟子，你不去试试吗？这么些日子了，我们都不知道你的经脉是怎样的，万一很有天赋也说不定，这样以后你要来学东西也不用这般遮遮掩掩了。”白雾宗的弟子对他朗声说道。

江影沉默地摇了摇头。他第一次在人前亮出自己的经脉便招来杀身之祸，现在小心谨慎了许多。

直至夜色降临，那白雾宗弟子久久不离开，江影看着身边放着的几本书，依旧平静。

他注意着白雾宗弟子的动作，找准了时机，将那几本将会被焚毁的书塞进了怀里。

栀栀坐在江影家里的房顶上面，跷着脚看天空，她身上的裙子短了一大截，正好合身，是江影昨晚在一盏昏黄的灯下弯着腰替她比对长度之后裁剪好的。

江影拿着一把剪刀，低下头在栀栀的脚踝处比了比，轻声问她道：“到这里可以吗？”

栀栀点了点头，“咔嚓”一剪刀下去，布料轻盈落地，袖子也是如此。

她如此想着，摸了一下肚子，觉得有些饿。

江影已经离开一天了，现在红日西垂，他还没有回来。

栀栀看着远方美丽的夕阳，在落在她脸颊的金红色光芒里，她接收到了阳光传来的信息。

她看到了江影被法术光芒击飞，撞到了阵法后的柱子上。

他受伤了。

一阵风吹来，将栀栀的脚托起。她的裙摆飞扬，就这么被风托举着，往前飞去。

栀栀赶到的时候，已经是夜晚了，江影卧在白雾宗的山脚下，嘴角溢着鲜血，怀里似乎抱着什么。

她走上前去，在月色里低头看着他。

江影把怀中的书掏了出来，抬手递给栀栀，下意识地将嘴角的鲜血擦净。

血迹洇在书籍的封面上，晕开一大片暗红色。

栀栀弯腰，将书接了过来。

江影扭过头，没有说话。

栀栀依旧是静静地看着他，觉得手里的这本书沾了血，有些沉。

江影说话的声音闷闷的："它有些脏了。"

栀栀垂首，朝他伸出一只手，她的手腕洁白，宛如冰凉的玉石。

"这本本来是要被烧了的，我本打算多带几本出来，但被发现了，所以我将其他几本投入火中，只余下这么一本。"江影对栀栀说道。

他放在身体两侧的手微微动了动，却没搭上栀栀的手，因为他的掌心也是血。

栀栀望着他，摇了摇头，她不理解为什么白雾宗连一本书也不让江影拿走。

她发誓，她没给江影安排过这样的命运。

似乎是看出了她的疑惑，江影对她说道："书籍只有修士才能看。"

此界中大部分人的经脉，或多或少都有几条是畅通的，可以修行，至于没有修为的普通人，则成了最底层的存在。在灵祇没有被发现、世界法则还没有外泄的时候，修士与常人之间的差距还没有那么大，但在世界法则外泄之后，这种差距越来越大，修士成为凌驾于常人之上的存在。

栀栀一只手拿着书，另一只手把江影给牵了起来，因为拿走白雾宗的书，他被人赶了出来，伤势有些重。

江影靠在栀栀的肩膀上，轻轻喘了口气，侧过头去，害怕他脸上的鲜血沾上她的衣裙。

栀栀不希望他就这么死了，因为她发现在这个世界里要让一个人类成长起来，是一件极为费神的事，从小到大，他的四周危机四伏，修士动一根手指头，便能够轻易将他捏死，与捏死一只虫鼠没有差别。

她试图把江影抱起来，但她的力气实在太小，只能趁他意识模糊的时候，暗暗借用了风的力量。

栀栀半抱着江影从白雾宗的山脚下离开，在她身后浓雾笼罩的山中，有无数双白雾鹤展开了双翅。

白雾宗豢养着的灵兽白雾鹤今晚不知为何，纷纷挣脱了束缚，往宗门里的藏书室飞去。

这些白雾鹤闯入藏书室，将室内藏书洗劫一空，它们振动宽大的白色羽翼，叼着成捆的书籍飞到最近的凡人聚居城市中，将书籍抛下，顿时，书页在夜色与灯火中飘洒飞扬，宛如下了一场大雪。

栀栀把江影丢在床上。她不会给他疗伤，就这么盯着他看，直至她自己感到困倦为止。

她抱着怀里唯一的一本书睡了过去。

次日，江影醒来的时候，身上的伤已经好了大半。天通十二脉确实是极神奇的经脉，即便他不会修炼，但在不知不觉间，他的经脉也会自己吞吐浓郁的灵气，为他治疗身上的伤，所以他的自愈能力极强。

江影看着栀栀趴在桌子上睡觉的睡颜，端详了许久，最终他将栀栀怀里的书小心翼翼抽了出来，自己先浏览一遍，等着待会儿教她。

栀栀不久之后也醒过来了，主要是就这么趴着睡觉着实不太舒服。

江影在院中的木桌上开始教栀栀说话。他替栀栀翻开第一页，念一个词语，便让栀栀也念一遍，比照着书籍上的文字，能同时也学会识字。

他的声音清朗，略有些哑，显然是伤势还未痊愈，栀栀的声音清脆且清冷，像是冬日里被冻上的青果，“咔嚓”一下咬下来，好听又干脆。

栀栀是神，她想要学习一件事物并不十分难，所以江影教了好几日，日常的交流她已熟练。

这样的日子过去，栀栀也习惯了，只是近来还有件事困扰着她。

因为此界中用来充饥的食物除了一般的饭菜，还有浓缩了营养的丹药，这些黝黑硕大的药丸味道不太好，吃起来就像吃木屑一般，但胜在价格便宜，吃上一颗就能够抵上一整天的吃食。

江影原本是不会做饭的，因为吃丹药的生活成本比做饭自己吃来得更低。

但栀栀明显不太待见这药丸，在某一天，她受不了了，将盛放丹药的盖子盖上，冷着声说道："它不好吃。"

江影一愣，把她啃了一半的药丸拿过来，自己吃了。

他想了想，说道："我可以学学做饭。"

栀栀觉得这样可以。她差点就要就近找一间灵祇神庙去吃里面的供品了，反正就是给她吃的，不吃白不吃。

江影着手开始学做饭。他买好了食材，栀栀坐在一旁的凳子上，两手放在双膝上，静静地看着他准备食材。

第一次做饭，江影自然是不熟练，青菜被他掰成了零碎不一的小段，投入锅中。

锅里"咕噜咕噜"冒着泡，白蒙蒙的雾气升腾而起，栀栀秀气的鼻子吸了吸，嗅到了一丝不同寻常的味道。

江影不知道他煮煳了，小心翼翼盛了起来，放到碗里，端到了栀栀的面前。

栀栀当然也没有意识到这碗面煮煳了。她低下头，将面碗挪了过来。

"我还买了蛋。"江影从篮子里摸出一个小巧可爱的鸡蛋出来，对栀栀说道，"我试着煎个最简单的荷包蛋。"

"好。"栀栀回答他的声音清脆好听。

江影修长的手指拿着这颗鸡蛋，用两只手笨拙地将它打到了锅中，几片鸡蛋壳掉落在上面，他没有发现，只是溅起的油点飞到他的手背上，有些疼。

但他并不介意疼不疼的，只抬手将一旁的盐罐子抱了下来，没有丝毫概念的他往里面加了一大勺盐。

荷包蛋很快便煎好了，一面焦黑，一面还有流淌的蛋液，总之，并不成功。

江影自己也不好意思端上来，但栀栀将他手中的盘子抢了过来，说道："我吃。"

她不知道什么口味好坏，反正这些总比那破药丸好。

栀栀将一口糊了的面送入口中，口腔里蔓延开了焦煳的味道，她只知道这味道令她感到不舒服，但她还是吃了下去。

她冷着脸，将盘子里的荷包蛋夹起来，咬了一口。

栀栀的表情是极其淡定的，即便那荷包蛋咸得要死，细细嚼了一下还能嚼出盐粒，但她还是慢吞吞咽了下去。

江影没有动她要吃的东西，只认真地看着她，那双红眸中里尽是专注。

"好吃吗？"他轻声问道。

栀栀认真地吃着碗里的面，她对于好吃不好吃并没有概念，但既然江影这么问，她便答。

"好吃。"她的长睫乖巧地垂落，小声对他说道。

栀栀将煳了的面，还有太咸的荷包蛋全部吃了下去。本来江影不会发现他厨艺其实很差，但当天下午，她一直在喝水。

咸了就要喝水，这是本能的反应，即便栀栀不会表达，但行动能看出。

江影看着栀栀拿着水瓢，从水缸里舀了一大瓢水，仰起头"咕噜咕噜"地往嘴里灌，晶莹的水珠顺着她的脖颈流下，他终于意识到不对劲。

"是不是……很咸？"江影问她。

"不知道。"栀栀歪着头，困惑地看着他。

江影跑到厨房里，手指伸进盐罐里，沾了些盐粒出来，尝了一下，眉头微皱。

即便只是指尖上沾着的这一点，也让他感觉要受不了了，栀栀吃的那个荷包蛋里可是放了一大勺。

所以在晚上煮饭的时候，他特意放少了点，也注意没有让面煳了，虽然称不上美味，但也算得上能吃。

江影再问栀栀："今晚的会好吃点吗？"

栀栀细细嚼着嘴里的食物，抬眸看着江影，道："比中午的好吃。"

江影就这么一点一点试探她的口味，在很久之后，才试出了栀栀最喜欢的口味以及调料的用量。

其实栀栀并没有那么挑剔，不论是什么，只要不是那个充饥用的破药丸，她都能点点头并且说声“好吃”。

只是江影会仔细观察她的反应，从她那张没有什么表情的脸上捕捉细微的变化。

栀栀知道江影在观察着自己，只是她不知道他这是什么意思，就这么大大方方地让他看。

她并不知道江影如此对她的用意，觉得人类都是有些愚蠢的，总是想着要对永远不可能对他们有所回应的神明示好，灵祇神教是如此，他亦是如此。

但灵祇神教可以假借她的名义蛊惑世人，获得无上的权力，江影又会从她这里得到什么？

他所追求的，究竟是什么？

栀栀没有想明白这个问题。

那天她出门闲逛的时候，发现街上来往的女修士梳着的发髻形式不一，很好看。

栀栀突发奇想要将她原本梳着的这个发型给换了，她只会梳这一种，日日都是同一个发型，也很单调。

她对着镜子，将两侧鬓边坠着的水晶蝴蝶发饰摘下来，小心翼翼地将它放入匣中。

栀栀拿起木梳子，对着镜子，开始认真研究给自己换个发型。

但她确实不会，所以将自己的头发弄得一团糟，连最开始的发型都还原不了了。

栀栀呆呆地坐在镜子前，将蓬乱的头发挠了挠，看着镜中的自己。

她在等江影回来。

江影回来之后，便看到栀栀一个人苦恼地坐在镜前，静静地盯着镜子看。

“头发怎么了？”他将这日赚来的灵石放在桌上，扭过头看着她，问道。

“我想换个发型。”栀栀的长发披散着，转过身来，对江影说道。

江影走上前去，站在栀栀身后，看着镜中的她，明亮的眸子里流淌着平静的光。

他没动手，随意动女孩子的头发显得有些唐突。

直到栀栀自己开口说道：“帮我梳吧。”

她的声音清脆，钻入江影耳朵里。

江影拿起木梳，在栀栀头顶比了一下，长睫垂落，认真看着她，问道：“从这里开始梳？”

栀栀点了点头，很安静，一动也不动。

江影平日自己也梳头，所以动作并没有显得笨拙，他小心翼翼地给栀栀梳头，先将她弄得蓬乱的头发梳顺。

栀栀的头发难免打了结，在梳顺这些结的时候，扯着头皮会疼。

但栀栀一声不吭，连眉头都没有皱一下，只是静静地看着镜中的自己，看着江影把她的青丝挑起，一点点地耐心梳顺。

很快，江影把她的头发梳顺之后，便尝试给她挽起发髻。

栀栀对他说：“我不想要原来那个了。”

原来那个发髻她已经看腻了。

江影不知道怎么给女孩子梳头发，手忙脚乱半天之后，给她梳了一个跟自己同款的发型。

用一根简单的木簪将她齐整的发髻束好，江影轻拍了一下她的脑袋问道：“这样可以吗？”

“可以。”栀栀平静地回答。

只要不是那个，什么样的都好。

江影后来又学了其他发型的梳法，在栀栀头上试验的时候，经常没梳好，但她也并不介意，发髻歪了便歪了，她照样顶着出门。

倒是江影第二日在给她梳头的时候，会将没有梳好的地方改正，总之，他给她梳头是越来越熟练了。

栀栀很满意江影会给她梳不同的发型，她现在是女孩子，总归是希望自己漂漂亮亮的。

在解决了发型问题之后，栀栀又开始对别的感兴趣，比如女子化妆时常用的口脂之类的小玩意儿。

某天晚上，她思考了很久，还是偷偷跑到就近的一家灵祇神庙里将供奉给灵祇的几块灵石给摸走了。

供奉给灵祇钱财，本来是灵祇神教敛财的手段，这些灵石他们都是要收集起来的，但灵祇神教的人没有想到，神庙里的灵石竟然被真的灵祇拿走了一部分。

栀栀拿到灵石之后，摇了摇正在洗碗的江影的肩膀。

“我要买东西。”栀栀将几枚灵石放在桌上。

江影看着这几块灵石，惊讶道：“栀栀，你从哪里来的？”

“是给我的。”栀栀理直气壮。

江影当然不信，只当她是捡的或偷的，连忙走过来，替她拿起这几块灵石，语重心长地说道：“栀栀，你若想买东西，我可以给你买，这些灵石你从哪里拿来的，便放回去吧。”

栀栀看着他，看了许久，将这几枚灵石抛出窗外。

窗外一只路过的飞鸟将飞落在地的灵石叼起来，将它们放回灵祇神庙中。

“我要买……口脂。”栀栀对江影说道。

江影看着她淡色的唇，即便她面上未施粉黛，也极好看。

他觉得没必要，但还是带着她上街去买。

栀栀挑了很久。她知道江影其实很穷，所以只打算买一盒回来研究。

店里口脂的颜色五花八门，即便只是红颜色，也能有不同的深浅与光泽。

江影站在栀栀身边，扯了一下她的袖子，将手里的两枚灵石亮给她看，意思是最多可以选两盒。

栀栀摇了摇头，实在挑不出什么颜色的她对江影说道：“你帮我挑吧，就一盒。”

江影微讶，但还是走到柜子前，端详每一种颜色，然后与栀栀的面颊比对着。

许久，他牵着栀栀的手，挑出了一盒淡红色的口脂，问她：“这个可以吗？”

栀栀当然是可以的。付了账之后，她将这个颜色的口脂紧紧攥在手里，后来每日都会涂一下。

这个颜色确实好看，她愿意天天涂。

江影也愿意天天看她涂，托着腮，看她小心翼翼地将淡色的口脂涂在娇嫩的唇上，而后抿一下唇，似唇上绽放了漂亮的花儿。

平静的日子就如此一天天过去，直至来到冬日，大雪纷纷扬扬地落下。

在江影十六岁生辰那日，栀栀在新的一天到来的那一刻，将他摇醒了。

江影的生辰是二月二九，他并不知道，因为那时候他太小了。

可以说，现在这个世界上唯一知道他生辰的，只有栀栀。

江影睁开了双眸，红眸盯着昏暗灯光里的栀栀，并没有因为她半夜将他叫醒而生气，只是柔声问她："栀栀，怎么了？"

"今日是你的生辰。"栀栀冰凉的手抚上他的脸颊，仿佛在抚摸自己手下最完美的艺术品。

"我的？"江影疑惑，他看着栀栀那平静的表情许久，摇了摇头说道，"我没有生辰。"

他不知道自己生在哪一日。

栀栀认真地对他说："在今日。"

"今日是四年一遇的二月二九。"江影从温暖的被窝里坐起身来，往两手拢着的掌心里哈了一口气，"真孤单啊。"

"是。"栀栀回答他。

她看着窗外纷飞的雪，暗自想到，如果她也有生日，那么她也是在这一日。

栀栀本就是灵祇为了不让江影死去而分化出的一部分，就像一双手臂。

江影看着栀栀，没有说话，虽然他不知道为何她知道他的生辰，但他相信她说的是实话。

他翻身坐了起来，将床头搭着的一件厚外袍披到了她的身上。

夜里在下雪，很冷，栀栀并没有穿多少衣服。

她对于很多外界发生的事情的感知很迟钝，有时她会在雪里站得双颊发红，手脚僵硬，也忘了回房。

栀栀把江影给她披上的外袍拢好，一张白皙的脸颊从袍子边缘装饰着的白色绒毛里露出来，看起来有些可爱。

"你跟我来。"栀栀伸出手去，牵住了江影的手。

她的掌心冰凉，而江影的掌心温热，带着湿润的暖意。

栀栀忍不住又握紧了些。

江影被她牵着，走出门外，刚推开门，那冰凉的雪花便迎面吹上脸颊。

栀栀只当这些雪不存在，反倒是江影站到了她的身前，将满天飞雪挡了下来。

他们站在屋檐下，檐角上挂着的铃铛作响，夜空中没有月亮，但洁白的雪地反射着不知从何而来的光，将周遭的一切映照得明亮。

“我教你。”栀栀朝天空伸出手，那飞舞着的风与雪骤然停顿，乖乖地在她掌心下流转。

她将无处不在的灵气凭空摘了一脉下来，牵引着，将它送到江影面前。

江影呆呆地看着这串灵气在栀栀的指尖乖巧地停顿，仿佛世间万物都在她的掌控之下。

“教我……修炼与法术吗？”江影抬眸，红眸深处闪烁着惊喜的光芒。

“嗯。”栀栀点头对他说。

按照她为他安排好的命运，也差不多到了他修炼的时候。

栀栀认真传授他修炼的窍门与方法，还有控制灵气的法术。

她是神，对于此界能量运用的理解超脱于所有人之上，包括那位在墟渊里与她有过一面之缘的初代教首，她说出的每个字都近乎于真理。

江影所能够学到的关于修炼的知识，比此界中所有的功法典籍都更好。

加上他的天通十二脉，一旦修炼起来，他修为成长的速度更是突飞猛进。

但是，江影在知道了栀栀传授他的控制灵气与修炼的方法之后，细细一想，竟然没有任何喜悦。

他看着栀栀站在雪地中的身影——长裙曳地，白皙的面颊被雪地映照得发亮。

她很美，亦很孤独。

江影问：“你不自己用这个方法修炼吗？”

栀栀朝他伸出手，初通了修炼方法的江影看出了她的经脉。

她是神明，就算变为人也是不一样的，即便学来了初代教首的外貌，她也没能学会初代教首那惊才绝艳的天赋。

栀栀身上所有的经脉，没有一条是畅通的。

江影盯着她看了许久，明白了她的意思。

即便她掌握了如此高妙的修炼方法，她也不能够修炼。

江影的心有些揪着疼，他奔过去，高挑的身影挡在了栀栀面前。

他抬起一只手，替栀栀挡住了天上的落雪。

江影单手将栀栀拥入怀中，温暖湿润的气息吹拂在她的耳畔，他极认真地对她说：“我会保护你。”

栀栀缩在他温暖的怀里，很乖巧安静。

许久，在下着雪的夜里传来一声轻笑。

栀栀被江影的这句话逗笑了，他好傻，傻得令她想要发笑。

她冰凉的手抚上他的脊背，轻声应下：“好。”

栀栀在想，江影说他会保护她，而能够保护她这个神明的唯一办法就是让他应劫死去。

这是她经过无数次计算之后为他安排的命定结局。

江影学习修炼的速度很快，毕竟他拥有最得天独厚的条件。

也只有在修炼的时候，江影才觉得这命运对他尚存三分垂怜。

栀栀时常坐在院子里的桌边，一边低头给花盆里的栀子花修剪枝叶，一边安静地看着他修炼法术。

他的实力提升得很快，速度惊人，栀栀预估按照他目前的修炼速度，不到三百年便可以接近化神之阶。

初代教首或是与她同时代的其他强大修士，从金丹到化神，花费了几千上万年的时光。

但江影拥有天通十二脉，这对于修士来说，是极为难得的存在，再加上他的修炼方法与法术是神明亲自教导的，所以他的实力突飞猛进，并不令她意外。

看着江影一日日成长，栀栀并没有感觉到多少喜悦，因为他终究是要死去的，她不会留下任何一个实力过强的人类。

栀栀如此想着，日子还是一天天地如水一般过去。

她对时间并没有什么概念，但江影依旧记得，随着他的修为越来越高，他们的日子也过得更好了些。

只是江影谨慎，时刻记得灵祇神教曾经做过的事，所以一直有意掩藏自己的实力。

栀栀并不急，只是安安静静地陪伴在他身边。

这日她与江影一道走到城里闲逛的时候，栀栀注意到城中有一列车队蛮横地将街道上的人群赶开。

江影很敏锐地将她拉到了一旁的小巷子里，高大的身影挡着她。

“是什么？”栀栀站在黑暗的巷尾里问江影道。

江影说话时带着温暖的气息，他对栀栀说："是灵祇神教的人。"

栀栀"哦"了一声，脸上并没有什么表情，她对于假借她名义行事的灵祇神教并没有什么感觉。

教中唯一使她忌惮的，只有那位退位多年，但依旧掌控着灵祇神教大局的初代教首而已。

栀栀踮起脚，越过江影的肩头往外看，问道："他们在运送些什么？"

江影朝后瞥了一眼，看到被圈养在笼子里的一只只灵宠，不同种类都有。

"是一些珍稀灵宠。"江影对栀栀说道。

栀栀提起裙子，想要凑过去看，她是真的有了兴趣。

"我想看看。"

江影估算了一下护卫车队的修士修为，知道自己可以带着栀栀无声无息地靠近而不被发现。

于是他点了点头，温暖的手握住了她的手腕，道："我带你去看。"

江影抬起了一只手，宽大的袖子将栀栀整个人笼罩住，他们轻盈地跳上马车，掀开帘子走了进去。

马车里放着一个大笼子，里面关着五六只纯白的小兔子，红眼睛，又白又软的兔毛看起来十分轻软。

栀栀盯着这些兔子看，忍不住伸出手去，戳了一下兔子的屁股，让这小玩意儿被吓得跳起来。

"很可爱。"栀栀评价。

江影解释道："这是柔云兔，不是天然而生的灵兽，是修士后天培养杂交出的品种，没有什么杀伤力，放生到野外也不能存活，只能供修士赏玩。并且这小动物非常脆弱，数量极少，所以才如此珍贵，这批应当是要运送到灵祇圣城中去。"

栀栀眨了眨眼，恍然大悟，她就说她身为神明怎么没有见过这个品种的兔子，原来它是修士后天培养出的物种。

当真是有趣……栀栀心中想着，便伸出手去，揪了一下笼子里柔云兔的兔尾巴，笼子里的小兔惊恐地蹬了蹬后腿。

柔云兔她是第一次见，她对它非常感兴趣。

简单来说，她也想要一只。

栀栀扯了下江影的袖子，扭过头对他说道："我也想要一只。"

江影带着她潜进来容易，但带走里面的东西很难，每一只柔云兔上都有灵气标记，不论把它们带到哪里，都会被灵祇神教追踪到。

但是栀栀很少主动对他提出要求……

江影想了想，还是对着栀栀摇了摇头。

栀栀抿着唇，没有说话，她看着江影漂亮的红色眼眸，轻声对他说："你很像它们。"

"像什么？"江影下意识问道。

"像兔子。"栀栀回答他，"都是红色的眼睛。"

而且脾气也很好，安静且温柔。

栀栀没有将后半句话说出来。

江影看了一眼在笼子里缩成一团的毛茸茸小兔子，又低下头看了一眼自己的手。

他像……柔云兔？

"我真的很想要一只。"栀栀还是恋恋不舍，身为神明的她第一次见到她从未了解过的物种。

"带不走。"江影对她说。

栀栀执拗地站在原地，江影看着她漠然且安静的面庞，真奇怪，明明她什么表情都没有，他却觉得她仿佛在撒娇。

"走吧。"他对栀栀说。

栀栀抿着唇，没有动。

江影无奈，只能将待在那儿一动也没有动的栀栀半抱了起来，她的脚离地半寸。

她被江影抱在怀里，手臂很自然地搭上了他的肩膀。

"晚上我给你一只。"江影想了想，对栀栀承诺道。

栀栀安静地点了点头，长睫如蝶翼般收拢。

晚上，江影刚刚修炼完毕的时候，栀栀走过来，盯着他说道："兔子。"

江影收敛周身灵气，对栀栀说："等会儿。"

栀栀在他做饭的时候，坐在凳子上，盯着自己面前的空碗，继续用没有起伏的声音重复："兔子。"

江影把一盘荷包蛋放到她面前，对栀栀说："等睡觉的时候。"

到了睡觉的时候，江影把被子拉到栀栀的下巴处，她从被子里露出一双漂亮且无神的眼睛，盯着他继续说："睡觉了，兔子呢？"

她想，如果江影还不给她变一只，她就自己去灵祇圣城抓十只回来。

江影在灯下静静地看着她，暖黄色的灯光将他完美无缺的面部轮廓映照得柔和。

栀栀只感觉到四周灵气流动，把江影包裹了起来，他的周身亮起微微的幽蓝色光芒。

在栀栀眨了眨眼的一瞬间，江影变成了一只柔云兔。

严格来说，他变的并不是一只真正的柔云兔，因为在马车里江影只是观察了这些小兔子的外貌，并没有去注意柔云兔的其他特征。

栀栀并不介意这个，不管这兔子究竟是谁变的，到底是不是真的，只要它长得像只柔云兔就行了。

她俯身把江影变成的小兔子抱了起来，他那红色眼眸温润且可爱。

栀栀捏了捏兔子的尾巴，兔子的后腿蹬了蹬，他对栀栀说："栀栀，不要摸尾巴。"

栀栀把他的三瓣嘴捂住了，道："不要说话，说话就不像兔子了。"

江兔子的长耳朵抖了抖，没有再说话。

栀栀戳了戳他僵硬的肚皮，觉得他变成的兔子比柔云兔要结实些，毛质也没有那么柔软。

不过算了，至少他变得像，而且他身上的气息让栀栀觉得舒服。

栀栀把江兔子塞进被窝里，抱在怀里，挥灭了灯。

江兔子的脑袋紧紧贴着她胸前那处柔软，没想到事情是这样发展的，他既紧张又庆幸。

紧张在于他被栀栀如此紧紧抱着，庆幸在于今晚被抱着的是他，而不是别的什么兔。

栀栀确实是准备抱着兔子睡觉，但江兔子并不淡定，他缩在栀栀怀里，一直在找机会钻出去。

等到栀栀好不容易睡着了，他才蹬了蹬腿，准备从她的被窝里爬出去。

在爬到栀栀胸口处的时候，他的兔耳朵贴在了她的胸前，愣了一下。

即便早就发现了，但靠得这么近，还是没能听到心跳声，令他很惊讶。

栀栀的胸口处一片寂静，没有心脏的搏动，她的身体亦是冷的。

即便栀栀可以做到与人几乎完全一样，但独属于人类的东西，她永远不可能拥有，比如那颗能够感受与抒发情感的心。

兔子软软的爪爪按在栀栀的胸前，未存半分旖旎心思，他觉得自己的心有些疼。

反倒是这个举动把栀栀吵醒了，她翻了个身，又把兔子按进了怀里。

兔子一头埋进她的胸口，心怦怦地跳。

虽……虽然栀栀的身体很冷，但是她真的很软，还有一股轻软的栀子芳香。

兔子的后腿又蹬了一下，把自己的脑袋捂住，他没敢再动。

他庆幸自己现在是一只兔子的模样，不然……不然可就要被她发现什么了，虽然他觉得她根本就不知道这是什么意思，但他还是有些害羞。

兔子乖乖卧在栀栀的怀里睡着了。

熟睡时，他没办法维持自己的化形法术，所以醒来的时候，他恢复了人身，反手将栀栀抱在了怀里。

他醒得比栀栀早，所以他的红眸盯着她的后脑勺看了许久，犹豫着是不是要推开她，或者是维持这样。

江影一动不动的身子昭示着他选择了后一个答案。

栀栀睁开了眼，看着近在咫尺的江影，没有任何惊讶的情绪。

江影的气息均匀地拂过她的鬓边，温暖且湿润。

栀栀翻了个身，平静地坐起来，长发垂落在腰际。

“明晚还可以变。”她背过身对江影说道。

她觉得有一只小兔子陪自己睡觉的感觉很不错。

后来栀栀最喜欢的动物一直是兔子，她也没搞明白她究竟喜欢的是兔子这个动物，还是别的什么。

栀栀教给江影的法术都是偏实用的，但修士的法术千奇百怪，有的法术并不能造成什么实际收益，只是看起来好玩而已。她对这类法术嗤之以鼻，从来没有对他讲解过此类法术的使用方法。

她没有教，他自然也没有学。

后来入了冬，再过没几日便是江影二十岁的生辰，二月二九的前段时间正是年关，城里都热热闹闹的，天际绽放着绚丽的烟火。

江影站在落满了雪的街道上，低下头，往自己掌心里哈了口气，白蒙蒙的雾气从他漂亮的脸颊侧边升起。

他的手腕上挂着一个储物锦囊，内里装着给栀栀买的新冬装，他有修为在身，并不怕冷，但她每到冬季，便会将自己全身上下裹得厚厚实实。

此时刚入夜的天际，再次绽放了一朵又一朵的绚烂烟花，江影看着，有了些兴趣。

他其实对于这些花里胡哨的东西并不感兴趣，只是觉得栀栀会喜欢。

这姑娘喜欢的东西很少，亦不太会表达，这么些年来，她主动表达过喜欢的只有兔子。

江影走向燃放烟花的地方，便看到几个修士将几个矮墩墩的烟花筒子搬了出来，每一个筒子里都填满了特制的灵石，将之发射到空中，就会有不同颜色与形状的烟花在夜空里炸开。

他走上前去问道："这些烟花能买吗？"

负责燃放烟花的修士抬起头来，看了一眼江影，抱歉地说："这位道友，今日燃放的烟花已经被别人预订了，你若今日想要，只有库房里面那些剩下的。"

江影对于得到这样的答案并不意外，因为他就是如此倒霉，并且他知道就算他明天、后天、大后天来问，得到的答案都是一样的。

他想要做什么、得到什么，从来没有一帆风顺过。

所以他退而求其次地问："库房里的那些是什么样的？"

"库房里剩下的烟花颜色不太好看，是白色的，与过年的气氛不太搭，所以一直没人要，道友，你要吗？"那修士问江影道。

江影想了想，对他点了点头，道："可以。"

"好嘞。"那修士有些开心，因为那堆没人要的玩意儿终于有了归宿。

他将几捆烟花拿出来，交给江影，并且对他说道："道友，你若是有能力，可以自己替换筒子里的灵石，变换它的形状与颜色，我们的修为太低，没办法操作。"

江影付了账，接了过来。

他坐到屋檐下，开始研究怎么改变烟花的颜色与形状。

烟花是一种放过就没有，并不能造成什么杀伤力的东西，所以江影从未学过有关它的法术。

他掰开其中一个烟花筒子，看到里面的灵石都透着晶莹的雪白，而在烟花的尾部有一个简单的阵法。

江影知道是这灵石控制放出来的烟花的颜色，而这尾部的阵法控制烟花的形状。

他觉得白色挺好，并不打算改动。

江影着手开始修改烟花内部自带的阵法，原先的阵法放出来的烟花形状是星形，他觉得不太好看。

他打算改成栀子花的形状，这个形状比星形来得复杂很多，所以他全神贯注改了许久。

江影在修炼与法术这块，确实是一个天才，不多时，这个能够在夜空里绽放白色栀子花的烟花已经被他改好。

他将东西装到了储物锦囊之中，回到了家。

次日便是二月二九，他的生辰，上一次他过生辰的时候，栀栀教会了他法术。

那么这一次二月二九，她又会做什么？江影怀抱着小小的美好期待。

这日晚上的菜品丰富了很多，栀栀很给面子地吃得一盘不剩，她将碗里的蛋花羹送入嘴中，看着江影，没有说话。

她纤密的长睫在灯盏的映照下投射出一片阴影，微微颤着，不知她在想些什么。

江影对她轻声说道："明日是二月二九。"

栀栀点头道："是，你的生辰。"

"之前我问你你的生辰，你说你不知道，不如明日就跟着我一起过，如何？"江影问她。

栀栀摇头说："我不需要生辰。"

神明也有生辰，是如此可笑的一件事。

"没关系。"江影对她说，"我准备了小惊喜。"

栀栀的眼睫微微抬起，看了他一眼，没有说话。

第二日是一个特殊的日子，是她布好的局，同时也被写入了江影的命运之中，不可违背。

她或许马上就能离开了，结束这荒诞无稽的人类扮演游戏。

时间刚到二月二九，江影便摇了摇栀栀的肩膀。

栀栀趴在桌上，揉了揉惺忪的睡眼，江影温暖的手牵起她，对她说道：“跟我出来。”

她的长发披散，微微飘动。

栀栀跟着他走了出去。

在她刚踏出房门的那一瞬间，天际有烟花绽放，将周遭的一切照耀得亮如白昼。

是江影细心改过的烟花，它绽放时在夜空中描摹出一朵朵白色栀子花的形状，绚烂、晶莹且美好。

栀栀仰起头望着那一朵朵渐次绽放的白色栀子花，烟花的光芒洒落在她白皙如玉的脸颊上，冰冷又美好。

“这个东西，很无用。”栀栀启唇，冷冰冰地说道。

“有这时间，你该多学一点法术的。”栀栀对他说。

江影看着她，漂亮红眸中的光芒黯淡了下来，他静静地望着她，没有说话。

栀栀往前踏出一步，对江影说道：“生辰快乐。”

江影一愣，因她的这句祝福，他的心情瞬间好了。

但下一瞬，无数股强大气息在夜空中绽放的白色栀子花中靠近。

江影敏锐地注意到了这一点，大步走上前去，将栀栀的手腕紧紧握住。

他扭过头，对她冷静说道：“好像是灵祇神教的人。”

栀栀仰起头，长睫微颤，道：“是。”

江影要负担下众多修士的因果线，要杀死初代教首与其他强者，就必须要进入灵祇神教不可。

栀栀不会放任他如此成长。她知道他对自己极好，但人类的感情她不理解，也从未相信。

她相信，能够对江影形成制约的，只有灵祇神教。

在清寂无声的夜色里，灵祇神教数十位修士的声音响起。

“十余年前不是有人在小镇上发现了一个天通十二脉的小孩？”

“后来押送他的修士失踪了，他也消失了！”

“四五年前在这附近有座灵祇神庙塌了，逃出来的修士见过这小孩。”

“确定了吗，他在这里？”

“确定。”

“那就动手，将他抓回灵祇神教。”

栀栀看着江影，没有说话。

江影在听到那几人说话的声音之后，便拽了一下她的手准备跑。

栀栀并没有阻止他逃跑，因为她对于自己亲自安排好的命运很自信。

江影在二十岁这年，必定会被灵祇神教抓获，进入灵祇神教。

但是……

在两个时辰后，天际一轮孤月清清冷冷地高高挂着。

江影一只手抱着她在密林里穿梭了好几圈，竟然真的将灵祇神教派来抓他的修士给甩掉了。

栀栀看着身上有了多道伤口、头破血流的江影，没有说话。

江影现在的修为不过金丹而已，而灵祇神教派来抓他的修士的修为都在元婴之上。

他们有备而来，江影只是仓皇逃窜，为什么他还是能够逃出来？

栀栀不理解。她低头看了看自己肩膀上殷红的血迹，这是江影头上伤口里流出的。

本来灵祇神教那修士的这道法术攻击是对着她而来的，但江影侧过身为她挡了下来。

那一瞬间，鲜血飞溅，温热的血液落在栀栀的脸颊上。

栀栀很安静，没有说话，只抬手用袖子将自己脸上的血液擦干净。

江影把她放在这小池旁的干净青石上，自己靠在树干边，低头轻轻喘着气，运起法力给自己疗伤。

栀栀从青石上跳下来，她虽然感到有些疑惑，但该做的事情还是要做。

她俯身，用方才摘下的宽大树叶掬了一大捧水，又将自己袖口处的干净布料扯了下来。

栀栀走了过去，用沾湿的布料为他清理伤口处的脏污。

她的动作极轻，但江影还是皱起了眉头。

江影抬手，将栀栀眼尾处尚未擦净的干涸血液拭去，哑着声说道：“对不起，他们是来抓我的。”

“嗯。”栀栀把他的手牵了过来，细细擦拭着他手臂上伤口的血污，吐息清冷。

“幸好跑出来了，他们都是元婴的修士。”江影叹息一声。

他垂首看着栀栀为他擦拭伤口的手，长睫轻颤。

江影并没有多想什么，他知道灵祇神教很可怕。

但是……他是无所谓的……只是他不能让栀栀跟着他一起被抓走，她长得与那灵祇神像如此像，若是被灵祇神教发现了，也不知会对她做些什么。

虽然江影少言寡语，但他很敏锐地发现了栀栀对灵祇神教的敌意。

栀栀确实不怎么待见灵祇神教，甚至看不起灵祇神教，因为他们一直打着她的旗号行事，当年也是灵祇神教的初代教首发现她的踪迹，因此让此界陷入即将消亡的危机之中。

栀栀不知道江影是哪里来的毅力，可以在带着一个人的情况下，逃出灵祇神教派来的修士的重重包围。

她相信自己亲自安排好的命运不会出错。

“为什么？”栀栀问他，她也不知道自己在问些什么。

江影回答她：“我……我不想你也落入他们的魔爪里。”

栀栀歪了歪头，青丝从肩头垂落，没有说话。

她两手捏着沾湿的布料，为他擦拭脖颈上的伤口。

栀栀知道自己有一百种方法可以从灵祇神教离开，但江影偏偏要带着她一起走。

她分明是个累赘，为什么他要带着她离开？

栀栀不知道，正是因为有她的存在，江影才有了坚定的信念，一往无前地带着她一起逃。

神明在落入尘网的那一瞬间，便已经不是棋局外执子的人，她已身入局中。

但现在栀栀显然没有意识到这一点。她扶起了江影的身子，觉得他逃便逃吧，左右也逃不出灵祇神教的势力范围。

她被江影带着一路逃亡，路上很苦，危机四伏，但他们不能停下，一旦停下就会被背后的灵祇神教修士追上。

栀栀不太喜欢这样的感觉。她的脚很疼，唇舌亦很干，身体也发软，她没有修为在身，这样的日子很难撑下去。

但是江影承受的比她更多。他背着她，身上受的伤已经不能自己痊愈了，这一路上他又与灵祇神教的人对上了好几次，每一次都是九死一生才从他们手底下逃出来。

栀栀的两手放在他的肩膀上，替他把略有些散乱的发丝拢好。

她有些急了。

到底是哪里出了问题？江影为什么还能坚持？

她安排的命运应当不可能出错才是。

但是……但是……

栀栀趴在他的背上，看着前方一座高耸的青山，眨了眨眼。

前方是千灯山，只要走进去，便离开了灵祇神教的势力范围。

灵祇神教很强，但此界中依旧有地方没有被渗透进去，比如无相宗所在的无相地界，这千灯山便是灵祇神教势力范围与无相地界的交点。千灯山隶属于无相地界，山上的千灯寺也一直与无相宗是同盟势力。

如果他们真的走到那里，江影寻求无相宗庇护，以他的经脉与实力，定然会受到重视，而无相宗行事也没有灵祇神教那般极端。

这样，她亲自书写的命运会真的被打破。

栀栀仰头望天，艳烈的阳光将她的双眸视野照得迷离。

为什么呢？她没有想明白。

江影带着她踏入千灯山之中，灵祇神教派来的修士果然没有贸然追上来，他们也忌惮无相宗势力，只是在附近驻扎下来，寻找机会。

千灯寺热闹，江影靠在一株青松边，长舒了一口气。

栀栀望着他，还在想着究竟是哪里出了问题。

江影将她的手拉了起来，说道：“栀栀，我们逃出来了。”

栀栀望着他，轻轻皱起了眉头。

这个人，当真逃出了命运的掌控。

她抬手，轻轻抚了一下江影的发丝。

栀栀在寻找答案。

而在三日后的某个夜晚，她得到了她想要的答案。

千灯寺附近人多，自然龙蛇混杂，什么样的修士都有。

其中有个混混修士，修为很高，有元婴境界，经常在千灯寺外寻些年轻的女修士骚扰，或是抢夺过往修士的钱财，看心情杀或是不杀。

千灯寺内的修士也不是没有想过将他解决，但奈何他的修为确实高，所学法术都用在了研究如何逃跑上，千灯寺一直没有找到机会将他解决了。

栀栀与江影都不知道千灯寺这里还有这号人的存在，他带着她暂住在千灯寺外，等灵祇神教的修士离开再做打算。

那天晚上，放松了几日的江影看到千灯寺外满天都是向神明祈愿的许愿灯，前来许愿的修士们将写满心愿的许愿牌挂到灯上，等着这些明亮的灯盏飞入高空，将他们的心愿传递给神明。

江影想带着栀栀一同去看，便叫上了她。

栀栀正苦恼于自己安排好的命运为何出错，但当他唤她的时候，她还是答应了。

江影牵着她的手走了出去，在寺门的一株矮小的青松下，他两手将她的肩膀按着叮嘱道："栀栀，我去寺里取一块许愿牌出来，你就站在这里不要动，等着我。"

栀栀眨了眨眼，乖巧地点了点头，站在原地没有动，只道："好。"

江影转过身，以极快的速度奔进千灯寺中。

栀栀望着他的背影，听着他的话，思考着自己百思不得其解的问题。

直到那个经常在千灯寺山门附近惹事的混混修士靠近，打量了一下栀栀的身影。

是一个普通人，身形倒是有些窈窕，只是那张脸……给他一种很奇怪的感觉，他初初看向栀栀，觉得她长得很普通，但细想的时候，想不起来她长什么样。

栀栀自然不会让江影之外的人看到她长什么样，其他人看到她，只会觉得她就是一个长相普通的姑娘，事后再仔细回想的时候，根本不会想起来她长什么样。

那混混修士摸着下巴思考着，目光触及她身上穿着的衣物，一个普通人，她身上的服饰竟然都是上好的材质，这在他眼里简直就是一块大肥肉。

见四下无人，他凑近了，准备先将她羞辱一番，再抢夺钱财。

栀栀站在原地，早就感觉到了那修士的靠近。

她没有动，因为江影让她站在这里不要动等他出来。

至于这个修士的意图，她不太理解，因为钱财之类的东西对于她来说并不重要。

修士出现在栀栀眼前，打量着她的样貌，愣是没看出她长什么样，只觉得这女子身材不错。

栀栀还是没有动，脚步都没有挪一下，只是那修士头顶的松树已经开始沙沙摇晃，随时准备着要将他制伏。

然而，就在他伸出手去，即将碰到栀栀衣角的时候，一道极快的身形掠过。

江影手里拿着一个许愿牌，奔了出来，直接单手将那修士的手给拦了下来。

栀栀只感觉到自己眼前的视线一暗，江影挡在了她面前。

原本蓄势待发的松树枝叶收了回去，栀栀开口提醒他："他的修为有元婴。"

江影就算能够从元婴修士的手中逃脱，但现在仅是金丹修为的他不可能正面打得过元婴修士。

她本想自己动手的，但她隐隐感觉到江影生气了。

栀栀从未见江影生气过，他对她一直态度温和，所以当那低沉的气息从他身上发出的时候，栀栀下意识往后退了两步。

江影一言不发，只将一旁青松上的一段树枝折了下来。

即便此人连栀栀的衣角都没有碰到，但远远地，江影看到此人的身形将娇小的身影拢住，动作不善，而栀栀只是呆呆地站在原地没有动——因为他叫她不要动。

江影的红眸瞬间变得幽深，他以手中树枝向眼前这位混混修士击去，现在的他还没有法宝，只是赤手空拳。

那混混修士见他如此，讥笑起来："不过金丹，也不掂量掂量自己的修为便来挑战我。"

"今日不仅你身后那小姑娘护不住，你的性命也要交代在这里。"他祭出手中法宝，并未把江影放在眼里。

栀栀静静观察着江影，便看到这刚满二十岁的少年拿着手里树枝冲了上去，每一个施展出的法术都妙到毫巅，体内法力没有丝毫浪费。

原本嚣张自大的混混修士被他一路击退，一直来到千灯寺的门前，走投无路的他被江影逼到想要进入千灯寺寻求庇护。

但江影手中树枝击出的速度比修士推开千灯寺侧门的速度更快，一道幽蓝色的法术光芒被释放在他手中树枝上，让这柄"武器"暂时变得坚不可摧。

眼见没办法进入千灯寺，混混修士竟转身向一旁的栀栀冲过去，手中法器直逼她的天灵盖。

眼见栀栀就要殒命，江影大惊，瞬时转身，树枝刺中修士的后心，那可恶的修士颓然倒下。

此时，仿佛有一点灵光从栀栀脑海里闪过，她似乎找到了问题的答案。

就在此时，负责扫洒山门的修士“吱呀”一声将千灯寺的侧门打开，他身着青衫，对江影行了一礼：“多谢道友，尸体埋到前方不远处那株青松下即可，便是那位白衣姑娘的脚下。”

江影提起地上那人尸体的衣服领子，沉默着点了点头，看到千灯寺的修士如此态度，他就知道此人一定是个罪大恶极之人。

他一只手提着尸体，另一只手将许愿牌揣进怀里。

江影的手在自己的衣服上搓了好几遍，直到将自己手上沾染的鲜血擦干净。

他干燥且温暖的掌心笼罩到栀栀的眼前，轻声对她说道：“不要看。”

栀栀眨了眨眼，纤密的长睫扫过他的掌心，很痒。

一道躯体落地的沉闷声响传来，江影把尸体丢到地上，他手指掐了个法诀，幽蓝色的光芒闪烁，脚下的土壤如水一般流动，将尸体吞了下去。

周遭安静了下来，只有风声。

江影松开了手，栀栀望着他，目光淡然。

他不好意思地从怀里将许愿牌摸了出来，指腹在上面使劲搓着，也没能将上面沾了的血迹擦干净。

“我去刻字挂上。”江影拍了下栀栀的脑袋，柔声说道。

栀栀回答的声音清脆：“好。”

她已经要找出问题的答案了，只需要再认真思考片刻。

不久之后，江影已经把许愿牌上的字刻好了。

他爬上这株青松，身形修长，被月色的影子拉长，仿佛一只小猴子。

江影蹲在树上，看着站在树下的栀栀，朗声问道：“你不想知道我在许愿牌上刻了什么吗？”

栀栀抬眸望着他，目光毫无波澜起伏，她摇头：“不想。”

江影攥紧手里挂着许愿牌的红绳，语气有些失望：“好吧，也不是什么多有趣的字眼。”

栀栀的目光平静且冷漠，她抿唇望着他，没有说话。

“反正这块许愿牌一直在这里，不会消失，等你再一次过来的时候，就知道我在上面刻了什么。”江影细心将许愿牌的红绳系紧在树枝上，对栀栀说道。

栀栀没有回答他，她觉得许愿这个方式愚蠢且无用。

她背过身子，看向千灯寺远方飘摇飞向天空的一盏盏许愿灯，它们已经飞得很高了，仿佛夜空里闪烁的星星。

“他们觉得这样放飞至空中，就能让自己的心语更容易被神明听见。”江影注意到了栀栀在看什么，解释道。

栀栀仰头望着，在风中，飞扬的发丝攀上她白皙的面颊。

她启唇，声音似雪般冰冷，很轻，只有她自己听得见：“我没兴趣听。”

江影没有听见她的喃喃自语，只从树上跳了下来，站在她身边，仰头欣赏着自己亲手挂上的许愿牌。

这枚染血的小小木牌在风中微微摇晃着。

栀栀低下头，看着少年方才毅然决然紧握着树枝的手。

她想明白了，为什么江影可以在带着她一个凡人累赘的情况下，从灵祇神教的围追堵截之下逃出来。

不是因为别的，只是因为她。

江影不想她落入灵祇神教手中，所以他才有了坚定的信念，爆发了超常的力量，就像方才他因为她，在盛怒之下将一个元婴修士击杀。

栀栀知道，在某种情况下，当人类怀有某种执念的时候，他们会爆发出比平时更加强大的力量。

比如那位深入了墟渊的灵祇神教初代教首，再比如她眼前的江影。

但是……很奇怪……

栀栀想，为什么江影的执念成了她？

她一向将自己视作人世间这局棋盘外的执子之人。

但……

但在她自己都没有注意到的时候，当她拥有了人类名字“栀栀”的那一瞬间，她已经身入尘网之中，就像一只高飞的蝴蝶被蛛网捕获。

她自己亦成为影响棋局的一枚关键棋子。

初入尘世的神明不知这是好是坏，但她知道，她犯了一个天大的错误，并且没有悔改的可能。

江影能够带着她逃出灵祇神教的追捕是因为她。

现在，江影的命运依旧没有逃出她这个神明的手掌心。

灵祇可以掌控世间的一切客观事物，却没办法掌控人类的所思所想。

但是，在这一刻，栀栀清楚地知道，她可以。

江影走进他命运的正轨，或是逃离命运的掌控，都取决于她自己的决定。

栀栀——

你会如何做呢？

栀栀与江影并肩走在千灯寺的山巅之上，准备回去。

他们的身边是高耸的悬崖峭壁，千灯寺的地势极高，这样的地形随处都是，这对修士来说并不算困难的地形，对普通人来说却非常危险。

栀栀扭过头，垂首看着自己脚边的悬崖，江影站在外面，一直在护着她。

而这一侧的悬崖之下，便是灵祇神教掌控的地界，山脚下等待着许多追杀江影的灵祇神教修士。

栀栀停顿在原地，目光平静，她是无心无情的神，行事以自己的目标为先，不会受任何感情的影响。

她谋划了那么多年的计划，不可能出错。

在这寒凉的夜里，栀栀松开了江影的手，速度极快。

江影只感觉到自己的掌心一空，再扭过头的时候，栀栀已经落在了后面。

她望着他，身子一轻，宛如断了线的风筝一般栽倒下去，仿佛是被吹来的夜风吹落。

江影的瞳孔骤缩，红眸中闪过难以置信。

但他没有丝毫犹豫——即便他知道跃下这座悬崖，等待他的是什么。

他纵身一跃，飞身而下，直接将栀栀揽入怀中，耳边传来猎猎风声。

江影的身后一对幽蓝色的翅膀在夜空里张开，这是栀栀教给他的飞行法术，变幻出翅膀使自己能够飞行。

江影被带回了灵祇神教，连同栀栀一起，他的命运如她一开始设定的一般转动着。

灵祇神教并没有把江影杀了，虽然他的经脉令灵祇神教忌惮，但他的实力亦是巨大的诱惑。

他若是这样一直修炼下去，将来的成就会比初代教首更高都说不定。

江影的存在，让人害怕又想要将之掌握在手上。

那日灵祇神教的修士无论如何都想不出来，明明已经逃到了千灯寺的江影怎么还会主动跳了出来。

他们抓住了江影——严格来说，他们是先抓住了江影一直护在怀里的那位姑娘。

那位姑娘一身白衣，名唤栀栀，没有姓，她很奇怪，所有人都记不住她的模样，只记得她是一位长相普通的姑娘，远远望去，身姿有些像他们一直供奉的灵祇神像。

事实上，除了江影之外，再没有人能够见到栀栀的真容。

栀栀被灵祇神教抓走了，她若是想要逃，轻而易举，但她没有逃，经过严密的计算，栀栀发现了自己才是影响江影是否能按照安排好的命运走的关键。

她没有反抗，直接被灵祇神教的人抓住了——就如同每一个手无缚鸡之力的普通人一样。

第二日，江影果然主动来找他们了。

这次负责抓捕江影的是灵祇神教的教首座下护法之一，地位崇高，灵祇神教现任的教首并不是初代教首，初代教首虽然退居幕后，但仍掌控着灵祇神教的大权。

江影的存在，也被告知上去，初代教首听闻此事之后，第一反应便是江影的经脉竟然如此得天独厚，比她自己还要好上三分。

初代教首本想杀了他，但灵祇知道她不会，因为她足够有自信，也足够贪婪。

只要想办法牢牢控制住江影，他的力量便会为灵祇神教所用，到时候可以吞并无相宗、完成她一统修真界的计划也说不定。

所以初代教首没有派人把江影杀了，只吩咐下去，用了一个冠冕堂皇的借口，说江影的经脉近妖，不符合常理，定然是妖魔之类的存在，派人将他抓捕。

灵祇神教派出的护法名唤俞羽，是一位样貌俊朗的年轻男修士，但修为已是元婴巅峰，在追捕江影的时候，竟然在江影手上吃了一个不大不小的亏，所以他看江影极不顺眼。

“栀栀呢？”江影一走进灵祇神教驻扎的神庙之中，便问道。

“她呀，已经被我们抓起来了。”俞羽对江影说道。

“你们想抓的是我，我跟你们走便是。”江影紧盯着俞羽，冷静说道。

“把她放了，可保不准你哪天就逃了。”俞羽笑着对江影说道，“江道友，有情并不是一件好事，你的心性坚定，本该坚不可摧，可是你怎么爱上了一个凡人姑娘呢？”

江影望着他，眉头紧锁，本想奋起反抗，但一想到栀栀还在他们手上，他浑身积蓄起的力量竟然都松懈下去。

俞羽走上前来，对江影说道：“随我们回灵祇神教吧，教首的命令传下来了，你的经脉太强，不符合常理，定是妖魔之类的存在，我们灵祇神教也只能舍身镇魔了。”

江影的红眸静静望着他们，没有说话，他心中扬起怒火，却无计可施。

俞羽说得对，他确实是有弱点的。

他确实爱上了她，不知在什么时候。

或许，是在见到她第一眼的那时候……

来到灵祇神教的第一日，俞羽会在他身上刻下灵祇神教研究出的封魔咒文，说是封“魔”咒文，实际上是压制力量的咒法，是用来镇压不服灵祇神教的异端修士的。

这封魔咒文与灵祇神教的生死相连，若是江影生了背叛反抗的心思，便会自己启动，以刻在修士全身上下每一寸骨骼的咒文将修士杀死，并且还有压制修士力量的作用，让被刻下封魔咒文的修士永远臣服于灵祇神教。

用这个方法，灵祇神教已经“收服”了无数强大修士，从未出过错。

这个咒文最强大的地方在于，当这咒文深刻入髓的时候，其上的古文字会自动变成那位修士心中最在意的东西，每一位修士身上的咒文内容都会不同。

当那细密的黑色咒文被刻到他身上时，江影强忍着剧痛，额上冒出薄汗，他低头看着自己的手臂上如呼吸一般亮起又灭下的黑色咒文，看到这些古文字正在扭曲着，隐隐发生着变化。

俞羽手执精巧刻刀，对江影说道：“江道友，若是疼的话，可以叫出声来，以前被刻下封魔咒文的修士可都没你能忍。”

江影的眉头紧锁，只抿着唇，摇了摇头。

半晌，他开口问道，声音颤抖：“她呢？”

“我们灵祇神教就算再如何，也不会对一个凡人姑娘下手。”俞羽手中的刻刀在江影的肌肤之上轻巧划过，仿佛破开了水面，汩汩鲜血流淌而下，“她被限制了行动，无法离开灵祇圣城，但在灵祇圣城之内她可以自由行动，怎么样，我们对她够好了吧？”

江影知道，是栀栀没有修为，全身经脉又没有一处是通的，根本不能引起他们的忌惮与重视。

这和慈悲无关，与利益有关。

许久，那刻骨入髓的疼痛终于过去，江影运起法力的时候，感觉到自己的灵气运行有所阻碍，这并不是一个太好的感受。

“你可以继续修炼。”俞羽将旁边柜子里存放着的一个小箱子取了过来，“但是，从此之后，你就要听命于我们灵祇神教。”

“江影，你很强，所以你需要做的事情也很多。”俞羽将小箱子推到江影面前，“未来你也会杀死许多人，所以你需要一件法宝。”

江影不愿去动那箱子，俞羽却自顾自将它打开了。

内里躺着最普通的炼器材料，不过是些黑陨铁、赤辰砂，加上随处可见的星辰晶石而已，灵祇神教当然不会给江影准备多么好的炼器材料，他最好在未来帮灵祇神教剿灭仇敌的时候一不小心殒命了才好。

“江道友，且拿着它们回去吧，一位修士是要有法宝的。”俞羽还是对他笑，只是那笑容又染上了一丝威胁的意味，“好了，快些回去吧，你的那位栀栀姑娘还在等你。”

灵祇神教知道江影极在意栀栀，所以，与其说刻在他身上的封魔咒文能够控制住他，倒不如说是留下那位栀栀姑娘更能将他掌控。

所以，为了不让江影反抗的力度过大，他们自然也不会对她做些什么过分的事。

灵祇神教的人在面对栀栀的时候，总是带着回避的态度，他们自己也不知道为什么。

江影在听完俞羽最后一句话之后，只低下头，将装着炼器材料的小箱子拿了起来，转身走出大殿。

他不会炼器，这些东西他也用不上。

更何况，这只是些再普通不过的材料。

灵祇神教给他准备了居所，不过是灵祇圣城最偏僻角落里的一个小院子，栀栀已经先被带到了这里来。

她白皙的脚踝上被扣上了一个无形的锁链，若不扯动，并不会影响行动，这枚锁链限制了她的行动，她不能离开灵祇圣城。

在这之前栀栀永远也不会想到，她为江影安排好的命运之中，她自己会成为最关键的一环。

栀栀抬脚，被扣着锁链的右脚有些沉重，但她其实只要轻轻一扯，便能够轻易挣脱这束缚。

但是她没有，洞悉了前因后果的神明，为了让自己与世界不要死去，自愿成为封印江影的最重一道枷锁。

她站在小院门口，远远地看着江影走了过来。

第十四章 不要想我

栀栀站在那里，白色衣袂飘扬，仿佛永远置身事外。

此时的她，永远也不会想到，在很久很久以后，她也会为他落下泪来。

栀栀迎了上去，扶住了江影摇摇欲坠的身躯，他的脑袋靠在她的肩膀上，因刻下封魔咒文，细细的血液流出，将他的衣衫浸透。

用透骨小匕，刻下九千九百九十九道封魔咒文，究竟是怎样的痛楚，栀栀不知道。

她只抬起手，冰凉的指腹在他的眉心扫过，替他将紧锁的眉头慢慢抚平。

江影身上的血染到了她的白衫上，他拥着栀栀，垂首在她耳边轻声说道："栀栀，很痛。"

栀栀轻轻揽着他的肩膀，越过他的肩头，望着远方，没有说话。

江影的意识有些模糊，但他还有一句话没有来得及对栀栀说。

"对不起。"他对栀栀说。

直到现在，这个被神明哄骗的可怜人，还以为那日在千灯寺外，栀栀的坠崖是因为意外。

江影只觉得是因为他，栀栀才被关押在了灵祇圣城中。

栀栀听闻此语，愣了一瞬。

在他这道低哑的道歉声中，栀栀于此一瞬，只感觉自己的思考停顿了下来。

仿佛一个无情的运算机器死机，她僵住了。

过了片刻，栀栀眨了眨眼，长睫灵动地翻飞，她回过神来。

"疗伤。"她启唇，冷冷对他说道。

栀栀抱着江影，走入屋内，他走过的地方淌下一路的鲜血。

她的目光放向江影放在桌上的那个箱子上。

“那是什么？”栀栀问。

“灵祇神教给的制作法宝的炼器材料，不用看了，并不是珍贵的材料。”江影对她说。

栀栀看了一眼江影的身体，抬手替他剥开了衣裳，柜子里有伤药，她一抬手就能拿到。

江影的头枕在她的腿上，双眸紧闭，意识模糊。

栀栀冰凉的指尖抚过他的每一个伤处，她注意到了江影骨骼上刻的封魔咒文，以古文字写就，现在这些文字已经变成了属于江影的内容了。

就算是刻封魔咒文的俞羽都不认得这些古文字了，但栀栀身为神明，她能够看懂。

这九千九百九十九道封魔咒文，上面的古文字是什么意思呢？

栀栀垂眸，仔细看了眼。

在她看懂其上古文字意思的时候，她愣住了。

在这一刻，神明迎来了她的第二次意识死机。

栀栀看出了江影骨骼上刻的封魔咒文的意思，是“栀栀”。

这个词语，一共重复了九千九百九十九遍。

她愣了一下，回过神来，抬手抚了一下江影的鬓角。

江影的意识模糊，但他的周身灵气缭绕，他的经脉自己吞吐着灵气，为他疗伤。

栀栀把床榻上的被褥铺好，把江影放到床上，扒开他的衣服为他细细涂抹伤药。

那冰凉的指尖拂过他身上的每一处伤口，小心翼翼，栀栀告诉自己，她这是怕江影真的死了，才为他涂抹伤药。

上完药后，栀栀站了起来，来到放在桌上的那个小箱子前，她查看了一下箱子里放着的炼器材料。

确实都是些最普通的炼器材料，栀栀将一块黑沉沉的黑陨铁放在掌心掂量着。

此时，江影睁开了双眼，他侧躺在床上，唤了栀栀一声：“栀栀。”

栀栀转过身去，发丝微微摇晃：“你不会炼器。”

炼器并不是每一位修士必备的技能，术业有专攻，自然有专门的炼器师为修士炼制法宝。

江影点了点头说道：“我可以学。”

“不用。”栀栀对他说，“我给你做一把。”

说完，她掌心的那块黑陨铁便开始慢慢软化，从她指缝间流淌下来——并不是因为高温而软化，只是因为栀栀在命令它变成自己想要的样子。

她白皙的指尖上下翻飞，从箱子里拿出赤辰砂，与黑陨铁糅合在一起。

栀栀的两指在这块黑陨铁与赤辰砂的混合物上轻轻一抹，一柄柳叶小刃的轮廓便被勾勒出来，狭长优美，每一处线条都完美得恰到好处。

星辰晶石被栀栀的指腹揉碎，宛如星辰一般的光芒落下，为这柄柳叶小刃装点最后一抹光辉。

仿佛有了生命一般，这柄纯黑的柳叶小刃将星光似的沙石吸收，而后马上暗沉下去，似乎随时可以融入夜色之中，杀人于无形。

这几种最普通的炼器材料在栀栀的手中被利用至极致，以最匪夷所思、完美无缺的比例配比而成，让它成了此界中最锋利、最坚硬的一柄利器，精准且完美。

这是连后来的青君都要禁不住赞叹的神造手笔。

并且，这柄柳叶小刃上，被栀栀融入了规则之力，凡是被它刺中的生物，都会被夺去生命。

就算是非常强大的修士被它刺伤，也只能强行切下伤处求生，当这柄柳叶小刃割开血肉的那一瞬间，就已经将死亡的结果宣告。

栀栀对着江影张开了自己的手掌，这柄纯黑色的柳叶小刃安静地躺在她的掌心。

“做好了。”她看着江影说道，“要给它起个名字吗？”

江影半坐起身子，唇色苍白，他思考片刻，沙哑着声说道：“叫冥昭如何？”

栀栀将冥昭递了过去，她点了点头说了声“好”。

江影接过了冥昭，入手沉重寒凉。

栀栀冰凉的指尖与他指腹相触的时候，她想，江影终会成为她手中最锋利的一柄利刃。

今日之事告一段落，到了晚上，栀栀准备睡觉，却尴尬地发现这院子里只有一间房，一张床榻。

想来灵祇神教误会了他们二人关系。

本来江影是会把床让给栀栀睡的，但他今日有伤在身，栀栀也没让他起身。

她洗漱过后，将外袍脱了，自己爬到床上，把被子拱出一个小窝来，睡了进去。

“睡吧。”栀栀眨了眨眼，对江影说道。

江影睡在外侧，几乎快从床上掉下去，他很局促不安，但栀栀已经闭上了眼。

他又深呼吸了好几口气，对栀栀说道：“我我……我起来修炼。”

“好。”栀栀转过身去，面朝里侧，冷冰冰地答了句。

修炼的灵气环绕在江影身侧，有节奏地吐纳着。

但此时，栀栀猛地睁开了眼，她又翻了个身子，盯着正在修炼的江影说道：“变兔子。”

她认床，这床陌生，她有些不习惯，很久都没能睡着，要抱着兔子才能睡好。

江影睁开红眸，本想给栀栀变，但他一旦运起法力，便感觉此类法术被他身上的封魔咒文给阻隔了，这咒文对他限制颇多。

“栀栀，不行了。”江影盯着栀栀在黑暗中模糊的脸颊说道，“有封魔咒文在，我变不了。”

栀栀在黑暗里眨了眨眼，没有说话，她感觉有些空落落的，但不知道是哪里空了。

她的兔子，没有了……

栀栀闭上眼，久久都没能睡着，只是她的吐息均匀，看起来像是睡着了一般。

江影见她闭上了眼，便又开始修炼，入定了片刻之后，黑暗中的一双红眸忽然睁开。

闭着眼假装自己真的在睡觉的栀栀只是为了骗自己，并没有想着骗江影，但她听到了一阵衣料摩挲声，窸窸窣窣的。

即便是在夜晚，江影的目力也没有减弱，他看着栀栀睡颜，没有说话。

他从怀里掏出了冥昭，将它放在手里细细抚摸。

这是……她给他的东西，一柄柳叶小刃，看起来非常厉害。

虽然迟了几日，但也姑且算得上是他的生辰礼物吧？

江影如此想着，嘴角勾起了一抹极为微小的弧度。

摸完冥昭，他又开始看栀栀。

栀栀的睡颜安静，与她平时一样，根本没有表情，就是这么冷着一张脸，就连睡觉也显得严肃冷漠。

江影就这么打量着她，然后不由自主地越凑越近……

栀栀其实并没有睡着，但那温热的吐息喷洒到她面庞上的时候，她还是紧闭双眸，十分淡定。

江影的脸越来越近，最终在黑暗中，那温暖的双唇贴上了她的眉心，轻轻啄了下。

栀栀藏在被子里的手攥紧，长睫轻颤，弧度极小，没有被江影发现。

江影在她眉心的那一吻一触即分，他亲了一口便马上抬起头来，下意识拿指腹抹了一下唇瓣。

她的身体是凉的，吻她仿佛在吻一块冰。

但冰会融化，她不会。

江影如此想着，呆坐在原地，有些落寞的样子。

但是……那又如何？江影转念想到，不论怎样，她还在他的身边，没有离开。

江影心中如此想着，只盘腿坐在躺着的栀栀身边，又开始修炼。

他的修为突飞猛进，在他修为来到元婴的那一天，灵祇神教给他下达了任务，在灵祇神教势力深入凌霄地界的时候，有几个宗门闹事，阻碍灵祇神教的势力扩张。

灵祇神教留着江影，本就是为了让他行暗杀之事，将他们敌对势力的掌权人统统枭首，灵祇神教的势力扩张自然可以畅通无阻，他们以神明之名行事，明面上也不敢如此残暴嚣张，只能在暗地里做些小动作。

江影站在院子里，摩挲着自己手里的冥昭，他不得不去，因封魔咒文的缘故，灵祇神教能够像操纵木偶一般操纵他的行为。在执行“任务”时，他根本无法控制自己的身体。

栀栀倚靠在房门口，静静望着他，没有说话。

直到江影拿手中的白帕，将手中冥昭擦拭了一遍又一遍，他转过身来。

“栀栀。”他唤她，那双红眸澄澈无瑕，闪烁着漂亮的光芒，“我要走了……”

“好。”栀栀启唇，回答他。

“或许我要去上好几日，但我一定会活着回来。”江影对她保证，他要杀的那几人都是元婴修为，而他才刚刚迈入元婴门槛不久。

“你不会死。”栀栀对他笃定说道。

这是最牢不可破的承诺。

“但是……”江影望着她，话锋一转。

“但是什么？”栀栀歪着头问他，长发从肩头垂落。

“我会想你。”江影的红眸锁定栀栀，对她轻声说道。

栀栀直视着他的目光：“不要想我。”

她没再与江影说话，只转过身，走进了房间里。

栀栀只是觉得，江影的眼睛，再看一瞬，她会像上次那般愣住。

这种意识瞬间停止运转的感觉，栀栀并不习惯。

江影离开了，他的脚步声渐远。

当晚，栀栀正在睡觉，睡梦中的她听见了开门声，她敏锐地睁开了眼，翻身坐起。

江影一只手扶着门框上，肩头有一处长至胸口的伤。

栀栀看着他，走上前去。

江影的身形摇摇欲坠，当栀栀走过来的时候，他没能撑住，半靠在她的肩膀上。

栀栀发现江影在受伤之后还强行运起法力赶路，这才导致伤口逐渐扩大，伤势变得如此严重。

“受了伤还赶路？”栀栀两只冰凉的手将他的脸捧着，让他直视着自己，直接问道。

“很想你。”江影哑着声唤她。

他另一只扶在门框上的手，指节发白，一用力竟然将那门框给掰碎了，想必正承受着极大的痛楚。

“治伤。”栀栀不知道自己是第几次与江影说这两个字了。

她望着门外高悬于天际的月亮，月亮孤单且清冷，江影靠在她肩膀上的脑袋极沉。

在江影肩头的伤口上，悬停着一只风荧蝶，这嗜血的小小灵兽正贪婪地吸吮着江影伤处的鲜血，狭长的双翅扇动时，扑簌簌闪烁着幽蓝色的荧光。

“若是想我，可以传音给我。”栀栀一只手揽着江影，一只手直接将落在他肩头的风荧蝶揪了过来，拢在掌心。

风荧蝶在她拢着的掌心里挣扎，幽蓝色的鳞粉飞散，它却无法逃出栀栀的手。

“没有远距离传音的法术。”江影摇了摇头，对栀栀说道。

“那今日便有了。”栀栀的吐字清晰，声音清脆，她说出的话宛如法则。

“你以此物为媒介，便可以传音给我，不论多么远的距离，我都可以听见。”栀栀伸出了手。

她张开掌心，风荧蝶摇摇晃晃地从她手中飞起，幽蓝色的光芒极为美丽。

于是，一条全新的世界法则出现了，它最开始出现，是因为江影。

江影一愣，他伸出手，那只风荧蝶乖顺地落在他的指尖上。

“栀栀。”他轻声唤。

马上，这声“栀栀”在栀栀的脑海里响起。

“就是如此。”栀栀点了点头。

这回答亦在江影的脑海里出现，风荧蝶果然可以传音了。

江影的指尖抖了抖，这只小小的风荧蝶落在栀栀的脑袋上，模样乖巧，仿佛一枚饰品。

栀栀开始从柜子里找伤药，然后细心地给江影上药。

她觉得江影有些傻，但她没说出口。

等到要去关门的时候，栀栀发现门框已经被承受剧痛时的江影捏碎了，她使劲合也没能把门合上。

栀栀把那扇门来来回回推了好几下，最终还是悻悻而归。

她看到江影躺在床上，身上浸染着不知是他自己还是别人的鲜血，这暗红色血液洇在被子上，极为显眼。

栀栀这一次没有选择爬到床上，她抬手将帘幔放了下来，在江影朦胧的视线中，她开口，很认真地说道：“有些脏。”

她只是不太喜欢血腥气，但江影看着她，那双红眸仿佛易碎的琉璃。

栀栀避开他的目光，自顾自坐到一旁，趴到桌子上睡着了。

第二日她醒过来的时候，已经躺在了干净的床榻上了，江影起得比她早，经过一夜他的伤势差不多好了，便先将床榻整理干净，再将栀栀抱回了床上。

栀栀低头发现这床单与被子的布料应当是新的，材质丝滑柔软，应当有些昂贵，仔细查看了一下，她发现这是碧莹天蚕丝的布料，也不知江影是什么时候准备的。

江影总是这样默默地把事情做好，很多时候让栀栀感觉不到他的存在。

就在栀栀看着盖在自己身上的被子愣神的时候，她听到房门处传来“咔嗒”的一声响。

她掀开帘幔，揉了揉眼睛，看到江影正在修昨晚被他捏坏的门框，他一只手拿着卸下来的门，在修好门框之后打算将它重新安回去，一双红眸从斜斜拿着的木门后露出，静静地看着她。

“是梦吗？”江影认真问她，“风荧蝶可以传音一事。”

他昨晚因为伤重意识模糊，导致栀栀对他说过的话，他都有些记不清了。

“不是梦。”栀栀坐在床边，两手乖巧地放在身体两侧，对他说道。

她话音刚落，悬停在桌面上的风荧蝶便悠悠飞了起来，在房间里盘旋。

江影修好了门，走了过来，对栀栀说道：“它总乱跑。”

“可以想个办法让它不乱跑。”栀栀说。

江影找出很久之前栀栀为他制作冥昭时留下的一些材料，是一块巴掌大的黑陨铁。

“我上次看书的时候，学了一点炼器的功夫。”江影对栀栀说道。

说完，他的指尖幽蓝色的光芒亮起，操纵着手里的黑陨铁变换着形状。

江影的审美不错，很快，这黑陨铁便成了一个精致小巧的金属圆球。

他修长的手指将在房间里盘旋的风荧蝶拢住，塞进了金属圆球里。

江影把装着风荧蝶的圆球递给栀栀：“给你。”

栀栀接了过来，把它放在手里把玩着，垂着头，很安静的模样。

后来，江影每次接下灵祇神教派出的任务时，都会通过风荧蝶与栀栀传音。

当然，栀栀经常会忘了跟他说话，自己便先睡了过去，江影没有主动唤她，只是等啊等啊，等栀栀自己来找他。

某一日，江影被操控着灭了一个门派，恢复对身体的掌控后，他坐在屋顶上，看着空空的大殿。

这里离灵祇神教很远，以他的修为他还没学会传送阵法，所以，在只剩下他一个活人的门派里，江影感觉到了一丝冷清的孤独。

他并不想如此，但他只能如此，因为这就是他的宿命。

江影已经隐隐地感知到，他的命运早早已被写下，是天命要他如此。

在月下的屋顶上，江影的目光悠远，他极轻极轻地叹了口气。

此时，循着鲜血味道而来的一只风荧蝶悬停在他的肩膀上，然而此时鲜血已沉入大地之中，这只风荧蝶没有找到食物。

江影的吐息轻柔且温暖，将风荧蝶狭长的双翅吹动。

他的心念一动，第一次主动唤了栀栀。

“栀栀。”江影在寂静的夜里，对着远山与大地唤道。

栀栀此时正抱着自己的被子，努力把它摆成一只兔子模样，然后她好抱着被子睡觉，江影低沉好听的声音在她脑海里响起。

“怎么了？”栀栀问他，“你何时回来？”

“赶路回来还要几日时光。”江影对她说道。

“好。”栀栀马上回答他，没有再说话。

“你要睡了吗？”江影在片刻的沉默过后，主动问道。

“我已经躺在床上了。”栀栀对他汇报自己的情况，对于江影，她向来是有问必答。

“好。”江影点了点头，他闭上眼，甚至都能想象此时栀栀躺在床上的模样，她定然是安静且乖巧的。

“其实……”他想了想，对栀栀说道，“没什么事的话，可以对我说声晚安吗？”

栀栀不知道说“晚安”有什么用处，说了晚安她也没有兔子可以抱，江影也并不一定能睡得安全。

但她还是应了：“好啊，晚安。”

江影知道栀栀一直是这样，若他有什么要求，她都会答应，只是他很少主动对她提出要求罢了。

但是这一次，他得寸进尺了。

"栀栀，可以天天说吗？"他问。

栀栀一头埋进了被子里，她说话的声音变得有些沉闷："可以。"

每天都说一句晚安，并不是一件太难的事，既然江影想要听，她说一说也无妨。

"好。"江影对她说，"睡觉吧。"

"嗯。"栀栀闭上了眼睛，很快便有细微的鼾声响起，她说睡就睡。

在后来的百年间，几乎每一天都是如此过的，江影外出归来，经常是夜晚才会回到这处小院。

他常在院外细细将身上血污洗净，因为他知道栀栀怕脏，后来修为高了，他便会召来雷雨净身，不用每次都缩在小院外。

栀栀在百多年的时光里，每一日都会在睡前与江影说一声晚安，雷打不动，宛如在执行一个写好的程序。

有的时候，她道晚安的时候，江影身处危局之中，但即便他身受重伤，也依旧会对栀栀回一句"好"。

于他而言，栀栀是温柔的港湾，是他能够暂时忘却血腥与杀戮的唯一净土。

江影知道，不论他如何仔细搓洗手上的鲜血，杀孽依旧缠绕着他的双手，但他就是深陷命运这张大网，无法逃出。

随着他的修为越来越高，用他的身体毁灭的势力也越来越多，事情果然如灵祇预料的一般发展，被灵祇神教操控的江影与修真界无数的修士与势力结仇。

被蒙蔽在仇恨中的人类是愚昧的，他们更加痛恨的只会是被操控的江影，对于灵祇神教的仇恨反而会淡去，他们只想杀江影而后快。

越来越多沉重的因果线缠绕在江影的身上，他成了无数人的梦魇，甚至是眼中钉肉中刺。

无数的人想要他的项上人头，取走他的性命。

洞悉世间万物的灵祇当然了解这个情况，但它只是冷眼旁观，任由事态继续发展下去。

栀栀自然也不会对江影多说什么，她只是灵祇的一部分，只是在某些时候，她几乎已经是一个人类了。

在江影来到灵祇神教的第二百年，他接到击杀阳清观观主的任务，阳清观观主样貌俊朗、风流倜傥，修为更是高深，曾迎娶了多任道侣，但她们都不知所终。

灵祇神教中女修士颇多，阳清观观主寻找的道侣有一两任也是灵祇神教的修士，后来她们不知所终，灵祇神教自然要调查下去，他们解决问题的方法简单粗暴，那就是干脆把阳清观观主杀了。

江影准备出发，阳清观观主的修为比他高了一大截，他自然要谨慎对待。

他坐在院子里的桌上擦拭着手中冥昭，栀栀则坐在房间里捧着自己怀里的灯盏。

这个样式简单的灯盏用了两百年，总算是用坏了。

她推开门，从房间里探出脑袋来对江影说道："江影，你这次回来的时候，可以帮我带一个灯盏吗？"

江影一愣，擦拭冥昭的手停顿了下来，他点了点头说道："好，要什么样的？"

栀栀疑惑："还能挑款式？"

"嗯，你要什么，我给你买回来。"江影知道栀栀出不了灵祇圣城，便如此对她说道。

"我要兔子形状的。"栀栀想了想，对江影提出了要求。

"好，晚上之前我会回来。"江影应下，拿起手中冥昭，对她保证，"你的房间不会暗。"

他站起身来，直接出发，转瞬间人已消失在了原地。

阳清观不远，他今晨出发，若是顺利晚上便能回来。

江影知晓若是到了夜晚，很多店铺都会关门。于是他先去了城中，找了很多家店，将栀栀要的兔子灯盏买了，放进储物锦囊之中，再出发去阳清观。

这阳清观观主孤家寡人，新迎娶的道侣似乎也已经失踪了，冥昭正中阳清观观主的心口，在他还未反应过来的时候，便取走了他的性命。

但就在阳清观观主尸体颓然落地的那一瞬间，异变陡生，尸体的鲜血滴落在地，渗入地下暗室之中，此时，一瓣如毒蛇般的细长花瓣从地下探了上来，将阳清观观主的尸体卷入口中，再直接把江影的四肢缠住，一切都发生在瞬息之间。

江影仔细一查探，发现这是阳清观观主豢养的上古妖物，是一株高数十丈的彼岸花，摇动时如枯骨起舞，此花妖的妖力若是换作人类修士的修为，应当快到化神之阶，也不知这阳清观观主如何将它驯服，它才没有噬主。

但此时，江影已经被彼岸花妖完全控制住了，他的修为远远不及这只花妖，被拖入地下暗室之中。

阳清观的地下暗室之中，已经堆积了累累白骨，竟然都是阳清观观主曾经的道侣，想来是阳清观观主假借成婚之名，骗年轻女修来观中，让她们成了彼岸花的盘中餐。

江影根本无法反抗这彼岸花妖，他催动全身法力，受了极重的伤，却还是不敌这花妖。

但就在他即将被这彼岸花妖吞入口中之时，他又想起对栀栀的承诺，若他死了，灵祇神教定不会放过她。

寻了一个关键时机，冥昭出手，直直击中了彼岸花妖的妖丹，正中致命点，这彼岸花颓然委地，终于死去。

花瓣委地，花茎折断，彼岸花吐出几具尚未消化完毕的尸体，是阳清观观主与另外几位女修士的尸体。

江影无暇查看彼岸花，他倒在地上，历经一场苦战之后，他竟然没有剩余一丝法力。

彼岸花有毒，麻痹着他的四肢与躯干，令他走出的每一步都无比沉重。

这是江影有生以来，受伤最严重的一次，他本可以在原地疗伤，等到明日再回灵祇圣城，但他想起今晨已答应过栀栀今晚之前会回去。

她还需要他带回的灯盏将昏暗的夜晚照亮。

江影是走回灵祇圣城的，因为他身上的法力已经耗尽。

当他回到灵祇圣城的时候，夜幕刚刚降临，天上下起了雨，雨水冲刷着他身上的血迹，他一步一步走在无人的街道上。

他左右两边的院门皆已紧闭，唯有街中一盏孤灯莹莹亮起，勉强照亮前方的路。

雨水将青石的路面冲刷得非常干净，恍惚望去，仿佛镜面一般。

江影的眼睫无力垂下，他的视线中，只剩余了模糊的雨幕，耳边也是无尽的雨声。

在这一瞬间，他觉得自己快要死去，灵魂即将脱离躯壳。

但就在此时，他的耳边似乎响起了雨点打在伞面上的声音。

江影勉强睁开眼，看到了在黑暗与连绵的雨幕中的一抹纯白光芒。

栀栀撑着伞，仿佛站在无尽地狱的彼岸，静静望着他。

而后，她的绣鞋踩上积水的路面，她撑着伞奔了过来，发出“啪嗒啪嗒”的声响。

“你受伤了。”栀栀伸出手，将伞遮在江影的头顶，为他挡住落雨，冷静说道。

“嗯。”江影应了声，身体颓然落地，他昏迷过去。

栀栀身边的落雨聚集过来，形成波浪，把江影的身体托起来，一路将他带回了家中。

此时栀栀的房间是昏暗的，江影被她放在床上，一只手将什么东西从怀里推了出来。

栀栀打开这储物锦囊，发现里面放着一个兔子灯盏，她想起今晨江影对她的约定。

她将兔子灯盏点上，查看江影的伤势，他这次的伤前所未有地重，彼岸花妖的花瓣每一次击中他身体，都会种下剧毒。

这毒需要解药，不然用再多的伤药也治不好他的伤。

栀栀拿来干净的毛巾，替他将血迹拭去。

江影此时睁开眼，他受着伤的手臂动了动。

“很疼。”他对栀栀说。

“中毒了。”栀栀答。

“可以吹吹吗？”他问，此时的江影无比脆弱，竟也变得有几分像小孩。

“没用。”栀栀拒绝，她不会做没有用的事情。

她站起身来，纯白的裙摆曳地，扭过头去看搭在门后的油纸伞。

“我离开一下。”栀栀对江影说。

“要去做什么？”江影问。

“找彼岸花毒的解药。”栀栀偷偷使用了神明的能力，知道了有彼岸花毒解药的人是谁。

“你……”江影还想再说话，但此时栀栀已经果断拿起了油纸伞，推开门，走进了雨中。

桌上只剩下一盏兔子灯散发着暖黄的光芒。

栀栀撑着伞，来到灵祇神教教首座下护法俞羽的住处，她在灵祇圣城的两百余年间，与他打过几次照面。

当然，她并不屑搭理俞羽，即便俞羽有几次主动想要与她搭话。

“笃笃笃。”栀栀敲门。

正在修炼的俞羽不知此时会有何人寻他，便带着疑惑打开院门。

打开门一看，是穿着白裙的栀栀撑着伞站在雨中，她纤细的手撑着伞，宛如亭亭立于雨中的一朵栀子花。

她的面孔在俞羽看来，依旧是模糊的，他看不清她的样貌。

栀栀走进院中，关上门，看着俞羽。

此人的修为极高，她即便身为神明，也已经无法用任何一种自然产生的现象对他造成伤害。

“你有彼岸花毒的解药。”栀栀冷声开口，对他说道。

俞羽闻言，笑了，在江影回到灵祇圣城的时候他就已经知道了消息。

他不喜栀栀，因为她的姿态太过高傲，就像灵祇神教供奉的灵祇神像一样。

“你要解药？”他问。

“是。”栀栀答。

“有条件。”俞羽对她说。

“你说。”栀栀让他赶紧说。

“栀栀姑娘，我也不为难你，只是我多次与你说话，你都没有搭理我。”俞羽看着栀栀，露出轻蔑的微笑，“彼岸花毒的解药如此珍贵，你跪下来求我，应当不难吧？”

栀栀那双漠然的眼眸静静望着俞羽。

这个人，她记得。

在今晨，在灵祇神教正中央的巨大神庙之中，这俞羽还匍匐在灵祇神像的脚下，姿态卑微，只试图去亲吻那神明之像的脚背。

而今晚，他又妄想让神明在他面前屈膝？

在夜晚的雨声中，栀栀声音传来，很干脆：“好。”

她的手一松，手中油纸伞落地，在地上滚了好几圈，荡出一串涟漪。

栀栀盯着俞羽，一只脚已经弯折下来。

而就在此时，一道响亮的推门声传来，温暖的气息欺近，江影的手托住了栀栀的背。

他阻止她跪下去。

栀栀弯折的膝盖很坚定，因为她知道只有如此才能拿到彼岸花毒的解药。

“不必为我屈膝。”江影的吐息温暖，他在栀栀耳边低声说道。

习惯了江影顺从模样的俞羽被江影的冷漠无视激怒，迅速抬手攻击江影要害，但江影的冥昭后发先至。

江影全身上下的封魔咒文在这一瞬间亮起，因他杀死灵祇神教的教中人，这咒文开始夺取他的性命。

栀栀眯起眼，她一只手按着江影的脊背，掌心之下，名为“栀栀”的封魔咒文闪现。

自己的生命与她的尊严，他竟然毫不犹豫地选择了后者？

栀栀只感觉到自己数百年的谋划就要功亏一篑，她的手坚定地按着江影的肩膀。

在雨中，弥漫着淡淡的血腥气。

雨中丢弃了伞的白裙少女踮起脚尖，攀着江影的肩膀，而后往上捧起了他的脸，她抬头，吻上了江影的唇。

江影的身形高大，被封魔咒文不断夺取力量与生命的他瞪大了眼，红眸中是栀栀的身影。

他下意识抱紧了她。

然而，栀栀的这一吻并没有带上什么情与爱的意味。

她的柔软唇瓣重重地磕在了江影的牙齿上，齿端划破唇瓣，鲜血溢出，带着暗金色。

江影在口腔里尝到了血腥味，是栀栀的血。

那神血入口，顺着他的四肢经脉流至身体每一寸地方，与封魔咒文的力量抗衡。

这是神明的力量，是规则之力，凌驾于此界的所有法术之上，封魔咒文这一次要杀死江影的力量以不可思议的方向偏离他身体的每一寸关键经脉。

封魔咒文确实在攻击他，但每一次都被规则之力扭转，偏离了靶心。

只要有一丝的概率存在，神明的力量便可以将可能变为不可能。

栀栀见江影的封魔咒文在完成了一次攻击之后，平息下来。

她两手捧着江影的脸，指尖冰凉。

栀栀的唇从他的唇畔离开。

“彼岸花毒的解药在他床头处藏着的小匣子里。”她望着他既惊且喜的红眸，冷静说道。

但下一瞬，栀栀说话的尾音被他吞了下去，江影俯首，按着她的后脑，又重新吻了上去。

在雨中，他很认真地吻着她，带着无尽的爱意与虔诚。

栀栀不知道，他的唇舌扫过她口腔里每一寸角落时，江影的心中在想什么。

她只知道，这种在雨中嘴对着嘴的感觉，竟然令她感到有些舒服。

就像是，落雨中飘摇的花瓣被人捧在掌心般的熨帖。

她如此想着，伸舌轻轻舔了下江影的唇。

此时，大雨还在落着，溅落在肩膀上的雨点，将雨中的两个人难以分开的轮廓描摹。

吻了许久，江影松开了栀栀，他看着她。

栀栀望着他的眼眸一片平静，从始至终，意乱情迷的只有他而已。

江影的额头抵在栀栀的额头上，他低声道了一声：“对不起。”

栀栀歪头看他，她不知亲吻的含义，又怎能知道江影在对不起些什么？

她继续说道：“解药在俞羽房间里。”

江影去取了出来，仰头将解药吞下。

栀栀撑着伞站在雨中，看着俞羽的尸体逐渐消融，没入大地之中。

“明日灵祇神教就会发现你杀了教中地位崇高的护法。”栀栀扭过头来对他说，“为什么不让我跪下？”

江影定定望着她，摇了摇头：“不知道。”

“不要死了。”栀栀冷着声对他说道。

她举高了手中的伞，替江影把落雨遮挡着。

江影的身形高大，他略低下了头，领着栀栀一道走了回去。

栀栀给江影写下的命运本没痛苦到如此地步，但当得知江影杀了俞羽之后，对他的惩罚自然是接踵而来。

灵祇神教敏锐地发现了封魔咒文并没有因江影杀了教中人而起效果，

他们不知道是栀栀阻止了死亡的发生，他们在害怕封魔咒文对江影不起作用。

于是灵祇神教的教中人开始在江影身上试验各种蛊毒咒法，企图找出一种能够完全控制他的蛊毒咒法，但他们在江影身上施种了不知道多少种蛊毒，真正有作用的只有两种。

当初灵祇神教的初代教首在墟渊深处曾经得到了一枚蓝色的晶体，是从墟渊尽头那只眼眸里掉落而出的，初代教首将它命名为“灵祇泪”。

初代教首对蛊毒咒法之类研究颇深，她用灵祇泪研制出了锁灵咒，她期望的特性是被施咒者能够为施咒者承担伤害，不论在何种情况下，被施咒者会在施咒者之前死去。

但效果并不理想，当锁灵咒被种入江影体内，灵祇神教的人将锁灵咒的另一半放到自己身上，让江影至死都要先帮他们承受伤害后死去，他们便发现锁灵咒有副作用，会让身中锁灵咒的双方交换负面感受，并且他们性命同承，其中一人死去，另一人也会死去。

所以，他们解了自己身上的锁灵咒，锁灵咒的另外一半一直停留在江影身体里，没有启用。

倒是他们种下的另一种蛊毒真正达到了惩罚江影的作用，每逢朔月之时，天际无月，身中朔月蛊的江影浑身如被入髓银针透骨而过，比极北之地还要更加寒凉的气息包裹全身，疼痛难忍，却无法失去意识，生不如死。

灵祇神教的人要让江影牢牢记得，他不能背叛。

此时，朔月蛊第一次发作的江影靠在栀栀的腿上，他的眉头紧锁，冷汗落下。

栀栀冰凉的手指抚过他颤抖的脊背，看着他，没有说话。

江影原本是躺着的，非常沉默，但在疼痛的驱使下，他的意识模糊，只下意识揽上了栀栀的肩膀。

栀栀觉得他直起身来，会让他的疼痛范围更加扩大，所以她把江影的手臂拿了下来，重新把他按了回去。

房间里的兔子灯盏莹莹亮着，栀栀启唇说道：“江影，忍着，抱我没用。”

江影想，他当然知道抱着她没有用，还会加剧他身上的蛊毒疼痛。

但是……抱着她，他能感到更安心些，就像在无边的苦海里找到了一根浮木。

栀栀拒绝了，所以他收回了手，没有再动。

“明日很快来了。”栀栀对他说。

江影纤密的长睫轻颤，他点了点头。

栀栀将他墨发拂开，冰凉的指尖抚摸着他的额角。

“或许睡着了会好点。”栀栀对他说。

“这蛊虫的疼痛在不断挑动着我的神经，无法睡过去。”江影的声音平静，隐忍着巨大的痛楚。

“你会睡过去。”栀栀对他说。

她启唇，声音清脆冰冷，哼出了一首奇怪的曲子，她不会唱歌，胡乱哼的，只是这曲调之中夹杂了让人昏睡的规则之力。

每一个音符仿佛一道催眠咒，栀栀只哼了几下，他便睡了过去。

她看着江影在睡梦中依旧紧锁眉头的睡颜，将他放到床上。

栀栀侧过身，睡在了他旁边，她看着桌上的兔子灯盏，闭上眼睛，开始数着时日。

江影在灵祇神教中已经待了快三百年，在灵祇神教的操控下，他杀死的强大修士数不胜数。

正如栀栀预料的一般，许多修为接近化神之阶的修士也死在江影手上，她的计划就是要让江影帮她杀死尽可能多的化神修士，并且在他身上所纠缠的因果线多到极点之时，按照他被安排好的命运死去。

江影受灵祇神教操控帮他们铲除异己，由于其出众的实力，一时间，属于正派阵营的七宗十二派人人自危。

虽然七宗十二派知道灵祇神教是江影的幕后主人，但他们更加痛恨被控制而执刀的江影，恨不得除之而后快。

这就是栀栀想要看到的场面，她将七宗十二派与灵祇神教的矛盾转嫁至一人身上，等到七宗十二派忍无可忍，联手上门讨伐灵祇神教之际，灵祇神教只需要推出江影，付出他生命的代价，就能够避免这几大势力一战，将疯长的因果线斩断。

在江影来到灵祇神教的第三百年，果然，那毁天灭地的一战即将爆发。

由于灵祇神教行事太过强势极端，杀死七宗十二派无数强大修士，无相宗现任掌门青君联合七宗十二派，对灵祇神教开战。

七宗十二派的修士们知道，就算他们联合起来也无法完全战胜灵祇神教，最好的结果也只是两败俱伤。

其中，他们最痛恨的还是江影，是他亲手杀死了他们门中无数的长老、掌门与弟子，所以他们向灵祇神教要求的第一件事便是取走江影项上人头，若是灵祇神教能把江影杀了，给他们一个交代，他们不会选择开战。

一切都在灵祇的预料之中，这是它洞悉世间一切之后，利用强大的计算能力估算出的命运结果。

第十五章
他还爱她

江影，是最关键的一步棋，他死去，满盘皆活。

并且，灵祇在计划之中，还要借江影之手将灵祇神教初代教首杀死，这是它最忌惮的一个人类修士。

初代教首已是当世最强者，她甚至已经跨越了化神的门槛，几乎已是半神之躯，她一抬手便能使得天崩地裂，灵祇不能留她。

江影得知自己要被灵祇神教推出，献祭他的生命平息七宗十二派怒火，必定会做临死前的反扑，他若是反抗，第一个要杀的便是执剑行刑的初代教首。

即便有封魔咒文压制，但栀栀知晓江影的实力足够与初代教首正面抗衡，而当他将初代教首杀死之时，他身上的封魔咒文也会起效，将反噬灵祇神教的他杀死。

他如此死去，因果线断，实力超出世界承受阈值的强者也不复存在，世界还能安稳地继续运转。

灵祇步步为营，认真计算谋划，总算来到了那一天。

这一日，七宗十二派联合起的数万名修士向灵祇圣城逼近，每一位修士的修为都在元婴之上。

而灵祇圣城之中，却是一派风平浪静。

江影离开他与栀栀所居的小院之时，并不知道灵祇神教唤他前去所为何事。

“我走了。”江影对着趴在桌上发呆的栀栀说道。

栀栀抬起头来看他，目光从他俊美的面庞上一寸一寸描摹而过。

“去吧。”栀栀启唇，对他说道。

江影转过身去，人已消失在原地。

栀栀的长睫垂落，她低下头，埋首在自己的手臂间，再没有说话。

许久过后，为了保证不出意外，她的脚下一阵风吹来，那轻盈的气流将她载着，往灵祇神教的城墙附近走去，她要亲眼看着此事发生。

七宗十二派的修士团团包围灵祇圣城，青君手执桃花折剑，迎风而上。

初代教首端坐在城门正中央，即便她已经如此强大，但面对如此多的敌对修士，她亦是有些忌惮。

今日灵祇神教与七宗十二派开战，必是两败俱伤，还是把江影杀了，暂时平息七宗十二派的怒火，初代教首暗自想到。

她为了在教中树立威信，早已不见人，就算要出面，也要以面纱掩面，为的是增加自己的神秘感，让他人惧怕臣服，使得她的气质能更贴近那没有面孔的灵祇神像。

她想当神很久了，每一步都在向那个目标逼近。

青君已然落在她面前，他手中的桃花折剑出鞘，剑锋雪白。

“教首大人。”他对着她轻声笑，手里已展开一卷书卷，其上密密麻麻写满名姓，皆是灵祇神教用江影之手杀死的修士。

“江影是你灵祇神教最强大的杀手了。”青君对初代教首说道，“将他的性命交出，不然七宗十二派的仇恨难以消解。”

初代教首轻声笑道：“好啊，既然要他的命，便拿去。”

反正灵祇神教也并不珍惜江影的性命，用钝了的刀，丢了便是。

江影被押送上来，左右双膝下骨缝嵌入两道锁链，将他的行动限制，那锁链一扯，便让他不得不跪了下来。

左右两位护法将行刑之剑呈上，初代教首执剑端详着剑锋，对着青君笑，藏在面纱下的红唇勾了起来：“还是没有你手中这柄剑好用。”

初代教首以两指拭剑，如火般的衣袂灼灼飘扬，她果断出手，将行刑之剑对准江影的咽喉。

此时的江影垂着头，不知在想些什么。

他曾期盼奇迹发生，就像她曾经救过他一次又一次。

但这次没有，只有他一个人。

所有望着这一切的修士都提起了气息，只期盼着初代教首快将这恶人杀死。

在一个罪大恶极的敌人面前，就连灵祇神教也变得可爱起来。

但就在剑锋即将刺中他脖颈之时，江影抬手，扯断了绑缚他的锁链，他紧紧握住了剑锋，鲜血从他指缝间滴答落下。

栀栀站在城门之下一处不起眼的地方，静静地看着这一切，她的脚钉在原地，一动也没有动。

初代教首大惊，但此时她已来不及收手。

江影夺过行刑之剑，在这一瞬间积蓄的力量爆发，将他身上所有束缚扯断。

他不能死，栀栀还在等着他回去，他在心中如是想到。

他执剑而立，强大的气息激荡开，就连初代教首都忍不住后退两步。

江影握紧手中剑，反客为主，剑锋果决击出，直直朝着初代教首而去。

那剑锋荡起狂风，将初代教首面上一直遮挡面容的面纱吹落，那一片白纱扬起。

面纱之下，露出一张熟悉的面孔来。

初代教首有一张与栀栀一模一样的脸。

当年她与灵祇对视，这初识人间的神明，学会了如何描摹人类的模样。

灵祇没有意识到这个问题，此事也同样在栀栀的意料之外。

站在城墙下的栀栀，第一次出现了表情的波动，她瞪大了双眼，看着眼前发生的这一切。

即便二人气质大相径庭，但这一瞬，江影的瞳孔骤缩，眸中露出难以置信。

他手中果决的信念松了些，握剑的手忽然变得有些无力，但他很快反应过来，清楚地知道了面前的初代教首不可能是栀栀，只可能是某些意外导致两个人模样相似。

但高手之间的对决，往往就是瞬间的交锋，江影因初代教首模样而震惊松懈，初代教首便寻得机会马上出手。

她要杀了江影！

初代教首冷静下来，抬手一指，毕生功力皆凝聚于这一招之中，直指江影。

栀栀不明白，江影明明如此痛恨初代教首，为什么会在要下手的那一瞬间犹豫。

她不过是生了一张与自己一样的脸！

江影还没杀死初代教首便会先被她杀了，栀栀数百年的谋划功亏一篑，她不允许。

栀栀此时的脑海中只闪过一个念头——救他，江影不能死。

但是，身为神明的她忘记了一件事，那就是就算初代教首不死，唯有江影死去，也会将他身上缠绕着的因果线斩断，至少短时间内不会爆发足以毁天灭地的战争。

栀栀在这一瞬，竟然选择去救江影，她没有选择一个损失最小的结果！连身为她本体的灵祇都始料未及。

她脚下气流涌起，宛如海浪一般将周遭的修士掀翻，白色的衣袂在风中鼓荡。

江影的身形被初代教首逼退，初代教首那凝聚毕生功力的一击已经跟了上来。

栀栀冲上前去，拦在了江影身前，将这一击挡了下来。

在法术光芒击中栀栀身体的那一瞬间，她往下坠落。

远处的山河与大地震荡，发出冲破耳膜的巨响，天地仿佛受了重创。

这就是栀栀一定要从世间抹除初代教首的原因——她的实力早已接近神明，堪称半神之躯，她的一击，能让神明重伤。

天空暗了下来，浓黑的墨色将天空涂抹，远处星辰坠落，日月相拥崩毁。

江影倒飞而去的身形停顿，他身后羽翼展开，往下飞去，将栀栀的身子捞了回来。

栀栀的脚下，还绑缚着连接灵祇圣城的无形锁链，一直默默注视这一切的青君敏锐地注意到了这一点。

青君的观察力极强，似乎发现了什么。

短短时间内发生的异变太多，包括灵祇在内的所有人与神都愣住了，唯有江影的目标专一，他回过神来。

栀栀已经昏迷过去，双眸紧闭，但她还活着，毕竟她是神明的一部分。

江影轻轻抱着她，垂眸注视她的面颊，颤抖的指尖抚上她的面颊。

她为他拦下了那一击……为何？

青君手里握着桃花折剑，他明白过来，在江影望向那姑娘的温柔眼神中，他已经完全推断出江影与灵祇神教的关系。

他原本以为江影是比灵祇神教更加凶残邪恶的人，所以以他为首的七宗十二派向灵祇神教提出的要求便是要将此人杀了。

但是……

从目前的情况来看，应当是灵祇神教囚禁了江影极在意之人，以她性命相要挟，这才让江影甘愿让出身体的使用权，为灵祇神教所操纵。

至于那姑娘为何拦下初代教首一击还能存活，他已经没空去仔细探究原因，青君选择先将眼下的事情解决。

“我没想到，你歹毒至此。”青君扭过头去，望着初代教首说道。

初代教首莞尔一笑，笑容理所当然：“这可比封魔咒文好用多了。”

她迎上青君盛怒的目光：“看样子，你们不想要他的命了？”

“这是自然，我算是知道了，这罪魁祸首还是你们灵祇神教。”青君沉声说道。

“岂是我灵祇神教单方面的因果，你若要战便战，这天被捅出个窟窿来，可莫要怪我。”初代教首将地上行刑之剑捡起，红衣如火，飞上天际，对青君说道。

令灵祇最担忧的战争就此爆发，它已无能为力，但这都是人类自己的选择。

它的谋划最终落空，因江影准备击杀灵祇神教初代教首那一瞬间的迟疑。

无尽黑暗的墟渊之下，那只神明的眼眸缓缓闭上，平静且绝望。

江影抱着栀栀一路飞，幽蓝色羽翼在沉寂的夜空里无助振动。

栀栀被他抱在怀里，待山河的震颤稍作停歇之后，她睁开了双眸。

她望着江影，躺在他的怀中，冷静说道：“我要死了。”

“我带你去找医修。”江影抱着她身子的手紧了紧，没有放弃希望，执着说道。

“医修救不了我。”栀栀抬眸望着江影身后的天空，“你为什么犹豫了一下，没有抓住机会将她杀了呢？”

只因江影那一瞬间的犹豫，全盘皆输。

江影垂眸望着她，吐息绵长且无奈：“她长得……很像你。”

即便他马上反应过来那初代教首并不是栀栀，但看到她与栀栀一模一样面庞时消退的杀意已经让他错失了机会。

“长得像我，便不杀了吗？”栀栀的唇色苍白，轻声问道。

栀栀感觉到自己的生命力正在急速流失，但她却无力挽回。

与她身体里流逝的生命力一同崩塌的，还有远处的灵祇圣城，那么多修士一同开战，因此产生的战斗余波惊人，足以荡碎这摇摇欲坠的世界。

人类根本不知道，掌握了无穷无尽力量的他们，究竟有多么可怕，互相怀着仇恨的修士仍在灵祇圣城中厮杀，每一次法宝与兵器的相交，都令他们脚下的大地与天空出现一道裂痕。

越来越混乱的因果线，总要有斩断的一刻，被和平切断，或是全盘焚毁。

灵祇早已预见到这一天，这世界终将死去，就在今天。

它只是……不想死而已……

栀栀知晓世界崩塌之后她的后果，身为神明一部分的她，会随着世界的死去，永远闭上双眼，永不醒来。

世界都不在了，身为神明的她又岂能独活？

此时的江影已经听到了栀栀的问题。

为什么初代教首有着与栀栀一样的面庞，他就会在那一瞬间杀意消退，不想杀她。

——即便他知道造成他在灵祇神教中痛苦经历的人是初代教首，但那一刻他还是无法狠下心。

这是身为神明的栀栀，永远也无法理解的东西。

他爱她，但栀栀却从来没有理解过这种感情。

“我很……很爱你。”江影那冰凉的手掌抚上她的面颊，“那一瞬间，我确实认错了。”

“真奇怪。”栀栀对他说，语气还是冰冷平静，“我不理解。”

“我演算了无数遍，你应该杀了她的。”她说，“可是，怎么变成这样了呢？”

这就是身为神明的愚蠢之处，它不理解人类的情感，只会用冰冷无情的利益、仇恨、矛盾或者别的无关情感的东西来推演结果。

独属于人类的东西，神明从未了解过，情感与爱，是人类最珍贵的东西。

栀栀想来想去，只发现自己越来越虚弱，反正她都要死了，江影也会死，这个世界里的所有人都会死。

不如告诉他真相好了，她如此想。

“这个世界是有神的。”栀栀对江影说，声音平缓，“名为灵祇。”

从当年墟渊深处灵祇与初代教首的那一眼对视说起，栀栀将江影的存在与灵祇的计划和盘托出，没有丝毫隐瞒，神明总是如此直白。

栀栀的吐字冷静，将她曾经亲自安排的江影命运说出，冷静地将她对他的每一处谋划清楚告知。

“你杀死初代教首之后，你会因封魔咒文反噬而死，这纷乱的因果线便会斩断，世界也会重归平静，继续存活下去。”

江影抱着栀栀的手臂僵住了，他抱着她，停在一处山崖之上。

他看着她，目光一片死寂，身体骨骼上的封魔咒文慢慢黯淡下去。

栀栀所做的事情，从某种程度上来说，比初代教首更加过分，她亲自为他布下必死之局。

“你救我……”江影的面庞欺近她，长睫轻扫过她的眼窝，询问的声音极轻。

“在达成目的之前，你不能死，天通十二脉很珍贵。”栀栀冷静答。

“为何对我如此好？”江影继续问，仿佛要从那三百年的冰冷岁月中寻得一丝暖意来。

“我没有对你好。”栀栀说。

江影抬手握住了栀栀的手腕，攥得极紧，就连栀栀自己都感觉到了疼痛。

“封魔咒文已经发作过一次，为何救我？”他的声音越来越低。

“都说了，你不能死。”栀栀扭过头去，没有直视他灼热的目光。

“又为何……吻我？”他问。

“嘴对着嘴而已，更方便阻止封魔咒文发作的神血进入你的身体。”栀栀回答的声音冰冷。

江影问了无数问题，栀栀都能给出有理有据的答案。

最终，他低下头来，额头抵在栀栀的颈窝处，身躯颤动着。

栀栀感觉到自己冰冷的颈窝处有湿润的暖意掠过，是泪。

她抿着唇，还是望着天空，没有说话，无动于衷。

良久，江影抬起头来，栀栀的身形已经摇摇欲坠。

“你说，只要我死了，因果线会断，这个世界会存活？”江影问。

栀栀点了点头，长睫轻颤。

瞬息间，冥昭已经出现在他的掌心之下，江影抬手，毫不犹豫地准备将冥昭送入自己的胸膛。

江影想，这柄柳叶小刃杀过无数人，现在他自己或许……也要死在这柄小刃之下。

但很快，栀栀以手抵住了他送往胸膛的柳叶小刃，冥昭悬停在她的指腹之前，甚至没有舍得划破她的肌肤。

晚了，战争已经开启，原本转嫁到江影身上的矛盾中心已经重回灵祇神教，本来能因江影死去而平息怒火的七宗十二派现在即使看到江影死了，也并不会让仇恨暂缓。

江影看着她，目光空洞，原本如琉璃般美丽的眼眸此时似乎黯淡无光。

栀栀以往看他的时候，发现他看自己的眼眸总是仿佛亮着光的，但现在不一样了。

“我曾想过，我的命运多舛，为何如此。”江影抬眸说道，“我曾问过灵祇无数遍，祈求神明垂怜，可惜神不爱我。”

“如有天命，我当逆天命而行。”他启唇说道。

“我即是天命。”栀栀说。

“我要死了，再见。”她闭上了眼睛。

神明亦是生命的一种形态，她在避免死去，但她此时并不十分害怕死亡，生长消灭，她看过无数。

栀栀即将闭上的双眼，被江影盖上了，他温暖的掌心拢着她的眼眸。

“我说了，我当逆天命而行。你说的，我不认。”江影说。

栀栀抬眸，看到江影掌心的冥昭划破自己身上几处经脉关窍，竟然将封魔咒文里最关键的几处符文削去，被刻下封魔咒文这么久，他自然对这咒文无比了解。

他其实有能力突破封魔咒文的束缚，再加上方才栀栀所说真相对他冲击过大，他对栀栀的爱意虽未消散，但已降至极致，所以他竟然寻得机会，解开了压制力量的封魔咒文。

解开封魔咒文的江影身体正在不断吸收着周围的灵气，他周身的灵气仿佛大江大河般朝他涌来，不断增长着他的修为。

他的天赋要比常人好上千倍百倍，若无封魔咒文的束缚，现在他的力量当不弱于半神的初代教首——甚至更强。

“若是修为来到化神之上，会发生什么？”江影问栀栀。

“我不知道。”栀栀回答，她是神明，只知晓她自己世界里发生的事情。

此时，江影的脚下出现一叶孤舟，呈流线型，他抱着栀栀，登上了这小舟。

——所幸他的速度够快，因为当他带着栀栀登上小舟的前一瞬间，他们脚下的山崖已经随着大地的崩塌而破碎。

破碎后的世界，是怎样的呢？

仿佛一个鸡蛋壳被打破，在此界的天与地之外，是星河万顷，无数与此界类似的小世界是星河里的一颗小小星辰。

而他们所乘坐的这一叶孤舟，就漂浮在银白的璀璨星河之上，飘飘摇摇，是永夜与星河里的独特存在。

栀栀身为神明，对于规则、世界与空间的理解非常透彻，她扭过头去对江影说道：“我知道修为来到化神之上，会发生什么了。”

“我所掌控的世界只是万千世界之一，突破此界的空间，能够去往更高等级的世界。”栀栀对他说，“在这星河之中，不是任何人都能存活的。”

她的目光望向一位从破碎的世界里跌落出来的修士，他元婴修为的强大身躯竟然被星辰的力量压碎，变为虚无。

只有修为来到江影这般高度，才能驱使这一叶小舟，安全地在星河之上漂浮着。

“你不会死了，对不起。”栀栀对他轻声说道，语气依旧冰冷。

她的身子软了下去，卧倒在小舟之上，眼皮沉重了下来。

他们脚下的世界还在不断崩塌，已经崩塌了一大半，山河碎片崩碎成星河里的璀璨光点。

江影看着她即便马上就要死去，也依旧平静的面庞。

他在想。

她真的是神啊。

她是……没有心的。

若是他死去，或是她自己死去，这姑娘眼睛都不会眨一下。

她永远也没有办法理解，人类的炽热情感。

如烈火，燃烧燎原，连绵不绝。

当他俯身吻上栀栀嘴角的时候，他低沉且沙哑的声音传入栀栀耳中。

“我的命，分你一半，我带你走。”

栀栀又问了一个问题：“为什么？”

没有为什么，江影想。

即便她对他做了这样的事，但是……

他还爱她。

江影牵住了栀栀的手，十指紧扣，此时，两个人相贴的手腕上浮起了一对黑色眼睛形状的图腾。

是锁灵咒，栀栀知道这个咒文，但这个咒文不是只能让身中锁灵咒的双方性命同享吗？

栀栀望向江影的眼眸有些疑惑，她残存的生命力甚至让她无法深入思考。

“你是想问我为何要用锁灵咒，对吗？”江影俯首问她，墨色的长发落在她的面颊上。

“锁灵咒是否只是单方面地为另一人承担伤害，取决于我自己的意愿。”他温暖的手抚上她冰冷的面颊。

“你的生命若是在消逝，会先以我的性命为抵。但若我死去，对咒法的主人，没有影响。”

“现在，你是它的另一半了。”江影说。

栀栀盯着自己腕上的黑色眼眸，纤密的长睫轻颤。

“没有意义。”栀栀冷静地对他说，“这世界终会崩塌，我是神明，我会与崩塌的世界一起死去，你就算付出你的性命，替我承受伤害，我也会在你之后死去。我们会一同死在这舟上，本来你还能活。”

泅渡于星河之上的栀栀对江影强硬说道：“解了它。”

“解不了。”江影说，“能够解咒的灵祇泪，早已随着消散的世界碎片消弭于无形，你又哭不出来。”

栀栀抬手，抚摸着他的脸颊，冰凉的手指抚过他的眉峰，很轻柔。

“为什么？”她问。

这姑娘皱起了眉头，神色困惑，她还是没有办法理解。

江影没有回答她。

他将栀栀按在自己怀里，在她耳边说：“睡吧。”

他知道星河的彼端是一个全新的、美好的世界。

——这本是他向往的。

但是，在他的设想中，那个世界里应该还有一个人。

那就是她。

如果没有她的话，一切都没有意义。

江影想，他应该恨她的。

但是，即便如此，他还爱她，如此爱她。

江影抬手，挽了一捧星光入手，将这一叶小舟划动着。

冥昭出手，在栀栀的眉心轻轻一划，那眉心一点血滴出。

趁她昏迷，江影将栀栀脑海中所有关于他的记忆全部凝聚于这滴眉心血之上，以冥昭逼出。

江影看着她眉心的殷红，神情复杂，他竟有一些高兴。

因为将所有关于他的记忆抽出，栀栀关于这个世界的所有记忆竟然几乎全空。

她本就是灵祇的一个部分，为了监督他走上原定的命运而存在。

她为他而生。

江影知道他接下来要做什么，他抬手捂住了自己的心口，内里的心很痛。

爱而不得的感觉很苦，若栀栀有了心之后，想起他来，是不是可能也会有一丝痛苦？

他不想让她尝，他希望栀栀就如此将他忘记，清清白白、无拘无束地在新的世界活下去。

失去了记忆的栀栀醒过来的时候，江影用冥昭轻轻割开了她的脖颈处血管，带着暗金色的鲜血汩汩而出。

他低头，吮吸着她脖颈处流下的神血。

江影知晓什么是神明，神明身怀神血，掌握规则之力，并且无心。

在原本的世界完全崩塌之前，他与栀栀的生命被锁灵咒绑到一起，将要死去的世界会拉着一位神明一同死去。

现在这位神明，变为两个不同的个体，即将死去的世界必须挑出一位“真神”来。

失去记忆的栀栀下意识地挣扎着，江影高大的身躯覆压在她的身上，冰凉的唇贴着血管，不断地吮吸。

神奇的是，她感觉不到任何疼痛，她不知为何。

神血在不断被抽走，栀栀全身上下虚弱极了。

江影一只手按着自己的脖颈，冰凉锋锐的触感，微微的刺痛。

这种程度的痛苦，对他来说并不算什么。

直到世界崩塌的最后一日，江影与栀栀一同依偎在这小舟之上，脚下是无尽的星河，小舟破开星空，荡出璀璨星光。

突然，栀栀感觉到自己胸口处传来了钻心的疼痛，她想要叫出声，却没有一丝力气。

江影低头，手中冥昭小心翼翼地在自己胸口处划开，将自己的一颗心取了出来。

他的动作极小心，因为锁灵咒的缘故，此时是栀栀替他承受取心之痛。

在心离开他身体的前一瞬间，他是快乐且释然的。

在心离开他身体的后一瞬间，他觉得自己仿佛坠入冰冷的深海。

而此时，失血过多意识模糊的栀栀在完全昏迷的前一刻，感觉到唇边带着微微血腥气的温热触感，她下意识张开了嘴将这一颗心吞了下去。

江影与她一道靠在小舟侧旁，昏迷过去。

在世界崩塌的那一瞬间，世界产生了疑问，并且自己解答。

“这两个人，哪一个是神明？”

“身怀神血，没有心的那一个就是。”

“那么……”

“就是他了。”

栀栀猛地睁开眼眸，从小舟里直起身子来，她看到了最后一个画面。

一声巨响在她耳畔响起，那是被人类摧毁的世界发出的最后哀鸣。

江影的胸膛上犹有鲜血，他从星河小舟之上栽落，坠入璀璨星河之中。

他代替她，骗过了死去了的世界，永远沉睡。

江影的掌心紧紧攥着从栀栀眉心取下的记忆化成的血，它变为一颗红色琉璃，被他紧握于掌心。

栀栀的世界是一片空白，那声巨响与鲜红将她唤醒。

她趴在小舟旁，看着他下坠的身体，无力唤道：“不要……”

不要死……

这是栀栀对他说的最后一句话，也成为后来的他始终谨记并且一直追寻的目标。

后来失去记忆的栀栀一直以为她与江影在星河小舟上一同去往彼岸的旅途，于她而言，是一段漫长的苦旅。

但她不知道，对于江影来说，这一段旅途，是神明唯一的信徒最虔诚的献祭。

爱比信仰更加虔诚。

栀栀醒过来的时候，躺在干净的病床上。

这是一个全新的世界，周围环境也与灵祇界大有不同。

她抬手，眉心很疼，脖颈很疼，全身上下都疼。

“小姑娘，你醒啦，你原来所身处的世界已经崩塌灭亡了，很幸运，你是唯一活下来的人。”温柔的护士手中拿着电子病历说道，“这样的事情经常发生，但像你这样没有能力还能活下来的，还是第一个。”

这是一个完全陌生的环境，栀栀抬眸看向病床前的电子屏幕，上面正在播放好几个世纪以前的老电影，她看了一会儿，理解了电影里的意思。失去记忆的她忘记了江影，误会了江影对她做的事，她觉得小舟上的那个江影之所以吮吸她的鲜血，是需要她的生命力来为他补给，他有些坏。

可他还是死了。

他死了，自己应该开心才是。

可是……为什么她的心这么痛呢？

栀栀忍不住抬手抚上自己的心口，眉头微蹙，神情疑惑。

护士的声音将正在发呆的她唤醒。

“为了防止您对那战争有心理阴影，也为了现在的社会稳定，我们对于异世界的幸存者，都会进行清除记忆操作。”护士笑了笑，“放心，我们会为您安排好工作，也会帮助您融入新社会，我们社会福利很好的。”

“啊……”栀栀抬眸，她点了点头，没有办法拒绝，“也行。”

“那我现在要给您注射针剂了。”护士拿着手中针筒，柔声说道。

“出于人道主义，你可以留下一条你想要的记忆。”她说，“毕竟大家都有不想忘记的东西，对吗？”

“帮我留一条。”栀栀说，“就四个字。”

“哪四个字？”护士拿出连接针剂的电子屏，往里面输入内容，电子屏里修改的参数会实时修改针剂的剂量。

“我要救他。”栀栀说。

“他是谁？”护士好奇问了句。

“我会知道他是谁。”栀栀轻声说，“我要我不要忘记这件事。”

“好。”护士安慰栀栀，“是你的朋友？爱人？或者是亲人？但你原本世界的所有同伴都已经死了……你也不要太过伤心，我们这项措施也正是为了防止您这种抑郁状态。”

“嗯。”栀栀没有反驳。

针剂注射进了她的血管，栀栀的意识模糊。

“我们整容科的医生可以修复您眉心的疤痕，您这么漂亮，虽然这疤痕并不影响颜值，但您要我们帮忙修复吗？”

“不用了吧。”

“您叫什么名字。”

“栀栀。”

“没有姓吗？”

“忘了……或许没有。”

“那么系统随便为您录入一个了，姓宋可以吗？”

“好。”

“栀栀……”

仿佛在无尽虚空里有人唤她的名字。

被风荧蝶托着，立于墟渊之上的宋栀栀猛然睁开了双眸。

她仿佛从一场大梦里醒来，那枚红琉璃中的记忆宛如潮水般，将她本来就没什么的脑海占满。

宋栀栀仿佛失去了思考能力，当她闭上眼时，一直是江影的面庞出现在她的思绪中。

江影，江影……

宋栀栀的手忍不住抚上了自己的心口，在知道了这么多记忆之后，她想，她现在应当因为过往而痛不欲生。

但是她没有感到疼痛，因为这心痛的感觉会出现在另一人的胸腔之中。

宋栀栀回过神来，却觉得自己仿佛全身都没了力气，她的腿软了下来，脚下的风荧蝶仿佛受了惊，纷纷散开。

她从墟渊之上跌落下去，白色的衣裙在黑暗中划过一道弧线。

但是她落入了一人怀中，他的怀抱是久违的温暖，那双有力的手臂将她揽入怀中。

是江影。

宋栀栀抬眸，视线停留在他的面颊上，他的那双红眸深处不再是一潭死水，终于有了光芒。

他已经完全与那颗他自己选择的心融合了，曾经离开他躯体三千年的心跳声再次在他胸腔之中响起。

宋栀栀望着他，嘴唇张了张，却无法说出话来。

江影亦是想起了前尘之事，他紧紧抱着宋栀栀，揽着她腰肢的手臂箍得极紧。

“心很痛，不要再想了。”江影把她按入怀中，沉声说道。

宋栀栀瞬间落下泪来，她吸了吸鼻子，却不知道说什么好。

最终，她的手抚上他的脸颊，她轻声说道：“幸好，你还活着。”

江影抱着她悬停于墟渊里的悬崖之上，略一思考后便说：“我死过一次。”

那时他应当已经与完全崩毁的世界一同死去了。

但是，他现在还活着，活在一个被勉强拼合起来的残破世界中。

这究竟是怎么一回事？

宋栀栀靠在他的肩膀上，哭得打了个嗝：“我……我写了一本书。”

“烈阳子说的不是假话，我其实不会写小说，但是我醒过来之后，我写了好多好多本，我完全失去了原来的记忆，但潜意识中仍记得零星碎片。”宋栀栀深吸了一口气说道，“写了好几本之后，我才写了这本书，就是写这本书的时候，我感觉到无数细节与设定从我脑海里钻出来。”

“我原本以为这只是灵感爆发……”宋栀栀认真说道，“其实我只是在试图写下我潜意识里还记得的世界。”

江影看着她哭花了脸，只抬手，胡乱将她脸上泪痕拭去，栀栀亦是乖乖地低头在他袖子上蹭了蹭，将他的衣服蹭得一塌糊涂。

“你如此写了我第二次？”江影单手挑起她的下巴，欺近她问道。

宋栀栀摇了摇头：“我不知道，但是……但是原本主人公的位置是给你准备的。”

本来一生平安顺遂，无灾无难的人不是沈昼，而是江影。

宋栀栀在恢复记忆之后，马上回过神来，她写书，本就是想要通过文字将已经死去的世界唤醒，把江影复活。

她是神，即便没了神血，但能力尚在。

宋栀栀不停地写啊写啊，也不知道写了多少无趣干涩的文字，才有了她现在的这本书。

或许是她想要拯救江影的执念太过强烈，这执念越过星河，连接上了崩毁的世界尘埃。

在某一天，当她在新世界的电脑里打字写下这本书的书名，把“江影”的名字写下之时，那沉寂了不知多久的世界碎片受到了真正神明的感召。

这个世界真的死过一次，所谓三千年的断层不过是世界复苏时“欺骗”此界中人的假象，让他们以为这个世界从未遭逢过毁灭之难，三千年发生过的事情成为历史，而栀栀想要他活的那个人，只有江影一人而已。

她所有与江影相处的记忆都已经忘记，但她曾为江影安排的命运仍旧停留在她脑海深处。

所以，她写的书中，三百年前的二月二九，江影诞生，这是这整个世界复苏的起点，曾经的神明想要救一个人，唤醒了一整个世界。

就是因为如此，包括江影在内的所有人，记忆都只从三百年前的二月二九开始。

但是有两个人不一样——

他们由于实力过强，在世界崩塌之后，还有一息尚存，只是沉睡着，直到世界复苏，他们醒了过来。

一位是初代教首，而另一位自然是青君。

“我不知道，为何原本为你准备好的命格来到了沈昼身上。”宋栀栀摇了摇头，老实说道。

江影看着她盈着水光的眼眸，久久没有说话。

“活着便是，救我做什么？”他盯着宋栀栀问道。

“我……”宋栀栀嗫嚅了一下，她自己也无法解释她为何要救江影。

毕竟，她完全失去了记忆，而且在与江影相处时，她是没有心的。

“我不知道。”宋栀栀一头扑进他的怀里，在他的胸膛处蹭了蹭，“江江，我真的不知道。”

或许，早在很久很久以前，在神明栀栀的眼中，江影就已经是特别的了。

江影按着她的后脑勺，发出了一声极轻的叹息。

在知晓所有真相之后，他或许要对她心怀怨恨，但他还是对她生不起任何气来。

一个没有心的神明，已经很努力地在想要爱他了。

江影两只手为她擦眼泪，但是越擦越多，他最后只能冷着脸凶了一句宋栀栀：“不许哭。”

宋栀栀猛地吸了一下鼻子，站直了身子，小声说道：“好。”

此时，同样陷入了回忆中的青君手执桃花折剑，立于墟渊之上，亦是回过神来。

最终，青君的记忆停留在灵祇圣城之上，江影抱着脚踝上绑缚着锁链的少女，低头望向她的眼神温柔又惊讶。

就是那一眼，让青君醒悟过来，让他明白了他们所面对的真正敌人是谁。

他们七宗十二派的敌人不是江影，而是灵祇神教，于是，那毁天灭地的一战爆发。

青君苦笑，或许若他没有与灵祇神教开战，这个世界就不会死，但他们之间的仇恨仍在，总要做个了结。

正如沈昼曾对宁玺说过的话，他们人类自己犯下的错误，就要自己承担，那天崩地裂的浩劫，本就是他们咎由自取。

青君摇了摇头，他没有想到真相竟是如此，但现在最棘手的敌人还是藏在墟渊尽头、鸠占鹊巢的那位初代教首。

也是……他都还能活着，她想必也随着这个世界的复苏醒了过来，然后凭借与栀栀一样的面庞，骗过这个世界，跻身而上成了“神明”。

于是便出现了这般双神对立的场面，这苏醒的世界本就脆弱，千疮百孔，在失衡之下出现了黑血妖魔，肆虐人间。

恐怕那栀栀姑娘给江影准备好的平安顺遂的命格，也是被初代教首换到了沈昼头上，沈昼修炼速度实际上并不快，他没有拥有真正的天通十二脉，原本该成为主人公的人，应当是江影才是。

初代教首想要上位成为真正的神明，她要得到江影身体里的神血，所以巴不得他死去，用尽千方百计来回收神血。

青君轻叹一声，朝着虚空摇了摇头，表示他不会再与初代教首合作。

墟渊的尽头，那红衣的女子面容美丽高贵，她的红唇勾起，轻笑一声。

纵然众叛亲离又如何？这局棋，她一定要赢。

此时，宋栀栀还坐在悬崖上院子里的石凳上，边抹眼泪边絮絮叨叨说道："你的兔子灯被青君打坏了。"

江影站在她的身后，垂眸看着她哭得一耸一耸的肩膀，吐字简洁："再买。"

"你讲的那个睡前故事，原来是真的。"宋栀栀绞着自己的袖口，小声说道。

"那彼岸花妖，确实给我留下极深印象。"江影冷静说道，"因为有关你的记忆被我自己抽离，我只记得我与它苦战一番，负伤而归。"

宋栀栀低着头，小声说道："你好爱好爱我。"

江影承认了："是。"

"对不起。"宋栀栀的泪水啪嗒啪嗒掉下来。

"那时你没有心。"江影拍了一下她的脑袋。

好奇怪，明明现在该哭的是他这个心甘情愿被神明哄骗的可怜人，为什么现在是他在安慰她？

栀栀从始至终，都是一个小姑娘，初入人世的神明，与赤子无异。

"莫哭，青君来了。"江影抬眸注视着执剑飞来的青君。

有江影在，宋栀栀不怕青君，所以她将脸上泪水擦净，小声问道："他现在态度如何？"

"不知。"江影看着青君的身影说道。

宋栀栀坐直了身子，看着青君执剑走了过来。

他身着青衫的身影朝江影行了一礼，用怅然的语气说道："江道友，好久不见。"

"我杀了你七宗十二派许多人。"江影低头擦拭手中冥昭的锋刃。

"灵祇神教要手执屠刀杀人，我们又怎能怪这把屠刀？"青君苦笑，他将目光转向了宋栀栀，"我们那时会痛恨江影，其中也有你的引导吧？"

宋栀栀皱眉思考片刻，终究是将沉重的脑袋点了点："是，摇摆不定的人类的思绪，我可以引导你们去将矛头对准江影，把因果线的尽头放在他的身上，他死了，因果线断了，战争也不会爆发了。”

青君无奈笑道：“但是栀栀姑娘，您为何……最终还是救他？这间接导致了世界与神明的消亡。”

“这个问题，有谁知道呢？”宋栀栀歪着头看了青君一眼，细软的发丝从肩头垂落。

“这是我们自己犯下的罪孽，理应我们自己承担。”青君长叹一声，“栀栀姑娘，您要救他，把一整个世界给救活了呀，这究竟是怎样的一种信念？”

“或许是因为我有一颗世上最纯净无瑕的心吧。”宋栀栀声音很轻，融入风中，传到每一个人耳中。

“青君，你想如何？”宋栀栀问他。

“我假意答应初代教首，就是为了获得她的帮助，来到江影身边，将这颗红琉璃击破。”青君紧紧握着手中那柄桃花折剑说道，“现在知道了真相，我定然不会帮助她。”

“她现在占据着本不属于她的位置。”江影望向虚空的目光锐利，就连在冥冥之中注视着这一切的初代教首也不敢直视他的目光，往后退了半步。

从始至终，她最忌惮的就是江影，在那惊天一战之中，也只有江影一人给了她死亡的威胁——虽然他后来犹豫了，但他那迫人的杀意还是令她感到害怕。

“她说她不会走。”青君无奈摇头，“她窃取了神明的位置，现在已不肯离开。”

“慢慢谋划便是。”江影很冷静，他将坐在一旁发呆的宋栀栀手臂给提了起来，“若是还有黑血妖魔出现，我会解决，这是属于她的位置。”

“好。”青君沉着点头，他与江影一般，一旦确立了目标，便不会再有所动摇。

双方达成合作意愿，墟渊之下的初代教首冷眼旁观着这一切，发出了轻蔑的笑声。

——那又如何？“三千年前”那一战中，青君联合七宗十二派向她宣战，还不是落得一个两败俱伤、世界毁灭的下场。

这世界复苏的机会来之不易，她能占据神明位置的机会也来之不易。

即便她知道她的行为龌龊可耻，但她也要抓住。

在墟渊尽头，初代教首坚定了决心。

而青君此时邀请江影与宋栀栀回无相宗：“先回宗门里商量，如何？”

“可。”江影沉声答应道。

宋栀栀被他牵着手，也是点了点头。

青君率先飞到了前面，身影消失在原地。

宋栀栀看了江影一眼，踮起脚来，在他耳边说道：“现在暂时也没什么事，解决初代教首的办法我们一时半会也想不到，不如你带我先去把兔子灯买了？”

江影想到因青君接近而摔碎的兔子灯盏，他知道栀栀非常喜欢这灯盏，于是他点了点头。

他牵着宋栀栀的手，带着她离开墟渊，在两个人身影消失的原地，一对风荧蝶盘旋着，幽蓝色光芒闪烁，很美丽。

“去哪里买？”江影把她揽在怀中问她，抱着她的动作仿佛重复了无数遍一般，非常熟练。

宋栀栀想了想，对江影说道：“去长澹吧？”

第十六章 星河小舟

江影领着宋栀栀来到长澹，这城中依旧热闹，人群熙攘。

宋栀栀拉着江影的手，攥得很紧，似乎怕他跑了。

江影高大的身躯被她小小的一个人牵着，乖乖跟在她身后，他垂眸看了眼宋栀栀牵着他的手，没有说话。

记忆中的事对于他来说遥远又真实，但与宋栀栀不同的是，他却很满意记忆里的结局。

最后，是她活了下来，这就够了。

"江江，去哪里买？"宋栀栀扭过头来，问江影道。

江影看了眼大街，沉声说道："我带你去。"

宋栀栀与他一道走进一家店门，内里闪烁着五彩的光芒，各色不同造型的灯盏被摆放在桌上，

"有兔子形状的吗？"宋栀栀问店老板道。

"有的吧，我找找。"店老板在琳琅满目的灯盏里寻找了起来。

"你找到那个形状的兔子灯，跑了几家店？"宋栀栀忽然想起了什么，扭过头问江影道。

"这种造型的灯盏在那时很少，我走了两座城才找到。"江影细细回忆了一下，平静地对宋栀栀说道。

宋栀栀看着他，神情微讶。

"后来你用了很久。"江影温热的手掌捏了捏宋栀栀的手。

幸好，在宋栀栀伤春悲秋之前，店老板已经走了过来，将他们领了过去。

"兔子形状的灯盏有很多种，不知你们要哪一款？"店老板问道。

宋栀栀看着在柜台上摆放整齐的一整列形状各异的兔子灯，有些惊讶。

崩毁之前的世界里，找到一盏兔子灯很难，但是在她后来亲自写下的世界中，兔子灯却随处可见。

江影见宋栀栀神色惊讶，还以为她在纠结买哪一种，便将几块上品灵石抛了出去说道："每种造型的，都买一款吧。"

"好嘞！"店老板兴奋答道，迅速将十几款不同的兔子灯装入储物锦囊之中，给宋栀栀拿了过来。

宋栀栀低头摸出了其中一个，放在手里把玩了一下，样子很欣喜。

她跟着江影走，并没有什么别的情绪，她就是觉得好开心好开心，因为江影还在她的身边。

幸好……幸好他还在她身边。

不多时两个人便来到江影在长澹买下的一处宅院门口，左右无邻，只有青竹环绕，清幽雅致，是宋栀栀会很喜欢的那种小地方。

宋栀栀看到这青竹编织而成的门，问江影道："你是不是挑过的？"

江影把储物锦囊里的一枚白色令牌拿了出来，这枚令牌可以将这个宅院的禁制打开。

他将令牌贴上院门外的阵法，否认："没有，随便买的。"

宋栀栀的长睫垂落，似乎有些失望，她低下头，下巴搭在江影的肩膀上，再没有说话。

见她久久沉默，江影又开口了："其实挑了一段时间，但所用时间不多。"

宋栀栀一听，这才支棱起来。

她觉得江影有了一颗心之后，跟之前似乎没什么区别，甚至让她自己开始怀疑她是不是给了江影一颗假心。

宋栀栀如此想着，她纤白的手已经贴上了江影的心口，蓬勃且有力的心跳震动从她掌心传来。

江影做晚饭去了，宋栀栀开始往宅院里的每个房间里摆上兔子灯盏，这造型可爱小巧的灯盏们只要装上灵石，便会发出融融温暖的光芒来。

宅院里房间很多，十几个兔子灯也装得下，宋栀栀在摆到最后一个的时候，忍不住伸出手来，摸了摸桌子上兔子灯的耳朵。

此时，一直乖巧待在她储物锦囊里的球球爬了出来，一溜烟爬到她的手腕上，"吱吱吱"叫了好几声。

宋栀栀捏了一下它柔软的身子，若有所思。

方才在墟渊之中，一下子接收的信息太多，她花了一路才消化完毕。

现在她已经完全接受了自己的记忆与曾经的过往，她知道自己曾经非常对不起江影，但目前她要面对的问题是初代教首之事。

那个女人，宋栀栀说不清楚自己对她的看法，因为宋栀栀自己的容貌，也是因她而来。

可以说，初代教首，是宋栀栀成为“人”的第一步，这是不可否认的事实。

后来初代教首创立灵祇神教，假借灵祇的名义行事，做了很多伤天害理的恶事，甚至还想取代神明。

但是……

当一个神，真的有那么好吗？

宋栀栀不理解，但她绝对不允许初代教首占据了原本属于她的位置。

现在她所身处的这个世界，是她为了救活江影所重新唤醒的，不能就这么被初代教首抢夺了去。

她在双子峰里对烈阳子说的话已经表明了她的态度。

这是她的世界，这本书，不需要另一人与她合著。

宋栀栀趴在桌上，模样乖巧，看起来像是在安静等饭，其实内心风起云涌，已经在思考如何对付初代教首了。

想着想着，她觉得自己的眼皮有些沉，脑袋一栽，睡了过去。

蹲在她手臂上的球球“吱吱吱”叫了一下，飞快地爬到宋栀栀的脑袋上，安静守护在它的主人身旁。

宋栀栀陷入了一个满是浓雾的梦中，她知道，是初代教首把她扯入梦境之中。

既然初代教首的存在已经被青君暴露，那么她自忖也没有装神弄鬼的必要了。

初代教首决定亲自与宋栀栀碰面，她们二人必将要有这么一次会面，来理清双方都没有理清楚的问题。

宋栀栀看到梦境里出现的灼灼桃花，于浓雾之中出现了一名红衣女子。

初代教首缓步而上，面容高贵凛然，虽与宋栀栀有着同一张脸，但气质却大相径庭。

宋栀栀将初代教首二十岁的时光定格，看着宋栀栀，初代教首的目光也变得有些怅然。

“栀栀。”她唤了宋栀栀一声，语气复杂，“包括这次，我们一共只见了三面，对吗？”

“是。”宋栀栀一向是有地方坐着便绝不站着，她坐到一株桃花树的树枝上，对初代教首点了点头。

直面初代教首面庞的感觉很奇妙，就像在看着镜子。

“第一次与你见面，不久之后我有了人类的形象；”宋栀栀说，“第二次与你见面，不久之后我有了人类的心；第三次与你见面，你说我还会拥有什么？”

她看着初代教首，目光坚定，说出的第一句话便如此平静自信，不落下风。

实际上——初代教首承认，自宋栀栀亲自来到这个世界之后，每一次与她的交锋，仿佛棋局上的碰撞，不论宋栀栀有意或是无意，都是宋栀栀占了上风。

初代教首闻言，看着宋栀栀笑了。

她走上前来，坐到宋栀栀身侧，红唇轻启，直接问道：“我一直不明白，你已经去往了一个全新的世界，记忆也全部消失，又为何会突然回到这个世界中？”

“若你没有拿回记忆，那么江影死或是不死，与你无关，不是吗？”初代教首歪着头，一只手托腮看着宋栀栀，轻声问道。

宋栀栀想了想，对初代教首说道：“我之所以会过来，与江影的命运被你篡改有关。”

“我确定我在写下这本书时，主人公是江影，如今属于沈昼的命格原本是属于他的。”宋栀栀说话的声音清脆，“你篡改了他的命格，将他的命格强行更改到了沈昼身上。”

“我虽然记忆全失，但潜意识里还有要救下江影的承诺，这世界因我而复苏，所以在察觉到江影的命格被篡改，还将步入他原本的悲惨命运时，我就被我潜意识里的力量拉回了这个世界中。”

初代教首闻言，轻笑一声：“原本无心的神明，在有了心之后，也会如此深情？”

宋栀栀扭过头，没有看她含笑的眼眸。

“你回来之后，这个世界一大半的力量都在围绕你运转，即便我努力阻止，也无能为力。”初代教首的纤指点在了宋栀栀眉心那点朱砂痣上，“沈家山庄里莫名出现的迷雾，还有段天月赠你的婆娑花，又或者是阴错阳差被你抓获的心魔——它是开启素灵大师金丹的关键，这些都是这个世界聆听到你心底最真实的愿望，为你做出的帮助。”

“你很厉害，没了神血也能将一个死去的世界唤醒。”初代教首对宋栀栀说道，“但是不好意思，最先与世界一同醒来的是我。”

“自从你出现在此界之后，来自两位‘神明’的力量相互抗衡，这才有了玄阴子与烈阳子。”初代教首继续说道，“玄阴子是代表你的世界意识所化，烈阳子自然是我，可惜，你要是一开始见的是烈阳子，我还能用烈阳子的话对你产生影响。”

宋栀栀摇了摇头，斩钉截铁对初代教首说道：“袁长老让我去见两位老先生时，先向我推荐了烈阳子，那时我已隐隐察觉你的存在，所以并没有去见她先推荐的那个人选。”

“可惜呀……可惜……”初代教首发出叹息，“要是你没有出现在这个世界里，该有多好？”

“没有我这个世界便不会复苏，你也不会醒来，你要明白这一点。”宋栀栀望着她的眼睛，轻声说道，“我要救江影，其他人只是顺带。”

“要是知道只需要给神明做饭、梳头发，买些凡人女子喜欢的小玩意儿，就能得到神明的另眼相看，说不定我也会去做呢。”初代教首轻声笑道，笑声如银铃一般，“灵祇神教也供奉灵祇近万年了吧？”

宋栀栀摇头，回想起记忆深处的时光：“神明不需要信仰。”

“你若把神血给我，让我登上神明之位，我可以保证你与江影的安全。”初代教首看到宋栀栀寸步不让，总算是没有再拐弯抹角，直接将自己的诉求与条件说了出来。

“神血是我的，江影替我保存了那么久，终究还是无条件地还到了我的身上。教首大人，我为何要将我自己的东西拱手让给你，来祈求我与他二人的生存？”宋栀栀歪着头，那双与初代教首一模一样的漂亮眼眸盯着她看。

“你已有心，心怀善念，这世界被黑血妖魔所困扰，你必须要想出个解决办法来，不然你我力量两相抗衡之下，就算你们可以控制住黑血妖魔，世界终有一天也还会再度崩毁。”初代教首无视了宋栀栀的目光，自顾自说道，“我只是想成为神而已。”

“我会驱逐你。”宋栀栀的眼睫微垂，声音很坚定。

“你已有了心，不再是坚不可摧的神明。”初代教首嘲笑她，“你知道为何恶人为恶？因为他们没有心，同样也没有道德观念，良心的谴责与不安，对他们丝毫不起作用。”

宋栀栀闻言，坐在桃花树上，看着初代教首的神情变得有些惊讶。

“你的意思是？”宋栀栀紧盯着她，忽然朝前走了两步。

初代教首因她突如其来的靠近而有些惊讶，但为了保持住自己的气场，她还是站定在原地，一步也没有动。

宋栀栀有了一个大胆的想法，她伸出手去，一双手直接贴上了初代教首的胸脯。

她的掌心之下，只有呼吸的起伏，却没有一颗心的跳动。

江影取出自己的心，是为了她，并不是为了获得无上的力量，满足自己没有尽头的欲望。

但是……

初代教首也没有心。

她剖出自己的心，纯粹是为了自己的利益。

宋栀栀的推测得到证实，她收回手，长舒了一口气。

初代教首瞪着她，眼神复杂，她没有心这件事并不是秘密。

宋栀栀抿了抿唇，终究还是开口说道：“你知道青君也在找一颗心吗？”

初代教首冷笑：“我如何不知道？”

“但他为了让江影帮他们无相宗剿灭黑血妖魔，便轻易地将千灯寺金丹里的那颗心拱手让给江影，想必在他眼中，还是天下苍生更重要些。”初代教首轻蔑说道，“他总是如此。”

宋栀栀望着她，只猜测道：“我知道为何这个世界会将你错认为神明了，你我的容貌一致，你没有心，身上流淌的血液虽然不是纯粹的神血，但你也是接近化神之阶的半神之躯，你的血想必也接近于神血了。”

“你就是靠着这三样东西，得到了世界的认可，对吗？”宋栀栀的目光锐利，看着初代教首的眼睛，将她想要掩饰的东西一层一层剥了下来。

“是又如何？”初代教首笑，“我的身体已经与此界融为一体，你无法将我身体里的近神之血夺走，亦无法将我的容貌毁去，我的心，你能找得到吗？”

“江影的心我都能找到，你的心，我又如何寻不得？”宋栀栀舔了舔干燥的唇说道，“只要你的心归位，你必将从这个位置上离开。”

初代教首望着宋栀栀的面庞依旧含着冰冷的笑意，但眼底已经有了些许慌乱，她想，她今日或许不应该来与宋栀栀见这一面，不仅交易没有达成，还被她发现了自己的弱点。

人类的心与情感，向来就是既强大又脆弱的东西。

“或许，在你拿到心之前，我可以先对你……”下手。

初代教首望着宋栀栀，说话的语气骤然变得冷如寒冰。

她是强行入侵了宋栀栀的神识空间与宋栀栀见面，现在她若是有意摧毁宋栀栀的神识空间，宋栀栀或许无法反抗。

初代教首火红的袍袖一甩，正待进攻，宋栀栀便往后退了两步，直接想要跑。

她手中迅疾的攻击追了上去，就在快要击中宋栀栀的时候，一道黑影从天而落，拦在了宋栀栀的面前。

江影一只手将宋栀栀拉至身后，拦在了她身前，一只手将初代教首的攻击拦了下来，一套动作行云流水，轻松写意。

初代教首见江影抵达，明白她已经不能对宋栀栀的神识空间做些什么，于是直接离开。

浓雾再次漫起，将她的身形掩盖，桃花散去，初代教首的身影已经消失，独留下宋栀栀与江影两个人站在原地。

宋栀栀惊魂未定，她没有想到初代教首打“嘴炮”不成便突然发难，虽然初代教首估计摧毁不了她的神识空间，但那气势也已经足够吓人。

她拍了拍胸脯，连忙扯了下江影的袖子，小声问他道：“江江，你什么时候来的？”

江影望了她一眼，反手将宋栀栀的手拢着，冷声说道：“晚饭做好了，本想叫你来吃。”

“做了什么？”宋栀栀注意力马上被吃的转移。

“辣子鸡和蛋花羹。”江影直接答道，“方才那人是初代教首？”

“对。”宋栀栀轻声说，“她来与我谈条件。”

“我见你睡着，梦中又在皱眉，于是到了你的神识空间里。”江影对她说道，“她的条件不必答应，我替你杀了她。”

宋栀栀又一只手按上江影的胸膛，确认他的心还在跳着，便松了口气说道：“她之所以会被现在的世界错认为神明，是因为她也没有心，或许我们能想办法找到她的心，让它回到她的身体里，她就能离开这个棘手的位置。”

江影闻言，略微颔首，算是应下了宋栀栀的话。

“带我出去，我要吃辣子鸡。”宋栀栀摇了摇他的手臂说道，她很喜欢江影做的菜，口味都是她吃习惯了的。

“好。”江影牵着她走。

他放眼望着宋栀栀的神识空间，这里是一片混沌，但是她的内心想法会变成文字，在混沌的空间里飞速闪过。

她确实是个藏不住事的小姑娘。

江影看到宋栀栀的脑袋顶上闪过一串大字“江影好帅，不愧是我亲手捏的人”。

他瞥了宋栀栀一眼，后者还兴高采烈地摇晃着他的手往前走，根本没有发现自己的内心想法完全暴露。

正待说些什么的时候，江影却发现了一个问题。

“你神识空间里的那个坑呢？”他忽然问道。

宋栀栀挠了挠头，疑惑：“它不在了吗？”

“不在了。”江影看到前方属于那个深坑的位置已经被红色的光芒填补上，“应当是那段记忆。”

他之前亲手将他与宋栀栀相处的记忆拿走，宋栀栀的神识空间里便出现了这个空缺，这说明他在她的脑海里，实实在在地占据了一席之地。

宋栀栀闻言，有些惊讶：“原来是因为那个，我还以为我天生脑残……”

不过说起来也幸好有那个坑，因为它她才能抓到球球，原来她的运气一直这么好。

她轻叹一口气，只举起了自己牵着江影的手，扭过头对他说道：“以后我的运气分你一半……”

“嗯，一半也太少了，一大半都分给你，全部也行。”宋栀栀说着说着，自己都不好意思了，垂下头，声音越来越小。

江影闻言，有些惊讶，他冷静地点了点头道：“不用。”

“出去吧。”他还惦记着饭菜要凉了，对宋栀栀交代了一声。

宋栀栀点头，被他带着离开了自己的神识空间。

待她睁眼的时候，之前被她放在桌上的兔子灯盏已经亮起了温暖的光芒，原来她睡了那么久，已然入夜。

宋栀栀坐在饭桌上，乖乖地一口一口扒着饭，她在思考教首的心藏在何处。

思来想去，也没找出个头绪，直到今晚她刚洗完澡，江影看着她从屏风后走出，下意识抬手伸向她的脑袋。

他摸了个空，宋栀栀歪着头看他，神色狐疑。

不会吧，这个坏东西不会又想摸花了吧？

宋栀栀连忙捂住自己的脑袋。

“花没了。”江影收回手，对宋栀栀平静说道。

宋栀栀一屁股坐到床榻上，低下头，从储物锦囊里摸出了一样东西。

她摸出来的东西正是婆娑木，婆娑木干枯的枝头缀着一朵莹白的婆娑花，很美丽。

江影抬手，抚上那婆娑花的花瓣，轻轻碰了碰。

虽然不是在摸她的，但宋栀栀还是下意识打了个哆嗦。

她盯着婆娑木枝头上盛放的婆娑花，眯起了眼，似乎想起了什么……

一朵不谢花，似乎也曾经在青君的那柄桃花折剑上见过。

宋栀栀如此想着，连忙坐直了身子，两手放在身侧，撑着身子对江影说道：“我或许知道初代教首的心藏在哪里了。”

江影挑眉，很配合地问她：“在哪里？”

“青君现在用的那把剑曾经被折断过，是初代教首赠他的。”宋栀栀摸着下巴，轻声说道，“现在那剑柄上还有一朵桃花，长开不败，鲜活可爱。”

“初代教首的那颗心，或许就是那朵桃花。”宋栀栀对江影说道。

江影的红眸定睛望着宋栀栀，点了点头。

“明日去问问？”宋栀栀小声问他。

“好。”江影回答的声音干脆。

他抬手，将宋栀栀的脑袋按了下来，把她按到自己的怀里。

宋栀栀的侧脸贴着他的胸膛，听到他心口处传来的心跳声，安稳熨帖。

“为什么听？”他问。

宋栀栀眨了眨眼说道：“怕它又没了。”

“不会。”江影的语气平静，“这是你给的。”

宋栀栀轻轻舒了一口气，或许是失去过一次，所以现在她担心江影又消失了。

她张开双臂，整个人贴在江影身上，将他紧紧抱着。

宋栀栀睡着了，江影又开始修炼，他的目的很简单，他知道目前能在实力上与初代教首正面抗衡的只有自己，青君与初代教首有旧情，他或许狠不下心出手。

但自己不一样，他与宋栀栀跟初代教首都有滔天仇恨，不论是为了他自己，或是为了宋栀栀，他都要想办法让自己的实力强大起来。

活下去，于他而言，确实是一件难事。

世界崩塌前，他是宋栀栀手中最锋利的一把刀。

世界复苏后，他的记忆尽失，但他还是愿意为她劈开脚下荆棘。

江影摸了摸宋栀栀熟睡的脑袋想，这都是他心甘情愿。

次日，两个人回到无相宗，宋栀栀的真正身份，只有青君、江影与初代教首知道，这三个人都不是嘴碎之人，也不会将宋栀栀的身份到处乱说，所以无相宗的人还以为宋栀栀就是一个普通的凡人姑娘。

一回到无相宗，宋栀栀便被袁一溪拉着手，带到了一旁嘘寒问暖。

“这一路上可还好？”袁一溪关切问道。

宋栀栀搓搓手，其实他们来回也只不过花了不到十日时光，只是其间发生的事情太多，显得有些漫长了。

“黑血妖魔已经被江江都杀了，虽然它们或许以后还会出现，但短时间内已经安全。”宋栀栀乖乖坐在椅子上，回答着袁一溪的问话。

袁一溪给她递了杯茶，特意往里面加了块糖，宋栀栀两手接了过来，轻声道了声谢。

“听说江道友已经找到心了？”袁一溪好奇问道，“也是，若他一直没有心，也不是个办法。”

“是的。”宋栀栀低下头，小声说道，这颗心来之不易，一波三折，连她自己回想起来，也觉得若是江影不够坚定，那么这颗心也拿不回来。

“他的心落在了墟渊吗？”袁一溪笑，开了个玩笑。

“这么说的话，也没有错吧……”宋栀栀长睫掩下的眼神怅然。

曾经的墟渊深处是神明的所在之地，现在江影那颗心在她身上，袁一溪这么讲，竟然歪打正着说中了真相。

“他若有心了便是好的。”袁一溪拉起宋栀栀的手，她的掌心温暖。

宋栀栀感受着袁一溪握着她手的掌心温暖，忽然内心一动，在很长一段时间里，她都视遇到的大部分人为书中人，这是神明看世人的固定思维，很难改过来。

但是……不论如何，他们都是真心实意对她好，这是她亲自唤醒的世界，温暖又可爱，即便这个世界残破非常，千疮百孔，灵气也稀薄，但这个世界里的每一个人都是真实存在着的。

所以——这也是宋栀栀拒绝对初代教首妥协、将神血给她的原因之一，她知道初代教首掌控了权力之后会有多疯狂，当年人类之间疯长的因果线，与初代教首所带领的灵祇神教有很大关系，若没有灵祇神教，人类之间的矛盾也不会如此尖锐。

宋栀栀觉得，一个世界里，是不需要神明的，就像她所去到的那个新世界一般，所有的人都不信仰神明。

神明之所以会有具体的形象，是人类为它赋予了人性。

“嗯。”宋栀栀乖巧回答袁一溪，长睫垂落，无相宗的人并不知道初代教首的存在，要解决她，是宋栀栀与江影还有青君的事。

“那我先回青崖峰啦。”宋栀栀与袁一溪唠嗑唠了很久，直到袁一溪自己都口干舌燥，宋栀栀才站起身来道别。

“要我送你回去吗？”袁一溪问。

她的话音刚落，这灵溪峰的主殿外便飞过一个颀长的身影，正是江影。

袁一溪捂嘴一笑，推了宋栀栀一把道：“我想你也不需要了。”

宋栀栀不好意思地点点头，提起裙子，往外奔去。

她一头栽进了江影的怀里，将他抱着，抬头问道：“你来接我回去了？”

江影颔首应了一声：“嗯。”

“要坐什么？”他问。

宋栀栀在“翅膀”“被江影抱着”“坐浮舟”之间纠结了一下，还是决定坐浮舟。

江影的指尖幽蓝色光芒一闪，将他新买的那架浮舟召唤出来，宋栀栀侧着身跳了上去，两手紧紧抱着他的腰。

浮舟飞上蓝天，风声飒飒，宋栀栀踮起脚，脸贴在江影可靠的背上，感受着飞在空中的快乐。

“以前是没有浮舟的。”江影忽然开口，声音从风中传来，“但是现在有了。”

宋栀栀舔了舔唇，得意说道：“这是我新加的灵感，我后来去往的新世界里的天空、陆地和海洋上，都有类似的东西，很方便。”

江影驾驶着浮舟在空中拐了一个急弯，宋栀栀又抱紧了他一些。

“为什么？”他问了一个莫名其妙的问题。

但宋栀栀马上理解了他的意思，她看着脚下被吹散的白云从她的脚尖飞远。

她轻声说道：“我想，是因为那星河上的小舟，所以才有了它吧。”

宋栀栀的话没有错，这个世界里，处处都有她与他的回忆。

痛苦的、美好的、被忘却的……朦胧浮现在她的脑海中，都是值得铭记的。

宋栀栀与江影一道回了青崖峰，青君已在峰中等候他们。

他手中那柄桃花折剑上的桃花娇艳欲滴，似乎是刚从枝头采撷下来。

宋栀栀敏锐地注意到青君的状态并不好，看起来有些颓丧的样子。

“江道友，栀栀姑娘。”青君走上前来，唤了他们一声。

宋栀栀松开抱着江影腰的手，从浮舟上跳了下来。

“江道友已将此事与我说了。”青君对宋栀栀点了点头说道，“我桃花折剑上的那朵桃花，或许是她的心？”

宋栀栀想了想说道：“这只是我的猜测，并不能保证。”

“她确实是没了心的。”青君痛苦地闭上双眼，“只是她一直那样，我亦不知从何时开始。”

他伸出手来，将桃花折剑递给江影。

“此剑是我拾起她所折断的宝剑炼制的，炼制成功之后，剑柄上便绽放了这朵桃花，我从未将它摘下。”青君对江影解释道。

江影看了那桃花一眼说道：“不必摘下，或许会枯萎。”

若是真的一不小心将这朵桃花摘下，它或许会像素灵大师的心一般逐渐消散。

“我觉得栀栀姑娘提出的办法很不错。”青君坐在桌旁，与他们二人商量此事，“神明无心，只要找回她的心，让心回到她的身体里，她自然会被这个世界从神位上驱逐。”

“但是，找到一颗心容易，要将这颗心放回她的身体却是难上加难。”青君轻轻皱了皱眉，“她不可能还想要回她的心。”

“那你还为她寻找？”宋栀栀问。

“已找了许多年，之前我还是无相宗掌门时，每年我都会差人为她送去一颗我寻找到的心，虽都被她收下，但都不知去向。”青君捏了捏眉心，“为她找心，只是习惯而已，我知道此事我并不会得到回应。”

“她应当还对你有几分感觉？”宋栀栀想到了初代教首对青君特别的态度。

“她不过是占有欲作祟而已，当爱意被剥夺时，能留下的只是负面的欲望。”青君很冷静地说道。

他起身，负手而立，说话的声音很清晰地传入宋栀栀与江影的耳中：“从始至终，我从未站到她的立场上去过，我希望她能回头，但若她执意如此，我还是会站在她的对面，世界崩塌之前我是如此，之后也是如此。”

宋栀栀轻叹一声，不知说什么好，她从未想过，一个神明竟然也能被一个人类逼迫到如此境地。

“桃花折剑就暂且交给你们。”青君沉声说道，“现在有能力可以接近她的或许只有江道友了。”

江影是一个极为特殊的存在，在复苏后的世界里，即便原本属于他的命格被偷换到他人身上，他依旧是独得神明眷顾的那一位。

所有人都斩杀不了的黑血妖魔他可以杀。

所有人都窥见不了的神明他也可以接近。

江影垂眸看了眼手中的桃花折剑，沉默不语，纤密的长睫微微颤动。

宋栀栀知道，现在他们的对话，或许已经被初代教首知道了，但她没能做出行动。

这是因为，目前他们这三个人，都是她影响不了的存在。

现在她的无力感，就如同世界崩塌前的自己一般。

明明知道自己败局已定，明明可以目睹人类所走的每一步，但她却无力阻拦，只能做些垂死挣扎。

宋栀栀趁江影与青君交谈的时候，低下头，心念一动，掌心出现了她的手机。

她仿佛上课偷偷玩手机的学生一样，偷摸着低头打字。

——你想阻止我们，却想不出阻止的办法，对不对？

这几个字被她写在码字软件里，片刻过后，新的文字出现。

——自然是如此。

是初代教首在通过手机里的文字与她对话，这个手机是宋栀栀控制世界能力的具象化体现，初代教首占据了半个神位，自然也可以影响她手机里出现的内容，之前有意隐瞒下事实，都是她的手笔。

——世界崩塌之前的我，也一样，眼睁睁地看着你们在带着整个世界走向灭亡，我却没办法对你们其中的一位下手。

——所以才有了那位江影？

初代教首感慨。

——你还是不够坚定，因你那一念之差，这整个世界都灭亡了。

她嘲笑宋栀栀。

——是先因他的一念之差，你才留下了性命。

宋栀栀的手指在手机屏幕上飞快打字，与初代教首对话。

初代教首没有再回答她。

宋栀栀继续打字——桃花折剑上的桃花，是你的心，对吧？

手机屏幕还是沉默着，没有出现新的文字。

宋栀栀知道，她猜对了，就算初代教首否认，强行将这个事实隐瞒下来，她也能消耗神识力量在手机里确认真相。

初代教首猜出宋栀栀在想什么，在宋栀栀的手机里，不能出现假话，这上面出现的每一个字都是事实，或者即将变成事实。

——是我的心，我摒弃不要，他却将之小心翼翼拾起，细心呵护，随身携带。

初代教首许久之后，才回答了宋栀栀。

她知道，不论她否认或是回避，都没有用处，倒不如对宋栀栀直截了当说出。

——我笑他痴傻，却没想到这份愚蠢的执拗会变为我的弱点。

初代教首感慨。

——现在就从神位上下来，不好吗？

宋栀栀问她。

——即便前路没有希望，我也要挣扎到最后一刻。

初代教首抛给宋栀栀最后一句话，便再没有回应宋栀栀的问话。

她们的对话，等于是宋栀栀对初代教首下了战书。

赌的是江影能否将桃花折剑上的桃花，送回初代教首的胸膛之中。

只要她的心归位，她定然跌落神位，到时便是报仇的时机。

宋栀栀一边想着，一边抬手摩挲了一下手机屏幕，神情有些怅然。

当一个神明，并不是什么好事，初代教首现在的绝望与无力，她曾经感受过。

她曾眼睁睁地看着自己的血肉剥落，天空破碎，大地塌陷。

好在有人将她从那绝望之境中拉起，邀她乘上渡往彼岸的船。

宋栀栀正愣神间，一只手放到了她的脑袋上，是江影拍了一下她的脑袋。

她下意识按灭了手机，抬起头来，仿佛一个偷玩手机被抓包的学生。

“你们……聊完了？”宋栀栀挠挠头，装作没有走神的样子问道。

“嗯。”江影坐在她身侧，对她说出计划，“还要再去一次墟渊，寻找她的本体。”

“好，到时候我给你们指引方向。”宋栀栀点了点头。

倒是青君望着宋栀栀，敏锐地猜到了她方才在做什么，有的时候他的直觉非常准。

“方才……她又与你说话了？”青君望着宋栀栀，目光怅然。

“嗯。”宋栀栀回答，“她没有否认。”

“她说……”宋栀栀低头将手机打开，将方才她与初代教首的对话念了出来。

青君在得知桃花折剑上的桃花确实是初代教首的心之后，露出了无奈的笑容。

“其实我从始至终，都不知道那断剑上有她如此重要的东西。”青君轻声说道，“只是她的东西，我都会保存好，这把剑便是如此。”

有的时候，满腔的爱意在历经了时间洗礼之后，也会变成致命的利刃。

宋栀栀没有再说话，在青君毫不保留地交出桃花折剑的时候，初代教首便败局已定。

在宋栀栀找出她心之所在之前，就连初代教首自己，都以为她的那颗心早已经消散了。

正是因为如此，她才如此自信。

不然，她早就会想个办法将青君手上那柄桃花折剑毁了，永绝后患。

江影与宋栀栀还是一同回到了他们在青崖峰里所居住的小院子，陈设格局与之前一样，没有变化。

宋栀栀躺回青崖峰屋子里的床上，觉得有些不习惯，她其实是认床的，但是住在江影的宅院里，她没有这种感觉，应当是江影知晓她的喜好，提前布置过了。

江影见宋栀栀有些局促的样子，便将手中沉甸甸的桃花折剑放到了书桌上，扭过头来对她说道："等解决此事之后，便可以回去。"

宋栀栀点了点头，对江影说道："你与青君讨论出什么办法了吗？"

她知道目前最棘手的问题就是，初代教首来去无踪，只有青君在墟渊深处见过她一次，若是那时他知道他手上那柄桃花折剑便是将她从神位上拉下的办法，直接将桃花送回她的胸膛，或许也不会有现在的苦恼了。

但命运就是如此，机会错过了便不再有。

现在的初代教首定然会死死藏匿在墟渊深处的某一个地方，想尽各种办法阻挠江影接近她。

墟渊深处是一片黑暗，生命力再顽强的生物都不可能在那里存活。

在那里，五感几乎都会被剥夺，因为墟渊深处没有光线、声音与其他生物。

在那样的环境中，要找出一个小小的人来，谈何容易？

"将心送回去容易，找到她，很难。"江影平静地说出目前问题的关键所在。

宋栀栀歪着头看他，忽然站起身来。

她走上前去，看着江影俊美的脸，抬起了手，拢住了他的红眸。

些许光线从她的指间落下。

宋栀栀看着他，对他说道："墟渊深处什么也看不到，但我会成为你的眼睛，为你指引方向。"

她的两手移动，又拢住了江影的两只耳朵。

"墟渊深处什么也听不见，但我会成为你的耳朵，告诉你她在何处。"

她还拥有神明的几分能力，所以不会让江影一人孤身涉险。

江影一愣，略一用力，便将她拥入怀中。

在宋栀栀的耳边，他答应的声音笃定："好。"

这将会是他们二人，共同的战斗。

对付初代教首的"阳谋"已经摆在明面上，这局棋，她不接也要接。

当那一天，江影站定在墟渊之上时，幽蓝色的风荧蝶环绕在他脚下。

他手中的冥昭已经消失不见，冥昭可以对所有人类造成伤害，但对神明无用。

现在真正能对初代教首起效果的，只有他手中这柄桃花折剑。

江影从未用过剑，但他手执这把曾经折断过但被精心修复的长剑，却依旧得心应手。

剑柄上的桃花在他白皙的手指侧旁莹莹盛放着，依旧鲜活可爱。

他垂眸看着深不见底的墟渊，而宋栀栀则站定在无相宗的青崖峰中，看着自己面前桌上的手机里出现的文字。

球球蹲在手机边，随时准备着为宋栀栀输入神识力量。

江影的神血已经还给了她大部分，现在她的神识力量越来越强，所以宋栀栀有自信在手机被初代教首控制着无法出现信息的时候，用自己的神识力量与她抗衡，强行让关键信息出现。

她需要做的事就是在江影深入墟渊的时候，为他指明初代教首所在的方位，在这期间初代教首定然会百般阻挠，她必须控制着自己的神识力量不要耗尽，不然江影会替她承受耗尽后的痛楚，影响行动。

宋栀栀脸上是少见的严肃表情，她一只手下意识地挠着桌上的球球，抓过桌子上悬停着的一只风荧蝶对江影说道："江江，你是不是已经到了墟渊？"

江影一只手执剑，身姿挺拔，一身黑衣几乎要与黑暗的墟渊融为一体。

"到了，我下去。"他对宋栀栀平静说道。

"好……好……"宋栀栀有些紧张，连着应了两声。

江影注意到了她略微有些颤抖的声音，启唇安慰她："不用怕。"

"很危险。"宋栀栀对他说。

初代教首会运用所有的规则之力来对付他，宋栀栀今晨已经写下剧情，说江影在深入墟渊之后不会遇到危险。

但马上便被系统文字将这句话驳回了，江影定然会遇险。

这是未知的命运，宋栀栀必须将它牢牢掌握在手中。

“有你在。”江影垂眸，对她低声说道。

宋栀栀一惊，连忙坐直了身子，她知道，江影深入墟渊之后，便是将他的身家性命交给了她。

他的方向、生死，都需要她的指引。

“嗯。”宋栀栀重重点了点头，回应道，“我会指引你方向。”

江影闻言，那矫健的身姿已然朝着墟渊深处而去，仿佛一把刺入深渊的利剑。

他的衣袂迎风鼓荡，气势一往无前，给墟渊里的初代教首带来极大压迫感。

江影与墟渊，都是黑的，唯有他手中那柄桃花折剑上，有着鲜活的光芒。

他的速度极快，不需要御剑而行，只是运起周身法力急速前进，速度也比青君快得多。

江影一步一步，接近了墟渊深处。

墟渊极大极深，初代教首身穿一袭红衣，躲在了最深处，她的身影完全隐没入黑暗之中。

初代教首知道墟渊深处是一处极境，江影深入此地，周遭的环境对他压迫极大，她今日或许会死，但在江影找到她之前，她也会想方设法杀了他。

她亦知道宋栀栀在另一边，会寻找她的位置，然后随时汇报给江影，所以在利用规则之力对付江影的时候，她也要随时准备移动位置，影响宋栀栀的判断，防止江影找到她。

黑暗中，那一袭红衣宛如游鱼般一闪而过。

而此时的江影，已经抵达墟渊的最深处，他从未来过这里，只觉得睁开眼与闭上眼没有什么区别。

他的周遭是一片无穷无尽的黑暗，一丝光亮与声音都没有。

在这里如果没有人为他指引，他确实找不到有意藏匿的初代教首影踪。

但此时，宋栀栀清脆的声音在他脑海里响起：“江江，往右手边飞，一直往前，她或许会转换位置，但只要你足够快……”

宋栀栀的话音未落，江影的身形已然飞了出去，没有任何犹豫地往宋栀栀指引的方向飞了过去。

身处这样的地方，心理压力极大，但江影正巧就是能够完全无视外物的那一种人。

他只有一目标，那就是将桃花折剑送入初代教首的胸膛。

而就在此时，黑暗中的那一身红衣一闪而过。

江影正在坚定飞着的身形一滞，仿佛被什么拉扯住了似的。

他周遭的空气瞬间变得稀薄，将他均匀吐息着的气息搅得紊乱。

初代教首运用了规则之力，把江影身边的空气抽走。

宋栀栀已经注意到了这一点，她低头，在手机里打字，速度极快。

江影身边的异常状况消失了……

但已经写下的文字很快变得有些淡，似乎马上就要消失。

宋栀栀知道，是初代教首在阻止她。

“江江，继续飞。”宋栀栀笃定对他说道。

她低下头，看着自己手机里的文字，强大无比的神识力量倾泻而出，灌注到她面前的手机里。

这行原本快要消失的文字仿佛被注入了墨水一般，又清晰起来。

宋栀栀计算着自己的神识力量，没有让自己陷入神识耗尽的绝境。

此时在墟渊深处的江影仿佛冲破了一个屏障，他周遭的空气又开始流动起来，他寻找初代教首的身影也变得更加坚决。

宋栀栀长舒一口气，但她低头看到手机里的文字又出现了变化。

江影周身无形的气流聚集起来，在他身边形成气旋，将他的身体死死压着，这极强的压力似乎要将他压成粉末。

初代教首果然又出手了！

宋栀栀刚看完这串文字，便感觉到自己的胸口突然一疼，全身上下似乎都传来了疼痛。

初代教首出手果然给江影带来了伤害，但是这痛感却传递到了她的身上。

此时，墟渊里的江影嘴角溢出鲜血，但他还是沉默着，没有丝毫犹豫，按照宋栀栀指引的方向往初代教首藏匿的地方逼近。

宋栀栀强自忍下痛楚的声音在他脑海里响起：“江江，往左侧转大约十丈，她已经调换了位置。”

江影指尖幽蓝色的光芒一闪，由于周遭压力的缘故，他的身形不再灵动，反而变得缓慢。

宋栀栀替他承受重逾千斤的压力带来的痛楚，她咬着牙，趴在桌上，指尖在手机上飞速舞动。

江影周围的压力气旋全部散……

她没能写完，因为她的手指越来越沉重，似乎马上就要抬不起来了。

宋栀栀轻哼了声，硬是抬起了自己的手指，一旁的球球也挪了过来，帮她推着。

她坚定地把最后那个“散开”二字加上。

手机屏幕上被她写下的文字黯淡下去，似乎又要消失。

宋栀栀在心中暗骂了一句初代教首不是人，一边又是大量的神识力量涌出，直叫在暗中操纵一切的初代教首招架不住。

宋栀栀才是真正的神明，初代教首唯一一次在她身上讨了好处，便是让江影的神血暴露。

但即便是那次，初代教首利用的也是宋栀栀自己最开始写下的有关沈昼的设定。

初代教首所能够掌控的规则之力，在宋栀栀坚定与她抗衡的情况下，脆弱如纸。

果然，在大量神识力量的倾注下，宋栀栀又让江影脱离了险境。

在这期间，江影即便一直屡屡遇到致命的麻烦，也没有退缩，始终在寻找着初代教首的身影。

三方一直在拉扯博弈着，直到最后，宋栀栀自己强横的神识力量都快被耗尽，她身边的球球凑了过来，黑色雾气幻化而成的小爪子按在她眉心的朱砂痣上，为她供给力量。

初代教首藏匿在墟渊深处的一隅，神色苍白，宋栀栀消耗了如此多的神识力量，她又何尝不是？

红衣的身影微微摇晃，她已是强弩之末，若是江影真的找到她，将桃花折剑送入她的胸膛，简直轻而易举。

初代教首咬着牙，拨动了手下的规则之线，她用尽全身力量，对江影进行了最后一次阻挠。

这个剧情出现在宋栀栀手机屏幕上的那一瞬间，江影周身隐隐亮起的幽蓝色光芒瞬间黯淡下去。

他强大的法力与周身流转的灵气，在这一瞬间被抽空，江影的身形宛如一颗坠入深渊的石子，失去了控制。

宋栀栀马上站起身来，两手按在桌上，唤了一声道："江江……"

她没有安慰或者是鼓励江影，目光反而看着远方说道："再往右上方飞，很近了。"

语毕，一直蹲在她头顶为她输送灵气的球球马上瘪了下去，神识力量疯狂消耗着，宋栀栀同时也在小心翼翼地让它不要完全耗尽。

"江影的法力，回去了。"宋栀栀启唇，对着虚空说道。

她吐字，便是一条全新的规则诞生，甚至都不需要手机这个载体。

真正的神明，是这样的。

宋栀栀的神识力量开始消耗，最终只余下一点让她保持清醒。

她在用这输出的神识力量与初代教首博弈。

看看——到底是谁更加强大些。

这一次，显然是初代教首输了。

江影坠落的身形侧旁，有幽蓝色的光芒重新被点亮，他仿佛被神明重新唤醒的世界，又充满了力量。

那优雅颀长的身形在墟渊的深处划出一道优美的弧线，他坚定不移地往右上方飞去。

初代教首的身形一个踉跄，她背靠在身后的无尽黑暗中，看到墟渊的深处，一点幽蓝色的光芒闪现。

她看到他了。

他也同样锁定了她的位置。

这场博弈，终究还是她输了。

江影在看到她那红衣身影的一瞬间，没有丝毫犹豫，执剑冲了上去，剑锋直指她的心口。

初代教首觉得这一幕似曾相识，似乎在灵祇圣城高大的城墙之上，江影也曾坚决地执剑对着她。

但是，江影上一次在看到她面庞的那一刹那，犹豫了，因为她的容貌与宋栀栀一模一样。

这一次，江影再没有任何的迟疑与退缩。

他的手腕灵巧一翻，桃花折剑调转了个方向，那缀着桃花的剑柄，被送入了初代教首的胸膛。

初代教首漂亮的眼眸有一瞬间的失神，这朵曾经盛着满腔爱意的桃花，终究成为让她失去反抗之力的剑，在这颗心回到她胸膛的那一刻，无数纷乱的思绪与情感涌了上来，令她痛不欲生，她失去了全身的力气。

她周身环绕着的规则之线在这一瞬间溃散，鸠占鹊巢的“神”在心归位之后，终于被扯下神位。

现在的初代教首，已经不是找不到破绽的神明，而是可以被击败的普通人。

江影看着她颓然落下的身影，自然不会再给她辩白解释的机会，他抓住初代教首极度虚弱的机会。

面对死敌，他的目光冷漠且平静，利落地挥手打在了初代教首面门上。

初代教首闭上了双眼，直直地坠入墟渊，消失在深不见底的黑暗中。

在拥有了心之后，她被驱逐下神位，等待她的只有惩罚。

江影只垂眸看了一眼墟渊，初代教首将永远被囚禁在墟渊底部。江影这些年被操控着犯下罪行所留下的魔气在一瞬间尽数冲向他的神识，江影没有反抗，一切都结束了，他也应该赎罪，这具身体犯下的罪，也应当让这具身体来赎。他散去全身的武功，原本积攒的魔气瞬间涌上来，最后汇集在他的双眼，他闷哼一声，再睁眼，已经失去了视物的能力。

原本因为双神并行而正在不断拉扯着的世界伤痕也开始弥合，黑血妖魔出现的根源彻底断了。

无相宗外双子峰上，玄阴子拄着拐杖，抚摸了一下白须，慢悠悠从石门内走了出去。

玄阴子放目远眺，看到对面那座双子峰上的石崖坍塌，此界中能书写故事的人，只剩下玄阴子一个。

下一个出稿日来临，无相宗的弟子看到坍塌了一半的双子峰，奔过去询问玄阴子缘由。

“烈阳子死了，或许是老死的，又或者是其他原因。”玄阴子拍了拍无相宗弟子的肩膀，“以后就只有我给你们写话本了。”

他负手而立，看着远方的河山。

江影从墟渊里走出的时候，青君等候在墟渊之上。江影虽然现在盲了，但他仍能凭神识感知周遭的人事物。

初代教首陨落得无声无息，她的消失对这个世界没有造成太大影响，她的生死，与此界无关。

青君的目光触及江影那双空荡荡的手之时，便明白了初代教首的下场。

江影既然好不容易将初代教首从神位上拉下来，那么他便不会放过这个绝好的机会。

他一定将她杀了。

但青君还是要问："她死了？"

"没死。"江影回答他的声音平静，没有惋惜，也没有大仇得报的快意。

"她拿回心之后，是怎样的？"青君的脚步踉跄，身形摇摇欲坠。

"没看。"江影根本不会将注意力放在这个问题上。

"好。"青君痛苦地闭上了双眼。

江影与青君一道回了无相宗，宁玺迎接了他们。

青君对宁玺露出一个虚弱的微笑："小宁，以后此界不会有黑血妖魔出现了，无相宗还是要拜托你。"

宁玺听青君如此语气，有些惊讶："师祖打算如何？"

"我继续闭关修炼。"青君原本亮起的眼眸黯淡下去。

宁玺不明所以，但看着青君的神色，他感到有些不知从何而起的慌。

江影与宋栀栀没有在无相宗久留，几日后便回到了他们长澹的居所中。

他们在那里住了下来，只是宋栀栀时常会回无相宗串串门。

风波过后，宋栀栀并没有感觉自己的生活有什么变化，只是心态变得轻松了许多。

毕竟时时刻刻都在给他们威胁的隐患已经消失了，现在她再也不怕江影会如她原本写定的命运一般死去。

两个人就如此平静共同生活着，直到某一天，宋栀栀看到自己久未使用的手机在书桌上突然出现。

她没有兴趣去操纵他人的生死命运，所以在解决了初代教首之后，这个手机也顺着她的心愿消失不见。

但今日它突然出现，定然意味着又有什么意外发生了。

宋栀栀随手将挂在衣架上的外袍披上，拿起亮着屏幕的手机，看到上面出现的文字。

实际上，青君并没有重新闭关修炼，在安排好无相宗事宜之后，他两手空空来到墟渊上方。

在经过墟渊附近的时候，青君遇到了认识他的修士，那修士问他："青君前辈，您要到哪里去？"

"我的剑落在墟渊里了。"青君摊开自己空荡荡的两只手，"我去墟渊寻剑。"

语毕，青君便与他见到的最后一位修士告辞，他看着脚下黑暗深邃的墟渊，身子仿佛折了翼的飞鸟，往下坠落。

他在墟渊之中不断坠落着……

初代教首在墟渊尽头等着他，所以，他跳入墟渊，永远地陪伴着她。

"青君他……"宋栀栀连忙扭过头对江影唤道。

江影起身，来到宋栀栀身后，略低了头，看到她有些颤抖的手。

"他早就想如此做了，只是无相宗他还放不下，所以先回了宗门里。"江影平静地对她说道。

"他……"宋栀栀不知说什么好，但左思右想，似乎这也是青君能够做出来的事。

爱人要与他分道扬镳，他们二人无可奈何走上对立之路，他身为世界崩塌前留下的一个"老人"，他应当对此界也没有留念了。

"他在七宗十二派的那一战中，本就应当重伤，随着崩塌的世界一同死去。"江影思来想去，总算想到一个理由来安慰宋栀栀，"不论出于何种原因，都是初代教首留他一条性命，他会有此选择，是情理之中。"

"与灵祇对视那一眼前，他没有勇气跳下墟渊。

"初代教首离去，他便有了这样的勇气。"

宋栀栀轻声说了两句，又叹了口气，没有再说话。

球球爬到她的手背上，黑色爪子挠了挠。

江影拍了一下她的脑袋，像在安慰一只小狗。

此后的日子过得很平静，宋栀栀作为此界的神明，带着功力尽失的江影跨越了世界之间的屏障。

其实，在确保江影不会重蹈命运覆辙之后，宋栀栀随时可以回去，因为她已经不是属于这个世界的人了。

她之所以会来到这里，也只是因为她潜意识之中，要改变江影被篡改的命格。

所以，宋栀栀一直在等江影养好伤一道走。

在很久之后，这一天总算来临，宋栀栀与无相宗的朋友道别，与江影踏上了一艘似曾相识的小舟。

宋栀栀注意到，无相宗里的很多位修士，修为也越来越高，在世界不会因战争再次崩塌的情况下，他们在未来，或许也会飞升而来，与他们在同一个新世界里相遇。

前路很长，有无限的惊喜与希望。

宋栀栀与江影面对面坐在小舟之上，突破了此界的空间屏障之后，这小舟在星河之上飘飘摇摇，悠悠前进。

他们已经共同登上星河小舟一次了，但这一次，他们二人不是绝望的，而是充满希望。

球球重新变回了心魔的形态回到栀栀的神识空间里，它完全从属于宋栀栀，可以一并带走。

宋栀栀卧在星河小舟内，抬手捧了一只手的星光，从这个视角望去，星河上的每一个光点便是一个小世界，奇妙又辽阔。

江影曾经想要带着宋栀栀一同来到新世界的愿望终于实现。

宋栀栀唤他："笑一个。"

江影不爱笑，以前没有笑，是因为过得太苦了。

后来他没有笑，是因为没有心了。

所以这不爱笑的习惯也就一直保留了下来。

江影轻轻挑了挑眉，他没有拒绝宋栀栀的要求。

他漂亮的嘴角僵硬地翘起了三分。

宋栀栀看着他手足无措的模样，托着腮笑了起来："这样不是很帅了。"

她抬手，捧起了他的脸，看着他认真说道："但是我很喜欢。"

"很爱，很喜欢……"宋栀栀凑了过去，在漫天星河之上，吻上了他的嘴角。

江影抬手，按住了宋栀栀的后脑，回吻了过去。

两个人在走向新世界的路上相拥亲吻，脚下是闪烁着曼妙银光的星河，小舟微微摇晃，荡起水波。

江影终于拥有了他的神，神也终于拥有了她的心。

她的心，跳动在他的胸膛。

他的心，存在于她的心口。

两个人，终于有了两颗心的跳动，那悸动又美妙的心跳声在极安静的空间里响起。

星河上的小舟越划越远，洒满银辉的星河悠悠飘荡，宋栀栀躺在江影怀里，闭上眼睛……

漫长的梦境在这里结束，原本在星河小舟上沉沉睡去的宋栀栀睁开双眼。她还是躺在原本的房间里，放在电脑桌上的炸鸡和奶茶也没有动，江影将她抱着，长睫微颤，似乎也快要醒来。

这个由尖端科技制造的梦境生成器，织就的故事太过真实，宋栀栀揉着太阳穴，好一会儿才反应过来梦境与现实的边界何在。她还不曾想到过，自己的头脑中蕴藏着如此丰富的想象和美妙的灵感，也没想到，梦中的自己仍然在写小说。

她低头，看到自己掌心破碎的红琉璃，梦境里发生的所有事涌上心头。

宋栀栀把江影推醒："你也梦见了吗？"

江影的长睫轻颤，敛眸低声应了一句道："嗯。"

宋栀栀抱了他一下："对不起，你也太惨了。"

江影："……"他沉默着拍了拍宋栀栀的背。

幸好，所有发生的一切都只是梦境而已，宋栀栀一骨碌坐了起来，跑到电脑前，偷偷把江影收走的奶茶挪了回来。

她面对着空白的文档，梦境里发生的一切都无比清晰，宋栀栀吸了一口奶茶对江影说道："我知道该怎么写了。"

宋栀栀在空白的电脑屏幕上慢慢敲下一串文字。

"但就在她准备打字，将剧情继续写下去时，不知从何处涌来一股强大的力量，从四面八方拉扯着她往某个方向而去……

"她来到了一个全新的世界，身边站着一位高大俊美的男子……"

番外 一日之梦

宋栀栀醒过来的时候，看到了头顶蓝色的帐幔，其上绣着如水一般的纹样。

她揉了揉眼睛，翻身坐了起来。

这个地方，她自然认识，床上熟悉的装饰，已经印刻进她的脑海深处。

这是江影在灵祇圣城里的家，小小的一个院子，在一座不高不低的山上，两间房，房间里的桌上放着一盏暖融融的兔子灯。

宋栀栀已经离开原来的世界很久了，所以她不知道现在究竟是梦境还是别的什么。

她扭头看向床边的小桌，其上放着一只可爱的兔子灯，还是完好的样子，甚至是新的，看起来没有用很久。

即便在后来，她缠着江影给她买了许多新的兔子灯，款式也都有细微的差别，留在他房间里的那盏已经摔碎了。

宋栀栀只当这是一个真实度极高的梦境。

她来到桌边，给自己倒了杯水，仰头喝下去，是温的。

仔细查看茶壶下，躺着一枚正在发亮的小小灵石，持续不断地供给热量，保持壶里的水温恒定。

宋栀栀观察屋内的其他陈设，都是新的。

她又走出门，从这处高地看到了灵祇圣城的一角，这些连成片的建筑物都是完好的，与宋栀栀刚来到这里时所见到的破败景象丝毫不同。

宋栀栀猜，她可能回到了很久很久之前，那时候，她还没有一颗心。

这或许是一个梦境，宋栀栀想。

天际是一轮满月，白莹莹地挂着，院内清辉如水，看起来安谧和谐。

宋栀栀的脚踩在木质的廊道上，发出微微的“吱嘎”声响。

她走到了厨房里，打算进一步确认。

结果刚走进厨房里，她就嗅到了食物的香气，宋栀栀熟练地打开放在桌上的碗盖，从下面摸出了一个玉米棒，边走边啃着。

她自己肯定是不会做饭的，这些应该都是……江影弄的吧。

在很久很久以前的江影，是怎样的呢？

宋栀栀啃了一口玉米，想着想着，却险些有泪要落下来。

她将嘴里的食物咽下去，将这种莫名的情绪强压下去。

宋栀栀想，江影现在应该还在帮灵祇神教做事吧，这么晚了还没有回来，他会不会受伤呢？

她回到了自己的房间里，屋内兔子灯盏上栖息着一只幽蓝色的风荧蝶，她用手拢住这小小的蝴蝶。

风荧蝶的口器略微坚硬，此时它轻轻刮着宋栀栀的掌心，倒有些痒。

宋栀栀没敢联系江影，她不知道自己该做些什么，只能呆坐在房间里的椅子上，等着江影回来。

时间过去不久，门外传来脚步声，然后是开院门的“吱呀”声，紧接着是脚踩在草叶上的“沙沙”声。

宋栀栀从椅子上跳起来，她本准备冲出去找江影，就如同现在的她每天都会做的一样，跑过去迎接刚下班回来的江影。

但是，刚走到门边，她的脚步就停顿下来。

宋栀栀的手抚上自己的胸口，这里一片平静，没有心跳的搏动。

对呀，她现在……还是一个没有心的神明。

现在的她，怎么会如此热情地去迎接江影呢？

宋栀栀原本打算猛力拉开门的手停住了，但是她又很想看，只能小心翼翼地拉开一条小门缝。

她从这道门缝偷偷往外看去。

江影还是那个江影，一点儿也没有变，他的黑衣上有液体滴落，仿佛是血，只是在夜色里看不真切。

他的红眸还是那么好看，比后来的他更多了些温润的少年气，少了几分冰冷，他从一开始，就是这么好的一个人。

宋栀栀的手指按在门框上，她吸了吸鼻子，从无名之处，感到了一阵心的抽疼。

她看到江影来到院中接水的竹筒下，有潺潺山泉从竹筒里汩汩流下，他修长的手指细细搓着，那沾上的鲜血便随水流而去，身上浓郁的血腥气逐渐淡开去。

宋栀栀盯着他看，在月色下，他的侧脸轮廓带着不真实的美，仿佛随时都会消失。

江影洗净了手，站直了身子，黑色的衣袍仿佛月色下的剪影。

他早就注意到了宋栀栀的存在，扭过头去，对上了宋栀栀从门缝里露出的一双眼。

“栀栀，你醒了？”他的声线有些沙哑，因为此次任务路途遥远，他一路没有停顿，直接回来了，嗓子干得很。

江影看到宋栀栀的眼眸里闪着光，湿漉漉的，仿佛泛着水光。

这与平时她的眼睛不一样。

宋栀栀听到江影唤她，她吓得躲回了房间，背抵在门上，拍了拍自己的脸颊。

“我醒了。”宋栀栀回答道，她的声线带着些许的颤抖。

江影听出了宋栀栀语气的不对劲，仅仅是看了一眼，听了一句她说的话，他就能察觉出宋栀栀的变化。

她还是她，只是……完全不同了。

江影很难描述这种感觉。

宋栀栀整理好自己的情绪，这一次，她鼓起勇气拉开了门。

江影还是站定在院中，静静看着她，暗红的眼眸里流淌着温柔的光芒。

宋栀栀睁大了眼睛看他，山风吹来，将她的发丝拂起，她微张了嘴，却不知道说什么才好。

江影曾见过灵祇神教的人制作灵祇神像，那无色的素胚，在工匠的生花妙笔下，被逐渐涂抹上颜色，让无情的神像也有了神采。

此时他看宋栀栀，也是一样的感觉，原本似乎是无情的神明，仿佛骤然间活了过来，仿佛世间所有温暖的颜色都落在了她的身上。

江影朝宋栀栀走了过去，他的步子迈得很大。

宋栀栀清楚地知道她不能在江影面前暴露出太多，她拉住他伸过来的手，他的手是温暖的。

“今夜很早就醒了。”宋栀栀对江影说。

江影对她交代情况：“今日的目的地有些远，所以这个时候才回来。”

宋栀栀的长发垂落，长至腰，她想要更加靠近他，却不敢动一下。

这究竟是梦，还是她真的回到了过去？

如果她当真回到过去，她只留了一天便离开，以后的江影又该如何呢？

就在她的思绪纷乱之时，江影却将她的长发挽起：“梳头。”

宋栀栀小声应了：“好。”

玉梳从她的发丝间穿过，力道不轻，江影没掌握好。

毕竟以前的栀栀可是不会叫疼的，江影只能观察她细微的表情变化来猜测他力道是不是重了。

梳子触到了发丝上的结，江影扯着它，力道更重了些许。

宋栀栀不太习惯这种头皮被扯着的疼，她轻轻“嘶”了一声：“疼。”

江影的手顿了一下，这是宋栀栀第一次表达她的感受。

冷了或是热了，疼了或是不舒服，她从来都不会说，只是那样安静地坐在原地，一声不吭。

“我轻些。”江影轻轻地将这处发结梳顺。

宋栀栀观察着镜中他的手，此时，灵祇神教的封魔咒文已经印刻在他的骨骼上。

只是此时光线昏暗，她看不到那肌肤之下的骨骼上印刻的无数个“栀栀”。

宋栀栀上下打量着他，她眼尖，注意到了江影手腕处有一个伤口。

她几乎没有经过任何思考，只是马上将他的手腕扯了过来。

宋栀栀的指尖按着他温暖的肌肤，果然，那密密麻麻的封魔咒文因她的触碰而隐隐闪现。

她没管这咒文，只盯着江影手上的伤口说道：“你受伤了。”

江影屈起手指，打算把手抽回来。

想来确实是受伤了，只是之前与敌人的血混合在一起，他没有发现。

“嗯。”他淡淡应了声。

宋栀栀拽着他的手，不让他动。

“我给你涂药？”宋栀栀问。

“太晚了。”江影就这么让宋栀栀抱着他受伤的手，“我回去自己处理一下。”

宋栀栀却自顾自地站了起来：“我找找药。”

她当然记得在这个房间里药品都放在何处，只是她的情绪不稳定，连带着手指颤抖，好几次拿起了药瓶，这瓷质的瓶子都险些从手里滑落。

此时，江影的手伸了过来，握住了她的手指，替她稳稳拿着药瓶。

“栀栀，你今天，很不一样。”江影对她说。

宋栀栀低下头，额头抵在药柜上，仿佛在寻求某种支撑“可能只是梦。”

江影把下巴搭在了她的头顶上，他的声音低沉：“确实像是我会做的梦。”

宋栀栀把他推着坐在椅子上，低头给他涂药，那药粉有些刺激性，倒到伤口上，扯着发疼。

江影的手指抽动了一下，显然是疼了。

宋栀栀鼓起脸颊，给他吹着，似乎这样就能减缓疼痛。

江影戳了一下她鼓起的脸颊，他的语气一本正经。

“真的是梦。”他确认了。

宋栀栀深吸了一口气，她一头撞到了江影的肩膀上，扑进了他的怀里。

借着“是梦”这个解释，她终于敢靠近他了。

因为她突然的靠近，江影感到有些不知所措，他的手放在宋栀栀肩膀上三寸位置，迟疑着没有落下。

宋栀栀吸了一下鼻子，她的语气异样：“伤口还疼吗？”

“不疼了。”江影又感到疑惑，如果是梦，为何又能感受到痛楚？

此时天光微亮，阳光自门外洒进。

宋栀栀不知她什么时候会离开，只能抓住这为数不多的相处时间。

“厨房里的玉米被我吃了。”宋栀栀理直气壮说道。

“我还可以做早饭。”江影对她说。

宋栀栀坐在厨房的凳子上看江影煮粥，他的厨艺显然没有后来那么纯熟，搅动白粥时的手还有些僵硬。

不久之后，两碗青菜粥被他端了上来。

宋栀栀低头尝了一口，是她熟悉的口味。

如此想着，她的泪险些又要落下来。

究竟要经过多长时间的相处与一次次的尝试，他才能找到如此妥帖合适的味道？

“好吃。”宋栀栀评价。

江影一愣，平时的宋栀栀自然不会评价饭菜的好坏，就算很难吃她也能面不改色地全部咽下去。

“难吃”她不会说，说“好吃”自然是更不可能。

江影也曾幻想过宋栀栀不一样的形象，但他从不敢奢望这能成真。

从夜里开始的这一天，美好得有些不真实。

“你今天还要出门吗？”宋栀栀擦了擦嘴问道。

“不出。”江影答。

一般空闲时候，他就会自己修炼，宋栀栀已经将所有法术与修炼方法都教给他了，剩下的只能靠他自己练习。

“我还有一个法术没有教给你。”宋栀栀坐直了身子，认真对江影说。

江影静静看着她：“是什么？”

“晚上再跟你说。”宋栀栀朝着他眨了眨眼睛。

她知道自己可以在灵祇圣城的范围内自由行动，于是她让江影陪着她在灵祇圣城中逛了一圈。

在店铺里，趁着江影背过身去给她挑选衣服的时候，她对着镜子里的江影笑了。

这是身为神明的她第一次笑，扯着嘴角，脸部肌肉都还不适应这么大幅度的动作。

不过没关系，宋栀栀告诉自己，她以后很快就能学会。

一天很快过去，她抱着买好的衣物，与江影并肩走着，踏着夕阳回了家。

在做晚饭的时候，宋栀栀给他表演了一个煎煳荷包蛋，蛋壳一不小心落了几块进去。

宋栀栀夹起它，对江影说道：“像不像你第一次煎的？”

江影红眸中闪过一丝惊喜：“你记得？”

“记得，我都记得呀。”宋栀栀看着他，轻声说道。

在夜晚之前，宋栀栀的目光一点也没有从江影身上移开，因为她知道，幻梦如同泡沫，终会破碎，总该有梦醒时分。

当夜幕垂下，天际几粒星子洒落，宋栀栀坐在床边，桌上摆放着一盏兔子灯，光线是熟悉的橘色光芒。

“我要睡了。”宋栀栀的两脚略微晃着。

这句话的潜台词是，现在的她也要离开了。

“最后一个法术，我教你。”宋栀栀看着略微低着头的江影，她的视线仿佛粘在了他的身上。

“是什么？”江影问。

此时，两只冰凉的手攀到了他的脸颊上，将他的脸捧着。

宋栀栀抬了头，轻轻在他唇畔落下一吻，轻柔舒缓，就像一阵风拂过。

“我喜欢你，我一定会爱你。”宋栀栀轻声呢喃。

“这是你教我的。”她又吻了一下他。

“晚安。”宋栀栀闭上双眼。

她知道，当她再次醒来，江影一定会在她身边。

江影一愣，他看到宋栀栀松开了手，她果然闭上了双眼睡着了。

他走出门，看到天际一颗流星坠落，仿佛一个瑰丽梦境的逝去。